COLLECTION FOLIO

William Styron

La proie des flammes

I

Traduit de l'anglais
Par Maurice-Edgar Coindreau
Préface
de Michel Butor

Gallimard

Titre original :

SET THIS HOUSE ON FIRE

William Styron est né à Newport News (Virginie) en 1925. Après la guerre, où il servit dans un régiment de *marines,* il termina ses études à Duke University. Il fut de nouveau mobilisé pendant la guerre de Corée. En 1951, son premier roman, *Un lit de ténèbres,* lui valut le Prix de Rome de l'Académie Américaine des Arts et Lettres. Il publia ensuite *La Marche de nuit, La Proie des Flammes* et un roman inspiré par une révolte d'esclaves noirs, *Les Confessions de Nat Turner.* Il a vécu à Rome et à Paris où il fut l'un des fondateurs de la *Paris Review.* Il a écrit en 1979 un très important roman, *Sophie's choice,* qui sera prochainement publié en France.

ŒDIPUS AMERICANUS

1. Conversations à Charleston.

Quinze jours de conversation à Charleston, Caroline du Sud, entre Peter Leverett et Cass Kinsolving, dont la transcription ou le résumé forment la quasi-totalité de l'ouvrage, quinze jours décisifs, un tournant de leur existence à tous deux, mais le caractère dramatique du sujet central autour duquel tournent ces entretiens, les événements d'une certaine nuit de printemps à Sambuco, c'est-à-dire Ravello, risquent au premier abord de nous le faire oublier. Pourtant, lorsque Peter Leverett décide de s'imposer comme visiteur à Cass Kinsolving, il vient de subir un échec sentimental fort grave. Il essaie de faire contre mauvaise fortune bonne figure, mais il nous avoue sa blessure : « Le séjour dans le New Hampshire avec mon éblouissante Annette fut une catastrophe totale... Je partis pour la Virginie me sentant tout mélancolique, sombre, indiciblement dépossédé. »

Au contraire, après son séjour à Charleston, la situation est complètement rétablie. Une lettre de Cass, citée en appendice, nous l'apprend : « ... Je voulais vous dire combien je suis heureux de savoir que tout va bien pour vous à New York maintenant. Vous ne me dites pas comment elle s'appelle, mais j'espère que vous nous l'amènerez un de ces jours... »

Du côté de Cass Kinsolving, l'amélioration est aussi

frappante. Dans la lettre qu'il écrivait en juillet à Peter, il déclarait : « J'ai également une classe de peinture, bien que, de part et d'autre, les affaires ralentissent un peu à la fin de l'été... » En novembre, il nous apprend non seulement que maintenant « les amateurs du dimanche ne lui laissent pas une minute de répit, et qu'il a du travail par-dessus la tête... », mais aussi que Poppy, sa femme, attend un bébé pour le mois de juin. « Kinsey était complètement dans l'erreur », ajoute-t-il ; « un homme ne démarre vraiment que lorsqu'il s'approche du « mezzo del cammin ». Les conversations ont eu lieu en septembre, elles coïncident donc exactement avec ce nouveau démarrage.

Tout ceci nous montre que du point de vue psychologique ces entretiens ont parfaitement réussi. Les deux interlocuteurs sont délivrés du fardeau qui les obsédait, qui obsédait Peter depuis son arrivée à Sambuco, obsédait Cass depuis sa naissance. Tous deux ont par conséquent découvert la réponse à la question qu'ils cherchaient à élucider dans leur rencontre. Cass dans sa lettre de juillet se demande : « Qui était Mason, je dis bien ETAIT, et ce qui le rongeait et comment il a pu finir comme il a fini... »Quant à Peter, s'il lui force la main et décide de venir le trouver à Charleston, c'est que : « Sans savoir l'histoire de Cass, il ne pourrait jamais apprendre ce qui s'était passé à Sambuco — l'histoire de Mason et le rôle qu'il y avait joué. » Donc, désormais Cass a compris qui était Mason, celui qu'il a tué, et cette connaissance a justifié son acte ; Peter, d'autre part, a non seulement appris ce qui s'était déroulé cette nuit-là, mais aussi quelle est sa part de responsabilité ; en un mot, tout ce qui avait commencé là-bas s'achève enfin lors de cette confrontation. Le dernier appendice, la lettre que Peter reçoit en décembre de la sœur Marie-Joseph, place cet achèvement, cette fermeture, sur un plan symbolique qui dépasse largement la psychologie des deux individus en présence. En effet, Peter nous déclare que la tragédie a débuté pour lui avant son arrivée proprement dite à Sambuco. Il vient de Rome, appelé par Mason, il approche de Naples :

« Brusquement, la fatigue me frappa comme avec le poing et je dus m'arrêter.

« C'est de ce moment-là que, pour une raison quelconque, je fais dater les événements de Sambuco — la part que j'y pris tout au moins. Si j'avais pu dormir confortablement, cette nuit-là, peut-être me serais-je épargné tous les ennuis du jour suivant. Sans cette mésaventure, je serais certainement arrivé à Sambuco frais comme une rose, et non hagard, bouleversé, désemparé, ayant perdu à tout jamais mon calme, et condamné à vivre dans une espèce de frayeur hantée, de dépression nerveuse dont je ne me suis jamais entièrement rétabli. » Lorsque nous avons lu le livre, nous comprenons fort bien quelle est cette raison : cette fatigue, cette nuit pénible, c'est l'excuse qu'il se donne pour l'accident qui lui est arrivé le lendemain matin, l'accrochage du scooter de Luciano di Lieto. Depuis lors celui-ci était suspendu entre la vie et la mort dans un coma mystérieux ; pendant toute la nuit terrible de Sambuco, pendant toute la quinzaine de Charleston, Peter se demande s'il est oui ou non coupable d'un meurtre. Le soupçon qu'il nourrissait à l'égard de Cass était enraciné dans cette inquiétude, et il savait bien que s'il y avait eu erreur sur la personne, s'il n'en voulait nullement à ce di Lieto en particulier, il ne pouvait protester de son innocence, puisque furieux contre un autre Italien, il avait « le cœur plein de meurtre », et qu'il « n'avait en tête que l'idée de revanche ». L'infirmière en chef de l'hôpital lui annonce enfin qu'« alors qu'il était plongé dans l'inconscience la plus profonde, Luciano a bondi brusquement de son lit et déclaré d'une voix tonnante qu'il mourait de faim. L'examen a prouvé que la pression qui s'excerçait sur son cerveau avait disparu ».

« Miracle inattendu », comme le dit cette sœur, d'autant plus que, si nous examinons les dates, nous voyons que cette guérison a dû se produire très peu de temps après les entretiens de Charleston. Elle en est évidemment le résultat, ou plutôt l'expression de leur résultat. Nous voyons aussi pourquoi Peter Leverett n'est pas capable de préciser lui-même le lien entre ces événements : c'est qu'il ne s'agit point d'un déterminisme

intérieur à l'anecdote contée, mais d'une relation poétique et illustrative qui déploie peu à peu à nos yeux les trésors d'une allégorie.

*La rencontre des deux acteurs permet enfin à la tragédie, à la figuration qui s'est déroulée dans le théâtre de Sambuco (la présence de toute une troupe de cinéma a complètement transformé la piazza en décor) de prendre sa forme conplète, toute sa puissance significative. Auparavant, chacun n'en connaissait que la moitié, coupé des foyers principaux par l'épaisseur d'un mur, par le sommeil, ou l'amnésie. Peter se souvient très clairement de tout ce qu'il a fait, de tout ce qu'il a vu, mais Cass, bien plus au centre du tourbillon, traversait la scène comme un aveugle, des pans entiers de sa propre conduite lui sont complètement cachés. Il ne veut plus, il ne peut plus s'en souvenir, il a trop peur de ce qu'il sent s'agiter derrière le voile miséricordieux. C'est le récit de Peter qui entraînera peu à peu, qui engrènera, éveillera le sien. Il joue le rôle du Coryphée dans le dialogue de l'*Œdipe à Colone.

« Le Coryphée : *Sans doute, il est cruel, étranger, de réveiller un mal depuis longtemps déjà assoupi, pourtant je brûle du désir d'apprendre...*

« Œdipe : *Que veux-tu ?*

« Le Coryphée : *La douleur pitoyable, insurmontable, qui s'est attachée à toi.*

« Œdipe : *Par l'hospitalité que tu m'accordes, ne me fais pas révéler les hontes que j'ai souffertes...* »

Le récit que fait Cass n'est nullement celui qu'il aurait pu se faire même à lui-même avant l'intervention de Peter. Ce n'est donc point la juxtaposition des deux mémoires antérieures, mais la constitution progressive d'un autre visage des choses. De quoi ? Qu'est-ce donc qu'ils cherchent à percer ? Ce ne sont pas simplement les événements de Sambuco en tant qu'énigme policière : qui a fait quoi au juste, où, quand et comment, mais le pourquoi de tout cela, le pourquoi de ces conduites qui est la même chose que le pourquoi de l'intérêt fondamental qui s'attache à elles dans le souvenir des deux hommes et dans l'esprit de tout lecteur. Examinons encore une fois les parenthèses, le cadre dans lequel le spectacle de Sambuco nous apparaît. Si Peter Leverett se décide à forcer la porte de Cass Kinsolving, malgré le silence de celui-ci, c'est parce que, lors d'une promenade avec son père dans la Virginie de son enfance, il a vu que ce qui en représentait pour lui le centre, l'ombilic, le lieu même de son enracinement, a disparu sous un poste d'Esso : « Mes arrière-petits-enfants auront beau user de leur plus subtile archéologie, ils n'arriveront jamais à faire revivre ce marais noyé de soleil, ce cours d'eau, ces langoustines et ce tramway chantant. Tout avait disparu... Mon marais s'était évanoui comme une fumée dans l'air, et il ne restait rien. » Cette vision qui le désole, qui en fait un homme perdu, n'est que la particularisation à son propos d'un phénomène incomparablement plus vaste, dont son père vient de lui donner quelques instants auparavant une remarquable expression.

« Regarde là-bas, mon petit. ». Il me montra l'eau scintillante : « C'est là qu'ils sont arrivés, en l'année 1619. Exactement là. Ce fut un des jours les plus tristes dans l'histoire de l'humanité, et je dis cela pour les Noirs aussi bien que pour les Blancs. Nous payons encore pour ce jour-là, et nous continuerons à payer indéfiniment. Et il y aura du sang versé et des larmes. » Il s'épongea le front. Je tournai mes regards vers l'est. Un nuage passa, puis tout redevint clair et, pendant un instant, il me sembla apercevoir ces galions hollandais, avec leurs chargements de Noirs enchaînés, s'acheminant paresseusement vers les eaux boueuses de la rivière James. »

A cette image répond celle-ci, qui termine, pour ainsi dire, les entretiens de Charleston (les paragraphes qui suivent en sont un commentaire à l'échelle individuelle) : « Et je vous dirai que quelque chose, alors que j'étais là assis », c'est Cass qui parle, « quelque chose, dans cette aube naissante, m'a fait penser à l'Amérique... brusquement j'ai compris que l'anxiété, que l'angoisse — en grande partie au moins — avaient disparu. Et je ne cessais de penser au soleil nouveau qui se levait sur la côte de Virginie et des Carolines, et à l'effet que ce soleil avait dû produire du haut de ces galions, bien des siècles auparavant, quand, après la nuit noire, l'aube était apparue comme un coup de trompette. Il était là, immense, vert et scintillant sur les vagues déferlantes. Et brusquement j'ai souhaité, plus que tout au monde, retourner là-bas. Et j'ai eu la certitude que j'allais le faire... »

On voit que ce qui se passe dans le théâtre de Sambuco n'est rien moins qu'une allégorie de la condition américaine, une invitation à la surmonter. Pas étonnant dès lors que l'auteur ait mis sur la première page de son livre cet avertissement : « L'ambition de mon entreprise ne m'a pas empêché de faire beaucoup d'erreurs. »

II. Les événements de Sambuco.

Que s'est-il donc passé à Sambuco ? La version officielle est fort simple : un jeune milliardaire américain, Mason Flagg (rappelons que le mot « flag » veut dire drapeau, et que les francs-maçons, « masons », ont joué un grand rôle dans l'origine des Etats-Unis) a violé une jeune paysanne italienne, Francesca, avec une telle brutalité qu'elle en meurt quelques heures plus tard. Le coupable, pris de remords, se tue en sautant d'un belvédère à pic.

Peter Leverett en reste à peu près à cette interprétation de l'histoire et y laisse le lecteur jusqu'à la fin de ses propres récits. Pourtant nous savons qu'il a des doutes : d'abord, il ne pense pas que Mason ait eu le courage de se suicider, d'autre part, l'atrocité de son viol l'étonne. Cass lui fait remarquer : « Bien que vous le conceviez très bien commettant un viol ordinaire, style américain, rouge-blanc-bleu, vous ne pouviez l'imaginer agissant de façon aussi monstrueuse. Eh bien, quand vous avez dit ça, vous avez éveillé quelque chose en moi. Parce que là-bas, à Sambuco, quand tout a été fini, c'était mon impression aussi... Je ne le concevais pas faisant une chose pareille. Pour commettre une action semblable, il faut avoir en soi quelque chose que

Mason n'avait pas... Je crois seulement que, sur ce point, je faisais une erreur. » Cass joue ici sur les mots. Il essaie d'éviter l'aveu. Nous apprendrons bientôt que, lorsqu'il parle d' « une chose pareille », il ne pense pas tout à fait à ce dont lui parlait Peter, et que cette interrogation n'a nullement pris place « quand tout a été fini ». Mais bientôt Cass le proclamera : Mason ne s'est pas suicidé, c'est lui, Cass qui l'a assassiné. C'est alors que prend forme le sentiment de culpabilité de Peter, car s'il s'était douté de la chose, il aurait pu empêcher le meurtre. A ce moment, il pense que Cass a tué Mason pour venger la violence faite à Francesca, et qu'il regrette son action :

« Je tiens pour acquis, naturellement, que vous préféreriez que ce ne fût pas arrivé, malgré ce que Mason avait fait. Est-ce exact ?

— Tout à fait exact, dit-il, et l'expression de chagrin sur son visage devint si absolue, si douloureuse que je détournai les yeux. Oui, mon vieux, ça ne peut être plus exact. »

Pourtant, ici encore, malgré toute cette sincérité, il y a malentendu, sciemment entretenu par Cass. Peter s'imagine que le meurtre aurait pu être isolé du reste des événements, alors que c'est tout l'ensemble que Cass voudrait supprimer. Peter se doute cependant qu'il n'est pas arrivé à la forme finale :

« Il l'a violée, et il l'a tuée. Et pour cette raison vous lui avez fait la peau. Tout cela est simple et évident. Mais le reste, qu'est-ce que c'était ? »

Cass fait alors une révélation fondamentale : ce n'est pas Mason qui a tué Francesca. Ceci semble correspondre aux intuitions de Peter, mais alors la raison du meurtre n'est plus aussi claire. Le viol semble redevenir un viol normal, rouge-blanc-bleu. Ce qui est important, c'est que Cass est lui-même troublé par cette éventualité. Si Mason était un monstre, la justification de son meurtre ne poserait plus de problème, « mais ce n'est pas lui le coupable. Je vous ai demandé et redemandé votre avis, dans l'espoir que vous me prouveriez qu'il était l'incarnation du mal. Mais non ! Il n'en était que l'écume.

Vous ne comprenez donc pas. Non ! La culpabilité ne retombe pas sur lui. »

Or si le viol et le meurtre de Francesca se dédoublent, ils n'en demeurent pas moins intimement liés. « Je la tuerai ! » crie Mason à Peter terrifié, qui ne sait pas ce qui vient de se passer, et si l'idiot Saverio viole à son tour Francesca, la blessant à mort parce qu'elle lui résiste, c'est uniquement, selon la reconstitution des faits opérée par le carabinier Luigi, que rapporte et qu'adopte Cass finalement, parce qu'elle a déjà été violentée par Mason : « car elle avait en effet rencontré Saverio sur le sentier, au petit jour... Elle le connaissait bien et elle n'avait pas peur de lui, mais ce que Mason lui avait fait, quelques heures auparavant, avait marqué sa chair comme d'une espèce de mal répugnant dont elle souffrirait désormais pour toujours. Aussi, quand elle aperçut Saverio dans l'obscurité, quand — peut-être en simple signe de salut — elle le vit avancer la main innocemment pour la toucher, cette main de mâle sur son bras lui rappela toute la concrétisation de l'horreur, le contact, la sensation qu'elle avait déjà éprouvée, et il lui échappa un cri. Elle se mit à hurler, et elle griffa comme une folle le visage plat, difforme, sur lequel maintenant se peignait la terreur. » Par ces griffures nous voyons bien que c'est la scène même qui venait de se passer dans la chambre de Mason qui se reproduit comme automatiquement dans les bois. C'est comme si Saverio était une machine par l'intermédiaire de laquelle Mason sans s'en douter accomplirait son désir. Et cette liaison entre les deux viols, Cass, dans son interprétation définitive, ne peut pas y renoncer. « Maintenant il est certain aussi de s'être convaincu, bien que, par intuition, il sût que c'était inexact, que Mason avait tué Francesca... parce que, cette nuit-là, après une journée passée dans les collines..., il eut un témoin. » C'est parce que Peter lui a raconté la scène de son retour, qu'il peut désormais être bien sûr qu'il rendait responsable alors Mason de la mort de Francesca. Luigi ne lui a fait ses révélations qu'après. S'il n'avait pas fait alors cette liaison, que semblent contredire certains faits, mais qui reste indispensable, il ne serait pas allé jusqu'au meurtre : « Même si vous m'aviez dit à ce moment-là, alors que j'écumais de rage au plus fort de ma soif de revanche, que je serais capable de le tuer — qu'en fait, une heure plus tard, je le tuerais — je vous aurais répondu que vous exagériez ma haine et ma colère. » C'est que, lorsqu'il apprend le viol de Francesca par Mason, il ne lui accorde pas une gravité absolue. Il ne tient même pas à faire souffrir Mason, il veut simplement avoir une marque, « n'eût-ce été qu'une main tachée de son sang, ou un poing meurtri et cassé sous le choc de ce visage lisse, incomparable, poli et vaniteux », en fait une marque du mépris qu'il éprouve à son sujet. Jusqu'à ce moment, Mason n'est pas un concurrent sérieux. Cass n'a pas pris de précautions contre lui, parce qu'il considérait Mason comme un impuissant : « Je ne le croyais pas capable de faire une chose pareille. Autrement dit, j'avais stupidement négligé de me tenir sur mes gardes... J'avais fini par être convaincu qu'il ne pouvait même pas bander, sans blague. Qu'il lui était impossible de bander, un point, c'est tout. » Le récit de Francesca lui prouve le contraire, mais il n'en considère pas moins le viol de Mason comme un demi-viol : « Et quand, pour comble, il n'arrive pas à faire un enfant — ce qui était le cas de Mason, — il faut se méfier doublement. »

Mason est stérile, tout ce qu'il raconte est mensonge, ses actes mêmes sont des mensonges ; mais quand il apprend que l'affaire est allée beaucoup plus loin, tout change, et il finira par comprendre que si Mason, comme il le sentait bien, est incapable de faire grand mal à lui tout seul, il est pourtant singulièrement capable de corrompre, d'agir par personnes interposées, et que c'est là justement le secret de ses propres relations avec lui. Tant que la liaison entre le viol de Mason et celui de Saverio n'est pas bien claire, Cass regrette son meurtre. A partir du moment où elle est bien affirmée, le meurtre devient un acte nécessaire, mais par l'intermédiaire duquel Cass, il le comprend bien, sacrifie une partie de lui-même. Après avoir déclaré à Peter qu'il regrettait son acte, Cass lui fait cet aveu surprenant : « Qui sait pourquoi il a fait cela ? Mais il l'a fait, et alors, alors j'ai pu enfin faire une bouillie de son sale crâne d'enfant de garce », comme si vraiment depuis des mois, il avait attendu ce prétexte pour accomplir enfin l'acte auquel il était prédestiné.

Ce n'est point l'acte qu'il regrette, mais son horrible condition préalable.

Peter, lui, n'était nullement étonné du viol, car connaissant Mason depuis longtemps il savait bien qu'il n'était pas physiologiquement impuissant. Mais les épisodes qui le lui ont prouvé ont un caractère particulier qui les relie étroitement aux événements de Sambuco. A dix-sept ans, Mason, s'est fait renvoyer d'un collège pour avoir « joué à saute-mouton » avec une petite fille de treize ans. On sent qu'il ne s'agissait pas du tout d'un accident, d'une erreur, mais que Mason a monté toute l'affaire, qu'il a risqué sciemment le renvoi, et la scène avec ses parents ; il a fait cela pour le faire savoir. Déjà il discourait beaucoup sur le sexe, mais alors, pour la première fois, il s'est heurté à ce qu'il appelle « la dernière frontière », qui représente pour lui un mur infranchissable, autrement que devant témoins. De même, dans la scène spécialement fabriquée à l'intention de Peter à New York : « N'obtenant pas de réponse après avoir frappé, j'ouvris la porte et les vis tous les deux, dans une lumière aveuglante, Mason et Carole, nus comme des vers, frénétiquement, au lit, engagés dans un corps à corps confus... Tout cela me semblait, en quelque sorte, tellement préparé... », tout n'est possible que par la présence du spectateur. S'il n'y a personne à scandaliser, rien ne va plus, personne à scandaliser qu'il aime, et sur qui il puisse agir de cette façon. Non seulement la petite fille au collège Saint Andrews lui était indifférente, mais le scandale qu'il pouvait provoquer chez elle était tout à fait insuffisant, c'est parce qu'il y a sa mère, Wendy chérie, que Mason tente la chose ; à New York, c'est pour Peter, et à Sambuco, ce n'est évidemment pas pour Francesca qu'il viole Francesca mais pour atteindre Cass par son intermédiaire : « Cette nuit-là, si on laisse de côté cette histoire de boucles d'oreilles et la colère provoquée par les vols supposés de

Francesca — ce qui n'était qu'un camouflage de quelque chose de plus profond — si l'on oublie pour un instant cette théorie de l'impuissance — qui n'était certainement qu'une partie de toute l'affaire — on en arrive à la seule réponse possible : c'était moi qu'il violait ainsi. »

La conduite de Mason ne prenant de sens que pour et par la galerie (il est tout mensonge et tout charme; les femmes l'adorent, mais il les désespère), il est inévitable que la sexualité présente pour lui un tel problème, et qu'il ne puisse y trouver une solution que dans la pornographie. Il faut qu'il réussisse à la transformer en quelque chose de mondain; si elle reste privée, il demeure impuissant, il a besoin de la passion d'un autre pour l'adopter, pour s'en alimenter. Son grand divertissement c'est d'organiser des sex-parties, comme on dit des cocktail-parties, mais la sexualité est justement ce qui se dérobe le plus à ce monnayage. C'est pourquoi la pièce maîtresse de la collection de Mason, la peinture qu'il a fait exécuter par Cass, nous frappe par sa simplicité. Nous aurions pu nous attendre à quelque bizarre abomination inspirée des Cent Vingt Journées de Sodome, *mais pas du tout, c'est l'acte sexuel le plus simple et le plus normal du monde, peint aussi clairement que possible. C'est celui-là qui est le plus difficile pour Mason. Par la possession de ce tableau il vole, en quelque sorte, la passion que Cass éprouve pour Francesca. Son acquisition est le premier pas vers son viol. Si Cass a une telle envie de le récupérer le jour qui a précédé la nuit fatale, c'est parce qu'obscurément il pressent que la possession du tableau rend capable Mason de l'acte qu'il ne pourrait accomplir autrement. Lorsqu'il le détruit, trop tard, il cherche à détruire sa propre culpabilité dans le malheur de Francesca.*

Mason avait cherché à organiser avec Cass une de ces sex-parties, ou comme il disait un « cirque ». « Mason, profitant d'un moment où Cass était particulièrement vulnérable, lui avait proposé l'idée d'un « cirque », l'avertissant pudiquement que cela les engagerait tous les quatre — Mason, la titanique Rosemarie au gros cul, lui-même, et — chose inouïe, complète-

ment folle, — Poppy, *dans une partouze de chambre à coucher. Plus étonné et amusé qu'horrifié par la vision de sa sainte petite épouse irlandaise folâtrant avec Rosemarie, toutes les deux nues comme des vers, il avait éclaté d'un rire si homérique que Mason avait abandonné son projet sur-le-champ, mais à contrecœur. » Le « cirque » organisé pendant la nuit des meurtres, au cours duquel, devant toute la foule des acteurs et techniciens de cinéma, devant Peter, invité spécialement pour la circonstance, Mason démontre l'emprise qu'il a sur Cass, en est évidemment le substitut. Le viol que vient d'accomplir Mason est en lui-même incomplet, il lui manque la présence de Cass, et c'est pourquoi il lui fait mimer en public cette scène qu'il n'a pu réaliser qu'en partie. Déjà, dans la journée, il l'avait averti que c'était sa place qu'il voulait prendre : « Etant donné la loque que tu es devenu, mon coco, je suis sûr que tu ne manqueras pas de comprendre pourquoi je pourrais bien avoir fermement décidé de jeter un coup d'œil sur ce qu'elle a dans sa culotte. Qu'est-ce que tu veux qu'elle fasse d'un ivrogne comme toi ? Il faut tout de même bien quelqu'un qui puisse lui montrer ce que c'est qu'un travail soigné. » Incapable de passion lui-même, il dérobe la passion d'autrui.*

La seule passion qui le tienne et qui le constitue vraiment est cette folle envie que lui inspire celle d'autrui, cette folle envie de la capter et de la montrer à cette arène de regards qui le fait vivre : « cette difficulté *dont je le soupçonnais de souffrir, cet échec qui doit être une des choses les plus terribles qui puissent arriver à un homme, ce désir impérieux et constant et qu'on ne peut pas satisfaire, cette famine sans remède possible qui doit enfiévrer, secouer, tourmenter un homme et ne lui laisser que la violence pour refuge ».*

Il ne désire pas Francesca, il désire passionnément le désir qu'elle inspire à Cass. C'est cette relation qu'il veut s'approprier aux yeux de tous, et qu'il viole, car son intervention inévitablement va tout corrompre. Ce meurtre qu'il ne peut accomplir tout seul, mais qu'il décide, qu'il provoque sans le savoir, est la démonstration paradoxale de son impuissance. Il s'est condamné sans recours. Il n'a pas tué de ses propres mains Francesca, mais il est bien l'origine de sa mort. Il ne s'est pas tué de ses propres mains, mais s'il est venu jusqu'à Sambuco c'est qu'il y était attiré par sa propre mort, s'il a adopté et poussé à bout Cass, c'était pour se préparer un meurtrier, pour le contraindre à se manifester en le tuant. Lorsqu'il s'écroule, lorsqu'il est enfin vaincu, ce sont des mots de tendresse qui lui échappent : « Coco ». « Mon coco » (« dollbaby » dans le texte original), murmura-t-il encore d'une petite voix d'enfant... Le pâle visage mort, si doux, si jeune, et dans la mort autant que dans la vie, si tourmenté... » Ainsi Cass pourrait répondre, comme Œdipe à Créon, que « l'âme de sa victime, si elle vivait, n'aurait rien à lui objecter ».

Ainsi tout le déroulement de l'enquête, tous les aspects successifs que le drame revêt, tous les détails, toutes les surprises, développent finalement la vérité déjà contenue dans les apparences.

III. Œdipe à Colone.

*« Quelle horrible trazédie, grand Dieu ! Une trazédie grecque, ze vous le dis, mais en bien pire », déclare le lendemain l'hôtelier Windgasser à Peter Leverett. Il ne croit pas si bien dire ; tout l'ouvrage est jalonné de références au théâtre antique, et en particulier à l'*Œdipe à Colone. *Lorsque Cass fait sa première apparition dans la soirée, c'est pour en bredouiller l'un des chœurs les plus fameux, et il déclarera par la suite qu'il était alors aussi ivre de Sophocle que de whisky ; lorsqu'il remonte chez Mason pour voler la drogue miracle et détruire son tableau, Peter découvre dans son atelier un bloc d'esquisses sur lequel Cass avait recopié d'une main frénétique le cri d'amour d'Œdipe lorsqu'il vient de retrouver ses filles : « Je me retiens à mes Chers aimés et, si je mourais maintenant, je ne serais pas entièrement misérable puisque vous êtes là. Pressez-vous de chaque côté de moi, Mes Enfants, n'abandonnez pas votre père*

et reposez-vous de cette course errante, la dernière, si pitoyable et si douloureuse !!! » Les derniers mots que Peter l'entendra prononcer avant de quitter Sambuco sont empruntés à la même citation : « Saignant, les yeux effarés et vitreux, il serra les enfants contre lui dans une étreinte puissante. « Pressez-vous de chaque côté de moi... » commença-t-il, puis il s'arrêta. » De même lorsque Mason vient voir Cass pour la première fois, celui-ci emploie pour décrire Sambuco cet autre fameux chœur du second Œdipe, à la louange de l'Attique.

L'infortuné roi de Thèbes est donc une référence fondamentale, et Cass s'y identifie de plus en plus au cours de la nuit, mais nous pouvons déjà voir que l'interprétation qui en est donnée ici diffère profondément de celle à laquelle nous a habitués la psychanalyse classique.

Ici encore les dieux ont tout conduit : « Je ne peux m'empêcher de penser que quelque chose m'a forcé à aller à Sambuco. Des cauchemars que j'avais... C'était comme si j'étais contraint d'aller là-bas, comme si tout ce qui s'y passait était en quelque sorte l'aboutissement logique de ce qui avait été préfiguré dans ces rêves... »

Lorsque Cass accepte la première bouteille de whisky que lui tend Mason, il en reconnaît la paternité. Mason devient son père nourricier, bien sûr, mais c'est plus que cela, il découvre en Mason cette hérédité qui est à l'origine de sa propre impuissance, et c'est pourquoi sa conduite dans cette scène est liée si étroitement aux expériences fondamentales de sa jeunesse, en particulier à l'histoire de Lonnie qui le définit comme homme du Sud.

« Mason, dit-il lentement, Papa-gâteau. » (Dans le texte américain, c'est « Uncle Sugar »). « Je finis par en arriver au point que j'étais aussi désarmé devant lui que Romulus cramponné aux grosses tétines de sa louve... jamais, aussi longtemps que je vivrai, je n'oublierai ce bref instant : moi, debout au milieu de la cour, avec cette bouteille comme une grosse bouse de vache bien chaude dans la main, et lui penché sur la balustrade, si mince, si américain, avec le regard affamé d'un *homme qui savait qu'il pourrait faire de moi sa proie si je le laissais faire. »*

Mason l'a pris financièrement en charge, il voudrait aussi le prendre moralement en charge. Il le reconnaît pour son fils. Père stérile, qui a eu besoin d'un autre comme instrument, mais père ; et c'est naturellement surtout dans sa mort que cette paternité se réalisera pleinement. Lorsque Peter reverra Cass pour la dernière fois avant son départ, il remarquera chez lui un subtil mais décisif changement : « J'eus l'impression que Cass... était une autre personne. C'était bien Cass pourtant, habillé comme d'habitude... mais il n'avait pas tout à fait l'air d'être Cass. On aurait cru à un étrange, un indéfinissable déplacement de lui-même, un peu comme s'il avait été son frère jumeau. » Ce nouveau Cass est évidemment le fils du viol de Francesca par Mason. On voit que l'inceste œdipien se réalise ici d'une façon fort inattendue, comme à l'envers. Quant au jumeau qui a disparu, Cass l'a tué évidemment en tuant Mason, ainsi se vérifie ce rêve décisif, cet oracle qui a précédé leur première rencontre : « Cass se surprit en train de se déshabiller. Puis — miracle des miracles — il était sorti de lui-même... Il voyait son autre moi s'avancer sous la douche... Et maintenant, nu et bleu sous les jets de gaz, son autre moi se raidissait, la peau brillante comme une turquoise, avant de basculer et de tomber sur le sol, en silence et sans vie... »

Qu'est-ce qu'il tue donc en tuant ce père et ce jumeau ? Comment se fait-il que ce meurtre fasse de lui-même une bénédiction pour sa propre terre, l'Amérique ? Il tue cette formule de Mason qui revient deux fois en tête de chapitre : « L'Art est mort. » Il tue ce qui est la racine de cette formule, l'oubli historique dans lequel vit Mason, il tue le crime de Laios, le mensonge concernant les origines, cette particularité qui fait que le jeune Américain n'a point de mémoire authentique, qu'il fabule constamment sa propre vie, sans que cette affabulation puisse jamais devenir positive, prendre la forme d'une œuvre littéraire.

Lorsqu'on voit Mason pour la première fois, on a l'impres-

sion de l'avoir toujours connu, qu'il fait partie de la famille, et pourtant, nous dit Cass : « Pendant toute la période que j'ai vécue avec Mason, j'ai toujours eu l'impression que je ne le connaissais pas, que je ne pouvais jamais mettre la main sur lui... Un être si étrange, si neuf... *Il n'avait pas d'histoire, ou, s'il en avait une, elle avait commencé le jour même de sa naissance. Avant cela, c'était le néant, et c'est de ce néant que cet être était né, condamné au néant à cause du néant qui avait précédé et suivi sa naissance... »*

Cass Kinsolving par conséquent formule dans toute sa conduite une objurgation à reprendre pied sur les origines, à reformuler toute l'Histoire. Je me suis longtemps demandé pourquoi le nom de Ravello avait été changé en Sambuco, qui veut dire en italien « sureau ». On ouvrira peut-être une piste vers l'un des foyers essentiels du livre en se souvenant qu'en anglais « sureau » se traduit par « elder », qui veut dire en même temps « aîné ».

Un fil rompu à renouer, Mason étant cette rupture, la fleur de cette faille en nous tous dont la naissance remonte naturellement bien plus loin que le premier arrivage de Noirs dans les galions hollandais sur les rivages de la rivière James.

Michel Butor.

L'ambizione del mio compito non mi
impedì di fare molti sbagli

Ce livre est dédié
avec amour et gratitude
à ma femme, Rose,
à mon père
et
à William Blackburn

... Que, de cette providence de Dieu qui observe la vie de chaque herbe, de chaque ver, fourmi, araignée, crapaud et vipère, jamais, jamais, un rayon ne vienne m'inonder : que ce Dieu, qui déjà jetait les yeux sur moi quand je n'étais encore rien, qui, alors que je n'existais pas, m'appelait, comme si j'avais existé, du sein des ténèbres profondes, ne me regarde pas maintenant que, tout indigne que je sois, banni, condamné, je suis pourtant toujours sa créature et contribue quelque peu à Sa gloire, même dans ma damnation ; que ce Dieu qui a souvent jeté ses regards sur moi alors qu'ayant fermé l'œil du jour, le Soleil, et l'œil de la nuit, la Lune, et les yeux du monde entier derrière des rideaux, des fenêtres et des portes, je me vautrais dans mes ordures les plus infectes ; que ce Dieu qui me voyait alors, qui me voyait dans Sa miséricorde, en me laissant bien voir qu'Il me voyait, et parfois me conduisait jusqu'au remords et (à ce moment-là) à l'abstention de ce péché ; que ce Dieu puisse à présent se détourner ainsi de moi au profit de ses Saints glorieux, de ses Anges, et faire qu'aucun Saint, aucun Ange, ni Jésus-Christ lui-même ne viennent plus le prier de regarder vers moi, lui rappeler qu'il existe une telle âme ; que ce Dieu, qui a dit si souvent à cette âme : « *Quare morieris ?* » Pourquoi veux-tu mourir ? et qui, si souvent, a juré à mon âme, *Vivit Dominus,* sur la vie du Seigneur, je ne te laisserai pas mourir, ne me laisse à présent ni mourir ni vivre, mais mourir une vie éternelle, et vivre une mort éternelle ; que ce Dieu qui, lorsqu'il ne pouvait pénétrer en moi en attendant debout et frappant à la porte par les modes qui lui sont habituels, par Son Verbe, par Ses grâces, ait décidé dans Sa sagesse d'ébranler cette maison, ce corps, de spasmes, de convulsions, et, l'accablant de fièvres et de températures, ait fait de cette maison la proie des flammes et terrifié le maître de cette maison, mon âme, par des horreurs et des craintes affreuses, et par ce moyen soit parvenu à pénétrer en moi ; que ce Dieu puisse faire avorter Ses propres desseins et Son action sur moi, m'abandonner, me rejeter comme si je ne Lui avais rien coûté ; que ce Dieu, enfin, puisse laisser cette âme se dissiper comme une fumée, comme une vapeur, comme une bulle, et que cette âme, ne pouvant être ni une fumée, ni une vapeur, ni une bulle, en soit réduite à rester étendue sur un lit de ténèbres aussi longtemps que le Seigneur de lumière sera la lumière même, et que jamais une étincelle de cette lumière ne rejaillira sur mon âme ; quelle Géhenne ne serait pas un Paradis, quelle pluie de soufre ne serait pas de l'ambre, quelle douleur poignante ne serait pas un réconfort, quel rongement de vers ne serait pas une caresse, quelle torture ne serait pas un lit de noces si on les comparait à cette damnation, à cette privation, pendant l'éternité, l'éternité, l'éternité des siècles, de la contemplation de Dieu ?

JOHN DONNE, Doyen de Saint-Paul's.
« *A l'Earl de Carlisle et à sa Compagnie, à Sion.* »

PREMIÈRE PARTIE

1

Sambuco.

Du trajet de Salerne à Sambuco, *Italy,* de Nagel, a ceci à nous dire : « La route est taillée presque en son entier dans les falaises de la côte. Un panorama constamment varié se déroule sous nos yeux avec de perpétuelles échappées sur une mer d'azur, des falaises imposantes et des gorges profondes. Nous quittons Salerne par la Via Indipendenza. La route se dirige vers la mer, surplombant *Marina di Vietri.* Une fois revenus sur la côte, nous jouissons d'une vue magnifique sur Salerne, *Marina di Vietri,* les deux rochers (*Due Fratelli*) et Raito. Au-delà d'un tournant latéral, le pittoresque village de *Cetara* nous apparaît soudain (4 milles et demi). Nous regagnons la mer pour contourner ensuite le sombre ravin d'Erchie, puis nous retrouvons la mer au cap Tomolo. Après avoir passé par un défilé entre de hautes murailles rocheuses, nous arrivons en vue de Minori et d'Atrani que domine de très haut *Sambuco.* Au-delà d'Atrani la route tourne et gravit la vallée du Dragon. »

Sur le sujet de Sambuco lui-même, Nagel est caractéristiquement lyrique : (1 033 pieds) petite ville d'aspect inusité dans un paysage d'une extraordinaire beauté. Le contraste entre l'isolement du site où elle s'élève et la séduction du décor, entre les ruines de ses palais anciens et la gaieté de ses jardins est des plus émouvants. Bâtie au neuvième siècle sous le gouvernement d'Amalfi, Sambuco a connu une grande prospérité au treizième siècle.

Sambuco, certes, n'est plus prospère ; néanmoins, grâce à sa position géographique, son sort est indubitablement préférable à celui de la plupart des petites villes italiennes. Perchée au-dessus de son précipice, lointaine et merveilleusement difficile d'accès, elle est un modèle d'invulnérabilité et c'est certainement une des rares villes d'Italie qui échappèrent aux bombes et aux récentes invasions. Si Sambuco s'était trouvée sur quelque route stratégique, sans doute eût-elle été moins fortunée et se serait-elle trouvée, un beau jour, comme Monte Cassino, hideusement anéantie. Mais les opérations guerrières ont laissé l'endroit intact, presque ignoré, et, pour cette raison, ses églises, ses maisons, ses cours, bien que rongées par la misère, semblent, quand on les compare à celles des autres villes de la région, orgueilleusement, presque injustement préservées, comme le serait un homme sain et robuste dans un groupe de vétérans estropiés, anéantis. Peut-être était-ce simplement à cause de cet isolement, de cette absence de tout contact avec la guerre et les lamentables actes de violence qui en sont la conséquence naturelle, que les événements de cet été récent semblèrent à tout le monde si abominablement choquants.

Pour éviter que cette dernière remarque ne me fasse accuser de me ménager dès maintenant des effets dramatiques, je vous dirai que ces événements furent un meurtre, un viol suivi également d'une mort, et plusieurs incidents d'une violence moindre, mais néanmoins sinistres et fort troublants. Tout se passa, ou du moins commença, au Palazzo d'Affitto (« ... un groupe curieux de bâtiments de style arabe-normand rendus particulièrement pittoresques et évocateurs par la végétation luxuriante qui les entoure. Du jardin-terrasse la vue s'étend sur un panorama merveilleux ») et plusieurs habitants de la ville y furent mêlés ainsi que trois Américains. Un de ces Américains, Mason Flagg, est mort maintenant. Un autre, Cass Kinsolving, est vivant et en excellente forme, et si cette histoire a un héros, c'est à lui, je suppose, que ce titre revient. Ce n'est certainement pas à moi.

Je m'appelle Peter Leverett. Je suis blanc, protestant, anglo-saxon, et je suis né en Virginie. J'ai à peine dépassé la trentaine; je suis en bonne santé, d'un physique acceptable, sans rien de romantique toutefois. J'ai des habitudes régulières, suis plus curieux que la majorité des gens, et fortement porté sur le sexe — bien que ce soit là une vanité propre à tous les jeunes hommes normaux. Depuis quelques années j'habite et travaille à New York. C'est sans orgueil ni embarras que j'avoue — pour employer la terminologie actuelle — que je me considère quelque peu « croulant ». Par profession, je suis homme de loi. J'ai assez d'ambition pour désirer réussir dans mon métier, mais je ne suis point arriviste, et étant, par nature, incapable de me livrer aux tripotages et aux combines, je soupçonne que je ne dépasserai jamais ce niveau d'honnête médiocrité qui fut celui de mes ancêtres sur les deux branches de notre arbre. Il n'y a là aucun cynisme de ma part, et pas la moindre affectation d'humilité non plus. Je suis un réaliste et je me crois autorisé à vous dire, en raison de mon expérience, que la loi — même dans un domaine aussi peu reluisant que le mien où on ne s'occupe que de dommages, testaments et contrats — exige tout autant de roueries, de trahisons envers de bons amis que n'importe quel autre métier. Non, cela est au-dessus de mes forces. Je suis collé, pourrais-je dire, à ma destinée et j'en tire le plus de plaisir possible. Peut-être n'est-ce pas aussi satisfaisant que le métier de compositeur qu'un jour j'avais caressé l'idée de pouvoir excercer, mais la profession d'homme de loi est infiniment plus lucrative ; en outre, en Amérique, personne n'écoute les compositeurs, tandis que la loi, d'une façon à la fois subtile, majestueuse et fascinante, parvient encore à faire pénétrer sa musique dans les cerveaux des hommes. J'aime du moins me bercer de cette illusion.

Il y a quelques années, à mon retour d'Italie et de Sambuco, lorsque j'acceptai une position dans une firme de New York (de second ordre, je dois avouer, pas même dans Wall Street, mais assez près cependant pour permettre à un des beaux esprits du bureau de suggérer le slogan : « Traversez la rue, ça vous coûtera moins cher ») — il y a quelques années, dis-je, je me trouvais vraiment en assez piètre état. La mort d'un ami — surtout dans les circonstances qui avaient accompagné celle de Mason Flagg, et encore plus quand on a été témoin, quand on a vu le sang, le tumulte, la confusion — n'est pas une chose que l'on puisse oublier facilement. Et cela s'applique même dans mon cas, alors que je me croyais totalement détaché de Mason et de tout ce qu'il représentait. J'arriverai bientôt à la mort de Mason, et elle sera décrite, je l'espère, avec toute la véracité nécessaire. Pour le moment, je me bornerai à vous dire simplement que cette mort m'avait laissé désespérément anéanti.

Pendant cette période, j'avais des rêves incessants de traîtrise, de trahison — rêves qui se poursuivaient toute la journée. Je me rappelle tout particulièrement l'un d'eux. Comme la plupart des rêves terribles, il avait accoutumé de revenir sans cesse. Dans ce rêve, je me trouvais dans une maison, quelque part, et tentais de dormir ; c'était en pleine nuit, nuit de vent et d'orage. Brusquement, j'entendais du bruit à la fenêtre, un bruit sinistre, distinct du vacarme de la pluie et du vent. Je regardais au-dehors et voyais remuer une silhouette, une forme mal définie, un rôdeur dont l'ombre menaçante avançait furtivement vers moi. Terrorisé, j'avançais la main vers le téléphone pour appeler l'ami qui habitait tout près de moi (mon meilleur, mon dernier et plus cher ami ; les cauchemars aiment la grandeur et les superlatifs) ; je savais que c'était *lui* en quelque sorte qui seul m'était assez cher, assez proche, pour me venir en aide. Mais j'avais beau sonner frénétiquement, je n'obtenais pas de réponse. Alors, reposant le téléphone, j'entendais un tap-tap-tap à la fenêtre. Je me retournais et voyais — empreint de la malice d'un démon derrière la vitre ruisselante — le sinistre visage meurtrier de cet ami lui-même...

Qui m'avait trahi ? Qui avais-je trahi ? Je ne le savais pas, mais j'étais sûr que tout cela était lié à Sambuco. Et, bien que la mort de Mason ne m'eût que légèrement affecté — je veux que cela soit bien clair, dès à présent — j'étais encore déprimé, misérablement déprimé, par ce qui s'était passé dans cette ville italienne. Maintenant, en revenant sur le passé, je puis voir que le plus pénible de mes soupçons était sans doute ceci : que bien qu'en aucune façon je n'eusse été la cause de la mort de Mason, j'aurais peut-être été à même de l'empêcher.

La nature, bien entendu, sait toujours comment traiter nos plus cruelles mélancolies. Graduellement, si imperceptiblement que j'en étais à peine conscient, mes souvenirs commencèrent à s'estomper, à pâlir, et je me retrouvai bientôt dans un état presque normal. Au point que quelques mois plus tard j'allai jusqu'à me fiancer. La jeune fille s'appelait Annette. Elle était belle, et riche par-dessus le marché.

Cependant, si ma tristesse avait à peu près disparu, mon étonnement et ma curiosité étaient toujours aussi vifs. Je savais que ce qui restait de Mason, plusieurs mois auparavant, avait été transféré de l'Italie, dont il avait horreur, en terre américaine où il reposait maintenant — si tant est qu'on puisse dire qu'un Mason peut jamais reposer dans la mort — Rye, New York, je crois, mais qu'importe. Je savais que la jeune Italienne qu'il était accusé d'avoir violée et battue était morte également. (Je l'avais vue pendant quelques secondes cette nuit-là. C'était une belle fille, totalement, étonnamment belle, ce qui, je crois, était pour beaucoup dans la détresse qui, plus tard, fut la mienne.) Et je savais que l'affaire — la *tragedia,* comme les journaux de Naples l'appelaient — était définitivement classée, ne laissant, maintenant que les deux personnages principaux étaient si radicalement, si décisivement, morts, que de biens faibles résonances pour alimenter les fouineurs, les commères et les simples curieux. Je découvris que même les journaux de New York n'avaient pas fait grand cas de cette histoire — et cela malgré le nom de Flagg aux attaches plus ou moins glorieuses — peut-être parce qu'après tout Sambuco était une ville lointaine, mais, plus vraisemblablement, parce qu'il ne restait plus personne qui pût trouver plaisir à exposer sa honte, sa culpabilité aux voraces lumières de la rampe. Ainsi, en dehors du fait exceptionnel que je m'étais trouvé à Sambuco à l'époque du drame, à bien des points de vue je n'en savais pas davantage, sur cette abominable horreur, que le premier passant venu.

Sauf que moi, cependant, je *savais* quelque chose, et c'était là ce qui me tourmentait encore, et bien longtemps après cette sombre mélancolie que je viens juste de décrire. Je savais quelque chose, et si c'était insignifiant, un soupçon tout au plus, cela suffit pourtant à nourrir ma perplexité et ma curiosité pendant encore un an, et davantage. Cette curiosité elle-même me serait sans doute sortie de l'esprit sans une caricature que je vis un dimanche dans le *New York Times*...

Quiconque a vécu seul dans un appartement à New York connaît et se rappelle la qualité spéciale du dimanche. Le lent réveil tardif au milieu d'une ville brusquement et absurdement silencieuse, les tasses de café et les tonnes de journaux, la sensation d'indolence et d'ennui, et les cours des maisons qu'éclaire le soleil, où les chats, yeux mi-clos, ondulent sur des clôtures, et des pigeons tournoient ; et l'horloge d'une église, tristement, désespérément, laisse tomber son carillon sur toute cette tranquillité. C'est une période de réelle torpeur, mais aussi une période de nervosité, de malaise soutenus — je n'ai jamais pu en découvrir le motif. Serait-ce parce que, dans cette ville, la plus publique de toutes, on se sent momentanément plus chez soi, parce que ces vieilles questions : *Que fais-je ? Où vais-je ?* prennent une insistance qu'elle ne pourraient jamais avoir le lundi ? Ce dimanche dont je parle était un dimanche de fin de printemps, époque peu propice à l'introspection. Ma fiancée était allée voir ses parents à Pound Ridge, mes amis étaient ou absents ou indisposés. j'avais donc boutonné mon col en vue d'une promenade solitaire dans Washington Square, quand, le plus négligemment du monde, je jetai les yeux sur la page des éditoriaux du *Times*. Peut-être aussi, en ce début d'après-midi, avais-je pensé à Sambuco, avais-je remué de vieux chagrins, de vieux regrets et diverses récriminations futiles. Je n'en suis pas certain, mais ce que je sais fort bien c'est qu'en voyant le dessin et, au-dessous, la signature sur laquelle personne n'aurait pu se tromper — *C. Kinsolving* — mon cœur fit un bond, et je me sentis arraché, entraîné dans le temps perdu vers Sambuco — précipité, dans le monde des souvenirs, léger comme une feuille. Toute l'affaire de nouveau se déversa sur moi, mais sans l'horreur cette fois, sans les sueurs d'angoisse. Je ne sortis pas cet après-midi-là. J'examinai soigneusement le dessin — c'était une réimpression d'un dessin paru dans un journal de Charleston, Caroline du Sud. J'examinai le dessin, la signature, et je fis les cent pas dans ma chambre, fumant cigarette sur cigarette, au point de m'en faire souffrir les gencives, et regardant les calmes jardins du dimanche (bientôt il n'y aura plus de jardins dans Greenwich Village), les pigeons, les buveurs de bière en chemises de sport et les chats errants. Enfin, à la tombée de la nuit, et quand le bruit des assiettes du dîner se fit entendre dans l'appartement des voisins, je m'assis et écrivis une lettre à Cass. Je la terminai vers minuit. Je n'avais pas mangé et j'étais exténué. Un peu après une heure, je descendis au White Tower, sur Greenwich Avenue, et commandai deux « hamburgers ». En rentrant chez moi, je mis la lettre à la poste — c'était moins une lettre qu'un document adressé à Cass aux bons soins du journal de Charleston.

La réponse se fit attendre longtemps. Un mois s'écoula, puis plusieurs semaines encore, et j'étais sur le point de prendre mon courage à deux mains et d'écrire à nouveau quand, un jour de juillet, je reçus une réponse :

Cher Peter,

Naturellement, je me souviens de vous et j'ai été enchanté d'avoir de vos nouvelles. Vous aviez raison. Je ne crois pas qu'il y ait beaucoup de C. Kinsolving. Content que vous ayez aimé mon dessin, et c'est évidemment une chance pour moi que vous l'ayez trouvé dans le Times, *ne serait-ce que pour la seule raison qu'il vous a poussé à renouer avec moi et à m'écrire une lettre d'un si cordial intérêt. Je suis extrêmement fier de ce dessin, qui, à mon avis, et malgré le mépris que j'ai pour la politique en général, est une bonne paire de claques aux hypocrites de Washington D.C. Quant à votre question, ces dessins ne sont que le beurre de mes épinards et non mon réel métier. Je fais en effet des demi-journées dans une manufacture de cigares, ici, à Charleston. J'ai également une classe de peinture, bien que, de part et d'autre, les affaires ralentissent un peu à la fin de l'été. Néanmoins, je ne méprise pas les caricatures. C'est peut-être la Forme d'Art Américaine, sait-on jamais, et je me vois très bien descendant en ligne directe de Daumier et de Rowlandson. De plus, je reçois quinze dollars par dessin, quelquefois davantage, ce qui n'est pas, comme on dit, de la roupie de sansonnet. Poppy travaille elle aussi. Elle est quelque chose comme comptable aux Chantiers Maritimes et nous avons une très bonne servante noire pour les gosses quand ils ne sont pas à l'école, de sorte que, si nous ne nageons pas tout à fait dans la même opulence que cet autre éminent citoyen de la Caroline, B. Baruch, nous nous en tirons parfaitement. J'ajoute que je peins dans mes heures de loisir et que cette mort paralysante de l'âme dont vous avez été témoin est à peu près finie.*

Peter, je voulais toujours vous remercier de ce que vous avez fait, à Sambuco, pour Poppy et nous tous. Elle m'a tout expliqué, et maintenant, je devrais vous demander pardon, prenant pour faible excuse le fait que je ne savais pas comment vous joindre à New York City. Mais ce serait un mensonge ; je me bornerai donc à vous remercier encore, espérant que vous comprendrez.

Je comprends très bien aussi l'intérêt que vous portez à M. et votre désir de mieux connaître quelle était la situation à Sambuco. Moi-même je trouve extrêmement difficile de parler de M. et de ce qui s'est passé là-bas. Je ne peux même pas y penser, encore bien moins le coucher par écrit. Et cependant, c'est curieux, vous savez, de même que vous dites que vous êtes dans l'ignorance de ce qui s'est passé à Sambuco, de même, de temps à autre, je me demande qui était M. Je dis bien ETAIT, *et ce qui le rongeait et comment il a pu finir comme il a fini. Je ne crois pas que personne puisse jamais tirer ces choses au clair, et, sans doute, cela vaut-il mieux de quelque façon qu'on regarde l'affaire. Vous avez raison de « soupçonner » que j'ai vécu là-bas des jours cruels. Je crois que j'ai été bien près de ce qu'on appelle communément le bord de l'abîme, mais je crois avoir repris mon aplomb maintenant. A propos, je n'ai pas bu même une goutte de bière depuis deux ans. Cela rend Sophocle bien plus facile à lire, et je me suis plongé maintenant dans Shakespeare, avec l'espoir de rattraper à cet âge avancé ce dont m'a privé le système d'éducation secondaire des Etats-Unis.*

S'il vous arrive de vous trouver dans ces parages, Peter, faites-le moi savoir. Nous habitons près de la Battery dans une maison vieille de deux cents ans. Le loyer en est modeste et nous avons toute la place du monde pour un invité. Poppy pense à vous avec affection, les gosses aussi.

Molti auguri
Cass.

Je n'ai jamais eu grande confiance dans ces « S'il vous arrive de vous trouver dans ces parages ». C'est une formule que j'ai employée moi-même bien des fois dans les situations délicates où le véritable sentiment caché derrière la phrase n'était que trop visible. C'est une formule polie, cordiale, mais qui, à coup sûr, ne supplie ni n'exhorte. Ce n'est pas la même chose que « Ce serait si agréable de vous revoir », et c'est aussi éloigné de « Je vous en prie, venez me voir, vous me manquez », que la simple civilité l'est de l'amour. Et cependant, il y avait dans cette lettre de Cass une certaine qualité qui me portait à croire que ma visite ne lui déplairait pas — en fait, qu'en ce qui regardait Mason, il désirait peut-être une rencontre autant que je la désirais moi-même. J'avais droit à trois semaines de vacances, en septembre. J'avais projeté d'aller passez la première avec mon amie Annette (il y a dans le mot fiancée quelque chose de définitif, de conclusif) dans les White Mountains. Les deux autres, je les réservais à mes parents, en Virginie : ils étaient vieux et en mauvaise santé et, bien que nous n'ayons jamais été aussi intimes qu'on l'est dans certaines familles, quelque chose de las, de douloureux dans leurs lettres me poussait à aller leur rendre visite. Je me proposai donc — et j'en avertis Cass sur-le-champ — d'aller forcer sa porte pendant une fin de semaine, en venant de Norfolk par avion lors de mon séjour chez mes parents. Malgré son invitation sous-entendue, je ne comptais pas descendre chez lui. Est-ce que telle ou telle fin de semaine lui conviendrait ? Pourrait-il me retenir une chambre dans un hôtel ? Je n'aurais pas dû être surpris, je suppose, et pourtant je le fus : Cass ne me répondit pas.

Le séjour dans le New Hampshire avec mon éblouissante Annette fut une catastrophe totale. Je me contenterai de dire que la pluie ne cessa de tomber, que nous résistâmes deux jours et que, lorsque nous quittâmes notre hutte de montagne sous une trombe d'eau, nos fiançailles étaient rompues. Les difficultés n'étaient nullement d'ordre sexuel. Nous comprîmes que nous n'étions pas faits l'un pour l'autre, tout simplement. Nous affectâmes tous les deux de prendre la chose avec désinvolture, mais une affaire d'amour, comme un prodige de chirurgie plastique, est de la chair posée sur de la chair vivante et, l'arracher, c'est arracher du coup de grands morceaux, des parties de soi-même. Je partis pour la Virginie me sentant tout mélancolique, sombre, indiciblement dépossédé.

En revanche, j'ai un peu plus à dire sur mon séjour en Virginie. En Amérique, rien ne reste stable bien longtemps, mais ma vieille ville natale, Port Warwick, était devenue plus grande, plus modernisée, plus guignolesque que je ne l'aurais cru possible pour une décente ville du Sud. Evidemment, ç'avait toujours été une ville de chantiers maritimes et un port de mer (pensez à Tampa, Pensacola, ou aux quais rouillés de Galveston ; mais si vous ne les avez jamais vus, Perth Amboy fera l'affaire) et, dans la publicité officielle, elle n'avait jamais figuré parmi les ornements du commonwealth. Pourtant, dans mon enfance, j'avais goûté la douceur de son charme de port de mer. J'avais senti l'odeur des vents du large, j'avais flâné sous ses magnolias gigantesques, et j'avais observé l'appareillage de vieux cargos tout défraîchis. Bref, j'avais su dégager pour moi-même ce qui faisait l'originalité romantique de la ville. Maintenant, les magnolias avaient été abattus pour faire place à une route en bordure de la mer. Il y avait partout des centres commerçants bleuis par les vapeurs d'essence, bordés de supermarkets. Des antennes de télévision nichaient sur des hectares et des hectares de toits d'habitations à bon marché, et, ce qui était peut-être le pire, les bacs pour Norfolk, ces grosses bailles trapues, cracheuses de fumée, qui avaient toujours conservé leur splendeur pataude, ces bacs n'existaient plus, remplacés par un tunnel, fabrication yankee, qui avançait son groin blanc, nauséabond, à trois kilomètres au-dessous des vases de Hampton Roads. Agitée, bousculée, palpitante de prospérité, encombrée de nomades, de gens sans attaches, de déracinés (de parvenus, disait mon père. Mon enfant, tu assistes au déclin de l'Ouest), la ville me semblait à la fois aussi étrangère et cependant aussi intensément familière que des endroits comme Bridgeport ou Yonkers. Et, dérouté, anxieux,frappé d'un sentiment de dislocation que j'ai rarement ressenti aussi douloureusement avant ou depuis, je compris que je ne pourrais pas rester là bien longtemps. En fait, je faillis partir le jour même de mon arrivée quand, ce soir-là, cherchant, en proie à une vague panique, une scène qui me fût familière, je descendis à la rivière dans le doux crépuscule de septembre. Là, au lieu de la grande prairie herbeuse que j'avais si bien connue (on l'appelait le « Casino ». Le soir venu, des sycomores bruissants y ménageaient des coins d'ombre. Il y avait un kiosque à musique et une vue sur la chaude, la vieille rivière James où se reflétaient les étoiles. A la tombée du jour nous venions y jouer au base-ball ; des nègres, les bras nus, vendaient des cacahuètes et des crabes jusqu'au moment où la musique des clarinettes se dissolvait, mourait enfin ; et tout fermait : et les amoureux s'éloignaient sous les arbres dans la vague rumeur des graines de sycomores dont la chute troublait le silence. Un cargo qui prenait la mer sifflait dans les ténèbres) je trouvai, montrant les dents, une gare d'autocars Greyhound et un curieux édifice, en forme de losange, écrasé, aplati, couvert de tuiles vertes, occupé, entre autres locataires, par un pédicure, un psychanalyste amateur et — le comble de ce qu'on peut dire sur le Sud en voie de disparition — un bureau rempli de conseillers de relations publiques ou de consultants.

Mais c'est là quelque chose de trop familier pour qu'il soit besoin d'en parler davantage. En Amérique, nos points de repère et nos frontières se mêlent, se modifient et changent plus vite qu'on ne pourrait le dire. Un jour, nous nous sentons enracinés, et le tapis de notre expérience est une chose familière sur laquelle nous nous tenons debout solidement. Puis, comme sous l'effet de quelque sortilège, on nous retire tout sous les pieds et, une fois par terre, où nous retrouvons-nous ? Dans la même vieille rue, naturellement. Mais, alors que jadis elle s'appelait du joli nom sonore de Bankhead Magruder Avenue — cher à tous ceux qui se rappellent le soldat qui fit pat McClellan — elle s'appelle maintenant Buena Vista Terrace (« C'est l'influence de la Californie, gémissait mon père, nous finirons par y passer tous ») ; en face de nous un gigantesque panneau publicitaire (les règlements zoniers sont périmés ; autrefois, à cet endroit même, nous nous balancions sur des lianes dans les matins verdis par les fougères) nous conseille : « Ecoutez Jack Avery, le Disk Jockey favori de Tidewater », et, bien que nous soyons obscurément émus par des insinuations de croissance, de progrès, nous nous sentons vidés et abattus. Et ce n'est pas non plus que notre nostalgie soit mal placée. Il n'y a que les niais pour censurer le changement en soi, mais, dans cette ville « au pillage », pour employer l'expression de mon père, plus d'un sot, sur son lit de mort, protesterait de son innocence dans ce viol total. « Rapportez-nous la verdure, rapportez-nous les feuilles ! voilà ce qu'ils gueuleront, disait mon père. Voilà ce qu'ils gueuleront quand la lumière faiblira. Et tout ce qu'ils obtiendront ce sera ça, cet Avery. »

Ce fut, je crois, l'après-midi du quatrième et du cinquième jour après mon arrivée à Port Warwick que mon père, retiré maintenant des chantiers, m'emmena faire une longue promenade en auto autour de la ville. Nous parcourûmes toutes les vieilles avenues dont quelques-unes m'étaient devenues étrangères (les arbres les plus grands et les plus vénérables semblent toujours être les premières victimes d'une renaissance municipale : non seulement les magnolias, mais les chênes et les ormes étaient tombés pour permettre un travail de reconstruction destiné à rendre possible, entre autres choses, la première église Pentecostal Holiness, style Bauhaus, de Dixie), et nous mangeâmes des pieds de cochon en buvant de la bière derrière les vitres piquées de chiures de mouches du bistrot Jake Eisenman, qui seul, parmi les blanchisseries automatiques, les self-services, les Howard Johnson [1], résistait aux changements, résistait au néon, au plastique, au chrome, résistait aux réformes sanitaires et à une nouvelle clientèle (la bande des anciens jeunes était toujours fidèle au poste, les joues plus pâles et le cheveu rare maintenant, parmi les queues de billard et les crachoirs teintés de vert-de-gris ; et ils échangeaient encore des histoires de culs et de fesses, blancs et noirs, mais en y ajoutant aujourd'hui cette manœuvre d'acrobatie légale, orgueil du pays de Byrd, qu'on appelle *interposition,* destinée, sans le moindre doute, à tenir les nègres à distance). Ensuite, légèrement affectés par la bière et flottant dans la lumineuse chaleur de septembre, nous fîmes brièvement le tour du port et longeâmes lentement la baie spectaculaire et bleue. C'était une belle journée claire, un peu brumeuse dans le lointain, là où dormaient à l'ancre des pétroliers et des croiseurs gris gigantesques, mais riche d'une odeur de sel, transparente et magique, blanchie de mouettes étincelantes. Nous passâmes le long d'une plage où des garçons, les jambes enduites de vase, pêchaient des palourdes. Des enfants y jouaient sur le sable sous l'œil des mères plantureuses à tête enturbannée, ointes d'huiles et luisantes comme des phoques. Un bateau à moteur, silencieux, tout au loin sur la mer, fendait les eaux entre deux paraboles d'embruns d'argent. Pendant quelques minutes délicieusement perdues, je me sentis emporté dans un rêve d'années depuis longtemps passées — claquements de voiles, odeurs de goudron, et le contact froid et rêche des coquillages dans la main — inamovible paysage marin de l'en-

1. Restaurants populaires identiques quant à l'architecture et aux menus et très achalandés le long des autoroutes. (N. du T.)

fance qui, même ici, même maintenant, semblait nier, éluder la perfide étreinte du progrès. Un feu rouge nous arrêta soudain. Mon père avait toujours eu ce talent de vous faire passer un frisson dans le dos en mettant les freins sans laisser la moindre place pour une erreur, et au dernier instant de vérité.

Et, comme nous nous arrêtions, il dit : « Mon petit, tu n'as pas dit grand-chose depuis ton retour. Qu'est-ce qu'il y a ? Histoire de femme ? »

Que pouvais-je lui répondre ? Oui et non ; c'était bien une histoire de femme, mais à la racine de *cela,* il y avait une autre histoire aussi, une histoire plus troublante, plus bouleversante et, comme je n'avais parlé à personne de Sambuco, je ne pouvais pas me faire violence et lui en parler non plus. Je murmurai quelque chose sur l'humidité.

Alors (météorologiste clairvoyant) il dit : « Je sais, je sais, Peter, c'est une triste époque. » Le feu changea et nous démarrâmes d'un bond. « C'est une triste époque. Une époque vide. Une époque médiocre. On pourrait presque sentir la pourriture dans l'air. Et puis, ça ne fera qu'empirer. Tu t'en rends compte ? Lis Carlyle, lis Gibbon. Regarde les périodes comme celle-ci, où les hommes s'amusent à peloter des faux dieux, où le quatrième, le cinquième sur la liste est considéré le meilleur, où il n'y a plus qu'une seule chose qui compte : la nouveauté, la combine, le frisson qui secoue les nerfs. Et à quoi tout cela mène-t-il ? A l'anarchie politique. Et ensuite ? la dictature ! Nous en avons déjà une dans cet Etat, ajouta-t-il », et il cracha le nom de ce proconsul du commonwealth dont les activités le maintenaient depuis trente ans dans une indignation constante.

Homme exceptionnel et prodigieux, mon père. S'il était né dans le Nord, je crois qu'il serait facilement devenu un radical de la vieille école. Mais — bon épiscopalien que les circonstances avaient placé dans les limites de la paroisse la plus collet monté de ce côté-ci de Canterbury — il avait réussi à établir un compromis fragile entre son honnête piété, d'une part, et sa largeur d'esprit, de l'autre, et la tension qui en était le résultat avait contribué à faire de lui le seul vrai libéral que j'aie jamais connu. Etre un homme de ce genre à New York est un jeu d'enfant, mais pour en être un dans le Sud il faut avoir plus de cran qu'on n'en a d'ordinaire. Il avait ambitionné d'atteindre à la compréhension, à la sagesse comme d'autres désirent la fortune, le prestige, et je crois qu'il avait fini par trouver une large part des deux. Il comptait parmi les rares hommes de Port Warwick qui lisaient quelquefois un livre. L'âge l'avait courbé, ratatiné un peu, mais non la vie et, à mes yeux, il n'avait fait que grandir et grandir. Je n'ai jamais connu plus honnête homme et si, dans ces dernières années, il lui est arrivé de se montrer grincheux, sentencieux et un peu trop bavard, je pouvais le comprendre, sachant que l'hypocrisie, la méchanceté qui le mettaient en rage dépassaient ce que peut supporter un homme, même de sa taille. « Mon petit, la vie est une recherche de la justice », me dit un jour cet ancien dessinateur nullement embarrassé par cette phrase incommensurable. Je sais maintenant que cette justice, il ne l'avait jamais trouvée, mais peut-être cela est-il moins important que le fait qu'il circulait, dans sa quête solitaire, entre des damnations d'amour et des douleurs de joie.

« Peter, je crois que je suis devenu autant dire un paria dans cette ville », continua-t-il (depuis un moment nous marchions en seconde et je dus l'avertir de changer de vitesse). « Je crois que j'ai la langue trop longue, mais il y aura bientôt quarante ans que j'essaie de montrer à ces gens-là où est la vérité. Et qu'est-ce qui arrive? Eh bien, voici ce qui arrive : ils voient s'amener ce général ignare avec sa figure de bébé, un gars qui *acquiert* de la religion et lit des histoires de cow-boys, et ils le nomment président. Or, qui c'est-il qui leur avait donné leurs belles maisons et leurs Buicks, je te le demande ? Ce n'était pas un général. C'était Franklin Roosevelt, voilà qui c'était, l'homme qui cherchait à améliorer leur vie et dont ils répudient les principes aussitôt qu'ils voient approcher cinq étoiles et un grand sourire qui leur promet que tout ira très bien, qu'ils n'auront jamais à sacrifier leurs trucs et leurs machins auxquels ils sont attachés comme par un cordon ombilical, et qu'ils peuvent rester pour toujours comme de gros chats, devenir plus mous, plus niais, plus stupides, à mesure que les années passent. Et pour comble, ça ne leur suffit pas. Ils veulent tout. Et, pour cette raison, ils continuent à élire et réélire ce marchand de pommes millionnaire qui leur garantit de bonnes routes et de pitoyables écoles, et qui leur promet surtout que les nègres n'auront jamais la moindre chance de voir leur sort s'améliorer. Ah, dit-il, l'amertume aux lèvres et en secouant la tête, parfois je pense que les stoïciens avaient raison peut-être. Une bonne façon d'en finir est de se trancher la gorge, s'il faut en venir là. »

Détournant mes regards de la baie, je prêtai attention. Il y avait quelque chose de réconfortant, de propre — à une époque de surabondance et de silence — dans la vue de ce vieux renégat au comble de la colère.

« Non, je ne veux plus leur parler, dit-il pour conclure. Non, ils ont entendu les dernières paroles d'Alfred Leverett, et ils peuvent s'en aller au diable dans leurs Cadillacs, j' m'en fous. J'en ai fini avec eux tous. » Il devint rouge comme un homard et lâcha un rot du tonnerre. J'eus des craintes pour son cœur.

Nous roulâmes quelque temps en silence. De gros

nuages d'orage blancs montèrent à l'horizon, très haut au-dessus de Eastern Shore, et une poussière d'eau grise s'échevela au-dessous d'eux comme une barbe, lâchée en lambeaux fumeux sur la mer. Au loin, une voile blanche s'inclina, s'aplatit presque sur l'eau, puis se releva lentement, gracieusement, au passage de la risée, dans un frémissement d'eau bleue. Et maintenant, l'auto, une Hudson Hornet de 1948, au seuil de la vieillesse, commençait à faire entendre des bruits inquiétants, des cricris, quelque part, au fond de ses entrailles (je l'avais remarqué vaguement la veille), mais mon père, ruminant encore sa colère comme un vieux Jérémie réduit aux dernières cendres de l'impuissance et de la tristesse, clignait les yeux vers le soleil sans prêter la moindre attention à ces bruits. Il était un des marguilliers de l'église. Ses épaules étaient voûtées. Il portait des lunettes bifocales, et son nez mince était crochu. Je vis ses lèvres former avec effort une syllabe muette. Puis, dans un soupçon de murmure timide, cela devint : *racaille.*

« Parfois, je crois que nous ne sommes qu'une nation d'enfants, dit-il, de petites cervelles d'enfants. Tiens, par exemple, cette Cour Suprême n'avait pas plus le droit de faire ce qu'elle a fait que je n'en ai de dire à un Arabe ou à un Chinois comment ils devraient vivre. C'était une pitoyable stupidité, tout au moins la façon dont ils l'ont faite. Et, à cause de cela, tout le monde en souffrira longtemps. Mais les gens d'ici — ils ne se rendent pas compte que le nègre est tenu d'être traité avec justice, après toutes ces années d'asservissement. Regarde là-bas, mon petit. » Il me montra l'eau scintillante : « C'est là qu'ils sont arrivés, en l'année 1619. Exactement là. Ce fut un des jours les plus tristes dans l'histoire de l'humanité, et je dis cela pour les Noirs aussi bien que pour les Blancs. Nous payons encore pour ce jour-là, et nous continuerons à payer indéfiniment. Et il y aura du sang versé et des larmes. » Il s'épongea le front. Je tournai mes regards vers l'est. Un nuage passa, puis tout redevint clair, et, pendant un instant, il me sembla apercevoir ces galions hollandais, avec leurs chargements de Noirs enchaînés, s'acheminant paresseusement vers les eaux boueuses de la rivière James.

« Attention ! » m'écriai-je. Il avait failli nous mettre dans le fossé. Des bouffées de poussière chaude inondèrent la voiture, et les piaillements, sous le capot, devinrent soudain plus chaotiques et malades.

« Ce qu'il faudrait à ce pays, continua-t-il, reprenant le contrôle, ce qu'il faudrait à notre grand pays, c'est qu'il lui arrive quelque chose. Quelque chose de féroce, de tragique, comme ce qui est arrivé à Jéricho ou à Sodome et Gomorrhe, je veux dire quelque chose de terrible, mon petit, afin que les gens, après avoir passé par tous les creusets de l'enfer, après avoir suffisamment enduré mort et passion, redeviennent des hommes, des êtres humains, et non pas un troupeau de porcs vaniteux, repus, en face de leur auge. Des chiffres sans cervelle, sans âme et sans cœur. Des colporteurs de savon ! Oui, je le dis comme je le pense, c'est une triste époque, et je l'ai vue d'un bout à l'autre. Nous avons vendu notre droit d'aînesse, et le vieux Tom Jefferson fait des cabrioles dans sa tombe. Nous nous sommes vendus, jusqu'au trognon, et tu sais pour obtenir quoi ? Un tas de camelote chromée assemblée à Detroit avec de la gomme à mâcher et de la salive ! » Rouge et suant, il frappa violemment du pied. « Ecoute-moi ce bruit de camelote, je te prie. Camelote éhontée, sans rédemption possible. » Il frappa de nouveau le plancher. « Qu'est-ce que c'est qui ne va pas, à ton avis ? dit-il d'une voix querelleuse.

— Au son, on dirait que ça vient des segments. Il

t'en faudrait peut-être des neufs, dis-je, feignant de m'y connaître.

— Non, non, dit-il, il faut que nous reprenions au début, que nous construisions à partir du rez-de-chaussée. Ce qui est arrivé à ce pays ferait rougir de honte l'Empire romain dans sa plus basse période. Les Pères Fondateurs avaient de nobles rêves, tu sais, et je crois qu'il y a eu un temps où ils ont été presque réalisés. A l'exception des nègres peut-être, l'individu moyen avait trouvé la liberté d'une façon qu'il n'avait jamais sue ni rêvée — la liberté et un ventre plein, et le droit de chercher le bonheur à sa guise. Je crois que jamais l'homme n'avait conçu rêve aussi grand et aussi noble. Mais, quelque part le long de la route, quelque chose a tourné à l'aigre. Ah non de Dieu ! s'écria-t-il, en se penchant, l'oreille tendue, quelque chose a tourné à l'aigre. L'individu moyen, oh lui, il avait le ventre bien rempli, mais qu'était-il ? Il n'était plus la plus noble créature du bon Dieu, il était tout simplement « moyen ». Il n'avait grandi ni en dignité ni en sagesse. Il n'avait grossi qu'en boyaux et en porte-monnaie. Il a renié son Créateur, offrant du bout des lèvres, chaque dimanche, cette sorte de flagornerie répugnante au vrai Dieu, tout en adorant avec tout son cœur le dollar tout-puissant et rien d'autre. Il a pillé un continent entier, lui enlevant toutes ses ressources, sa flore et sa faune sauvages, sa beauté. La sagesse de tous les âges, tous les précieux enseignements de ses ancêtres, tout cela n'a plus compté pour rien. Il a craché sur son frère noir, et s'est abîmé les yeux à regarder la télévision, et, dans le club chic dont il faisait partie, il a forniqué avec la femme de son meilleur ami. Il avait toutes ces drogues magiques pour prolonger la vie, et qu'est-il arrivé ? A l'âge de soixante-dix ans, il n'était plus qu'une cosse vide entourée de gains déshonnêtes, écrasée sous un monceau de culpabilité. Terrifié par la mort, il allait s'allonger là-bas, dans le Sud, sur le sable de Miami Beach en s'apitoyant sur soi-même. Une cosse vide, mon petit. Je n'invente rien. Et tu ne sais pas ? Eh bien, laisse venir le Jugement Dernier... laisse venir le Jugement, et le bon Dieu ne jettera qu'un coup d'œil sur cette cosse vide et lui dira : « Comment oses-tu prétendre au salut éternel, mon ami ? » Et puis il le fera sortir par la porte de derrière et criera dans son dos : « Ça t'apprendra, mon ami, à te vendre à Mammon ! Voilà ce que tu récoltes pour avoir échangé ton âme contre un chevalet à scier le bois et pour avoir renié Mon amour. » Ses joues tristes et tombantes frémissaient de colère, et des larmes d'indignation noyaient les coins de ses yeux. Je le consolai d'une petite tape sur le bras et lui recommandai de se calmer, puis, comme nous arrivions à un poste d'essence en bordure d'un lotissement nouveau, je l'y fis tourner et nous nous arrêtâmes dans un vacarme de volière, cris aigus et gazouillements.

Ce n'étaient pas les segments, c'était l'huile — mon père n'en avait plus une goutte. Et : « Les voitures, ça marche pas sans huile, Mr. Leverett », dit le garagiste en me lançant un coup d'œil complice au moment où mon père descendait tandis que je me réinstallais sur le siège arrière, piqué par les souvenirs que je gardais de cette région. Les paroles de mon père m'avaient laissé épuisé, déprimé. Je me sentais étrangement las, exténué — précocement vieilli — et soudain j'éprouvai la douleur aiguë d'un abandon total, comme si mon identité s'était enfuie, me laissant ignorer ce que j'étais, d'où je venais et où je me rendais. Cette impression s'attarda, me remplissant de lassitude, d'épuisement et de rancœur. Il était maintenant plus tard que je n'avais pensé. Le jour s'était assombri, affadi, et le pâle croissant d'une lune nouvelle flottait très haut, au-dessus de la baie, au-dessus de Norfolk, des phares aux lumières clignotantes et des grands navires ancrés dans la mer descendante. J'entendis des remorqueurs siffler, et maintenant, derrière moi, la rumeur et l'agitation de la ville enflée qui, jadis, il y avait longtemps, même à cette heure où les habitants reviennent chez eux, gardait son calme et sa sérénité. Et, comme je restais là à regarder mon père bavarder avec le garagiste (« Cousins ? disait-il, de cette bonne vieille voix passionnée, vous êtes de Nansemond, vous aussi ? Mais alors, nous sommes certainement cousins ! »), je me rendis compte soudain, dans une brusque poussée de souvenirs, de l'endroit exact où nous nous trouvions. Parce que c'était là, bien des années avant qu'on eût asséché les hectares de marais salants, avant l'arrivée des boulevards sans arbres, d'une blancheur de gypse, des maisons basses, style californien, des vertes pelouses suburbaines toutes grouillantes d'enfants, c'était là, exactement là, à quelques mètres sous les fondations de ce poste d'« Esso » que, jadis, enfoncé jusqu'aux genoux dans la fraîcheur de l'eau salée d'un gris de sable, j'avais pêché des écrevisses de mer, et c'était là, exactement là, qu'à l'âge de douze ans j'avais failli me noyer.

Je m'étais enfoncé à cet endroit même, au milieu d'un tourbillon de bulles, entraînant de frénétiques poignées d'algues avant de me sentir lancé à la surface par un coup de marée, barbotant, crachant l'eau comme une baleine et étouffé soudain par un tumultueux amour pour ma vie en danger jusqu'à l'instant où un nègre qui pêchait des crabes, immobile dans son bateau comme un Christ noir charitable et souffrant au-dessus de l'abîme, m'avait hissé par les cheveux. Je reçus une raclée, et pendant plusieurs jours l'eau me coula par les oreilles. Mon père gratifia le pêcheur d'un jambon et de cinq dollars d'argent — somme qui, même pour récompenser un sauveteur, en ces années de dépression, dépassait de beaucoup ses moyens — mais, bien qu'on m'ordonnât d'éviter désormais cet endroit, je m'y glissais furtivement, seul, pendant les jours d'été. Car, maintenant, tout, dans ce lieu — le cours d'eau, les langoustines fuyantes, le sel du marais, la splendeur du soleil, l'éclair blanc des mouettes et la passerelle au-dessus des roseaux, sur laquelle le tramway oscillant s'engageait à grand bruit, franchissait le marais dans un tapage carillonnant pour disparaître ensuite entouré d'une pluie d'étincelles crépitantes (son monotone refrain électrique semblant se perdre dans l'infini ou dans le temps lui-même) en laissant derrière lui une impression de midi, de bord de mer et d'une solitude jaune, somnolente, toute bruissante d'insectes — tout cela semblait revêtu d'un caractère mystérieux, éphémère. Comme cet instant où une phrase musicale, familière depuis longtemps, est soudain entendue avec des oreilles neuves et se précipite sur vous, non plus comme un air tout simple ou une mélodie, mais comme un débordement du cœur, pur et muet, ainsi, ce paysage avait pour moi des ombres et des lumières que je n'avais jamais soupçonnées et de nouvelles dimensions, gigantesques, et je m'en approchais fasciné et tremblant. C'est là que j'avais perdu cette notion de l'enfant qui croit qu'il vivra toujours ; c'est là que j'avais appris la fragilité non seulement de ma propre personne, mais de tous les êtres et, pour cette raison, si cet endroit me semblait cruel et effrayant, j'y trouvais également une beauté nouvelle et mesurable. C'est pourquoi, muni d'un déjeuner secrètement préparé, je retournais là-bas, jour après jour. A plat ventre dans les roseaux, je taquinais les langoustines avec un bâton, je les regardais s'esquiver, et je méditais, rêvais sous l'ardeur du soleil. Le tramway passait avec son brimbalement métallique pour aller s'évanouir dans le silence de midi. Les mouettes traçaient leurs éclairs sur le ciel. Au loin, les nègres pêchaient dans leurs bateaux, appelaient le vent de leurs voix musicales, et brusquement le silence retombait. Et, dans tout ce silence, les yeux fixés sur le nouveau monde jaune, repu de mayonnaise, de limonade, je frémissais à la pensée de la mortalité.

Et cependant, bien des années plus tard, exactement au même endroit, je pensais que rien ne pouvait souffrir une semblable oblitération. Mes arrière-petits-enfants auront beau user de leur plus subtile archéologie, ils n'arriveront jamais à faire revivre ce marais noyé de soleil, ce cours d'eau, ces langoustines et ce tramway chantant. Tout avait disparu. Les choses ne s'étaient pas seulement altérées, transformées, modifiées ; ce n'était pas seulement un endroit dont les contours pouvaient avoir changé, s'être estompés (ici, un peu plus de végétation, là un peu moins de végétation, un nouveau saule, une anse plus profonde), mais qui restait reconnaissable, fidèle, fixe — non, mon marais s'était évanoui comme une fumée dans l'air, et il ne restait rien. Il eût été difficile d'évaluer combien de tonnes de terre, de sable, de rochers, de gravats, de détritus, même de simples ordures du bon vieux Port Warwick, avaient contribué à cette destruction fantastique. C'était du beau travail, consciencieux et complet. Sous tout cela, un paysage marin, enseveli pour toujours. Maintenant, autour de nous, en boucles excentriques, sur des rangées de pelouses en terrasses, une horde de petites maisons, appelées (pourquoi ?) Glendora Manor, étaient là, accroupies dans le crépuscule. Des autos munies de nageoires à l'arrière, plus grandes que des habitations, circulaient lourdement dans les petites rues, faisaient fuir les cockers et stationnaient devant les pelouses où des arroseuses tournaient, où des tondeuses à moteur tiraient leurs maîtres à travers la pénombre verdâtre et où des globes, au sommet de piliers, brillaient comme des basket-balls d'argent. Les arbres, pour l'instant, étaient encore petits mais ils semblaient s'efforcer de pousser. Et c'était là, d'après mes calculs, qu'avec un fil à plomb placé sous la pompe à essence, on aurait pu atteindre l'endroit où j'avais disparu dans l'écume salée.

Laissons là mon enfance. J'ai entendu dire que, dans les périodes de tension, de danger, dans les périodes de terreur, d'alarmes et de silence, les gens cherchent à se raccrocher au passé et même à le copier. Ils reviennent à de vieilles modes, fredonnent de vieilles chansons, fréquentent les lieux historiques, revivent des guerres ancestrales, s'efforçant d'oublier à la fois la sordidité du présent et un avenir trop étrange et affreux pour qu'on ose même y penser. Peut-être une des raisons pour lesquelles, nous autres Américains, sommes si exceptionnellement nerveux et agités est-elle que notre passé s'efface avant d'avoir pu devenir du présent. Dans notre recherche de vieux avatars que nous aimerions contempler, nous ne trouvons que des fantômes, des murmures, des ombres : il ne nous reste que peu de chose à sentir ou à voir, rien qui puisse satisfaire nos aspirations. Ce soir-là, je fus touché jusqu'au plus profond de mon cœur par la vieille douceur de mon père, par sa décence, sa colère, mais aussi par ce qu'il pouvait y avoir en moi — cela, dans ma vie même, paraissait si intense — que je savais être perdu irrémédiablement. Eloigné de moi-même ainsi que de mon temps, ne pouvant m'attarder sur un passé détruit ni sur le présent fantastique et incompréhensible, je sentais qu'il me fallait connaître la réponse à diverses choses avant de me reprendre en main et de continuer mon labeur. « Tu veux dire Miss Minnie Morehouse, de Whaleyville ? » disait mon père avec cet accent traînant de Tidewater que j'avais eu moi-même pendant un temps et que j'avais perdu. « Mais naturellement j'y étais. Certes oui, j'y étais. Et j'ai mis des fleurs sur sa tombe ! »

Je crois que, pendant un instant, j'ai dû fermer les yeux et les rouvrir, pensant que, par cette espèce de rite, j'arriverais peut-être miraculeusement, parmi les roseaux retrouvés, à contempler l'endroit où la vie m'avait laissé complètement éberlué, dépouillé de mes illusions et de mon innocence. Mais ici, dans le présent changeant, tout était ombre : je ne vis rien, n'entendis rien, sauf dans mon esprit où les mouettes continuaient à voler au-dessus de ma tête et le tram à carillonner, oscillant, comme à travers la lumière des siècles, et semblable à un spectre...

Ce soir-là, je télégraphiai à Cass Kinsolving, à Charleston, pour lui dire que j'arriverais le lendemain. J'avais rarement fait quelque chose d'aussi irréfléchi, et je savais que je devais miser sur sa bonne volonté. Mais, sans savoir l'histoire de Cass, je ne pourrais jamais apprendre ce qui s'était passé à Sambuco — l'histoire de Mason et le rôle que j'y avais joué.

Deux ans auparavant, Cass m'était totalement inconnu. Notre première rencontre ne fut pas des plus encourageantes, si j'ose dire — bien que, même alors, il ne manquât pas d'une certaine originalité — et il aurait pu tout aussitôt sortir de ma vie si, quelques heures plus tard, ce même jour, je ne m'étais trouvé à la périphérie des événements dont il était lui-même le centre. Je voudrais décrire cette rencontre et les circonstances qui la rendirent possible, ne serait-ce que pour vous mettre en mesure de comprendre, en premier lieu, pourquoi j'allai à Sambuco et me trouvai par suite mêlé à cette sale affaire.

Quand Mason Flagg m'écrivit à Rome pour m'inviter à aller lui rendre visite à Sambuco, je pensai que rien ne pouvait cadrer davantage avec mes projets. Il y avait quatre ans que j'étais en Europe — et trois à Rome — et j'en étais arrivé au point où j'avais l'impression que mes racines, quelles qu'elles fussent, devaient se replanter dans la terre natale sous peine de se dessécher complètement. Ainsi, l'invitation de Mason coïncidait avec le « dernier coup d'œil circulaire » que je comptais jeter avant de retourner en Amérique.

Comment j'arrivai en Europe, et ce que j'y faisais, peut très facilement s'expliquer. Je n'avais pas été à la guerre (celle qui précéda la guerre de Corée), ayant reçu une éducation vraiment abominable sous les auspices de la Marine dans un collège de l'Illinois. J'en étais sorti avec un grade d'enseigne de réserve juste deux jours après la bombe d'Hiroshima. Je m'étais mis alors à étudier en vue d'une licence en droit et pendant quelque temps j'avais travaillé à New York. Après quoi, me sentant, en quelque sorte, privé injustement de voyages et de sensations fortes, je décidai de partir pour l'Europe — décision traditionnelle après tout chez les jeunes gens sans but et aux horizons incertains. Je trouvai un emploi dans les services du contentieux d'une grande organisation de secours gouvernemental. Pendant quelque temps j'occupai un poste à Paris où j'estimai qu'il me serait possible de tendre une main démocratique aux victimes de la guerre, ainsi qu'aux opprimés, et où je me bornai, pour finir, à écouter les jérémiades de bureaucrates aigris, collègues de Louisville et Des Moines. Mon bureau jouissait d'une vue fabuleuse sur la place de la Concorde et je passais mon temps à combiner des itinéraires et à établir des connaissements qui étaient de véritables œuvres d'art.

Un an plus tard, on m'envoya à Rome dans un bureau encore plus agréable qui donnait sur les étendues vertes des ruines du Circo Massimo : là, presque en toutes saisons, un carnaval y charmait mes journées par des beuglements de trompettes et la musique folle des orgues de Barbarie. J'aimais Rome, bien que ma routine — m'occuper des malheurs des employés de l'Agence — fût à peu près la même. Il y a, dans le climat italien, quelque chose qui rend l'employé américain moyen, placé à une si grande distance des rouages du progrès, encore plus grincheux et plus mécontent. Et les *milkshakes* de l'économat — à cause de la qualité du lait — étaient loin d'être aussi bons qu'à Paris. Vers la fin de mon séjour cependant, j'appris qu'on commençait à s'en faire envoyer de tout frais par les laiteries hollandaises. Mais on était bien payé (au point d'en éprouver quelque embarras en comparaison avec nos collègues italiens qui semblaient travailler deux fois plus et recevoir deux fois moins) et je pus m'acheter une élégante petite Austin de sport décapotable pour monter et descendre la longue côte qu'il me fallait gravir pour aller chez moi, sur la colline Giacomo. J'y avais trouvé un appartement dans un immeuble délabré, et une vieille femme rhumatisante, nommée Enrica, faisait ma cuisine et emplissait mes soirées de ses interminables lamentations. J'avais aussi un phonographe, un appareil grinçant qu'un ancien locataire américain avait laissé avec ce qu'on aurait pu croire la somme des enregistrements de Wagner, Liszt et Tchaïkovsky. La vue de ma terrasse était splendide, surtout pendant les soirs d'été, quand, en écoutant un concerto de Liszt tout en buvant du whisky de notre économat, je regardais la ville entière s'allonger à mes pieds dans une frise lumineuse de rouille et d'or. Pendant cette période j'eus deux ou trois maîtresses — une fille appelée Ginevra, puis une appelée Anna-

Maria et, vers la fin, peut-être comme un présage de la terminaison prochaine de mon exil, une étudiante de troisième année de Smith College aux merveilleux yeux noirs — ainsi, nous étions généralement deux à écouter ces musiques perfides, parfaitement heureux, tandis que le soleil couchant posait sur les remparts du Forum un dernier reflet de lumière périlleuse et que l'ombre de ma colline, en s'allongeant vers l'est, plongeait la ville dans les ténèbres.

En somme, ce furent trois belles années. Je voyageai beaucoup et vis tous les sites touristiques, et, peut-être parce que je me sentais si heureusement enrichi, je me considérais comme supérieur à mes amis de l'Agence dont les aventures italiennes se bornaient (à part une envolée à Capri chaque été) à leurs appartements dans les faubourgs et au bar du rez-de-chaussée de l'Hôtel Flora où les martinis étaient secs et froids, et faits avec le meilleur gin anglais. J'avais, il faut l'avouer, donné fort peu à l'Italie, et l'Italie m'avait récompensé par le seul fait qu'elle existait, chaude et extravagante, et, comme il est plus édifiant de donner que de recevoir, j'avais l'impression que les Italiens devaient retirer quelque satisfaction de leur générosité à mon égard, alors qu'ils n'en avaient retiré aucune de mes tentatives grotesques d' « aide » et de « secours ». Bref, à la fin de ma troisième année, je résolus de rentrer en Amérique. Si belle que soit la ville, il n'est pas possible de devenir, à Rome, le premier magistrat de la Cour Suprême des Etats-Unis. J'avais, à cette époque, mis un peu d'argent de côté, et un certain nombre de lettres fleuries que j'avais écrites m'avaient procuré de vagues offres de positions à New York. J'aurais pu quitter l'Italie aussi gai qu'un pinson, et sans aucun regret — n'eût été Sambuco et l'invitation que je reçus de Mason Flagg.

La lettre arriva un jour, au début de juillet, environ

une semaine après mon départ du bureau. Je savais que Mason s'était installé à Sambuco au printemps. En mai, j'avais reçu de lui une longue lettre de potins — la première depuis plusieurs années. Il me disait qu'il avait eu mon adresse par un de nos amis communs de New York, qu'il habitait maintenant en Italie où il comptait « écrire » pendant longtemps, et qu'il aimerait recevoir ma visite. Cependant, c'était une lettre qu'à l'époque je pris le parti d'ignorer pour des raisons qui, je crois, apparaîtront très clairement plus tard. Cette seconde invitation néanmoins me jeta dans l'incertitude; je me sentais libre, aventureux, sans la moindre entrave, et mon œil guettait des spectacles nouveaux. La lettre était désinvolte, mais précise — « reste aussi longtemps que tu voudras », et typique de Mason qui n'a jamais été porté à mettre la sourdine sur l'ampleur de ses faits et gestes. « Nous habitons dans un de ces bordels de palais dont tu n'as pas idée. » Je n'avais jamais été à Sambuco, mais Mason — avec ses descriptions de soleil et de mer, sans compter ce qui semblait être un régiment de serviteurs (« 50 dollars par mois le lot complet, et ils sont tous là, au port d'armes, et pour les « oui monsieur » ils rendraient des points à tous les nègres que mon père a jamais eus en Virginie ») — faisait naître de telles visions de paresse que je résolus, plutôt que de rester à Rome à ne rien faire, de me rendre là-bas dès le lendemain. Je télégraphiai à Mason que j'arrivais. Sambuco est à six heures de voiture de Rome; à une heure de Naples. J'avais déjà retenu ma place sur un paquebot partant de Naples, c'était donc très commode et assez facile de retarder mon départ d'une ou deux semaines; mais il n'en était pas de même pour l'immatriculation de ma voiture (qui avait expiré), ni pour ma voiture elle-même. J'avais déjà pris mes dispositions pour la vendre par l'entremise de l'Automobile Club Italien, et si je voulais aller nager dans la fraîche mer bleue au pied de la colline de Sambuco, je savais qu'il ne fallait pas m'en défaire. Je passai donc mon dernier après-midi à Rome — que j'aurais aimé perdre, doucement nostalgique, dans quelque café à terrasse fleurie — avec une employée de l'Auto-Club, une femme démoniaque à visage de lune, dont la sueur dessinait de grands cercles bleus sous les bras et qui jurait qu'à une heure si tardive, penser que je pourrais changer le cours des événements était une espèce de rêve criminel. « *Questa non è l'America, signore,* siffla-t-elle sombrement, *qui siamo in Italia.* » Mon immatriculation avait expiré et voilà tout. De même pour la voiture, dont la remise était irrévocable. On apporta des documents pour soutenir cette thèse, et un énorme code, et un tas de dossiers ; mais j'avais appris qu'en Italie, plus le « non » est emphatique, plus on a de chances de gagner. Aussi, vers le soir, pus-je rentrer chez moi, suant à grosses gouttes, mais avec mon immatriculation prolongée et le maudit titre de propriété de la voiture — dans le seul pays au monde où une victoire de ce genre vous laisse l'impression d'avoir été désespérément battu.

Je rentrai donc chez moi au crépuscule, heureux d'avoir retrouvé ma voiture et de savoir que je pourrais m'en servir pour descendre à Naples avant de m'embarquer. Mais j'avais chaud et je me sentais épuisé. La femme m'avait intimidé et je tombai dans une sorte de rêverie déprimée, m'acheminant chez moi à une vitesse de tortue, croisant en route des Romains silencieux, abrutis de chaleur, le long d'avenues où les arbres étaient alanguis et séchés. Sur la place Saint-Pierre on ne voyait âme qui vive à l'exception de deux bonnes sœurs moites qui marchaient d'un pas vif. Au-dessus du grand dôme, l'air même semblait bouillonner, brassé par la terrible incandescence du jour.

« Oh, qu'il fait chaud, bon Dieu ! » entendis-je quelqu'un soupirer comme je grimpais lentement la colline ; mais, pour une fois, la ville paraissait étrangement immobile — même les scooters avaient cessé leur tintamarre — comme si tous, dans une sorte de silence étranglé, attendaient, le souffle coupé, un prochain holocauste.

Plus tard, quand la nuit fut tombée, la température se rafraîchit un peu et je pus terminer mes bagages. La chambre était au pillage — ce qui était parfait — car maintenant, avec les tableaux décrochés, les chaises renversées, l'encombrement des malles et des caisses, toutes les associations sentimentales en avaient disparu, et je n'avais nulle envie de les voir reparaître. Ma petite amie de Smith College était partie quelques jours auparavant, mise dans le premier avion en direction de l'ouest par sa mère — spécimen anguleux du style gothique de Detroit — qui avait des projets raisonnables pour sa fille à Grosse Pointe. Cela était parfait aussi, je suppose. Ce qui avait été à l'origine de notre liaison — l'amour dans la Ville Eternelle — s'était tari avec le temps et l'habitude, et la pauvre étudiante s'était mise à quémander des pots de beurre de cacahuète à des amis de l'Ambassade et à passer de longues heures nostalgiques devant les films américains. Et quand je compris que j'avais tacitement approuvé ce genre de pratiques, c'était déjà trop tard. Mais, ce soir, j'étais loin d'être heureux, ou même content, et je ne savais pas sur quoi en rejeter le blâme. Peut-être n'était-ce que l'appartement, nu maintenant dans cette laideur d'inspiration quasi mystique que Mussolini a donnée aux œuvres de son époque : chambre en contre-plaqué, chrome, similicuir, et taches d'humidité ; sur tout cela une ampoule de soixante watts palpitant, lamentable, et, sortant du phonographe, la *Pathétique* — faible et confuse convulsion. J'étais déprimé à l'idée que j'avais pu vivre si longtemps dans toute cette laideur, et j'étais triste aussi à la pensée que ces horreurs semblaient me voir partir avec la même indifférence dont elles avaient fait preuve quand j'étais arrivé trois ans auparavant.

Bref, il était déjà tard quand j'eus fini mes bagages — presque neuf heures — la vieille Enrica avait mis mon dernier repas sur la table. Elle aurait pu servir de sujet pour une étude de l'affliction au cours de ce dîner qu'elle me servait, reniflant sur les plats, se lamentant en un impénétrable sicilien et me regardant par la porte de la cuisine avec des yeux furtifs et désolés. Elle n'avait jamais eu de maître aussi bon, aussi *gentile,* sanglotait-elle en caressant son ombre de moustache, et il lui faudrait, hélas, retourner à Messine, car travailler à Rome pour une autre personne serait pour elle une chose intolérable. Elle continuait à marmonner au-dessus de son fourneau, dans un triste vacarme de batterie de cuisine, et cela attristait encore le repas. Les raviolis, sur la table depuis huit heures, étaient comme du plâtre, le vin, bilieux, sirupeux, tiède. Mais au pied de la terrasse, la ville s'étendait avec ses millions d'yeux de lumière clignotante. Je pouvais voir le Colisée, illuminé par la phosphorescence des projecteurs, et une assemblée de colonnes blanches en ruines sur l'emplacement du Forum. Au-delà, deux points oscillants, rouge et vert, un avion, montaient dans les ténèbres estompées au-dessus du mont Albain. Au sud-est, dans la direction que j'allais prendre, une foule de constellations romaines brillaient avec éclat, et une ligne de néon, là où les faubourgs de la ville escaladaient les collines avant de s'aller perdre dans le noir, faisait soudain paraître Rome plus grande qu'aucune ville au monde. Et, pendant un instant — peut-être simplement sous l'influence du vin — j'eus l'impression que Rome, trop tard, me devenait enfin intelligible, me regardait partir sans me faire le moindre reproche, seules quelques paroles d'adieu pleines de tolérance, un clignement de ses yeux innombrables dans son infinie, son immortelle patience pour tous les barbares de la terre dont j'étais simplement le plus récent. Mais cet instant passa, je bus trop de vin avec le fol espoir de me sentir plus heureux et, environ une heure plus tard, Enrica me fit ses adieux. « *Addio,* cria-t-elle, *buon viaggio.* Vous allez bien manquer à Enrica, signore. » Et elle s'enfonça dans la nuit, boitillant, versant des torrents de larmes où le chagrin n'entrait que pour une part, car je m'aperçus, par la suite, qu'elle avait emporté avec elle, entre autres choses (un stylo, une pince à cravate en or, etc.), mon rasoir Remington qui, au moins, pourrait lui être de quelque utilité.

Après cela, et environ onze heures, trébuchant parmi les objets entassés dans mon appartement devenu garde-meubles, je me sentis si effrayé que je n'avais plus qu'une hâte, me rendre à Sambuco. Fiévreusement, je résolus de partir cette nuit même. Je chargeai l'Austin, fourrai une pinte de whiskey dans le casier du tableau de bord et commençai à descendre la colline, hanté par le soupçon gris, pendant toute la route, que j'avais oublié quelque chose. Mais mes balles de tennis étaient avec moi, ma guitare, mon passeport, et les études pornographiques, soigneusement camouflées en Pétrarque relié par Maioli, que, dans un post-scriptum à sa lettre, Mason m'avait prié d'aller chercher pour lui dans la Via Sistina. Tout était à sa place. Je me creusais la tête inutilement quand le Tibre apparut, et du coup je compris que ce que j'avais laissé derrière moi — à la fois avec affection et une très particulière espèce de malice — c'était simplement Rome. Alors, sentant qu'après un séjour aussi long cette manière de prendre congé avait quelque chose de grossier et de trop péremptoire, je me rendis pour la dernière fois sur la Piazza Santa Maria, dans le Trastevere, et là, je pris une bière.

Tout était ombre et calme autour de mon café. Les résidents américains avaient quitté les restaurants et il n'y avait plus sur la place qu'une bande de gamins, un mendiant racleur de violon, et de jeunes prêtres tenant à la main des programmes de quelque concert donné sur l'autre rive du fleuve, et qui rentraient si tard, pensai-je, grâce à une autorisation spéciale. Il y avait aussi Ava Gardner qui, de son affiche en loques, jetait un regard pelé vers la fontaine où des éternités de suintements avaient sculpté, en guise de beauté, une dignité façonnée admirablement par le temps. C'était une jolie fontaine et je la regardai longtemps. Derrière, dans les arcs-boutants de l'église bleuie par l'ombre, des pigeons assoupis roucoulèrent, s'agitèrent, puis le silence retomba. Pendant quelques minutes, je m'efforçai de faire naître en moi le sentiment que cette soirée était d'une importance capitale, mais l'inspiration me manquait, mes pensées restaient superficielles et sans vigueur. J'avais le vague sentiment que je touchais à un moment décisif de ma vie, dont la partie la plus émouvante était maintenant derrière moi, mais cette pensée ne parvenait pas à me troubler. J'étais dangereusement sur le point de me prendre en pitié. J'avais l'impression de quelqu'un qui serait assis parmi les tentures et la splendeur de sa propre réception de départ, réception à laquelle nul invité n'était venu.

La bière était bonne. De l'air chaud soufflait sur moi apportant des odeurs de café, puis de fleurs, et j'eus un bref et malheureux accès de concupiscence caprine. Ensuite, un carillon, comme de l'argent durci, éclata dans un campanile, tout en haut : la demie. Une troupe de jeunes garçons passa en courant et, pendant un instant, la place s'anima sous la débandade des pas, la rafale des talons nus. Dans un grand bruit de volets baissés, un restaurant ferma pour la nuit, et, tout au loin, une voix appela : « *Tommasino !* » — voix d'été qui mourut dans les ruelles, accablée de chaleur, de fatigue, de sommeil.

La place après cela, resta pendant quelques instants déserte. Seul, un chat passa devant moi, le regard oblique, l'œil pirate, un doux rictus aux lèvres. En route, Dieu sait vers quelle mission impure, il alla jusqu'aux marches de la fontaine, tache jaune, et bravement plongea dans les ténèbres. Puis, de nouveau, tout fut digne et serein, le ciel limpide, étoilé, l'air chargé du parfum des fleurs, la fontaine laissant goutter ses lentes notes d'eau, comme des mémorandums. L'heure sonna de nouveau. Le garçon s'approcha alors, m'insinuant avec un bâillement qu'il était tard. Je restai assis pendant quelques minutes encore, jouissant de l'arôme des fleurs. Puis je me levai et jetai un dernier coup d'œil sur Rome ; sur les fontaines, sur les pigeons, les chats et les prêtres, dont tout un groupe arriva juste au moment où je partais. Deux d'entre eux léchaient des cornets de glace, deux autres bavardaient en irlandais — *Me old mother gave me this* — deux autres, bréviaire en main, faisaient doucement voltiger des prières — et leurs soutanes battirent au vent comme des bannières de deuil avant de disparaître, noires sur un noir plus noir, gravissant la côte sans lune de Gianicolo vers quelque cloître honnête...

Alors, roulant à travers la sombre Campanie, j'éprouvai un profond sentiment de libération, mais je n'avais pas pensé aux effets des fatigues de la veille. Cela se produisit plus tard. Pendant une heure environ après mon départ de Rome, je nageai en pleine euphorie, pris d'un amour soudain pour la nuit italienne, pour les belles étoiles au-dessus de ma tête, pour la silhouette des villes au sommet des collines, pour le vent — aux odeurs de campagne, de terre, de fumier, de végétation — qui me rafraîchissait et agitait les manches de mes vêtements empilés derrière moi avec des claquements d'oriflammes. J'avais rabattu la capote : je roulais vite, car la route était droite, déserte, et je gueulais des chansons dans le vent. Mes phares mettaient le feu à de longues files de peupliers, dont le dessous des feuilles révélait des trésors d'argent frissonnant, à des villages endormis, aux noms de livres latins — Aprilia et Pontinia — aussi blancs, aussi muets que des tombes, où seuls les chiens étaient dehors. Au-dessus de moi, des étoiles brillantes tournoyaient dans les cieux, mais au sud, en pleine campagne, tout était noir comme la mort, sans maisons, sans contours familiers; la terre, de tous côtés, dans des ténèbres infinies. Mon humeur exubérante commençait à se calmer. Pendant des kilomètres je ne pus rien voir du tout, ni d'un côté ni de l'autre — pas une maison, pas un être humain, pas de trace de végétation — rien, sauf la nuit enveloppante. Je commençais à me sentir dans une solitude totale, et, n'eût été le bruit du moteur pour me détromper, à la dérive dans un bateau sans gouvernail, perdu sur un océan noir et constellé. Puis, brusquement, je me trouvai dans une région accidentée. Je gravissais les flancs de sinistres collines blessées où il ne poussait rien, où personne n'habitait, lieux sauvages faits de lits de cours d'eau desséchés, de ravins calcinés, repaires de brigands. J'ouvris la radio et n'y trouvai qu'un piètre réconfort : une voix de femme annonçait « *Un po' di allegria negli Spikes Jones* » ; puis, de très loin, à Monte-Carlo, un vague fragment de Beethoven qui s'affaiblit bientôt avant de disparaître complètement. La station de l'Armée Américaine en Allemagne prenait congé dans une orgie de bruit avec un programme intitulé : Hillbilly Gasthaus. Dans ce mélange de langues, dans ces harmonies de guitares, de banjos, de violons, gémissant à travers ces collines maudites, il y avait quelque chose qui me remplit d'angoisse, mais une lueur jaune brilla devant mes yeux ; je fonçai tout droit vers la côte et me trouvai bientôt dans la ville de Formia où venait déferler la chaude mer de Sardaigne.

Brusquement, la fatigue me frappa comme avec le poing, et je dus m'arrêter.

C'est de ce moment-là que, pour une raison quelconque, je fais dater les événements de Sambuco — la part que j'y pris, tout au moins. Si j'avais pu dormir confortablement, cette nuit-là, peut-être me serais-je épargné tous les ennuis du jour suivant. Sans cette mésaventure, je serais certainement arrivé à Sambuco frais comme une rose, et non hagard, bouleversé, désemparé, ayant perdu à tout jamais mon calme, et condamné à vivre dans une espèce de frayeur hantée, de dépression nerveuse dont je ne me suis jamais entièrement rétabli. Mais à quoi bon revenir sur le passé ? A ce moment-là, j'étais épuisé — visage insensible, yeux enflammés, jambes et bras douloureux à toutes les jointures. Tous les hôtels étaient fermés pour la nuit, ou portaient l'indication : Complet. Je roulai donc jusqu'à une jetée qui surplombait le port, et là, relevant la capote, je m'installai à l'arrière pour dormir. Les moustiques ne me laissaient pas de répit. Habitués des stations de touristes, gros moustiques de juillet, humides, gonflés de débauches estivales, ils se précipitaient sur moi, portés par la brise du large, bourdonnant d'ardeur et gémissant sans cesse à mes oreilles. Au bout d'une heure de bataille, je renonçai et remontai les vitres. Bientôt ma voiture devint un four, étouffant, sans air. Ne dormant que d'un œil j'y fus la proie des cauchemars épuisants qui accompagnent les demi-sommeils. Je m'éveillai une douzaine de fois pour voir un groupe d'étoiles glisser par-dessus l'horizon ;

puis je retombai dans ma somnolence moite où d'étranges odeurs envahissaient mes rêves, souffles du temps passé — marée basse chez moi, en Virginie, vase, algues, filets de pêcheurs étendus à sécher au soleil.

Quand enfin je me réveillai, j'entrouvris un œil douloureux dans la pleine lumière du matin. Je pouvais entendre tout au loin des gens qui criaient, folâtraient dans les vagues : au-dessus de moi, deux visages barbus, patibulaires, me regardaient à travers le pare-brise.

— *E' morto?* entendis-je l'un demander à l'autre.

— *Un inglese, Soffocato.*

Quand je bougeai, les deux vieillards, d'un air de grand mystère, s'éloignèrent lentement sur le sable. J'étais trempé de sueur, la tête me faisait horriblement mal, et je ressentais dans mon corps cette nervosité particulière qui accompagne les gueules de bois. Je savais qu'il me fallait partir, ce que je fis — après une tasse de café et un petit pain rassis que je pris dans un bistrot de la plage où de bruyants Romains en caleçon de bains buvaient tous du Coca-Cola.

Certaines catastrophes exercent un tel pouvoir sur l'esprit, qu'une fois le choc initial passé, on peut voir avec la plus grande netteté tous les événements qui ont conduit au coup final. Le ton, le caractère, l'atmosphère de ce qui a précédé, tout prend la teinte grise du désastre et est enseveli dans la mémoire avec un sens horrible de prédestination. C'est ainsi que je me rappelle le trajet de Formia à Naples, et au-delà. S'éloignant de la mer, la route redevint large et droite. Mais c'était samedi, jour de marché, et la circulation était intense — voitures, charrettes chargées de hautes piles de marchandises et de fourrage, traînées par des ânes à un rythme si lent qu'elles semblaient des objets sinistres, stationnaires, venus là pour me barrer la route. Le soleil montait graduellement au-dessus de la campagne poudreuse. Il concentrait ses feux sur les collines ; à côté, se trouvaient des champs de maïs niellé et des arbres en bouquets qui se recroquevillaient dans l'air immobile. La chaleur montait de la route en vagues poisseuses. Et, à travers ces vagues, je voyais arriver, souvent droit devant moi, brimbalante, maléfiquement étincelante, une procession démoniaque de véhicules — scooters et autocars surchargés de touristes, caravanes de voitures rapides. Il y avait aussi de gros camions d'essence. Ils me dépassaient à soixante milles à l'heure, laissant dans l'air un sillage de chaude vapeur bleue. Près de Capoue, aux approches de Naples, je faillis déraper dans une invasion de moutons et dus prudemment me frayer un chemin parmi leurs croupes tristes aux ondulations expressives. Malgré le soleil je rabattis de nouveau la capote pour avoir un peu d'air. Je me rappelle aussi que j'avais rouvert la radio, cette fois pour me distraire. Quand j'arrivai dans les faubourgs de Naples, mon volant était glissant de sueur. J'eus le dégoût de constater que je larmoyais d'énervement et de fatigue en me murmurant tout haut à moi-même des paroles d'encouragement.

Mais ce fut l'Alfa-Romeo et l'autostrade de Pompéi qui me conduisirent à ma perte. Je jouissais d'un bref moment de calme, après avoir traversé Naples, et pensais que, dans une petite heure, j'atteindrais Sambuco. Il y avait moins de circulation. Il était près de midi, heure du déjeuner, et la plupart des Italiens abandonnent alors la route aux Anglo-Saxons affairés. La température semblait s'être rafraîchie — bien que ce ne fût sans doute qu'une illusion de ma part — et je me détendais pour la première fois, distrait par les faubourgs de la ville où des nuages de fumée noire sortaient de milliers de cheminées d'usine. Soudain, j'entendis derrière moi un bruit de tonnerre, un vacarme assourdissant qui tenait à la fois d'une salve de fusées et d'un décollage d'avion, et, en plus de cela, dominant tout ce tintamarre, une sorte de petit bruissement menaçant, rapide, de mauvais augure, comme un vol de guêpes ou d'abeilles ; mes yeux cherchèrent le rétroviseur et j'y vis apparaître, arrivant sur moi avec une hâte sauvage, le mufle d'une grande auto noire. Sentant déjà ma perte et l'éphémère beauté de la vie, je me résignai à recevoir une collision à l'arrière et, tendu, en proie à une sensation entre le désespoir et la gloutonnerie, je regardai avec la chair de poule la voiture grossir peu à peu, foncer vers moi impitoyablement. A cinq mètres, le monstre fit une embardée, ralentit et se rangea à mon côté. J'aperçus alors un gros Napolitain, une main négligente cavalièrement posée sur le volant, et sa petite amie, pour ainsi dire sur ses genoux ; tous les deux grimaçaient un sourire de requin. Nous avançâmes de conserve pendant quelques instants avec des oscillations périlleuses, puis il s'éloigna dans une pétarade de feu d'artifice, levant le poing, le médium dressé en symbole phallique. Je m'élançai tout d'abord derrière lui, lui fit la chasse et tombai dans une sorte de rêvasserie douloureuse, angoissée. Le meurtre emplissait mon cœur. Je n'avais plus en tête que l'idée de revanche. Je roulais à quatre-vingts quand, après avoir légèrement dépassé Pompéi, j'accrochai par l'aile un scooter.

Luciano di Lieto : nom liquide, ingénieux, convenant à un trapéziste, à un auteur de sonnets ou à un explorateur des Antilles, nom qui certainement méritait des talents supérieurs à ceux de son possesseur actuel. Alternativement porteur de hotte, cantonnier, marchand de bibelots érotiques dans les ruines locales, pickpocket si inepte que la police l'avait surnommée « Fessacchioto » — le loupeur — ledit Luciano di

Lieto était un triomphe de talents avortés. Un jour, à l'âge de douze ans, ayant plongé une main touche-à-tout dans le moteur d'une auto, il s'était fait couper deux doigts, sectionnés proprement par le ventilateur. Quelques années plus tard, à Naples, perdu dans quelque rêverie d'adolescent, il se fourra sous un tramway, se brisa les deux jambes et s'estropia un coude pour toujours. Quelques mois plus tard, à peine débarrassé de ses plâtres, expérimentant des fusées à la *festa* du bord de mer, il plongea ses regards noirs et fous dans le tube d'une chandelle romaine dont l'explosion lui creva l'œil droit. Quand je lui rentrai dedans, il avait vingt-trois ans et était dans la fièvre de sa jeune virilité. Tous ces faits me furent révélés avant que l'ambulance n'arrivât et environ une heure après que di Lieto, sur une Lambretta crépitante, eut débouché à toute allure d'une route transversale et se fut jeté sur moi, jambes écartées, tête basse, comme un jockey, cheveux au vent sur ses yeux explosés, bouche et mâchoires pleines de hurlements d'allégresse, même lorsque, le pied frénétiquement appuyé sur le frein, je me jetai sur lui, dans un affreux grincement de pneus. On aurait dit que ces cris joyeux ne faisaient qu'un avec la collision elle-même, la précédaient l'espace d'un frisson, avant même que je le visse, et continuaient sans fin après le vacarme du choc, tandis que j'envoyais le scooter voler à vingt mètres sur la route et continuais à déraper, impuissant, les yeux fixés sur la tache de coutil gris et de cheveux noirs ébouriffés, qui rebondissait, hurlant toujours, sur l'avant de l'auto. S'agrippant à l'espace, il parut suspendu un instant dans les airs, avant de glisser vers moi, sur le capot, en agitant des jambes et des bras blancs, et brisant le pare-brise dans une pluie de verre glacée. Comme une marionnette sans vie pendue au bout des fils, il passa, flottant, près de moi et disparut. Je m'arrêtai enfin de l'autre côté de la route sous une avalanche de balles de tennis rebondissantes ; la radio, détachée par le choc, marchait toujours, m'assourdissant de ses crépitements et de ses piaulements.

Une fois remis, je secouai les morceaux de verre qui me couvraient les genoux et descendis de la voiture en trébuchant. Je me trouvais seul avec di Lieto qui gisait, allongé sur le dos au milieu de la route. Le sang lui coulait doucement par le nez et par les oreilles, et ses traits avaient pris une sorte d'expression rêveuse asymétrique, mi-sourire, mi-agonie, comme si, dans ce repos inconscient, il franchissait enfin les vannes de sa destinée. Il respirait encore, mais plutôt à titre d'essai ; une de ses orbites était rose et vide (je pensai que c'était mon œuvre) et, macabrement impressionné, je cherchai tout autour de moi l'œil absent. Pendant un long moment, du moins me sembla-t-il, personne ne vint, ne s'approcha. C'était un carrefour de campagne, en plein midi, un jour d'été, avec des bruissements d'insectes et des odeurs de plantes, et des éperviers, qui avaient l'air de busards, décrivant très haut de grands cercles, au-dessus des champs embrasés. Pendant un temps qui me sembla l'éternité, je fis le tour du corps de di Lieto, chancelant sous l'effet du choc et frissonnant d'angoisse.

Ce qui suivit, immédiatement après, ne me sembla qu'une fantaisie grotesque d'événements sans ordre ni suite. Je n'en ai conservé que des impressions éparses, comme ces scènes de film dont on se souvient vaguement. Je me rappelle bien cependant qu'une auto parut à l'horizon, un tacot poussiéreux qui zigzaguait nonchalamment. Je l'appelai, et deux dames de Pompéi, deux dames d'un certain âge, fort émancipées, soûles de vin, enfouies sous des volants et des froufrous noirs de soie brillante, descendirent en titubant et clignant des yeux sans comprendre. « Qu'est-ce que c'est que ça ? » murmurèrent-elles en se penchant sur di Lieto. Puis, à la vue du sang, elles s'empoignèrent les seins à deux mains et se mirent à adresser à la Madone pompéienne des suppliques vineuses. « *Santa Maria del Rosario ! Povero ragazzo !* » Qu'est-ce qui lui est arrivé ? criaient-elles. L'une d'elles, avec une incompréhension qui ajouta un feu brutal aux flammes infernales du moment, me demanda s'il était tombé d'un arbre. Elles voulurent immédiatement lui verser de l'eau sur la tête, le retourner, le bouger. Je m'efforçai de leur dire de ne pas le toucher. Quand ma voix, en s'élevant, devint un grand cri étranglé et rauque, alors seulement elles mirent fin à leurs criailleries et partirent en brimbalant chercher du secours à la ville.

Pendant les longs moments qui suivirent je sentais les hauteurs du Vésuve se dresser oppressivement derrière moi. Assis sur le pare-chocs, je regardais di Lieto qui continuait bravement à respirer, agité parfois de petits mouvements convulsifs, attendant nos sauveurs. Ils arrivèrent enfin, et en vraie cataracte. D'abord des voitures s'arrêtèrent, camions, charrettes, puis, comme convoqué par quelque vorace intuition, tout un petit village plein d'habitants apparut au carrefour. Ils arrivaient en troupe des quatre points cardinaux, courant à travers champs dans des nuages de poussière. On eût dit qu'en quelques secondes la scène désolée s'était changée en une autre scène grouillante d'animation, chaque âme, à des kilomètres à la ronde, attirée sur les lieux avec l'instinct des oiseaux migrateurs sensibles aux variations du temps. Je ne me rappelle qu'une chose : la tête dans les mains, j'étais assis sur le pare-chocs, et eux tournaient en rond, se penchaient sur di Lieto, mettaient l'oreille sur sa poitrine pour ausculter le cœur et rendaient des jugements solennels. « Ce n'est qu'une commotion », dit quelqu'un. « Non », dit un autre, un vieux paysan nu jusqu'à la ceinture, la peau hâlée comme une momie, « il a la colonne vertébrale cassée. C'est pourquoi il ne faut pas le bouger. Vous voyez ces tressaillements dans les jambes. C'est toujours signe qu'on a la colonne vertébrale cassée. » La foule ondulait, jacassait, à la fois grave et quelque peu ravie ; beaucoup avaient apporté le reste de leur déjeuner interrompu ; et ils regardaient, satisfaits, mangeant du pain et du fromage, et passant à la ronde des bouteilles de vin. Un homme me demanda gentiment comment je me sentais et si j'étais blessé ; un autre me donna un petit coup d'eau-de-vie qui aussitôt me causa des nausées. « Fessacchiotto », la voix me parvenait à travers le bleu tournoyant qui accompagnait mes efforts pour vomir, « Le Loupeur y a finalement passé ». Puis je vis deux agents à motocyclette, casqués comme des aviateurs de stratosphère, freiner et s'arrêter au carrefour. Ils repoussèrent la foule vers les fossés comme un essaim de mouches bourdonnantes et s'installèrent, mesurant avec gravité les traces de mes dérapages, tournant autour de ma voiture et prenant toute sorte de notes.

« *Please. You going these machine?* dit l'un d'eux avec déférence.

— Je parle votre langue, dis-je.

— *Allora va bene.* Au moment du choc est-ce que la Lambretta venait de la droite ou de la gauche ? » L'homme avait l'air consciencieux, il était vêtu de popeline, mouillée à tordre. Très poli, il commença à prendre des notes sur un carnet de la taille d'un registre.

— Il venait de la gauche, dis-je, ce que vous pourrez vérifier aisément d'après la position de la Lambretta. Je ne pouvais pas éviter de le heurter. Ce n'est pas ma faute, en tout cas. Mais cet homme est là, en train de mourir. Voudriez-vous avoir l'obligeance de me dire où se trouve l'ambulance ?

— *Nome ?* demanda-t-il aimablement, sans prendre garde à ma question.

— Peter Charles Leverett, dis-je en épelant les mots.

— *Nato dove e quando ?*

— A Port Warwick, Virginie, 14 avril 1925.

— *Dove Port Warwick, Virginie ? Inghilterra ?*

— Etats-Unis, dis-je.

— *Ah, bene. Allora, vostro padre ? Nome ?*

— Alfred Leverett.

— *Nato dove e quando ?*

— Suffolk, Virginie, Etats-Unis. Je ne sais pas exactement quand. Mettez 1886.

— *Vostra madre ?*

— Oh, pour l'amour de Dieu ! dis-je.

— *Che ?*

— Flora Margaret McKee. San Francisco, Californie, Etats-Unis. Mettez 1900. Ecoutez, pouvez-vous me dire quand l'ambulance va arriver, en admettant qu'elle arrive, ou, sinon, s'il serait possible de le mettre dans une de ces voitures, ou dans un camion, et de le conduire à Naples. Je crois que son état est très grave.

Essayer de lui faire comprendre quelque chose était aussi vain que lancer des billets dans des bouteilles à la mer sur les espaces illimités. De son air aimable, tranquille et doux, il continuait à griffonner sur son registre, examinant mon passeport et mes papiers, tandis que le soleil nous frappait en plein sur la tête et que la foule s'agitait sur le bord de la route comme les spectateurs murmurants de quelque rite païen. Devant elle, à plat sur le dos, étalé dans la pose du sacrifice, di Lieto reposait avec son doux regard de libération et d'atroce extase, les yeux mi-clos, rêvant, attirant les mouches. A propos de Californie, continua l'agent avec bonne humeur, un oncle de sa femme y habitait, dans un endroit nommé Vilks Bari, et il y gagnait bien sa vie comme mineur. Est-ce que je connaissais cet endroit-là ? Est-ce que c'était près d'Hollywood ? Quant à l'homme sur la route, continua-t-il, s'efforçant d'apaiser ma détresse, j'aurais pu avoir les plus gros ennuis avec la justice, comme je le soupçonnais sans aucun doute, si la Lambretta était arrivée par la droite et non par la gauche, ce qui était indiscutable à en juger par l'évidence — les traces de dérapage, la position de la victime et de la Lambretta elle-même ; dans l'état des choses, je pouvais donc partir n'importe quand, en toute liberté, à condition que je puisse mettre mon auto en marche. Il désirait aussi que je lui laisse ma prochaine adresse en Italie (simple détail, puisque, très certainement, je n'aurais pas à me présenter au tribunal, les preuves d'innocence étant si complètement en ma faveur) ; pour en revenir à l'homme lui-même, di Lieto — « Fessacchiotto » — il y avait dix ans qu'il courait à la catastrophe (n'avais-je pas déjà entendu parler de cet innocent, voleur à l'occasion — ses doigts, son accident de tramway, son œil ?), il ne pourrait que s'en prendre à lui-même s'il mourait ici, sur place, bien qu'en réalité ce n'était pas un mauvais homme, et la mort est une triste chose, *in verità,* même pour les imbéciles.

— *Basta, Sergente,* dis-je, sur le bord des larmes. *L'ambulanza !*

Juste à ce moment-là, nous tournâmes les yeux vers un des angles du carrefour où il y avait soudain beaucoup d'agitation. Un vieux camion s'arrêta sous un arbre. On en vit descendre, par-dessus les ridelles, une foule d'hommes et de jeunes garçons conduits par une vieille sorcière noueuse qui, traversant péniblement, comme un oiseau blessé, l'espace ensoleillé, tomba à côté de di Lieto et là, sur les genoux, commença à hurler lamentablement.

— Luciano, Luciano ! gémissait-elle, Luciano-o-o ! *Che t'hanno fatto ? Povero figlio mio !* Luciano-o-o ! Reviens, mon chéri, reviens, reviens ! Voilà que ces monstres ont encore essayé de te faire mourir ! Regarde dans les yeux de maman, Luciano. Une fois, rien qu'une fois, Luciano ! Ne laisse pas ces monstres t'achever, mon ange. Montre encore une fois à maman tes doux yeux chéris !

« *E' mezza matta,* murmura le sergent. Elle a toujours été un peu cinglée. C'est sa grand-mère, mais elle l'a élevé comme un fils. » Il semblait ému par la scène et un peu mal à l'aise. « Les autres, ce sont ses frères. »

Touchée par ce chagrin affreux, la foule s'était tue, immobile, debout sur le bord de la route. La femme resta un moment silencieuse, en se tripotant le menton. Une brise étrange se leva, amenant aussitôt une certaine fraîcheur, et un tourbillon rêche de poussière et de feuilles passa tout près de nous, monta, s'épanouit, chassant des herbes folles un vol d'étourneaux qui, rapide comme la flèche, jaillit de la prairie et, avec des cris aigus, traça des cercles autour de nous dans la poussiéreuse explosion. Les cheveux de la vieille se détachèrent en mèches blanches, son châle noir quitta ses épaules et un morceau de journal voltigea à travers le sable où, seuls maintenant, la femme et son petit-fils avaient l'air de deux acteurs emportés par quelque minuscule et merveilleuse tempête. Puis le vent tomba, la vieille rattrapa son châle, et les oiseaux s'enfuirent en jacassant dans la campagne.

— *Luciano, angelo mio,* gémit-elle, *perchè non dici niente, perchè non mi guardi ?* Parle, mon enfant. Regarde maman, Luciano. Je vois bouger tes jambes. Lève-toi et marche, mon ange ; ne reste pas couché comme ça sur la route...

Soudain, elle sembla vaciller ; toujours à genoux, elle cessa de regarder di Lieto et, se tournant lentement vers la foule, scruta chaque visage avec une expression soudainement hantée, un regard de tigresse homicide, qui, avant même de se poser sur moi, me mit la panique aux entrailles. Je sentis, en quelque sorte, le premier souffle de sa fureur avant qu'il ne m'atteignît réellement : au moment où, dans mes vêtements de coutil, en espadrilles de touriste, lunettes noires, cheveux en brosse, l'allure de barbarie nordique inscrite comme un autographe sur ma figure, je cherchais en vain à me dissimuler derrière le sergent — quand elle me découvrit, elle se releva avec une agilité incroyable et, traversant la route, fonça sur moi, dans un noir assaut trébuchant de haineuse condamnation.

« *Svedese ! Farabutto !* hurla-t-elle. C'est toi qui as fait cela à mon enfant. Tu l'as écrasé avec ta machine, méchant monstre ! Puisses-tu brûler en enfer ! » Un bref souffle d'excuse lui monta aux lèvres — « *Dio mi perdoni !* » — Mais elle s'acharnait sans merci, reprenait du souffle, lançait de nouvelles imprécations. Passant d'un bond devant le sergent effaré, elle pointa sous mon nez un doigt tremblant, sec et noueux comme un bout de bois mort. « Suédois ! cria-t-elle, méchant homme ! Je te connais, toi et toute ton engeance ! N'essaie pas de détourner la tête. Regardez-le, dit-elle avec un geste vers la foule. Regardez-le cet homme ! Regardez comme il tremble, comme il frissonne de peur. Ah, il sait bien maintenant qu'il ne peut pas cacher son crime. Traverser notre ville comme un fou, en écrasant sous sa machine de pauvres innocents ! » Elle se tourna vers moi, de face — yeux enfoncés, joues ridées, tignasse blanche échevelée — frémissante, enflammée d'une colère terrible. « Je vous connais tous autant que vous êtes. Il était de la même espèce celui qui a écrasé la femme du pauvre Luigi Lucatuorto, à Portici, il y a eu quatre ans à Pâques dernier. Dans le printemps de sa vie, en plus, une belle fille, vigoureuse, avec un père malade et quatre petits affamés à nourrir. Une fille charmante, forte et pleine de santé, toute à ses affaires, abattue comme un chien par un monstre. T'es au courant de ça, dis ? Tu le sais ? Et elle n'a même pas touché une lire, bien qu'elle ait eu la clavicule cassée et le dos estropié pour le restant de ses jours ! » Elle s'arrêta, se tourna vers di Lieto et recommença à pleurer. « Regarde-le. Qu'est-ce que tu vas faire pour mon Luciano ? Là, tout saignant, en train de mourir. Un innocent qui n'a jamais causé le moindre ennui ni fait le moindre mal à personne depuis qu'il est au monde. » Se tournant de nouveau vers moi, elle revint à l'assaut dans un nouvel accès de rage noire. « Un jeune innocent, je le répète. Toute sa vie, la victime des monstres ! Ne reste pas comme ça, comme un grand idiot ! Qu'est-ce que tu vas faire pour lui ? Qu'est-ce que tu vas faire pour mon Luciano ?

— Je ne sais pas signora, commençai-je, je suis désolé...

— Ferme ta gueule, monstre suédois. »

Le sergent mit doucement sa main sur l'épaule de la femme et essaya de la calmer. « *Senta nonna. Non è svedese. E' americano.*

— Tais-toi aussi, Bruno Ferragamo, cria-t-elle. Je te connais. Ce sont tous des Suédois. Ils sont venus ici pendant la guerre quand Luciano était petit. Tu te rappelles ces bombes ? Ou c'est-il que tu as la mémoire si courte ? Tu te rappelles comme ils sont venus, violant, bombardant, démolissant tout ? Tu te rappelles ça aussi bien que moi, sergent Ferragamo, ricana-t-elle, ou bien tu le devrais, espèce de communiste ! Et Luciano là, sur la route, après le bombardement, avec ses pauvres jambes cassées sous lui, tout en sang, tout recroquevillé, déchiré et qui pleurait toutes les larmes de son corps, et son pauvre bras qui ne s'est jamais remis. Oh, quelle triste journée ! » Pendant quelques instants sa voix faiblit, se brisa au milieu des réminiscences. Tandis que nous l'observions, impatients, une trompe se fit entendre, très loin sur la route, et le bruit sourd de pneus surchauffés, comme une auto allant à grande vitesse. « Oh, l'horrible journée. Avec tous ces bombardements, et la fumée tout autour, et les briques qui nous tombaient dessus. Oh, quelle journée terrible ! Je me rappelle, j'étais en train de faire la cuisine quand les premières bombes sont tombées. J'ai refusé de sortir. J'ai refusé de sortir, vous entendez. On a eu beau me prier, me supplier. J'ai refusé. J' suis restée là à faire ma cuisine. Et alors, ça a été les bombes. Avec les briques qui tombaient tout autour, et la fumée qui montait, et Anna Teresa qui hurlait. Ah, quelle journée ! Et puis j'ai couru sur la route. Et il était là, Luciano, le pauvre enfant, tout recroquevillé et saignant. Les jambes cassées, son bras sous lui ! Et qui pleurait et qui criait ! Qui criait « *Nonna, nonna,* j'ai mal ! Mes jambes me font tellement mal ! »

— Voyons, signora, dit doucement le sergent, c'était un tramway... Et je ne suis pas communiste », me dit-il à part.

La vieille femme sortit de sa rêverie comme un dormeur qui s'éveille.

« Quel tramway ? Tais-toi donc, Bruno Ferragamo ! Ferme ta bouche d'antéchrist communiste ! Vous n' pensez pas, vous, les agents, que j' vais vous laisser raconter un tas de mensonges sur Luciano et mettre ce pauvre innocent en prison ! Pendant que ces monstres continueront à écraser les braves gens sur les routes ; comme celui-là, tiens. T'as donc déjà oublié les bombes ? Tu ne te rappelles donc pas le jour qu'ils sont venus de Salerne tuant, pillant les villes, violant les femmes, quand nous habitions à Torre del Greco. T'as donc déjà oublié ? Sales mangeurs de choux ! Buveurs de bière ! Tu te rappelles celui-là, l'Anglais, qui a emmené la pauvre femme à Lucatuorto dans les ruines et qui l'a violée, et qui l'a laissée là, toute en sang et à demi morte, avec les quatre enfants qu'elle avait à nourrir et un père malade à soigner, malade comme il est. Où qu'elle est ta mémoire, sergent Ferragamo ? Luciano, qui a jamais fait de mal à une mouche, le petit le plus gentil, le plus tendre, qui a ramassé un jour un moineau avec une aile cassée — un moineau, t'entends bien — et qui l'a soigné jusqu'à ce qu'il soit guéri et qu'il soit devenu grand. Et maintenant, tu voudrais laisser Luciano souffrir dans les mains de monstres comme ça ! » Elle se dressa sur la pointe des pieds, hérissée de colère, et agita ses deux mains à deux pouces de mon menton. « Et toi ! Toi aussi, t'as oublié les bombes ? T'as oublié le serment que j'ai fait le jour que j'ai ramassé le pauvre Luciano sur la route ! J'en prends la Sainte Vierge à témoin dans le Ciel, que j'ai dit, ils souffriront et ils seront punis par Dieu pour leurs péchés ! Bombarder, piller notre maison de Torre del Greco ! Violer, dévaliser ! Traîner la pauvre femme à Lucatuorto dans les ruines et la déshonorer, avec son père malade et quatre enfants affamés à nourrir ! *Invasato ! Mascalzone !* Méchant monstre ! Suédois ! Puisses-tu brûler en enfer ! Dieu me pardonne. »

Et je me surpris alors à crier moi aussi, brusquement, à tue-tête, sur le point de pleurer, oubliant mon italien, formant des sons étranges que je reconnaissais à peine comme étant ma langue natale : « Je regrette, Madame ! Je regrette ! Mais je n'ai pas bombardé votre maison ! Je n'ai pas bombardé votre maison ! »

Sur la route le bruit de trompe devenait presque un hurlement, augmentait, s'enflait comme une trompette du Jugement Dernier, lançant des cascades de bémols glorieux. L'ambulance apparut dans un cumulus de sable et de gravier, klaxonnant sans raison, même après qu'elle se fut arrêtée au carrefour, et au moment où ma voix s'enrouait, se décrochait dans une vaine rencontre avec ce vacarme scandaleux. *Je n'ai pas bombardé votre maison. Je n'ai pas bombardé votre maison !* Je m'efforçais encore de prononcer ces mots, mais je trouvais mes lèvres luttant avec des particules d'air projetées dans la brise par l'outrageux klaxon qui continuait son tintamarre.

Et puis ce fut la fin. La scène s'évanouit sous mes yeux comme noyée brusquement, charitablement : la vieille femme, emmenée par ses petits-enfants, disparue. Gens, policiers, camions, voitures, tout avait disparu. Tous s'étaient éclipsés dans la chaleur de la fuite derrière l'ambulance et le malheureux di Lieto, en morceaux, mort ou mourant — je n'aurais su le dire, — mais emporté du moins au noble son d'illustres et tragiques trompettes qui se répercutaient dans la campagne ensoleillée, faiblissaient, entonnant de riches accords où se mêlaient le deuil et le triomphe.

Sur la route du bord de mer entre Salerne et Amalfi, juste avant le tournant où commence la longue côte qui mène à Sambuco, il y a un grand écriteau peint sur un mur. Il est rédigé en caractères gras, noir sur blanc, et en langue anglaise.

BEHOLD ABOVE YOU
THE PALACIAL VILLA OF
EMILIO NARDUZZO
OF
WEST ENGLEWOOD , N.J., U.S.A.

— et l'œil, poussé spontanément à obéir à ce commandement, se hâte de chercher quelque demeure majestueuse, monte vers le ciel, à travers de hautes pentes couvertes de vignes, d'orangers et de pavots rouges éblouissants, jusqu'à un bastion de terre dressé contre le ciel comme la lame d'une hache. Là, agrippée au rocher, se trouve une bâtisse ressemblant, par la taille et la forme à un poste d'Esso. Peinte en bleu explosif, elle arbore des hublots en guise de fenêtres et, flottant sur son toit à tourelle, une demi-douzaine de drapeaux américains. Nagel, dans *Italy,* ne mentionne pas la villa Narduzzo, mais, dans son genre, c'est une des merveilles de la côte. Après l'admirable route, ses cimes et ses pics d'un vert cru, ses falaises dégringolant de hauteurs vertigineuses jusque dans la calme mer de cobalt, l'effet de la villa Narduzzo ne serait pas plus bouleversant, plus dissonant si, par erreur, on se trouvait, au détour du chemin, entrer dans West Englewood même.

Je mentionne cela parce que, maintenant que j'essaie de reconstituer la fin de cet après-midi, je ne puis, autant dire, me souvenir de rien jusqu'au moment où la vue de la maison de Narduzzo dut me donner un choc qui me remit dans un état voisin de la conscience. Je me rappelle qu'en quittant le carrefour je fis marche arrière pour sortir ma voiture du fossé où elle était tombée, un des pneus avant étroitement enlacé par le pare-chocs qu'un poteau indicateur avait détaché et faussé. Je me rappelle aussi tout l'avant de l'auto : un amas de morceaux de chrome, de métal brisé, phares affectés d'un strabisme divergent et à peine perceptible, au milieu de ce méli-mélo, le spectre du pauvre di Lieto, le derrière dessiné, sans erreur possible, dans la position mi-assise d'un jockey. De quelque part, en dessous, coulaient encore des filets d'huile, de graisse et d'eau. Cependant, bien que la voiture semblât pouvoir marcher et que je me fusse mis en route à quinze kilomètres à l'heure, le reste du voyage n'est plus, dans mon esprit, que l'ombre d'un malheur confus, encore qu'incomparable. Je ne repris mes sens qu'à la vue de l'écriteau et de la villa. Je m'arrêtai brusquement sur la route dans un nuage de vapeur, ma détresse effacée soudain — quand j'eus détourné les yeux de la hideuse villa aux drapeaux étoilés — par la beauté du paysage que j'avais devant moi.

C'était, en ce moment, le milieu de l'après-midi ; mais déjà, au-dessus de moi, le grand pic sur lequel est bâti Sambuco obstruait le soleil couchant et répandait sur la mer une vaste ombre bleue. Au-delà des dernières limites de l'ombre, là où la lumière brillait encore, l'eau était d'un vert de trèfle, mais ici, le long du rivage, elle était d'un bleu transparent, comme une eau lacustre. Une demi-douzaine de petits bateaux semblaient moins y flotter qu'y pendre, comme soutenus au-dessus du fond clair, sablonneux, par des fils invisibles. Derrière moi, dans le bosquet de citronniers, je percevais faiblement une voix de jeune fille qui chantait. Un bruit d'avirons monta de l'eau, ainsi qu'une musique de radio de quelque port de pêche, port fantôme qui ne connaissait ni crépuscule ni soir et qui, dès trois heures de l'après-midi, vivait à jamais éclipsé par un clair-obscur funèbre. Je dus bien rester un quart d'heure à écouter la voix parmi les citronniers, le bruit des avirons et la radio ; et je regardai au sud, vers la côte brillante et découpée de la Sicile que je ne pouvais voir mais que je savais être là, à deux cent milles derrière l'horizon brumeux. Je me sentais affreusement fatigué et, quand je pensais à di Lieto, une vague de désespoir me submergeait ; mais le panorama me calmait pendant un instant. L'absence de houle, d'agitation, de récifs grondants, d'éclairs de mouettes en plein vol, en faisait un paysage marin très reposant, un sédatif pour des nerfs et des os exténués.

Je remis ma voiture en marche, et j'étais sur le point

de m'engager sur la route de Sambuco quand je vis une jeune femme qui, le pouce en l'air, faisait de l'auto-stop.

Ses enfants étaient avec elle ; du moins ils lui ressemblaient. Ils avaient cueilli des fleurs. Comme je m'arrêtais tout près d'eux, un trio d'ovations enthousiastes m'accueillit ; mon radiateur fuma et des bleuets, des coquelicots et des roses sauvages s'épanouirent tout autour de moi dans le nuage de vapeur.

— Bonjour ! dit la jeune femme. Je parie que vous êtes américain. Je m'appelle Poppy Kinsolving.

— J'ai eu un accident, dis-je, je m'appelle Leverett.

— Quelle drôle de bagnole !

— J'ai eu un accident, répétai-je.

— Oh mon Dieu ! Vous n'êtes pas blessé ?

Le nuage de vapeur se dissipa, et le visage de Poppy apparut à la portière près de moi. A peine plus grande que ses trois petits enfants, elle leur ressemblait tellement qu'on aurait pu la prendre pour leur grande sœur. Elle appuya ses mains terreuses sur la portière et inspecta l'intérieur de la voiture.

— En voilà une salade !

— C'est un accident, commençai-je à expliquer. Je roulais sur la grand-route, un peu après Pompéi, et j' suis rentré dans un gars à scooter, alors tous mes bagages sont...

— Vraiment, les gens devraient faire un peu plus attention.

— A qui le dites-vous ! repris-je avec indignation. Le type était borgne, vous vous rendez compte. Il avait eu les jambes cassées, un coude écrasé et deux doigts coupés...

— Oh, le pauvre garçon, le pauvre garçon s'écria-t-elle, les yeux écarquillés d'horreur. C'est justement ce que je voulais dire. Il me semble que vous devriez faire plus attention quand vous conduisez, Mr. Levenson.

Chaque fois que j'ouvre un journal je vois une histoire d'Américain qui a écrasé un Italien. Je trouve que c'est honteux, la façon dont certaines personnes conduisent ces voitures américaines insensées. Est-ce qu'il est encore vivant ? Il me semble que...

— Leverett, interrompis-je. Ma voiture est anglaise, une Austin. Voilà : ce que je voulais dire, c'est que le gars était déjà borgne quand je lui suis rentré dedans. Il a débouché sur la route du côté où il ne voyait pas, du côté gauche. Alors, quand je...

— Oh, le pauvre garçon, le pauvre garçon ! Qu'est-ce qu'il fait maintenant ? Est-ce qu'on l'a emmené à l'hôpital ? Est-ce qu'il y avait un prêtre ? J'espère au moins qu'il aura reçu les derniers sacrements.

— J'aurais pu être tué moi-même, dis-je faiblement.

— J'espère au moins qu'il aura reçu les derniers sacrements. Mais il ne va pas mourir n'est-ce pas ? Voyons, Nicky, tiens-toi tranquille ! — Elle donna une petite taloche à son plus jeune enfant, un petit garçon blond filasse, d'environ deux ans, qui commençait à pleurnicher et la tirait par sa jupe. Elle s'agenouilla et se mit à lui faire la morale d'une voix douce et tendre ; quant aux autres enfants, ayant posé leurs fleurs sur la route, ils s'étaient emparés de ma voiture, grimpaient sur le coffre, sur le capot, rôdaient autour de moi en bavardant inspectaient les dégâts et, pour finir, mes bagages. Je regardais Poppy. Pendant quelques minutes, malgré mon désarroi et ce qu'elle m'avait dit, je sentais mon esprit invinciblement attiré par la douceur de son visage, par ses grands yeux bleus, ses cheveux en désordre et humides de sueur. Le soleil la frappait en plein à travers le feuillage des citronniers. Elle était vêtue de quelque chose qui ressemblait à un sac de farine bien qu'on pût reconnaître que c'était un costume. Dans la lumière tavelée, le front très légèrement embué par la transpiration, elle avait quelque chose de charmant et d'obstinément enfantin. Il eût été inexact de dire qu'elle était asexuée, mais pour le moment — gamin, nymphe ou toute autre chose — elle était exaspérante et incroyable. « Tu comprends, Nicky, disait-elle gravement, les grandes personnes ont des choses importantes à se dire, et maman ne peut rien dire du tout si tu la tires tout le temps par sa jolie robe propre. Alors, mon chéri, reste tranquille maintenant, et dis bonjour à Mr. Levenson. Felicia ! Timothy ! Fermez cette valise !

— Je ne sais pas s'il va mourir ou non, dis-je. Il faudra que je téléphone à Naples pour m'informer. Est-ce qu'il y a le téléphone à Sambuco ?

— Il y en a un au café, je crois. Et à l'hôtel. Au Bella Vista. Oh, vous ne savez pas qui est là-haut en ce moment ? Toutes ces grandes vedettes de cinéma ! Ils sont en train de tourner un film. Et en bas aussi, à Amalfi. Il y a Carleton Burns et Alice Adair et Alonzo Cripps — vous savez, le célèbre directeur — et il y a aussi Gloria Mangiamele. Burns est imbuvable, et Alice Adair aussi, mais j'adore Mr. Cripps. J'ai parlé à tous. Oh, quelques mots seulement. Mason Flagg les connaît tous — du moins il connaissait Mr. Cripps, et ils passent leur temps à boire dans l'appartement de Mason et, naturellement, nous ne pouvons pas les éviter, comme nous vivons à l'étage en dessous et que nous sommes si liés avec Mason... Est-ce que vous êtes un ami de Mason ?

Elle s'interrompit pour me regarder gravement, curieusement et, me sembla-t-il, avec quelque méfiance.

— Oh, je...

— A vous voir on ne vous prendrait pas pour un ami de Mason.

— Qu'est-ce que vous entendez par là ?

— Oh rien. Enfin, je veux dire, eh bien... vous avez

l'air si ordinaire, si... enfin, vous comprenez ce que je veux dire.

— Merci bien, dis-je.

— Mais non, fit-elle en rougissant un peu, ce que je veux dire c'est que vous avez l'air très gentil. Seulement, vous comprenez, son cercle de relations est tellement flamboyant, que... alors, voilà... Ils font tous quelque chose dans le cinéma, vous comprenez, et vous... — Elle se tut. Brusquement, un air de consternation, d'anxiété passa sur son visage. « Oh, à mon avis, Mason Flagg est un homme effroyable, éclata-t-elle, il est tout simplement mauvais, abominable. Une espèce de larve, de cinglé, un méchant homme, abominable.

— Comment cela ? » dis-je. Il y avait quelque chose de douloureusement familier dans sa voix. Je n'avais pas vu Mason depuis quatre ans ; et cependant un désastre n'attendant pas l'autre, je comprenais maintenant que c'eût été folie d'espérer que Mason aurait pu changer. « Qu'est-ce qu'il a encore inventé, ce vieux Mason ?

— Oh, je ne vous le dirai pas. Du moment que vous êtes tellement amis ! » Elle fronça le nez de dégoût. « Mais je voudrais seulement que vous voyiez cette façon qu'il a de dominer Cass, de profiter de son état pour... au point que, quelquefois, je ne sais vraiment plus à quel saint me vouer.

— Que voulez-vous dire ? demandai-je, intrigué. Qui est Cass ? »

Mais l'anxiété, à peine un léger nuage, avait disparu et elle avait repris le chapitre des stars. « Je ne crois pas que Cass en puisse supporter un seul, sauf peut-être Mr. Alonzo Cripps. Bien que, pourtant, il lui trouve une drôle d'allure. Qu'il n'aime pas Carleton Burns, ça se comprend parce qu'alors, celui-là ! Et Mr. Alonzo Cripps est si gentil et tellement drôle ! L'autre jour, il a donné une boîte de *dolci* à Nicky. C'est un chou. Et un directeur si brillant ! Quant à Alice Adair ! Avec ses mines et ses grands airs... Notez qu'elle n'est peut-être pas aussi pimbêche qu'elle en a l'air, mais ça n'empêche pas... En tout cas, j' peux pas la blairer... »

Pendant ce papotage, je sentais la tête me tourner. Je fermai hermétiquement les yeux. La détresse et la fatigue montaient en moi comme un lent frisson de paludisme. Je fus soudain conscient du parfum des citrons, d'un bruit régulier d'avirons qui dominait le bavardage à mes côtés. « Quant à Gloria Mangiamele, ça elle se pose là, je vous garantis. Vous devriez voir les yeux des garçons s'allumer quand elle traverse la place. Mr. Cripps dit qu'elle fait plus d'argent avec ses films qu'aucune vedette dans le monde entier, à cause des taxes italiennes ou quelque chose. Oh, mais je parie que vous êtes l'homme que Mason attendait ! Vous les connaîtrez tous, vous verrez. Mais qu'est-ce que vous avez, Mr. Levenson? Réveillez-vous. Timothy sors-toi donc de la figure de Mr. Levenson ! » J'ouvris les paupières et je vis deux yeux blancs, ronds comme des balles de ping-pong, et un sourire enduit de chocolat à deux centimètres de mon nez. « Comment que vous vous appelez ? » dit Timothy.

— Et puis merde ! dis-je en mettant le moteur en marche. Et vous, les gosses, foutez-moi le camp d'ici.

— Tiens, voilà Cass, dit Poppy. Regardez, les petits, voilà papa avec Peggy. Ils nous ont rattrapés.

Je stoppai et me retournai. Sur la route, donnant la main à un autre enfant, Cass Kinsolving avançait en chantant :

Oh, we went to the animal fair,
All the birds and the beasts were there

Carleton Burns was drunk by turns
And so was Alice Adair[1].

Un venimeux cigare noir sortait de sa bouche, même quand il chantait; dans sa main libre il tenait une bouteille de vin à moitié vide, débouchée pour qu'il pût s'en servir. Il portait sur l'épaule un havresac plein de choses qui ressemblaient à des costumes de bain, et le sac dégouttait. En pantalon de treillis, chemise de sport indescriptible, un béret taché, de travers sur le front, il approchait de nous d'un pas de roue libre, saccadé, nautique, chantant toujours :

Mangiamele with the luscious belly[2]...

— et, arrivé près de nous, à la vue de la voiture endommagée, il interrompit sa chanson et s'arrêta net avec un : « Sacré nom de Dieu ! » lent, surpris, à demi murmuré.

— Mr. Levenson a heurté un homme à scooter, dit Poppy.

— Et comment ! dit Cass.

— Et il lui a arraché les yeux, cassé les jambes et coupé deux doigts, et on ne sait pas s'il va vivre ou non.

— Pardon, une minute..., commençai-je furieux. De plus, je m'appelle Leverett.

— Nom de Dieu. Mon pauvre vieux ! me dit Cass. — C'était la sympathie que j'attendais et je me tournai vers lui avec gratitude en me présentant comme l'ami de Mason. Il but un coup à sa bouteille et, les mains

1. Parodie d'une chanson populaire célèbre qu'on pourrait traduire librement ainsi : *Oh, nous sommes allés à la foire aux animaux — Et tous les oiseaux et les bêtes étaient là — Carleton Burns, plein comme un tonneau — et Alice Adair dans le même état.* (N. du T.)

2. *Mangiamele au ventre voluptueux.*

sur les hanches, examina ma voiture d'un air vide et morne. La lumière du soleil jaillissait de ses lunettes en deux disques blancs, ce qui lui donnait un regard de chouette sans aucun rapport avec le reste de son apparence qui, au premier coup d'œil, donnait l'impression de vigueur, de vie en plein air, et même d'athlétisme. Il n'était pas grand, mais bien musclé de partout et, maintenant qu'il se penchait un peu avec son expression de sympathie intéressée, on aurait dit un débardeur devenu un intellectuel ou peut-être vice versa. Il devait avoir entre trente et trente-cinq ans, mais des rides, marques sans doute de souffrance, et d'épreuves, avaient l'air de lacérations du visage. « Ça, évidemment, vous avez dû lui refroidir la bite, dit-il. On peut voir le cul du pauvre bougre imprimé sur votre radiateur. Comme intaille, c'est assez étonnant. Mais ce qu'il y a de plus rigolo, c'est que votre voiture ait pu grimper ces côtes. Qu'est-ce que vous lui avez fait, au gars ? »

Il branla solennellement la tête, tira sur son cigare et fit entendre de petits grognements de commisération à mesure que je lui racontais les événements. Le plus petit des garçons, Nicky, jouait auprès de nous, sur le bord de la route, mais Poppy et les autres enfants étaient montés à mi-côte, à travers le bois de citronniers. Je les entendais crier : « En voilà un ! En voilà un autre ! » exclamations lointaines pleines de la joie des découvertes.

« Mon pauvre vieux salaud, vous pouvez dire que vous avez la poisse », murmura-t-il pour conclure quand j'eus terminé mon récit. Il parlait avec une telle compassion, une telle cordialité, que j'aurais voulu l'embrasser.

— C'est vraiment incroyable, continuai-je amèrement. On n'exige pas de permis de ces crétins, comme vous savez. Ils laissent un idiot qui n'y voit que d'un œil grimper sur une de ces machines, et voilà ! Ils ne sont jamais assurés et, même quand c'est leur faute, si c'est eux qui se foutent dans votre voiture, c'est vous qui êtes dans le bain. Dieu sait si ça m'embête de l'avoir amoché comme je l'ai fait, et je n'ai pas plus envie de le voir souffrir que sa vieille folle de grand-mère, mais, après tout, je ne suis pas millionnaire et chaque fois que je pense à ce péquenot se foutant comme ça en plein dans mon capot — je ne suis pas assuré pour les accidents de ce genre, et Dieu sait ce que ça va me coûter, — chaque fois que j'y pense, ça me fait raler, je vous assure.

Ce qu'il me dit alors n'avait rien de papelard, mais j'y perçus une nuance de pitié voulue qui ne s'accordait pas du tout avec mon ressentiment. Je me sentis quelque peu trahi.

Il se frotta le cou et soupira : « Oui, je sais, dit-il, c'est un coup dur. » Puis, après une pause, il ajouta : « Je ne sais pas. Ces gens, dans la plaine, en bas, sont tellement pauvres que je me demande si aucun d'eux pourrait se payer le luxe d'un permis, même si ces permis existaient. Toutes ces chansons sur « bella Napoli, bella campagna » ont beau dire le contraire, je ne crois pas que ces pauvres bougres aient souvent l'occasion de rigoler dans la vie. J' suppose que pour beaucoup d'entre eux une balade sur un scooter emprunté est un événement. Ils s'excitent et, de temps en temps, il faut bien qu'une chose comme ça arrive. » Puis, comme si brusquement il comprenait les pensées qui me traversaient l'esprit (*assez de sensiblerie !*), il dit : « Oh, je sais bien que c'est pas ça qui vous consolera pour le moment. Tenez, buvez un coup de *rosso* de Sambuco, c'est ça dont vous avez besoin. »

Mais je refusai la bouteille qu'il me tendait : « Il faut que je monte chez Mason, dis-je sèchement. Je regrette de n'avoir pas assez de place pour vous emmener tous. »

Poppy, perchée au loin dans les branches d'un citronnier, appela du verger au-dessus de nos têtes. « Mr. Levenson ! Mr. Levenson ! »

— Oui ? dis-je.

— C'est Leverett, Poppy, nom de Dieu ! hurla Cass.

— Qu'est-ce que tu dis, chéri ?

— Leverett ! Leverett ! L-E-V-E-R-E-T-T.

— Bon, alors, Mr. Leverett ! cria-t-elle. Quand vous verrez Rosemarie de Laframboise ! Vous m'entendez, Mr. Leverett ? Quand vous verrez Rosemarie en arrivant à Sambuco, voulez-vous lui faire une commission de ma part ?

Sa petite voix perçante s'assourdit. Nous pouvions à peine l'entendre.

« Vous me comprenez, Mr. Leverett ?

— Non, Poppy, hurla Cass, on ne t'entend pas. Descends !

— Andezlui ouprêter cheska ! » et, d'une voix lointaine et chantante, quelque chose encore, qui sonnait comme « polissoir ».

— Qu'est-ce qu'elle raconte ? demandai-je. Qui c'est-il, cette Rosemarie ? De Laframboise ?

Un grand sourire comique éclaira le visage de Cass, un sourire pas tout à fait obscène mais presque. « C'est la poule de Mason, dit-il, vous la verrez. »

« *Rosemarie de Laframboise ?* »

Alors, brusquement, je compris pourquoi le « nous », que je ne m'étais pas expliqué dans la lettre de Mason, ne m'avait jamais véritablement intrigué. Je savais d'instinct qu'il fallait toujours s'attendre à ce que Mason, quels que fussent le lieu ou le temps, vécût avec une femme, même une femme du nom de Rosemarie de Laframboise.

— Rose-marie de La-fram-boise, détacha Cass en syllabes soignées et juteuses. Ça se pose là !

A l'extrême limite de la fatigue — tout au moins, à l'extrême limite de *ma* fatigue, d'après mes observations — il arrive un moment où l'esprit s'envole une dernière fois vers la conscience et la raison avant de se briser en morceaux fous ou de sombrer dans le sommeil. A ce point-là, tous les sens, mis à vif par la fatigue, sont exceptionnellement délicats et aussi sensibles aux stimulants les plus légers qu'une peau neuve sur une plaie récente. C'est sans doute ce qui explique pourquoi, pendant que Cass parlait, un flot d'émotions confuses me submergea — une sensation de beauté, sauvage, resplendissante, mais la prescience d'une menace aussi, très loin, comme si, dans les vibrations de mon tympan, il y avait déjà un bruit de catastrophe imperceptible à une oreille normale. Car, à ce moment-là, le soleil étant descendu très bas, derrière les collines, tout ce qu'il y avait autour de nous — vignes, murs de pierre, arbres — s'était changé en ombres bleues, sous l'effet de ce crépuscule étrange, prématuré. Le petit garçon jouait dans le fossé près de nous, frappant les pierres avec une branche et poussant de petits cris solennels. Tout en haut de la pente, Poppy gazouillait encore doucement, sur un registre aigu. Non seulement on pouvait à peine l'entendre, mais maintenant, dans la pénombre, on pouvait à peine la voir suspendue comme un fantôme parmi les feuilles des citronniers. De la musique montait d'en bas, des bruits d'eau montaient de la mer. Et, tout autour de nous, flottait une voluptueuse odeur de fin d'été, odeur de terre, de citrons et de fleurs, qui enfonçait en moi une lame aiguë de nostalgie et lançait au galop dans mon âme des fantômes de beauté, m'emplissant du désir brusque, ardent, de quelque chose que je n'aurais pas su nommer.

Puis, à un certain moment, au cours de cette crise, je compris, pour la première fois, que Cass, bien qu'ayant l'air dans un état normal, était très ivre, et qu'il avait recommencé à parler, moins à moi qu'à cette calme nuit tombante qu'il emplissait d'éclats d'une étrange éloquence tout en brandissant dans les airs sa bouteille de vin. « Ces gueules, disait-il, ces gueules ! Nom de Dieu, vous ne les avez pas vues ? On les dirait échappées de Goya, Goya dans ce qu'il a de plus bilieux, de plus funèbre, de plus malsain. Goya ! Il aurait rançonné ses jambes pour pouvoir les peindre. Un d'eux, le plus vieux, est positivement antédiluvien. S'il y a quelqu'un sur qui pèse la malédiction originelle, c'est bien lui. Et l'autre, la gueule d'ivrogne, comment s'appelle-t-il déjà... Burns. Ah, celui-là, c'est le bouquet ! J'aurais des sacs pleins d'or s'il était un Médicis. Il a cet œil toscan qui regarde entre les paupières mi-closes, comme un de ces affreux cousins de Lorenzo, la gouape qu'on traîne en ville pour faire la tournée des bordels. Je jure que c'est le seul être humain qui ait les prunelles totalement vertes. Regardez-les, Leverett, dit-il avec un rire amusé en se tournant vers moi, et vous verrez si c'est pas la pure vérité. Et la pépouze ! Faudra aussi que vous regardiez ça. Nom de Dieu, elle est éblouissante, je le reconnais. Mais c'est un spectre. Hier, dans le soleil, je l'ai vue se retourner — c'était en plein midi, tout baignait dans cette lumière dure, formidable — et je vous jure que la tête de mort était aussi visible sous la peau que si on l'avait sculptée dans du marbre. Et après, j'ai vu ses yeux, et je vous donne ma parole d'honneur qu'ils se sont évaporés devant moi, fondus semblait-il comme de la gelée au soleil de midi. »

J'entendis au bas de la pente la voix de Poppy, près de nous maintenant, irritée, mécontente : « Voyons, Cass, tu n'as pas fini de déblatérer comme ça... Si tu ne peux pas trouver mieux à haïr que ces vedettes. Mr. Leverett est fatigué, énervé, et il veut monter à Sambuco. Je t'ai déjà dit que boire tout ce vin par une chaleur pareille...

— Dites, Leverett, continua Cass, est-ce que je vous emmerde ? Voulez-vous voir des visages, de vrais visages ? Est-ce que vous allez rester ici quelque temps ? Laissez-moi vous emmener à Tramonti, un jour. Là, il y a des visages qui viennent tout droit du XIIe siècle. Je vous montrerai un visage si fier, si tragique, si plein de mortelle splendeur, que vous croirez voir Isaïe en personne. Bien plus, là-bas...

— Tais-toi, dit Poppy en frappant du pied. Je ne sais pas ce que tu as depuis quelque temps, Cass Kinsolving. Pourquoi te conduis-tu comme ça ?

— Vous savez, dit-il, il y a une vieille sorcière, là-bas, qui gagne quatre-vingt-dix lires *par jour* à porter sur son dos des piquets pour la vigne. Quatre-vingt-dix lires ! cinquante *cents !* Sur son dos ! Je voudrais que vous voyiez ce visage. Un visage comme ces rescapés de Grünewald, avec la même crispation de souffrance perpétuelle sur des lèvres si méchantes, si grises, qu'on dirait une lamentation vivante.

— Tais-toi, tout de suite, cria Poppy. Ce que tu peux être casse-pieds, quand tu bois comme ça ! Et tu vas aggraver ton ulcère ! Mr. Leverett, ne faites pas attention à lui. Ce que je vous disais, c'est ceci : voulez-vous, je vous prie, demander à Rosemarie de Laframboise de me prêter Francesca pour ce soir. Felicia a un rhume. Je veux la mettre au lit immédiatement et j'aimerais que Francesca vienne m'aider.

— Oui... », commençai-je, mais à mesure que je parlais ma chaude, ma languide sensation de beauté s'évanouit, faisant place à une sensation écœurante, voisine de la terreur. *Oh Dieu, ça ne va pas recommencer,* pensai-je, *ça ne va pas recommencer.* Car je me rendis compte que ce bruit rapide, menaçant, dont j'avais entendu le bourdonnement autour de mes oreilles, n'était pas un mirage : c'était un bruit réel, plein de danger, qui se trouvait maintenant presque sur nous. D'assourdissantes explosions déchiraient la pénombre. « Attention, hurlai-je, sortez-vous de la route ! » Mais il était trop tard. Une masse gris-vert, surmontée de deux silhouettes courbées — un homme à cheveux noirs qu'une femme en pantalon rouge flottant enlaçait étroitement par derrière — le scooter, était déjà sur nous, envoyant Cass et Poppy rebondir contre les ailes de ma voiture et éparpillant les enfants dans toutes les directions comme des bouts de papier emportés par le vent. « Bougre de con ! » cria Cass, mais trop tard encore. Le scooter nous dépassa, filant à pleins gaz comme une flèche, lâchant des pétarades de fumée, les hanches rouge vif de la fille bondissant comme sur un cheval au rythme balancé de la moto qui disparaissait au tournant. Nous revînmes alarmés sur le bord de la route où Nicky tournoyait toujours, comme fauché, chassé de côté, avant d'aller s'étaler à plat ventre dans le fossé.

Poppy se précipita vers lui. « Nicky, Nicky, hurla-t-elle, regarde maman ! »

Je savais que j'avais déjà vu cela. Brusquement — et pour la première fois de ma vie, j'en suis sûr — je crus en l'existence de l'enfer.

— Parle-moi, gémit-elle.

Et aussitôt, nous entendîmes une voix joyeuse. « J'ai pas de mal, maman. J' suis tombé, c'est tout. »

Alors, dominant les petits sanglots de soulagement de Poppy, je m'entendis moi-même dire à Cass :

« Vous voyez ce que je vous disais au sujet de ces Italiens ? Ce sont des malades ! Ils...

— Vous excitez pas, mon ami, dit-il tranquillement. C'était pas un Italien. C'était une de ces gouapes du cinéma. Je crois qu'il vient de l'Iowa. »

2

— On peut dire que ç'a été une putain de journée, dit Cass, une sacrée monstruosité.

Je l'approuvai. Je lui avais tout raconté en détail, pour la première fois — mon accident avec di Lieto et tout le reste. Et, de temps à autre, il essuyait son front en sueur sous le soleil de la Caroline. Puis, au souvenir de l'allure que j'avais, il s'était mis à rire, d'un gros rire tonitruant, avec claques sur les cuisses, si bien que je me mis à rire aussi, conscient peut-être pour la première fois du comique de l'aventure même dans l'incertitude de son début. Finalement, quand nous eûmes ri tout notre soûl, et que notre gaieté se fût réduite à une sorte de calme méditatif, il dit : « Je sais bien que sur le moment ce n'était pas très drôle. Ce n'était pas drôle du tout. Mais vous auriez dû voir la gueule que vous faisiez, mon vieux. Vous aviez l'air d'un gros oiseau épouvanté.

— Mais, est-ce que vous... ? » commençai-je, puis je m'arrêtai, ne sachant plus que dire. Nous étions là, comme nous le faisions de temps en temps depuis deux jours, assis dans un bateau au milieu de l'Ashley River, à pêcher des bars. Bien qu'il connût toutes les réponses, il ne m'avait presque rien dit. En revanche, moi qui n'avais rien à raconter, je lui avais dit bien des choses. Il faisait chaud, et des mouches de sable voltigeaient en frôlant nos têtes. Au lieu de son béret qui, dans mon souvenir, représentait sur les caricatures la coiffure traditionnelle des Américains expatriés, il portait, contre le soleil incendiaire de midi, un vieux chapeau de paille avachi. Ce chapeau et un pantalon de treillis de fusilier marin qui avait pris la nuance de l'herbe sèche constituaient tout son costume de pêcheur. La chaleur mettait de la buée sur ses lunettes, et il était pieds nus. Il mâchonnait un gros cigare couleur mélasse, à moitié fumé et éteint.

« Une baudroie, dit-il avec dégoût en ramenant à bord un poisson à gros yeux qui luttait, se débattait, rotait. La pire création du bon Dieu. Ça bouffe deux mètres de ligne en deux secondes, et ça vous boufferait la main également si on les laissait faire. » — Il rejeta le poisson vivant. « Reviens pas batifoler par ici, crapaud, dit-il au poisson. J' préférerais pêcher un mocassin [1], continua-t-il, ou n'importe quelle autre bête. Regardez, vous voyez, là où la marée clapote. Ce sont des plies. Vous en avez dans vos régions ? Lancez votre ligne là-bas, et vous ramènerez du poisson pendant six heures. Pas même besoin d'appâter. C'est pas du sport, mais enfin... Un jour, en juillet dernier, Poppy et moi, on en a pris un plein panier en une demi-heure. Mais ça n'a que des arêtes, rien que des arêtes. Y a juste une bouchée à manger. » Il remit un appât à son hameçon et lança sa ligne, clignant les yeux dans le soleil. Les bords de l'estuaire n'étaient qu'une immensité d'ombres — chênes, cyprès, cèdres. La chaleur et le calme agissaient comme un narcotique. « Septembre est un bon mois pour ce genre de pêche, dit-il après un long silence. Regardez là-bas,

1. Serpent venimeux très répandu, et craint, dans tous les Etats du Sud. (N. du T.)

au-dessus de ces arbres. Regardez ce ciel. Avez-vous jamais rien vu d'aussi *propre*, d'aussi beau ? » Je n'avais jamais entendu le mot « propre » prononcé avec autant de passion. Il avait pris la qualité d'une oblation, d'une prière. Cass sembla s'en rendre compte, et, comme pour s'en cacher, il dit : « Hum, c'était tout de même pas rigolo, hein, le gars, di Lieto, c'est bien ça ? Vous m'avez dit qu'il est toujours — comment ça — dans les pommes ?

— Radicalement, dis-je, dans le coma. Il y était du moins il y a six mois. Je reçois une lettre de cet hôpital de Naples de temps en temps. C'est une religieuse qui m'écrit.

— Ah, bon Dieu de bon Dieu, murmura-t-il, alors, ça fera combien de temps ? Deux ans, le pauvre bougre. Croyez-vous qu'il finira par s'en sortir ?

— Je ne sais pas. Il y a des gens qui sont restés comme ça cinq ans, dix ans, même davantage. J'ai parlé avec des médecins — des amis — et ils m'ont dit que c'était possible, mais qu'il ne fallait pas trop y compter. J'envoie un peu d'argent de temps à autre.

— Ce n'est pas votre faute... » Il s'arrêta encore, et cette expression de tristesse, vide, fugitive, que j'avais remarquée si souvent quand j'étais avec lui, passa sur son visage. Ce n'était qu'un éclair, pas plus, où se reflétaient une perte, un regret et tout un infini de souvenirs pénibles. Et cela s'en allait aussi vite que c'était venu, et son visage reprenait toute sa placidité, sa paix, son calme et sa patience. « Ce n'est pas votre faute, reprit-il, et pourtant vous en supportez la souffrance. C'est inévitable. On souffre de choses comme ça et, croyez-moi, on peut secouer l'univers entier, comme un fou, en demandant à grands cris une réponse, et tout ce qu'on reçoit c'est un petit ricanement. Dieu, ou quelqu'un qui vous dit de garder le sourire. *Dio buono!* Il n'y a pas... Eh là, attention! Ça mord à votre ligne! »

Mais le poisson s'était déjà décroché de l'hameçon. « Un crabe, probablement, dit Cass, ou une anguille. » Il regarda le ciel. « Midi et demi, bientôt. Poppy doit avoir préparé le déjeuner.

— Mais ce que je n'ai jamais pu comprendre, dis-je, revenant à notre sujet principal, ce qui m'a toujours semblé si incroyable, ce n'est pas tellement ce qu'il avait commencé par faire. Le viol. Ça, c'était tout à fait le genre Mason, comme vous savez. » Je m'arrêtai. « Non, peut-être pas cette espèce de viol. Je ne pouvais pas me l'imaginer allant aussi loin que ça. J'entends, le sadisme, la meurtre, et tout le reste. Le viol lui-même, c'était au moins compréhensible; mais ce que je ne pouvais pas m'imaginer, c'était ce... c'était la nature de ce remords qui le... ce remords et ce qui a pu lui donner finalement le courage, le cran, de se supprimer comme ça, dans un dernier geste d'expiation. Vous savez, ça demande...

— Le suicide? » dit Cass. Il retira son cigare d'entre ses dents, clignant les yeux vers moi avec un fin sourire. « Ça ne demande rien du tout, mon ami. Du désespoir, peut-être. Mais le cran, c'est bien la dernière chose qui soit nécessaire. » Il me regardait, non sans humour, l'œil malin, en tirant légèrement sur sa ligne. « Ça ne demande ni courage, ni cran, ni rien. Vous avez devant vous un homme qui parle en connaissance de cause. Sacré bon Dieu de moucherons! » dit-il en agitant la main.

La veille même, il m'avait dit quelque chose du même genre; et cela m'avait intrigué, comme cela m'intriguait à présent; mais, cette fois encore, il ne me donna pas le temps de réfléchir : un peu comme s'il sentait avoir dit ce qu'il aurait préféré ne pas dire, il continua en me posant une question. Laissant Mason de côté, c'est moi qu'il interrogeait maintenant. « A propos, et votre auto, qu'est-ce qu'elle est devenue ? Elle était dans un état fantastique. Est-ce que vous l'avez fait réparer ?

— Non, dis-je. Je n'ai pas eu le temps. Vous vous rappelez que — enfin c'est à peine quelques heures plus tard que l'infernale histoire s'est déroulée. C'était monstrueux, vous savez. J'arrive là-haut dans l'état que vous savez, salement secoué, en tout cas, et, le lendemain, Mason est mort. Après ça, je me suis foutu de tout. Je l'ai vendue à Windgasser, comme ferraille. Juste avant de reprendre l'avion pour New York. Je crois qu'il m'en a donné cent dollars.

— Comment, vous voulez dire notre cher vieux *padron di casa,* Fausto ? » Il ricana : « Hein, quand on y pense. Je vous donne ma parole que le jour du Jugement Dernier ce gars-là fricotera sur les billets du premier rang de fauteuils, le sien compris. Je vous parie qu'il a réparé votre bagnole et qu'il a empoché six cents pour cent dans l'affaire. » Il se reprit à rire, puis resta silencieux. Au bout d'un instant, il reprit : « Dites-moi, mon vieux, est-ce que j'étais très soûl, ce jour-là, sur la route ? Quand nous nous sommes rencontrés. » Il me regardait d'un air si solennel que je me sentis devenir nerveux.

Je commençais à dire quelque chose, quand il m'interrompit : « Si je vous demande ça, vous comprenez, c'est que, à partir d'un certain point, dans la ligne des événements, tout est devenu pour moi l'obscurité complète. Tout. Ensuite c'était le petit matin, et j'étais sous la douche, et vous faisiez votre possible pour me dessoûler. Mais l'intervalle entre ces deux moments est aussi noir que le trou de mon cul. Je voudrais arriver à déterminer exactement quand j'ai perdu conscience.

— Je ne sais pas, dis-je, faisant un effort de mémoire. Oh, vous n'aviez pas l'air tellement soûl.

Comme je vous le disais, vous aviez fini par vous exciter un peu, et vous vous étiez mis à déblatérer sur ces gens de cinéma, mais je vous jure que, même à ce moment-là, vous n'aviez pas l'air de...

— *Mamma mi'!* s'écria-t-il brusquement en éclatant de rire. Ces horribles m'as-tu-vu de Hollywood, ces produits d'instituts de beauté! Je les avais presque oubliés. Qu'est-ce qu'ils pouvaient bien foutre là-haut? Oh! oui. — Tout me revient, nom de Dieu! Ce Humphrey Bogart à la noix — comment s'appelait-il déjà? Burns! Et cette poupée de conte bleu, Alice Adair, avec sa petite cervelle microscopique. Et Cripps — oui, je me le rappelle. » Il se tourna, souriant, le visage, sillonné de lignes, tout rose de plaisir. « Vous savez, plus j'y pense, plus je me réjouis que vous soyez venu ici. J'étais si abominablement soûl. Et maintenant, vous êtes là, comme un bon chien d'aveugle, pour me guider à travers les trous noirs. Sans blague.

— Ce directeur, dis-je, Cripps. Il vous a toujours défendu. Jusqu'au bout.

— Je sais, dit-il, songeur, en se grattant le menton. J'aimerais... » Mais, de nouveau, comme frappé brusquement par un chagrin intime, secret, son visage s'assombrit, et il resta silencieux. « Des cabillauds, dit-il pensif au bout d'un instant. C'est ça que nous devrions essayer de pêcher, des cabillauds. Gros comme la cuisse, là-haut, en Caroline du Nord. Il y a un endroit appelé Oregon Inlet où ils grouillent comme des puces. Et puis, cette pêche-là, c'est du sport, je vous le garantis. Une fois, quand j'étais gosse, mon oncle et moi, on a été y passer un week-end; on s'est procuré un bateau et on a pêché, au point, j'exagère pas, que j'en avais la peau des mains à vif.

— Mais vous savez, quand je vous ai vu là, sur la route, continuai-je, décidé maintenant à insister, une des choses que je me rappelle le mieux, c'est une remarque de Poppy. Sur, voyons... » Je m'arrêtai. « Corrigez-moi si je me trompe. Voilà, elle était vraiment bouleversée, et elle m'a dit quelque chose à propos de Mason, il me semble, Mason qui vous aurait *dominé*... »

Comme d'habitude (et j'aurais dû le prévoir) on aurait pu me comparer à une radio qu'il fermait gentiment, courtoisement, mais avec une dermination absolue et finale. Sur le sujet de Mason, c'est à peine s'il prononçait un mot. « Oh, je ne sais pas, fit-il, je ne sais vraiment pas. Disons, si vous voulez, que les choses n'étaient pas si graves qu'on aurait pu le croire. » Il regarda en l'air. « Il se fait tard, vous savez. » Sur quoi, nous retirâmes nos lignes. Cass mit le hors-bord en marche, et, pétaradant, nous gagnâmes la rive pour aller déjeuner.

J'avais pensé n'être absent qu'une fin de semaine au plus. Néanmoins, risquant de perdre ma position en prolongeant mes vacances (plusieurs télégrammes furent envoyés à New York par la suite, annonçant une maladie subite), je restai plus de quinze jours. C'étaient, sans aucun doute, sa générosité naturelle, la courtoise et patiente hospitalité que, par tradition, un homme du Sud offre toujours à un compatriote, qui permirent à Cass de supporter l'indiscrétion avec laquelle je m'imposai chez lui — cela, et peut-être le fait qu'après tout je lui avais rendu deux ou trois services à Sambuco. Mais je ne demandais pas de remboursement. Générosité, hospitalité, bonté, tout cela faisait partie de sa nature, et il va sans dire que nous avions aussi beaucoup d'amitié l'un pour l'autre. Mais l'entente et l'harmonie qui se développèrent entre nous et nous rapprochèrent davantage venaient d'une autre source. Je ne tardai pas à m'en rendre compte. Tout au fond de son être intime, et pour des raisons que je ne peux élucider, il avait ses propres énigmes à résoudre, à débrouiller. Et, de même que je croyais qu'il pourrait m'aider à éclaircir les mystères qui m'étouffaient, de même il voyait en moi la clé de ses problèmes.

Je lui avais offert de m'installer à l'hôtel. Cass ne voulut pas en entendre parler. « J' dirais pas qu'on se fait beaucoup de lard avec nos rentes, dit-il, mais on a tout de même les moyens de vous offrir un plumard. » Néanmoins, il me permit de payer ma quote-part de la note d'épicerie. Je dormais dans un grenier à odeur de moisi, tout en haut, sous le toit de la grande maison délabrée, pleine de couloirs, de recoins et de craquements, qu'il habitait près de Battery. Et, chaque matin, je m'éveillais en entendant des galopades d'enfants au rez-de-chaussée et les cris de Poppy qui les préparait à aller à l'école. Pour un célibataire, c'était un bruit familial et étrangement agréable, et je restais couché à les écouter un moment jusqu'à ce que le tapage se fût enfin calmé, joint aux douces psalmodies des noirs qui, dans les petites rues pavées, vendaient des fleurs. Directement au-dessous de moi j'entendais Cass marcher dans la chambre où il peignait tous les matins. Le parfum du jasmin en fleurs entrait par ma fenêtre ; les oiseaux moqueurs chantaient dans le jardin, et, appuyé sur un coude, complètement éveillé maintenant, je laissais tomber mes regards sur les rues sans souillures, ombreuses, tachetées de soleil, d'une des villes les plus charmantes du monde occidental.

« Le fait est là, dit Cass. C'est drôle, vous savez, en Europe, parfois, quand j'étais vraiment dans le trente-sixième dessous et que je haïssais l'Amérique au point que je pouvais à peine contenir ma haine, — même à ces moments-là, je pensais à Charleston. Je pensais combien j'aimerais y aller vivre. Ce n'était presque jamais la Caroline du Nord, ni les bois de pins de

Columbus County où j'ai été élevé. Je n'avais nulle envie de retourner là-bas, et je n'avais foutre pas envie de retourner à New York, ça, je vous le garantis. C'était à Charleston que je pensais, tel que je me le rappelais quand j'étais gosse. Et j'y suis maintenant. » Du doigt, il me montra le vaste port, radieux, gris-vert, calme comme un miroir, puis, tout autour, en demi-cercle, la ville basse où les vieilles maisons enfouies dans l'ombre, les roses trémières, les bignonias, les gros bourdons, n'avaient eu à souffrir aucune des altérations de la mode, aucun changement capricieux. « Vous pourriez chercher longtemps une pureté de ce genre, dit-il, regardez-moi ces murs de briques. Ah, une seule de ces maisons vaut plus que toutes ces niches à encorbellements, à fenêtres panoramiques de l'Etat du New Jersey. »

Nous pêchions et nous nagions. Nager était la passion de Cass. On aurait dit un marsouin, et des bulles montaient quand il disparaissait sous l'eau pour des périodes interminables. Souvent, nous ramions dans le bateau de Cass avec les enfants blonds aux yeux brillants. Mais surtout, nous causions. Comme par hasard, la chance était pour nous. La classe de peinture qu'il enseignait (« ça ne vaut pas des actions de la General Electric, disait-il, mais vous seriez surpris de ce que ça rapporte si on s'en donne un peu la peine »), était fermée pour l'été. Il ne faisait plus de demi-semaines à la fabrique de tabac. Dans cette période de chômage, il pouvait donc se laisser vivre. « Je n'avais accepté ce travail que pour avoir des cigares à l'œil, me dit-il. Les cigares me sont nécessaires, maintenant que j'ai renoncé à la gnole. Mais vous ne sauriez croire ce que c'est dégoûtant. Ces cigares sont *homogénéisés.* Ecoutez ce qu'ils font, ces gars-là : ils prennent du bon tabac à fumer, ils le pressurent comme pour en faire des sucres d'orge et puis ils le fourrent dans des grosses machines d'où il ressort avec un goût de vieille gomme à mâcher. Des espèces de longues crottes de chien. Vous n'allez pas me dire que ces machines-là rendent service à l'humanité, hein, mon vieux. J'en ai fait marcher une. J'en ai eu tellement plein le cul que pour un peu ça m'aurait dégoûté des cigares pour le restant de mes jours. La plupart des artistes sont buccaux, d'après ce que m'a dit un jour ce psychiatre, il faut toujours qu'ils aient quelque chose à se foutre entre les dents. »

Nous avions un égal amour de la musique, ce qui facilitait encore les choses. Il avait reconstitué pièce par pièce un appareil de haute fidélité. Il traversait ce qu'il appelait une « phase » de Buxtehude et, pendant mon séjour, nous avons bien écouté cinquante fois « *Alles was ihr tut.* »

Et, presque chaque jour, nous nous rendions au bord de la rivière à la cabane de pêche à moitié effondrée, et où la pluie entrait de tous côtés. Parfois, nous y allions seuls, tous les deux, parfois aussi avec Poppy, les samedis et les dimanches *en famille.* Nous faisions le trajet dans une vieille jeep des stocks militaires que Cass avait achetée de troisième main pour cent dollars. C'est dans cet engin que tous les sept (huit en comptant la négresse Dora), nous tressautions ensemble dans un nid grouillant d'orteils écrasés, de protestations et de genoux gluants. La cabane s'élevait dans un bosquet de chênes verts, bleuâtres et mystérieux sous leurs mousses espagnoles. Et là, sur la rive, ou sur l'eau, dans la barque, semi-hypnotisés par la chaleur, le silence, les midis scintillants, nous nous efforcions de déchiffrer le sens de notre passé immédiat.

« Et Rosemarie ? lui demandai-je un jour, cette grande blonde de Mason ? Parlez-moi un peu d'elle. » Je risquais là une incursion dans un territoire que j'avais fini par considérer comme un lieu interdit. Je pensais que je pourrais l'amener à me parler de Mason en employant le mieux huilé des procédés — le sexe. « Je ne voudrais pas avoir l'air naïf, continuai-je. Je sais fort bien que même une chose comme ça à portée de la main n'était nullement une garantie qu'il ne chercherait pas à s'envoyer toutes les femmes du voisinage. Mais on aurait pu croire qu'une poule pareille lui suffirait. Même à lui. Lui suffirait assez du moins pour l'empêcher de devenir dingo, comme ce fut le cas, si cette fille — Francesca, je veux dire — l'envoyait paître, ce qu'elle a fait évidemment. » Je m'arrêtai. « Ça ne tient pas debout, repris-je. J'entends par là que je connaissais assez bien mon Mason. Mais ce qu'il a fait était — comment dirai-je, impensable. On peut aimer tirer son coup sans aller pour ça jusqu'au viol. Autrement dit, Mason n'était pas ce qu'on est convenu d'appeler un érotomane dangereux...

— Comme pépouze, elle se posait là, la Rosemarie, dit-il rêveusement. Une de ces bonnes machines à baiser, solide, changement de vitesse automatique. Ah, cré nom de Dieu ! Qu'est-ce qu'un homme aurait pas pu faire... » Sa voix s'éteignit, et il resta un instant silencieux. « Je ne sais absolument rien sur Rosemarie, dit-il évasivement. Rien. » Il posa son coude sur son genou et me fixa avec une vive intensité. « C'est justement ça, vous comprenez. Quand j'étais en Europe, je ne savais rien du tout. Je n'étais qu'une moitié de personne, la proie de la terreur, la proie de la gnole, la proie de moi-même. J'étais un véritable désastre biologique ambulant, un sac de corruption que retenait une seule pensée empoisonnée — me détruire moi-même, et de la façon la plus affreuse qui soit au monde. » Il se leva d'où il était assis, adossé à un arbre, tendu maintenant, ayant perdu sa bonne humeur, sa chaleur, et il se mit à faire les cent pas. Je me tenais prêt. Voici ce qui arrivait quelquefois : le fil aimable, bon vivant, qu'il avait en lui semblait se casser brusquement. Il n'était plus alors que tension, récriminations, et tristesse. Sa diction même changeait. Par une curieuse association d'idées, il me faisait penser à un de ces pasteurs baptistes comme on en trouve à la campagne, loquaces sur les trottoirs et pleins d'un bon gros humour de péquenot mais qui, dès qu'ils sont en chaire, crient et tempêtent, et lancent des flammes par les yeux. Et, ce qu'il y a d'étrange, c'est que, dans le cas de Cass, cela n'avait rien d'incongru. Dans son maillot de bain décoloré, des lambeaux de mousse collés à ses jambes robustes, il s'arrêta, fit une grimace de douleur et se frappa le côté de la tête pour faire égoutter l'eau de ses oreilles. « Un homme ne peut pas vivre sans appui, dit-il, sans une foi quelconque, si vous voulez l'appeler ainsi. Et je n'avais pas plus de foi qu'un matou. Rien. Rien ! Comment pourrais-je vous parler de Mason, de Rosemarie, ou de n'importe qui ? J'étais complètement noir, les trois quarts du temps. Complètement aveugle dans cette condition que je me créais à moi-même, dans cette sueur brûlante de tentative désespérée pour en finir avec cette vie, pour ne plus la voir, pour trouver une sorte d'obscurité douillette, réconfortante, où je pourrais m'étendre sans plus avoir à penser à moi-même, à mes enfants, à personne. Regardez-moi ces mains, ces doigts ! Regardez-les, mon vieux ! Vous voyez comme elles restent immobiles quand je les allonge. Pas un tressaut, pas un tremblement, vous voyez ? Avec un peu d'entraînement, je pourrais faire comme ce chirurgien qui arrivait à nouer du catgut avec deux doitgts fourrés dans une boîte d'allumettes. Je me vante. Ces mains sont un de mes attributs les plus précieux. Et pourtant, il y a eu un temps où je ne pouvais tenir un verre qu'à demi plein, sans quoi, j'aurais tout inondé autour de moi. Il y a eu un temps où, quand je regardais ces mains, je les voyais danser, tressauter à tel point que, je vous le jure, j'aurais pu croire qu'elles appartenaient à un autre, à quelque vieux atteint de tremblement sénile. Et je les suppliais de s'arrêter, jusqu'au moment où je fondais en larmes. » Il se tut et branla la tête. « Je ne veux pas vous raconter toutes mes vieilles misères, dit-il, nous ne sommes pas ici devant le mur des lamentations.

— Ne vous arrêtez pas, dis-je, j'écoute. »

Il s'assit près de moi. « Non, ce n'était pas ça, continua-t-il, l'alcool, je veux dire. C'était plus profond que ça. C'est dans l'âme que j'étais malade, malade comme un chien, et j'avais beau faire, je n'arrivais pas à savoir d'où me venait cette maladie. Je vous en ai parlé l'autre jour — vous vous rappelez, je vous ai dit comment j'avais été élevé, là-bas, à Columbus County, pauvre comme un rat, et orphelin, et tout. Pendant longtemps, j'ai cru que ça venait de là. Orphelin, pauvre orphelin grelottant. Je vous ai dit que je n'avais reçu aucune éducation après ma seconde année de lycée. Ignorance, pauvre ignorance martyrisée ! Je me rappelle, quand j'étais à Paris, essayant de devenir peintre, et à Rome aussi, j'étais hanté par le refrain de cette merveilleuse chanson qu'on chante dans nos montagnes. » Il s'arrêta. « Un jour, je vous parlerai peut-être de Paris. Il m'y est arrivé la chose la plus extraordinaire que j'aie jamais vue de ma vie. Bref, continua-t-il, cette chanson avait pour titre *La Mort du Petit Vendeur de Journaux,* et le refrain disait : « J'ai jamais eu la chance qu'ont eue les autres garçons. J'ai jamais eu de maman, pas plus que de papa ! *Pas plus* que de papa », répéta-t-il avec un petit ricanement. Ah, nom de Dieu de bon Dieu, je chantais ça toute la journée. Sur la pitié que j'éprouvais pour moi-même, on aurait pu faire naviguer toute une flotte...

« Ou la guerre, continua-t-il, c'était une bonne chose à accuser, ça aussi. Les horreurs écrasantes des batailles dans le sinistre Pacifique. Ha ! Ou le fait que j'avais épousé une catholique et une Yankee, qui m'avait empaumé et m'avait collé sur les bras toute une nichée foireuse de têtards bruyants dont la seule présence aurait empoisonné la vie d'un employé de banque, ou d'un commis voyageur en chaussures ou d'un critique d'art et, mieux encore, d'un paquet de nerfs à vif comme moi-même. Oui, oui... » Il se tut de nouveau, mais une ombre de sourire s'attarda sur ses lèvres.

— O.K., dis-je, alors...

— Alors je me suis mis à parcourir le continent entier, comme un aveugle, soûl comme une bourrique, sans y voir plus clair qu'une chauve-souris, trompant ma famille et me trompant moi-même, oscillant entre vie et mort sur une corde raide pas plus grosse qu'un cheveu, pourriez-vous dire, jusqu'au jour où j'arrivai à Sambuco. Pendant quelque temps je crus que, là-haut, j'allais pouvoir me reprendre en main, mais je me faisais des illusions. Le jour que nous nous sommes rencontrés j'y voyais encore moins qu'avant... et qu'après. C'est pourquoi je ne peux rien vous dire, sur rien. J'étais complètement insensible, knock-out, et même pour sauver ma vie je serais incapable de vous dire ce qui est arrivé. Seulement...

Poppy appela de la cabane : « Cass ! Peter ! Vos haricots vont être froids !

— Seulement quoi ? dis-je.

— T'en fais pas, chérie, cria-t-il. Seulement, vous pourrez peut-être me dire quelque chose. Vous pourrez peut-être...

— Vous dire quoi ?

— Me dire... à propos de cette journée-là. Réfléchissez bien. Il y a déjà plusieurs choses que...

— Cass !

— O.K. On vient. »

Et c'est ainsi que je me trouvai obligé de lui raconter d'abord mon histoire...

C'est à grand-peine que j'atteignis le haut de la côte de Sambuco, après avoir laissé Cass et Poppy sur la route. C'était une ascension meurtrière pour mon Austin massacrée. Au bout d'une demi-heure environ, et en m'arrêtant une demi-douzaine de fois pour laisser refroidir le moteur, j'arrivai en vue de la porte archaïque de Sambuco. Là, ma voiture, dans un dernier sursaut de rébellion, frémit, fulmina et finalement stoppa alors qu'apparaissait l'eau merveilleuse, à mille pieds au-dessous de moi, et que tout ce qui faisait le décor de la vallée sauvage que j'avais gravie — rochers et falaises et parois où fuyaient les lézards — disparaissait derrière moi. J'avais peine à croire que j'étais enfin arrivé.

Par la voûte d'entrée j'apercevais la place de la ville prise dans un lasso éblouissant de lumière, mais, de ces hauteurs, le panorama de la mer était immédiatement si théâtral, si romantique, que je mis quelque temps à m'apercevoir que la place, ainsi que la ville entière paraissaient étrangement calmes et désertes. La vue était étonnante. Je restai là, hypnotisé pendant quelques secondes, jouissant de nouveau d'un soulagement momentané. Sur une haute pente, de l'autre côté de la vallée, de pauvres malheureux moutons paissaient, mais si dangereusement, et à un angle tel, que, semblables à des découpages collés par des enfants, ils semblaient être à la merci du plus léger souffle de vent. Ensuite, dans une sonorité voisine de la musique et presque belle, le klaxon d'un autocar lâcha deux grosses notes ronflantes qui s'élevèrent de la vallée. Cela et, plus tard, la cloche d'une église, très loin derrière moi dans la campagne sauvage et desséchée, me rendirent à nouveau conscient du silence anormal de cette entrée de ville. Je m'engageais sous la voûte sombre et humide en quête d'un téléphone, tourmenté, de nouveau désespéré, quand je sentis sur ma manche l'étreinte rapide et vaine d'une main, celle du *carabiniere* qui, dans l'ombre, me chuchotait beaucoup trop tard : « *Signore, aspett' ! C'è il film !* »

Je n'avais dû entendre l'agent qu'à moitié. Toujours est-il que j'hésite encore à décrire ce qui se passa quand, sans faire cas de ses mains tâtonnantes, je franchis tranquillement la vieille voûte moisie et débouchai dans la lumière aveuglante de la *piazza* de Sambuco. Absorbé par mes ennuis, je n'avais sans doute pas vu l'agitation et toute l'activité autour de la table du café contre laquelle je me heurtai soudain. Un homme et une femme y causaient avec animation. Ahuri, comme dans une espèce de brume, je frappai sur l'épaule d'un garçon ronchonnant qui se trouvait là, et mes lèvres formèrent les premiers mots d'une question : *Cameriere, per favore, c'è un telefo...*

Derrière moi, j'entendis quelqu'un qui hurlait : « Coupez ! Coupez ! Mais coupez donc, nom de Dieu ! »

Je me retournai et me trouvai sous le feu de toute une batterie de caméras, de lampes à arc et de réflecteurs et, maintenant, exposé à la rage d'un petit bonhomme en short, rondouillard, les yeux saillants, qui se précipitait sur moi, les lèvres autour d'un bout de cigare.

— Eh, *paesan !* hurlait-il. *Vamoose !* Fous-moi le camp de là. Umberto, dites-lui de foutre le camp ! Il vient de gâcher cent pieds de film. Sors-toi donc de là, *paesan !*

Je vis une multitude d'yeux braqués sur moi — les yeux de la foule qui regardait, massée derrière des cordes, les yeux de la troupe sous les lumières, et surtout les yeux des deux personnes à la table que j'avais heurtée. L'une d'elles était Carleton Burns, qui répondit à mon regard par cet air blasé de dégoût fonctionnel, célèbre dans le monde entier. Personne ne riait. Je croyais vivre dans un affreux cauchemar. Pendant un instant, de même que la grand-mère de di Lieto m'avait épouvanté, je fus en proie à la terreur viscérale du petit garçon pris dans une horrible impasse. Je sentis que mes forces m'abandonnaient, que je devenais froid, mou, que le sang de la honte battait mes tempes, puis, brusquement, quelque chose en moi — peut-être était-ce la chaleur, ou simplement cette confusion finale, ou le fait que, maintenant, après avoir été vaincu comme je l'avais été toute la journée par l'Italie, c'était mon propre compatriote, une petite boule de graisse dandinante, mais un compatriote tout de même, qui venait m'insulter — toujours est-il que quelque chose éclata en moi comme une valve et mon sang se mit à bouillir.

« Umberto, criait-il à mon intention, bien que sans s'adresser à moi, dites au carabinier de faire circuler tous ces gens ! Dites à ce gars-là de foutre le camp. *Vam...*

— *Vamoose* toi-même, bougre de petit con ! hurlai-je. Dispense-toi de me parler comme ça ! Est-ce que j'ai l'air d'un Italien ? J'ai aussi bien le droit d'être sur cette place que toi, non ? Pour qui te prends-tu, pour me donner des ordres comme ça... » Dans l'accablante chaleur, de petits globes d'hystérie orange faisaient explosion devant mes yeux, et j'entendais ma voix bouillonner, monter, furieuse, sur un registre précairement élevé, mais, je m'en rendais compte, singulièrement effectif, car, comme je continuais à hurler, je vis le petit homme s'arrêter net, le bout de cigare tremblant, hésitant, comme un sémaphore, les yeux ressortant comme des goitres sous le coup de l'indécision et, sans doute, du refus de croire. Des deux dernières choses que je me souviens d'avoir dites, la première — « On ne fait pas marcher les Italiens comme ça ! » — semblait creuse et peu scientifique, mais, un accès de sensiblerie triomphante m'envahissant pour la première fois ce jour-là, je hurlai : « Je suis un pauvre homme fatigué, épuisé ! » Sur cette note, je tournai les talons, et, frémissant comme un acteur maltraité et fantasque, je sortis de ce qui était un décor, comme je m'en aperçus soudain.

J'étais si profondément, si douloureusement blessé que, si je n'avais pas rencontré Mason Flagg juste à ce moment-là, j'aurais été capable de quitter la *piazza,* de redescendre la montagne et de m'en retourner à Rome. Mason était debout près du porche. Il avait tout vu et semblait au comble de la joie. Dans sa chemise de sport à motifs baroques de fleurs d'argent, une casquette de ski blanche cavalièrement posée sur le côté du crâne, il s'étranglait de rire. A mesure que je m'approchais de lui, ce rire se changea en un petit mouvement silencieux, convulsif, et une de ses épaules sursauta brusquement avec ce tic que j'avais oublié mais qui m'aurait permis de le reconnaître sous n'importe quel angle et à n'importe quelle distance, à Sambuco, à Paris ou au Pérou.

— Ce vieux Petesy, dit-il, riant encore, et me secouant la main avec effusion. Alors, on va faire une virée à Goochville ?

C'était une allusion privée à nos années d'école secondaire. Je me rappelai qu'il avait toujours eu l'habitude de me saluer par des phrases de ce genre quand nous nous retrouvions après une longue absence. Et, généralement, je répondais sur le même ton, avec une forfanterie de collégien, tout en me sentant toujours légèrement ridicule.

— D'accord, mon gars, les quatre cents coups! répondis-je gaillardement. Dis donc, Mason, qui c'est-il ce mec qui vient de me sauter dessus ? Il m'a foutu en rogne...

— J' sais pas, quelque directeur adjoint. Je crois qu'il s'appelle Rappaport! T'en fais pas, va. Il emmerde tout le monde. A mon avis, c'est à toi, mon petit Petesy, qu'Alonzo devrait donner un rôle. Tu viens d'être formidable.

— Enfin, commençai-je, je suis désolé d'avoir bousillé cette scène. J'ai eu une journée terrible. Sur la route, à la sortie de Pompéi, je suis rentré dans...

— Petesy, t'as une mine superbe, dit-il, m'interrompant. J' suis bougrement content que tu aies pu venir. Ça fait combien de temps ? Trois ans, quatre ans ? T'as pas changé du tout. Les joues un peu plus pleines, peut-être, t'as pas tant l'air d'un spectre — et je pourrais dire plus satisfait, rapport aux glandes. Y a de la cuisse dans ce pays-ci, t'as dû t'en envoyer, hein, qu'est-ce que t'en dis ? Il paraît qu'un homme ne commence à jouir de la vie qu'après qu'il a entendu une de ces petites filles du pays lui soupirer *mamma mia* entre les draps. Petesy, t'as l'air en pleine forme.

— Merci, Mason, dis-je sans enthousiasme.

Ce jour-là j'ai dû désorganiser complètement le travail des cinéastes car, tout autour des caméras, régnait l'atmosphère la plus morne, et les gens du village, franchissant les cordes, avaient repris possession de leur charmante *piazza.*

« T'en fais donc pas, me dit Mason pour me rassurer pendant que nous traversions la place pour aller au café. Ils font marcher leur truc comme un carnaval. Cette scène où tu es venu te fourrer, il y avait à peine trois heures qu'elle était écrite. C'est un vrai bordel, cette production ! Les scénaristes tombent comme des mouches.

— Combien de temps vont-ils rester ici ? » demandai-je avec une nuance d'espoir. Par sa famille, Mason avait toujours été en contact avec le monde du cinéma, mais, bien que je n'eusse jamais cessé de le voir depuis mon enfance, je n'avais jamais approché les célébrités de ce monde aussi près que j'aurais voulu. Ces gens m'inspiraient une terreur respectueuse, presque enfantine dans son éblouissement, et maintenant la perspective d'une réelle camaraderie — si brève fût-elle — colorait brusquement mon imagination de teintes irisées. « Est-ce qu'ils vont rester très longtemps ici ?

— Quant au Rappaport, ce petit trou du cul, t'en fais pas, dit-il comme s'il ne m'avait pas entendu. Tu sais quel est son prénom ? devine un peu.

— Comment veux-tu que je devine, Mason ?

— Van Rensselaer. On l'appelle Rense. Bon Dieu de bon Dieu ! » D'un mouvement brusque il fit tressauter son épaule comme pour la désarticuler. Au centre de la place, nous nous frayâmes un chemin parmi une troupe jacassante de figurants où se détachaient deux belles Italiennes légèrement vêtues de maillots noirs qui passèrent devant nous, la démarche ondoyante et jouant du pelvis avec animation. Mason me prit par le bras. « Pige-moi un peu ça. Petesy, sur le haut de cette montagne il y a plus de fesses qu'un gars qui sait son métier n'en pourrait possiblement satisfaire. Non, mais regarde-moi ça. J' ferais ajouter une clause de double indemnité à ma police d'assurance avant de me risquer à jouer au trou-madame toute une nuit avec des gaillardes de ce genre. Ah, nom de Dieu, soupira-t-il, marchant à longues enjambées régulières à côté de moi, alors, dis-moi, le truc italien, comment c'est ? Tu dois être un vétéran.

— Oh..., commençai-je au moment où il s'écriait : « Au revoir Seymour », en agitant le bras vers un jeune homme qui, au volant d'une Jaguar, tout au bord de la *piazza,* semblait sur le point de s'élancer dans l'espace. « On se reverra un jour ! » Puis : « C'est le dernier scénariste qui fout le camp, me dit-il. Un brave type. Il écrivait des romans autrefois.

« Oh, il n'y a que Dieu qui puisse savoir combien de temps ils vont rester ici, continua-t-il. Deux jours, huit jours, sait-on jamais, avec leur façon de tourner ce film. Il n'y a pas longtemps qu'ils sont arrivés, au fait, juste après que je t'ai écrit. J' sais pas exactement dans quelle situation ils se trouvent financièrement. Il y a des histoires de lires bloquées, une valeur d'un million de dollars à peu près, qu'il faut bien que la compagnie utilise. Alors, ils ont déniché cet horrible roman historique sur Béatrice Cenci, ils ont réuni une troupe moitié américaine, moitié italienne, et puis ils ont trouvé que les costumes et les décors fatiguaient un peu trop le budget. Alors, brusquement, pan ! ils ont décidé d'en faire une farce en costume moderne. J' sais pas. Toujours est-il qu'ils ont parcouru toute l'Italie, tripatouillant l'histoire, engageant des scénaristes, les foutant dehors quand ils ne s'en allaient pas d'eux-mêmes, parce que tout le truc a fini par devenir si grotesque et toute l'affaire une telle chienlit que Kirschorn, le producteur — il est à Rome, assis sur son gros cul, hôtel Hassler — a dit à Alonzo de lui enlever le bazar de devant les yeux et de finir le sacré bordel n'importe comment. Alors, Alonzo — tiens, mais tu as dû le voir à Merryoaks, quand on était gosses. Il était très copain avec mon père — en tout cas, Alonzo, qui était déjà venu à Sambuco, a pensé que ça serait un endroit épatant pour ravigoter un peu les choses, et qu'on pourrait toujours regarder le panorama en attendant la fin de la fausse couche. Nous nous sommes trouvés nez à nez, Alonzo et moi, le matin même de mon arrivée. Tiens, voilà Rosemarie ! Eh, poupée ! cria-t-il en me saisissant le bras et me désignant du doigt : Regarde, Peter est ici ! »

D'une arcade, près du café vers lequel nous nous dirigions, arrivait la plus grande femme que j'aie jamais vue de ma vie. En slacks couleur safran, elle avançait à longs pas nonchalants, haute comme une tour, s'abritant les yeux du soleil. Puis, avec une brusque moue d'ennui, elle changea de démarche et prit le pas de promenade d'une girafe blonde, démesurément belle, laissant tournoyer à son coude un vaste sac à main. Je m'arrêtai sur place, médusé à la fois par sa taille et par sa beauté.

— C'est à toi, ça ? dis-je.

— C'est elle, dit-il avec une sorte de majesté. Pourquoi ?

— Elle est splendide. Mais... elle doit bien avoir dix pieds de haut.

— Calme-toi, Petesy, dit-il avec un rire indulgent. Elle a juste un peu plus de six pieds. Elle est plus petite que moi. — Nous avançâmes sans rien dire pendant un moment, puis il ajouta : « La première fois que j'ai couché avec elle, j'ai cru que je faisais l'ascension du Kangchenjunga. » A cette remarque, qui me choqua un peu, je répondis par un vague murmure élogieux. « Son nom de famille est de Labramboise, m'expliqua-t-il avec un petit gloussement. Oh, ne rigole pas. C'est son vrai nom. Elle vient d'une très bonne famille de Long Island qui a du fric à ne savoir qu'en faire, et elle n'a que vingt-deux ans. Descendante de huguenots français. Elle a eu tout ce qu'une jeune fille peut avoir, cours de Miss Hewitt, Finch, tout. » Il parlait d'un ton si dégagé qu'il m'était impossible de savoir s'il plaisantait ou non. « Elle était modèle quand je l'ai rencontrée et elle gagnait suffisamment pour pouvoir faire un pied de nez à sa famille et foutre le camp avec ton vieux papa, ici présent. En tout cas, ajouta-t-il, avec ce qu'on aurait pu prendre pour un semblant d'apologie, c'est vraiment une brave fille. Pas la moindre inhibition et un cœur d'or. Elle est pas gourde non plus. »

Maintenant, dans l'ombre qu'un parasol projetait sur la table, Rosemarie s'épanouissait comme une immense jonquille, sa tête d'or inclinée sur un numéro du *New Yorker.* A notre approche elle leva les yeux et me regarda avec un calme si dénué d'expression qu'on l'aurait pu croire appliqué sur son visage, mêlé à la crème luisante qui en recouvrait les grands et élégants contours.

— Bonjour, Peter Leverett, dit-elle d'une voix de gorge. Muffin m'a tellement parlé de vous.

— Muffin ?

Elle laissa échapper un bref éclat de rire : « Oh, je suis désolée. C'est le surnom que je donne à Mason. Mason, mon chéri, ça ne t'a pas froissé ? C'est bien la première fois que je te trahis. » Puis se tournant vers moi : « Mais vous êtes un si vieil ami, n'est-ce pas, Peter Leverett ? Il me semble que je vous connais depuis des années. » Son visage n'était encore qu'un très beau masque, mais sa voix — malgré cet accent serré de Long Island qui, non seulement pour des raisons géographiques, m'a toujours semblé cousin germain de celui de Brooklyn — sa voix était chaude et aimable, et je m'effondrai sur une chaise auprès d'elle, me sentant considérablement rapetissé quand je commandai une bière.

— Alonzo m'a dit qu'ils avaient encore une scène à tourner au sommet de la colline, mon chéri, dit-elle en se tournant vers Mason. Burney et Alice m'ont dit qu'ils viendraient nous voir ce soir.

— Et Gloria ?

— Elle a la courante, mais elle viendra quand même. Tu ne sais pas ce qu'elle m'a dit ? Elle a dit : « Mes chéris, ces nourritures italiennes me causent des dommages intestinaux. » Ce n'est pas magnifique ?

Mason partit d'un gros rire : « C'est merveilleux. On dirait presque de la poésie. Du Shakespeare, n'est-ce pas ? Cléopâtre ? Cette fille est adorable. Attends de connaître Mangiamele, Peter. Il faut entendre son anglais pour y croire. Eh, garçon, une bière pour Monsieur. Moi, j'ai commandé un double bourbon et soda.

— *Come, signore ?* » Le garçon, un pauvre petit bougre tout voûté, se penchait au-dessus de nous d'un air ahuri.

— Un double bourbon et soda.

— *Non capisco.*

— Oh, nom de Dieu, explique-lui Peter.

— *C'è del bourbon whiskey ?* demandai-je.

— *Whiskey ?* dit le garçon. *Si, ma solo il Vath Sessantanove. Skosh. E molto caro.*

— Oh, nom de Dieu, disait Mason. Ce qu'on peut en trouver de bouchés ! D'abord, pourquoi est-il venu prendre nos commandes s'il n'est pas capable de comprendre la moindre des choses ?

— Un Vat 69, ça ira, Mason ? Il dit que c'est très cher. *Va bene,* dis-je au garçon, *un doppio whiskey.*

— Ils sont tellement cons, la plupart d'entre eux, dit Mason après que l'homme fut parti. Ah, et puis fais-moi le plaisir de ne pas me regarder avec cet air d'indignation. Je sais qu'on pourrait me prendre pour un de ces horribles mercantis américains qui se plaisent à faire pleuvoir tous les clichés style XIXe siècle, mais il faut avouer qu'il y a des gens ici qui dépassent l'imagination, et je ne veux pas dire...

Rosemarie, la figure invisible derrière son *New Yorker,* fut prise brusquement d'un accès de gaieté qu'amplifia la boîte de résonance de son ample poitrine. « Vraiment, s'écria-t-elle, je trouve parfois que Wolcott Gibbs est le plus drôle...

— Oh, assez, Rosemarie, ordonna-t-il, la coupant brutalement, tu ne pourrais pas cesser de lire une demi-seconde ? Voilà exactement trois minutes que Peter est arrivé et tu n'as pas arrêté de baver comme un basset sur ce magazine. »

Je vis un « pardon » honteux se former sur les lèvres de Rosemarie et le magazine tomba à terre, pages ouvertes. Puis, tandis que Mason continuait, elle resta attentive, avec ses grands yeux bleus, le menton appuyé sur une de ses mains dans un bouquet d'ongles carminés.

« ... et je ne parle pas seulement de ce qu'on appelle la barrière des langages, disait-il. J' suis tout de même pas assez con, ou naïf, ou arrogant, tout ce que tu voudras, pour m'attendre à ce qu'ils sachent tous notre langue. Et je ne parle pas de ce garçon. Il a l'air d'un brave type qui n'a aucune maladie que quelques litres de pénicilline ne pourraient guérir. Je ne parle que de la stupidité, vraiment, la stupidité *économique* d'un propriétaire de bistrot qui, dans un centre touristique où la moitié de la clientèle est de langue anglaise, ne peut pas, ou ne veut pas, avoir un garçon qui puisse parler cette langue. Après tout, il faut voir les choses comme elles sont, n'est-ce pas ? L'anglais est la langue la plus répandue du monde, c'est pas vrai ?

— Mais oui, Mason, mais oui, dis-je. T'as raison. » Trois coups de bière, qui m'avaient secoué comme une charge de dynamite, donnaient à ma fatigue de nouvelles dimensions complètement folles. Je le regardais en face, de mes yeux rougis et douloureux, et j'essayais de comprendre si c'était lui, ou seulement les épreuves de la journée qui me plongeaient maintenant dans une telle désillusion, un tel engourdissement dépressif. Physiquement, il n'avait presque pas changé. Il avait perdu beaucoup de son allure dégingandée. Les kilos qu'il avait pris, depuis notre dernière entrevue, lui allaient bien. Il n'en avait pas gagné de bajoues, mais de solides lignes de maturité qui atténuaient son élégante silhouette de joli garçon que je savais lui avoir secrètement toujours été désagréable. Modèle d'élégance, il l'était resté. La chemise de sport en soie brochée qu'il portait étincelait de fils d'or, chemise digne d'un prince. Elle avait dû lui coûter autant qu'un complet entier, et il n'y avait que Mason qui pût la porter avec une telle aisance, ou la laisser flottante, à la mode des plages, sans avoir l'air d'un clown. Mason avait un charme inouï, et, depuis notre dernière rencontre, les années n'avaient fait qu'ajouter de la douceur et du brillant à sa beauté.

Tout cela ne m'empêchait pas d'être en proie à la tristesse la plus noire. De nouveau, la voix de Mason se fit entendre :

« Dis donc, mon petit Petesy, j'ai remarqué que tu parles italien assez bien. » Sa voix se fit soudain si ironique que je me demandai s'il parlait avec admiration ou reproche.

— Je crois que l'Italie t'a foutu à l'envers, dis-je d'un ton las. Il a bien fallu que je l'apprenne. Après tout, voilà trois ans que j'y habite.

— Eh bien, Peter Leverett..., commença Rosemarie.

— Appelle-le Peter ou Petesy, ou Gou-Gou ou Mon Homme, ce que tu voudras, mais, nom de Dieu, pas Peter Leverett. Qu'est-ce que c'est que ces histoires de double nom ? Est-ce que c'est une nouvelle mode, à présent ?

— Je te demande pardon, mon chéri. Alors, Peter — vous permettez ? — je crois comprendre ce que Mason veut dire. Tu permets, chéri ? » Elle se tourna vers lui brièvement, mais je ne pus savoir si elle manqua de voir le regard de reproche qu'il lui lança ou si elle décida de n'en pas faire cas. « Je crois que ce que Mason veut nous expliquer c'est le traumatisme qui affecte quiconque arrive dans un pays étranger. Même quand on a déjà été en Europe. Je ne sais pas, mais débarquer à Naples, avec cette chaleur terrible, et ces drôles de petits hommes noirs, et tout ce tintamarre, cette confusion... Et puis, en mai dernier, quand nous sommes arrivés ici, Mason a attrapé cet affreux rhume psychosomatique...

— Ecoute, ma chère, protesta sèchement Mason, fais-moi le plaisir de laisser tomber toutes ces foutaises de trucs psychosomatiques. C'était un rhume. Un point, c'est tout.

— Mais enfin, non chéri, je ne te blâme pas, même si ton rhume était psychosomatique. Ça s'accorde justement avec ce que je viens de dire, que l'arrivée dans un pays comme l'Italie peut bouleverser l'équilibre corps-esprit à un tel point que la moindre des choses, un rhume, par exemple, s'attrape facilement. Voilà tout. Je me rappelle, quand nous avons quitté Naples pour monter ici, tu as pris de ces tablettes d'antihistamine — tu te souviens, le premier jour ? — tu m'as dit : « J'ai des vertiges, ça doit être parce que j' comprends pas un mot de ce que disent ces macaronis... »

— Chérie, dit-il d'un ton exaspéré, je suppose qu'à l'heure actuelle je vous apparais, à tous les deux, comme le spécimen de rotarien le plus grotesque qu'on puisse imaginer, uniquement à cause de cette méchante remarque xénophobe sur le patron de ce bistrot ; en tout cas, je peux te garantir une chose, ma petite, c'est que je n'ai jamais employé le mot « macaroni ». C'est un pur mensonge.

— Excuse-moi, mon chéri », dit-elle. Dans un hâtif désir de l'apaiser, elle mit rapidement sa main sur la sienne. « Je suis désolée, vraiment. Je ne voudrais pas laisser supposer...

— C'est pourtant ce que tu as dit, répliqua-t-il amèrement.

— Oui, mon chéri, mais je ne voulais pas insinuer ce que tu penses. J'essayais d'expliquer à Peter qu'à mon avis tu voulais simplement nous dire ceci : on peut faire un faut départ dans un pays étranger uniquement à cause des coutumes et de la langue.

— Du reste, ce n'étaient pas des pilules d'antihistamine. C'était de l'aspirine. Je suis peut-être une andouille sortie tout droit du Lions Club, mais je ne suis pas un hypocondriaque, nom de Dieu !

— Bon, bon, de l'aspirine, si tu veux. Quoi qu'il en soit, je crois que ce que tu voulais dire à Peter... »

Ce jour-là, autant qu'il m'en souvienne, fut le seul de ma vie où, assis bien droit sur ma chaise, j'ai pu, sans m'en apercevoir, tomber dans l'inconscience. Mais vraisemblablement je dus m'assoupir de nouveau, car, peu à peu, la voix de Rosemarie perdit à la fois et le son et le sens. Par-delà l'extrême bord de la *piazza* ensommeillée, l'immense panorama du ciel et de la mer, comme recouvert de fines couches de poudres d'or, perdit toute dimension, et sommeillant et rêvant — qu'était-ce ? — je me vis transporté dans un autre pays. J'étais de nouveau un petit garçon sur les terres basses d'un estuaire, ou sur le bord d'une rivière, près de marais retentissants de la fièvre incessante de millions d'insectes bourdonnants ; et des voiles, comme des cerfs-volants lumineux, traçaient sur le ciel marin des arabesques aussi rapides et extatiques que des vols de mouettes. Mais, comme du verre, ce bref instant se brisa en miettes et sans doute me suis-je réveillé en sursaut aussi vite que j'étais tombé endormi, car je sentis me glisser des mains quelque chose de tiède et d'humide et la bouteille de bière explosa sur le sol, me couvrant les pieds de sa mousse.

— Peter, s'écria Rosemarie. Pauvre garçon ! Vous avez l'air complètement mort. Pourquoi n'allez-vous pas vous étendre un moment ?

— Oui, j'aimerais aller chez vous dormir un peu, dis-je, encore somnolent. Je ne tiens vraiment plus debout. Si vous pouviez me dire seulement comment trouver votre maison...

A ce moment, rien ne ressemblait plus à l'expression de Rosemarie que l'air vide, touchant et distingué, des statues des anciennes reines d'Egypte. Pourtant, ce qu'elle me dit alors semblait inspiré par le désir de me calmer, désir né d'une compréhension instinctive, très douce et presque extralucide. Ce ne fut que plus tard, ce soir-là, voyant dans le miroir mon image lamentable et défaite, mes yeux bordés de rouge, mes joues souillées de graisse, ma barbe de clochard, que je compris que peut-être, à seule fin de se faire pardonner son incivilité première, elle s'efforçait tout simplement d'être gentille. « Oh, vous devez être complètement exténué, dit-elle. Avez-vous eu quelque difficulté à arriver jusqu'ici ?

— Ah, Dieu, ça a été terrible, dis-je, en respirant profondément. Près de Pompéi, ce type qui a débouché comme un fou d'un chemin de traverse, sur une Lambretta...

— Petesy, mon vieux copain, j'ai quelque chose à te dire, dit Mason.

— Je lui suis rentré en plein dedans.

— Ah grand Dieu ! dit Rosemarie.

— Petesy, mon coco, excuse-moi si je t'interromps...

— Bang ! dis-je à Rosemarie d'une voix rauque. Comme ça. Pan !

— Oh !

— On l'a transporté à l'hôpital à Naples. Il va falloir que je téléphone pour avoir de ses nouvelles.

— Oh, Peter !

— Peter », Mason me taquinait patiemment.

« Ce n'était pas ma faute, disais-je à Rosemarie. Le type avait déjà...

— Peter, j'ai une nouvelle à t'annoncer.

— ... un œil en moins. Qu'est-ce que c'est, Mason ?

— Eh bien, voilà, Petesy. Ça m'ennuie d'avoir à te dire ça, mais il faut que tu saches qu'il y a eu quelques légers changements. Tu te rappelles que je te disais dans ma lettre que tu pourrais loger chez nous, à la villa ? Eh bien, au lieu de ça, je t'ai réservé une chambre formidable à l'hôtel Bella Vista...

— Bon Dieu, Mason ! » m'écriai-je malgré moi. La déception, maintenant, me rendait presque malade, et j'entendis ma voix monter dans ma gorge, plaintive, pétulante, répréhensive : « Qu'est-ce qui t'a passé par la tête ?

— Oh, faut pas te fâcher, Petesy, dit-il affectueusement. Laisse-moi t'expliquer, coco.

— Coco, mon cul, Mason ! dis-je d'un ton qui rappelait nos disputes de collégiens. J'viens ici pour te voir. J'manque de me casser la gueule en route. J'peux même pas placer un mot pour te l'expliquer avec toutes vos histoires de pilules d'antihistamine, et voilà maintenant que tu veux me foutre dans un nid à puces après m'avoir invité...

— Petesy, Petesy, Petesy, murmura-t-il en branlant doucement la tête. Si tu me laissais au moins t'expliquer.

— Bon, bon, dis-je aigrement, eh bien va, explique.

— En premier lieu, ce n'est pas un nid à puces.

C'est un hôtel de luxe. Le gars qui le dirige est notre propriétaire. Un type épatant. J'ai réservé pour toi la meilleure chambre, et à mes frais. C'est moi qui paie. Tu sais foutre bien que je considère non seulement comme un devoir, mais comme un plaisir de payer pour ça. Et la seule raison qui m'a obligé à agir ainsi — mais, nom de Dieu, Petesy, fais donc pas cette gueule — la seule raison qui m'a obligé à agir ainsi c'est que, quand la troupe de ciné est arrivée, Alonzo a casé tout le monde dans les divers hôtels et pensions, mais — et ça, c'est de l'Alonzo tout craché — le vieil ours avait complètement oublié de se chercher une chambre pour lui-même. Alors, je l'ai installé dans ta chambre à la villa...

— Et pourquoi n'a-t-il pas pris cette chambre d'hôtel censément formidable que tu as réservée pour moi ? C'est pourtant bien moi que tu avais invité, Mason.

— Petesy, mon coco, dit-il de sa voix calme, patiente, Petesy, écoute-moi ! Quelqu'un, un touriste, a juste quitté cette chambre hier, après qu'Alonzo était déjà chez moi.

— Si bien que, si le touriste n'était pas parti, j'aurais dormi dans ma voiture, je suppose... ou dans ce qu'il en reste.

— Peter, ne sois pas ridicule. Tu sais très bien que j'aurais trouvé à te caser quelque part. Tu sais bien que ton vieux papa aurait fait ça pour toi, voyons. »

Sa voix, si conciliante, si douce et si berçante, fit vibrer de vieilles cordes de réelle affection, et ma colère s'apaisa, disparut, en me tirant un long soupir. « Oh, ça va, Mason. Je te demande pardon. Je le sais, en effet, je suppose.

— C'est une chambre merveilleuse, Peter, ajouta Rosemarie. J'ai demandé à Fausto — c'est le propriétaire — de l'arranger cet après-midi exprès pour vous.

Vous aurez une vue magnifique. Quand les Kinsolving — ce sont les gens qui habitent au-dessous de nous, dans la villa — quand les Kinsolving sont venus ici, la première fois, ils y ont habité pendant quelques jours et ils en étaient enchantés. »

Mason ricana : « Eux, et toute leur smala. »

Je me levai. Je n'étais plus fâché, mais néanmoins je me sentais encore de mauvaise humeur, grincheux et sombrement déçu. « Je les ai rencontrés en bas, sur la route, dis-je. La femme — comment s'appelle-t-elle déjà ? — Poppy, m'a dit de vous demander si vous pourriez lui prêter, voyons... votre servante pour l'aider ce soir. Apparemment, un des gosses a attrapé un rhume.

— Où vas-tu ? demanda Mason.

— Mason, dis-je solennellement, il se pourrait bien que j'aie tué un macaroni. Mais il faut que je téléphone pour m'en informer. Après ça, ajoutai-je, en tournant les talons, j'irai me coucher dans cette chambre formidable.

— Petesy ! » Je l'entendis protester comme je pénétrais à l'intérieur du café. « Peter, ne sois donc pas comme ça. On compte sur toi, ce soir, pour le dîner. »

Mais, complètement enivré par ma demi-bouteille de bière, les os en gelée sous l'effet de la fatigue, les oreilles emplies d'un bourdonnement de mauvais augure et, comme un diabétique au cours d'une crise, titubant de droite et de gauche, c'est à peine si je l'entendis. En fait, j'étais dans un tel état de délabrement que la courte fin de l'après-midi n'est restée dans mon souvenir qu'à l'état de bribes, de lambeaux, comme éclairée de flashes allumés par intermittences dans les ténèbres les plus profondes. Je me rappelle très clairement la communication téléphonique : un essai de conversation avec des folles, dans une cabine étouffante que je partageais avec un essaim de mouches malodorantes. « *Macché, signore ! Chi desidera all'ospedale ?* » Des lignes se croisaient. J'entendis une voix perçante, méticuleuse, qui parlait en français — « *Ici Marseille, Naples* », — et un certain nombre de réponses furieuses en napolitain. Je renonçai au bout de dix minutes, laissant les téléphonistes empêtrées dans le plus horrible colloque bilingue. Ensuite, avec une indifférence navrante, cessant de m'inquiéter de di Lieto, je l'imaginai bel et bien mort et sortis d'un pas incertain du placard-étuve en direction de la terrasse et de la place. Un autocar s'était arrêté en plein centre. Des portes descendit toute une horde d'albinos entre deux âges qui se chamaillaient avec véhémence en allemand. Ils se mirent tous à l'alignement sous mes yeux, en *Lederhosen* et affreuses robes à fleurs, caquetèrent sur leurs Baedeker et, à travers un vol de pigeons, s'acheminèrent lourdement vers l'église à l'autre bout de la place. Comme je tournais les yeux, j'aperçus Mason qui, se levant de la table, me cria :

« Pierre, t'es pas fâché, dis ? » Son ton était sérieux, « Ecoute, si t'es fâché, je dirai tout simplement à Alonzo de changer avec toi. »

Et je crois honnêtement que je n'étais pas fâché, mais seulement fatigué. Je le lui dis.

— A la bonne heure, Petesy. Ecoute, tu vas aller faire un petit somme à l'hôtel, et on t'attend à la villa pour dîner à sept heures et demie. D'accord, vieux ?

— D'accord, Mason. *Ciao. Ciao,* Rosemarie.

Et là, encore un trou. Je me rappelai mes valises qui étaient dans la voiture, mais je serais dans l'impossibilité de dire comment je m'y rendis. En tout cas, il y avait quelqu'un au volant — un grand type pâle à figure plate, à peu près de mon âge. Quand il m'aperçut, il me fit un large sourire plein de dents ébréchées et de gencives noires, comme un lever de soleil carié.

« Dites-moi, qu'est-ce que vous faites ici ?

— *Sto attento alla machina,* dit-il, toujours rayonnant. Je surveille votre voiture.

— Eh bien, descendez, ordonnai-je, vous n'avez rien à faire ici.

— *Sissignore ! Subito !* s'écria-t-il en sautant à terre. Si j'étais pas arrivé, les garçons l'auraient abîmée encore plus qu'ils ne l'ont fait. Vous voyez. Ils ont cassé votre pare-brise et ils ont fait un grand trou à l'avant.

— Qu'est-ce que c'est que ces histoires ? dis-je.

— C'est les garçons de Scala. Ils sont très méchants. Ils sont arrivés avec un gros bâton et ils ont tapé sur votre voiture. » En entendant ces mots, je fus pris d'une angoisse poignante, finale et, après si longtemps, quasi insupportable. C'était comme si le fantôme de di Lieto m'avait poursuivi jusqu'au haut de cette montagne, car, tandis que l'homme me parlait, son crâne obscur d'hydrocéphale, ses yeux hagards, sa bouche qui, comme celle de di Lieto au fond de la solitude désolée de son inconscience, se crispait molle, incapable à jamais de comprendre, inoffensive — tout me donnait lieu de croire que celui-là aussi n'avait pas plus de cervelle qu'un poulet ; et j'éprouvai un sentiment horrible qui n'était ni terreur ni pitié, intensifié encore par mon épuisement et par quelque soupçon furtif, ancien, que ce que je voyais, bien que cruellement défiguré, s'accomplissait avec l'approbation du Ciel. « *Io mi occupavo dell'automobile,* balbutia-t-il. J'ai chassé les garçons. Vous avez une cigarette américaine ?

— Plein mes poches. Comment t'appelles-tu ? » dis-je. Nous nous assîmes côte à côte sur le pare-chocs faussé, tandis que le crépuscule brumeux tombait prématurément sur la vallée étendue à nos pieds, et nous allumâmes deux Chesterfields. Habillé de haillons minables, dégageant une puissante odeur de bouc, il envoyait des nuages de fumée bleue dans le soleil couchant et méditait sur ma question.

— Je m'appelle Saverio, finit-il par dire. Je parle bien anglais. Mon oncle a habité plusieurs années la *città di Brooklyn.* C'est lui qui m'a appris. Ecoutez : *Corney Island. Oly Smokes. Skeedo. Wanna pizza tail?*

— *Bene,* dis-je.

— *Skeedo,* ça veut dire : « Cache le homard rouge. »

— Quoi ?

— « Cache le homard rouge », répéta-t-il. Est-ce que vous travaillez aussi dans les films ? Avez-vous caché le homard rouge avec la Mangiamele ? Sûr que j'aimerais faire ça avec elle. Vous l'avez fait ? Elle a des si beaux nichons, si gros !

— Non, dis-je. Et toi ?

— Moi, jamais, dit-il avec une sorte de gargouillement triste. J'ai fait ça une fois seulement dans ma vie, avec une bergère qui s'appelait Angelina, à Tramonti, il y a des années. Mais elle est morte du mauvais air. Est-ce que vous êtes millionnaire ?

Je me levai, croyant entendre un bruit léger dans l'air, un bruit de jouet, la course éplorée de pieds nus, poursuivis il y avait longtemps et depuis longtemps silencieux. « *Vieni,* Saverio, dis-je, viens gagner de quoi devenir riche. Ces sacs, là, ces boîtes. *Andiamo.* A l'hôtel ! »

Disparaissant, comme un cheval de charge, sous une montagne de valises, couvertures, literie, radio portative, livres, guitare, raquette de tennis pendant sous tous les angles, et, toujours comme un cheval de charge, le pied sûr, solide, endurant, il me précéda à travers le village, chantant et jacassant pendant tout le trajet. « Sors-toi du chemin, hurla-t-il à un chien curieux. *Via, via,* fils de putain, place aux Américains ! » En chansons sauvages, en mots que je ne pouvais pas comprendre, sa voix de fou, dure comme des pierres qui s'entrechoquent, montait à travers les arcades et au sommet des toits, et il lançait des ululements, et des cocoricos, en postillonnant tout autour de lui. Je lui dis de s'arrêter et de se taire, car, au bout d'une ruelle sombre, Mason et Rosemarie étaient debout dans les ténèbres, et je fus conscient d'un bruit mécanique, une sorte de basse profonde (je compris plus tard qu'il s'agissait d'un de ces générateurs mobiles que les cinéastes passaient leur temps à promener par toute la campagne italienne) et les deux voix, l'une forte, mâle et furieuse, l'autre aiguë, suppliante, teintée d'un frisson d'alarme, toutes les deux montant, montant comme dans un effort effréné pour couvrir le grondement de la machine.

« Ce n'est pas vrai, Muffin, plaidait-elle.

— Si c'est vrai, si c'est vrai, hurlait-il. C'est ce que tu as insinué, sale garce !

— Mais pas du tout, chéri. Je voulais simplement dire...

— Tu l'as insinué.

— Muffin, chéri, je t'en prie, écoute-moi, implorait-elle.

— Ecoute-moi bien, dit-il. Ma vie sexuelle ne te regarde pas. C'est à prendre ou à laisser, tu comprends. » Une douzaine de ses paroles furent couvertes par le vacarme du moteur « ... que tu saches que si j'ai envie de baiser... » — *Tcheuctcheuctcheuc-tac, tcheuctcheuc-tcheuc-tac.* — « Et j' baiserai, avec n'importe qui, et n'importe où.

— Mon chéri ! »

Je n'en entendis pas davantage. Avec une simultanéité ahurissante, le bras de Mason dans sa manche fleurie se leva pour frapper juste au moment où le générateur cessait son tintamarre ; et il frappa, et, dans le vide qui succéda à la dernière palpitation de la machine, un coup plat de sa main sur le visage de la femme sembla se répercuter dans la ruelle en ondes douloureuses avant de s'affaiblir et de s'éteindre complètement.

Je reculai un instant, attendant un cri ou un gémissement, mais je n'entendis rien. Alors je m'enfuis (avec, à mes trousses, mon Saverio dépenaillé, mon Papageno endiablé, obscène, si bien doué) comme un voyeur honteux, mais que personne n'avait même entrevu.

Plus tard, au Bella Vista, étalé sur mon lit, tout habillé et sans m'être encore lavé, je fus maintenu éveillé et nerveux par le tableau qui couvrait tout un panneau du mur. Windgasser, le propriétaire, avait attiré mon attention sur lui. Ce Windgasser était un Suisse-Italien, assez jeune, aux mains délicates, au visage rose, avec un soupçon de bajoues, mielleux, aussi flatulent que son nom, du moins à ce moment, absolument intolérable. Il m'avait reçu, à la porte de son hôtel, par un cri en anglais qui ressemblait à une chanson, puis, avec un coup d'œil menaçant et un juron, qui trahissait un zézaiement dans les deux langues, il avait chassé Saverio et m'avait conduit à ma chambre en distribuant des *good evening,* des *bonsoirs* et des *guten Abend* à ses clients, et à moi des apologies obséquieuses et déconcertantes. « Si j'avais su, disait-il, ah, si seulement j'avais su ! Mais vous trouverez cette chambre irrésistible. Voyez-vous, cet hôtel était à mon père, et à son père avant lui. Mais je suis confondu. Un ami de Mr. Flagg est toujours l'hôte le plus honoré de Fausto Windgasser. Voyez, là, ajouta-t-il en me montrant le tableau après avoir ouvert les contrevents, ce tableau est de Ugo Angelucci, qui — je ne sais si vous en êtes informé — est mort, il y a vingt ans, dans cet hôtel. C'est un chef-d'œuvre.

— Merci, dis-je ; maintenant, ayez l'obligeance de fermer les volets. »

Quand il fut parti, me laissant dans un état de dépression mentale si profonde que mon sommeil en était compromis, je restai allongé sur le lit, agité, nerveux, et m'aperçus que la belle femme au visage vide que représentait le tableau d'Angelucci m'observait, les yeux mi-clos. C'était une blonde insipide, aux paupières lourdes, vraisemblablement au lit, mais très peu tentante, car la moitié inférieure de son corps était enfouie sous quelque chose qui ressemblait à un tapis imperméable, et un mètre de dentelles pudiques sortait on ne sait d'où pour couvrir ses deux seins. Et pourtant, quand mes yeux se furent habitués à l'obscurité, je pus me rendre compte que le tableau, — Windgasser le savait-il ? — était censé être égrillard. Le titre, écrit en dessous d'une grande écriture italienne, « Sommeil Troublé », en était la preuve. Dans mon assoupissement, et doué soudain d'un sens de découverte prodigieux, je vis que ce vieux paillard d'Angelucci avait habilement tracé, dans un clair-obscur subtil, la silhouette d'un mâle affamé tout contre l'épaule de la femme, tandis que, mêlées aux contours de son ventre nu, et cachées exactement comme dans ces dessins pour enfants où il faut chercher un canard, une charrette ou une corne, deux mains fantomatiques fouillaient avec ardeur. Avec ses lèvres en bouton de rose, son cou raide et son air de chasteté glacial, la femme ne provoquait pas plus d'ardeur ni d'excitation que ces vieilles gravures déteintes de Madame du Barry — fraude, imposture et déception — et je me rappelle que je me laissai retomber sur mes oreillers, pensant à Angelucci et entendant, au moment même où je sombrais dans un sommeil nerveux, des cloches invisibles et des bateaux, tout en bas, sur la mer tranquille. Qui était-ce, cet Angelucci ? Je me le demandai en m'endormant. Quel espèce d'homme était-ce ? Et, sans la moindre raison, dans un rêve qui s'attardait encore dans les sombres chambres damassées de style victorien que Windgasser m'avait fait traverser — le *salone* avec ses canapés éléphantesques, ses piles jaunissantes de *Illustrated News* et, sur des rayons poussiéreux, Bulwer-Lytton, Fenimore Cooper, les mémoires des Habsbourg, et les photographies encadrées, tachées, piquées par l'âge, des visiteurs royaux (Humbert Ier, l'air vieux et maladif, le duc d'Aoste et sa jolie famille dans une vieille Daimler en forme de boîte, la reine Marguerite sous un chapeau cloche, Ellen Terry, Eric von Stroheim, reines et rois du cinéma des années 20, disparus aujourd'hui, sortis de la mémoire) — mon cerveau devint un collage camphré de voiles de fauteuils au crochet, de charrettes anglaises pleines d'enfants en petits tabliers, de *croissants,* de gouvernantes, d'élégantes parties de plaisir au bord de la mer au bleu incomparable où des messieurs à barbiche se chauffaient au soleil et où l'air était une extravagante Babel de langues. Or, qu'était-elle devenue cette vie parfumée, défunte, impossible ? Et de nouveau, sur cette frange délicate de désir et d'attente qui sépare la veille du sommeil, la figure clownesque d'Angelucci vint danser. Peut-être était-ce un débauché napolitain, doigts visqueux et barbe à la Van Dyck, un artiste manqué au pays des géants, qui venait chaque été à l'hôtel Bella Vista faire reposer son foie, peindre un peu, se baigner dans la prestigieuse lumière des grands noms de Habsbourg, d'Aoste et de Savoie. « *Vostra Maestà !* » J'entendais sa prière à travers les décades : « Majesté ! Si je pouvais, ne serait-ce que peindre... » Ou, éconduit, tournant son humiliation vers la charmante jeune Anglaise aux joues teintées de rose (comme elle doit être riche !) : « Pardonnez-moi, signorina, mais la couleur de vos cheveux... » Serait-il mort dans cette chambre, par hasard ? Dans ce lit même ? Lointaines, étouffées, les cloches de la baie vinrent troubler ma rêverie et, une fois encore, j'eus l'impression de voir ces yeux stupides, ces mains spectrales, licencieuses, puis, attristé maintenant par la brusque conscience que cette femme ressemblait à quelqu'un... à quelqu'un... je sombrai peu à peu dans l'oubli.

Mais je ne m'endormis pas encore — pas tout à fait. Je sommeillais seulement et, ce faisant, je voyais un paysage marin de ma jeunesse prendre forme dans mon cerveau : un cours d'eau, calme, bleu, des bateaux, la mer, des mouettes. Et puis Wendy, appuyée près de moi, inexpressive et charmante, sur les coussins de liège d'un bateau à voile, chuchotant au-dessus des eaux moutonneuses de Virginie, murmurant indolemment : « Quel soleil ! Quelle journée divine ! » Et la voix de Mason, joyeuse, à la barre : « Paré ! On vire de bord. » Et, de nouveau, la voix tendue de la femme : « Mason, mon cher petit ! C'est toujours moi qui reçois les embruns ! » tandis que le bateau, en une courbe puissante, se plaçait vent debout, frémissait un instant, immobile, dans un claquement de voiles, puis prenait le vent, tournait — mouettes, arbres, ciel, et la côte lointaine, tout tournait en même temps, virait avec lenteur, disparaissait comme un panorama languide. Et : « Mason, mon cher petit », la voix cajolait gaiement : « Je me fais toujours mouiller. Laisse donc Peter prendre la barre, *chéri*.

— Ne dis donc pas de sottises, Wendy-chérie. » Il me semblait entendre la réponse. « Peter ne saurait même pas reconnaître un foc.

— Oh, mon amour, que tu es discourtois envers tes invités.

— Tais-toi. Je t'aime, mon ange.

— Cher trésor. Mon adorable grand garçon de dix-sept ans. Heureux anniversaire, mon bien-aimé. Et vous aussi, cher Peter, heureux anniversaire. »

Ce n'était pas du tout mon anniversaire, mais une demi-douzaine de martinis lui avaient quelque peu obnubilé les perceptions. Au moment d'atterrir, elle faillit tomber par-dessus bord, mais, svelte et agile dans ses slacks, elle se remit en équilibre et, très calme, elle se tint debout à l'avant, rayonnante et joyeuse, étirant les bras en murmurant : « Ah, jeunesse, jeunesse ! » à un coucher de soleil abricot. Ce jour-là, Mason avait été chassé de Saint-Andrew's, jour qui m'était resté profondément fixé dans la mémoire, car le cyclone s'abattit sur Wendy-chérie (je n'ai jamais entendu Mason appeler sa mère autrement) dès le moment où, pendant la soirée, elle pressentit la nouvelle (il essaya également de choisir l'instant le plus propice, quand, saturée d'alcool, alors qu'elle lui tressait encore ses flatteuses guirlandes de *chéri* et de bien-aimé, elle pourrait résister plus aisément au choc.) Et ce jour-là grava dans mon esprit une vision si cruelle du désarroi humain que je me demande encore aujourd'hui comment, à un âge aussi tendre, il me fut possible d'y survivre.

Saint-Andrew's n'était pas une école bien fameuse, j'imagine. Fondée pour les fils de Virginiens peu fortunés de religion épiscopale, branlante et délabrée, aussi froide en décembre que Dotheboys Hall, et toujours à court d'argent, elle avait plus que sa part de benêts et d'inadaptés qui ne pouvaient trouver à se caser ailleurs. C'était aussi un refuge douillet pour les érudits qu'emportaient les tempêtes de l'océan académique. Je me rappelle qu'une année notre professeur d'anglais était un jeune héros de l'équipe de football d'un institut agronomique, et qu'il nous faisait lire à satiété les vers de Grantland Rice ; une autre année, un pauvre vieux déchet, professeur de français, fut trouvé mort dans son lit avec une bouteille de gnôle près de lui. Mais l'insuffisance des connaissances, la pauvreté de l'enseignement étaient compensées par quelque chose qu'on appelait « l'esprit Saint-Andrew's ». L'équipe de football, habillée de maillots mangés des mites, se faisait régulièrement anéantir par toutes les autres institutions de l'Etat. On ne l'en acclamait pas moins chaleureusement ; et la situation de l'école — son décor bucolique au fin fond des terres basses de Virginie, la courbe bleue, rêveuse, de l'estuaire, les bords de la rivière et de la baie, les cèdres balançant leur tête autour des fenêtres, près du dortoir où nous couchions, et les pins dans les bois, et, sur le bord de l'eau, les saules, qui, chaque matin, au son de la cloche, je m'en souviens, lâchaient dans le soleil des vols d'oiseaux exultants — tout cela en faisait un lieu où un petit garçon pouvait vivre et grandir fort agréablement. De plus, c'était une petite école — nous étions rarement plus de quarante, aussi, pensions-nous je crois, inconsciemment du reste, que nous étions beaucoup plus une famille qu'une école, et que Mr. Thomas Jefferson Marston, le vieux saint homme de pasteur qui veillait sur nos têtes — et si Virginien que l'entendre prononcer « General Lee » brisait presque le cœur — était pour nous un père plutôt qu'un principal. Il avait une voix séraphique — cor, violoncelle, psaltérion — qui lui permettait, chaque soir, avec une splendeur naïve, de jouer l'hymne enchanteur de la liturgie. Maintenant, quand je me rappelle la pénombre moisie de la chapelle au crépuscule et la voix chaude du vieillard flottant au-dessus de nos tignasses prosternées — *Eclaire nos ténèbres, nous t'en prions, mon Dieu* — et quand je laisse mon esprit vagabonder sur d'autres scènes : la rivière bleue, un bleu immaculé, où nous naviguions dans nos barques qui prenaient l'eau, et, dans les environs, les bois tout bruissants de criquets, de grenouilles, où, la nuit, brillaient nos lampes clandestines, furtives, et la colline qui descendait, herbeuse et chaste, jusqu'à la baie où nous pêchions des coquillages et où les mouettes du soir s'enfuyaient à grands cris vers l'est, dans la direction de la mer — quand, dis-je, dans l'impiété, l'ardeur des désirs, fonçant, tête baissée, vers une tranquillité, une innocence perdue, je me remémore toutes ces choses, cette voix révérende s'élève au-dessus d'elles criant dans la pénombre comme une trompette céleste : *Oh Dieu, ma force, et mon rédempteur !*

C'est dans cette édifiante atmosphère chrétienne que Mason fit irruption, un jour, comme un hourra obscène au milieu d'un service divin. Nous en fûmes ahuris, fascinés à la fois. Il arrivait du Nord (pour nous tous, un pays mystérieux : Rye, New York, où il avait vécu depuis l'âge de douze ans), prononçait ses « r » avec un chantonnement net, sophistiqué, portait un blazer de cachemire et transportait tout un chargement de Tootsie Rolls, cannes de golf et capotes anglaises. Il nous dit tout de suite, non sans quelque fierté, qu'il avait déjà été chassé de deux écoles. Il parlait avec charme. Il était captivant, spirituel et beau. Il fit, au début, la conquête de l'école entière.

Un jour, il nous dit qu'il avait perdu sa virginité dès l'âge de treize ans — un week-end d'été, dans la propriété que son père venait d'acheter sur les bords de la York River — avec une actrice de Hollywood qui n'était plus toute jeune, mais encore charmante et encore célèbre. L'histoire était incongrue, mais pas entièrement impossible. Nous savions tous que la famille de Mason fréquentait le monde du cinéma. De plus certaines aventures qu'on prêtait à la dame (entre autres, un acte scandaleux exécuté sous la table d'une boîte de nuit avait eu le pouvoir de déclencher les imaginations de toute une génération d'écoliers) firent que nous le crûmes, au début, sur parole. Mason n'avait alors que seize ans et il raconta son histoire avec toute l'abondance rêveuse de détails d'un vieux roué blanchi sous le harnais. Pourtant, dès cette époque, Mason avait déjà cette caractéristique de saper sa propre crédibilité et de gâter les meilleures choses. Dans des récits postérieurs, cette séduction prématurée n'était que le début de toute une série d'escarmouches, et l'insatiable vedette avait fini par être sa maîtresse pendant trois étés consécutifs. Il y avait également d'ardentes liaisons à Richmond et à Washington, des joutes amoureuses sur le siège arrière d'automobiles, dans des piscines, dans des bateaux, et même, assura-t-il une fois, debout dans un hamac. Tout cela, bien que nous fussions à un âge où les gamins sont crédules et lascifs, était des envolées de désirs qui dépassaient toute raison, et le merveilleux édifice érotique s'écroulait finalement, détruit par les broderies extravagantes de Mason. Je crois que notre scepticisme le froissa réellement. Plus tard, j'appris par sa mère que l'actrice en question avait en effet rendu visite aux Flaggs, mais une fois seulement, à Rye, quand Mason était tout petit — qu'elle lui avait apporté un ours en peluche et l'avait fait sauter sur ses genoux.

Sa fortune, ses brillantes relations, l'aisance avec laquelle il traitait des choses de la chair exercèrent sur moi une fascination profonde. Je n'ai jamais compris exactement pourquoi, de mon côté, je l'avais attiré. Je sortais notamment d'un milieu triomphalement petit-bourgeois. Je soupçonne que l'intérêt que Mason me portait venait en grande partie du fait que — du moins à cette époque — je ne manquais jamais de rire à ses plaisanteries, opinais aimablement à tous ses mensonges et, dans mon rôle de flagorneur, donnais à sa concupiscence une approbation qu'il semblait ardemment désirer. En fait, je crois qu'il avait pour moi une espèce d'admiration — à cause d'une certaine forme d'altruisme sentimental que je possède et qui me permettait de tolérer ses propres excès. Il m'a fallu bien des années avant de m'habituer à dire aux gens, en face, leurs quatre vérités.

Bref, Mason, à seize ans, était plus dessalé — ou donnait l'impression de l'être — que bien des jeunes hommes qui, à trente ans, ont l'air pâles et vidés. Il s'habillait d'élégants complets sortis de chez les meilleurs tailleurs de New York, fumait des cigarettes anglaises, et, bien qu'il n'eût jamais quitté l'Amérique, savait donner à sa voix le vibrato épuisé et plaintif d'un homme qui a profité de la vie sur une vingtaine de rivages exotiques. Il avait déjà devancé sa propre adolescence. Il était mince et beau, avec un soupçon de favoris qui lui allaient fort bien et une horrible tournure d'esprit qui lui faisait dire des choses comme celle qu'il me murmura, un matin, à la chapelle : « J'ai beau m'efforcer de prier, je ne peux penser qu'à une chose, tirer un coup. » Je fus extrêmement choqué, car ma croyance en Dieu, bien que sur son déclin, était encore vivace et ne tolérait que de rares intrusions de la chair. Mais mes remparts commençaient à se lézarder. Je continuai à être ébloui par Mason alors que les autres garçons avaient perdu tout l'intérêt qu'ils lui portaient. Ils étaient moins impressionnés par sa richesse, étaient las de ses histoires interminables, et ils finirent par être indignés quand Mason, qui avait tout pour être un bon athlète, feignit une vague foulure afin de pouvoir se reposer pendant la saison de football. Je crois que je fus le seul parmi les élèves à ne pas voir dans cette attitude une preuve de lâcheté. A la fin, il n'eut plus que moi pour ami — et cela, quand j'y pense aujourd'hui, donnait peut-être la mesure de ma corruptibilité.

Les Flagg étaient les seuls millionnaires que j'eusse connus. Le père de Mason était new-yorkais, un capitaliste qui avait gagné des sommes fabuleuses dans la branche distribution de l'industrie du cinéma (« A peu près le seul, dans la profession, disait Mason, non sans quelque orgueil, qui ne soit ni juif ni grec. ») Et il était venu s'installer dans la région la plus chic du Gloucester County, pour y poser au gentleman virginien. Il y réussit fort bien et acheta une immense propriété appelée Merryoaks, plantation coloniale et manoir authentique, à tous les points de vue — du moins jusqu'au jour où il y ajouta une piscine, des courts de tennis et un hangar à bateau en acier chromé. Cette année-là, j'y accompagnai plusieurs fois Mason — il ne fallait guère plus d'une heure pour s'y rendre en auto de l'école. Au début de l'automne il y avait souvent des réceptions pour les adultes. Des célébrités de New York allaient et venaient dans des Cadillacs et, à la nuit tombante, un bosquet de lanternes vénitiennes aux couleurs tendres germait sur la pelouse. Un jour, un gai luron, un nabab suédois du nom d'Aarvold, atterrit dans son avion sur la prairie derrière la maison des Flagg. Dans ces années d'avant guerre, c'était là un exploit d'une audace spectaculaire, et il me fallut longtemps pour m'en remettre. C'est, je me rappelle, au cours de ce même week-end que Mr. Flagg avait engagé un chœur de nègres de Richmond pour chanter des *spirituals* à ses invités, et je me souviens de la remarque de Mason qui trouva toute l'affaire « intolérablement vulgaire ». « Le Vieux Colonel Flagg », disait-il dédaigneusement, car il vivait toujours avec cette conviction douloureuse qu'il n'était vraiment pas du Sud et que sa famille n'était virginienne que de fraîche date. Je me rappelle aussi que, ce week-end-là, tout le monde attendait Greta Garbo, mais, pour quelque raison, elle ne vint pas. En revanche, il y avait Lionel Barrymore, Carole Lombard et une très jeune vedette d'environ dix-sept ans dont je m'épris éperdument et qui me taquina tellement sur ma prononciation traînante de méridional que je m'en corrigeai sur-le-champ. Jusqu'à ce jour, et à cause d'elle, mon accent est devenu aussi amorphe et régulier que celui d'un speaker de radio. Dès que je me trouvais près d'elle, je perdais le souffle, et je craignais qu'elle ne me détestât à cause de la légère patine d'acné qui mettait une teinte rose autour de mes narines. Mais marcher simplement dans son ombre me semblait une bénédiction du ciel, et j'aurais volontiers accepté de mourir après l'extase de cette nuit pendant laquelle, suant, tenace, muet comme la tombe, je dansai avec elle jusqu'à l'aube, jusqu'à l'heure où les derniers musiciens remettaient trompettes et violons dans leurs boîtes, heure où le château restauré dans sa splendeur somnolente de nouveau riche sortait des brumes du matin parmi ses girandoles de lanternes éteintes.

Je n'eus jamais l'occasion de parler au père de Mason. Il semblait étrangement détaché de son fils. J'avais toujours conscience qu'il y avait entre eux un ressentiment muet que, pour sa part, Mason soulageait en dévalisant la cave paternelle. Mr. Flagg était un petit homme chauve, moustachu, couvert de taches de rousseur. Il avait un port, une allure d'adjudant, que j'associais beaucoup plus volontiers avec des culottes de cheval et des éperons qu'avec les soyeuses flanelles efféminées et les sandales qu'il arborait généralement. Malgré ma jeunesse et sa petite taille, je flairais, quand je me trouvais près de lui, une puissance et une opulence formidables. Il était facile de voir qu'il aimait s'entourer de célébrités qui, à leur tour, tournoyaient comme des phalènes voraces, irrépressibles, autour de sa flamboyante richesse. Il mourut subitement, plus tard, pendant la guerre, au cours d'un voyage en Amérique du Sud où il était allé financer une nouvelle et énorme chaîne de théâtres. Je n'eus vraiment conscience de son importance — si spécialisée qu'elle pût être — que lorsque je lus dans tous les journaux les notices nécrologiques où il était présenté comme une espèce de personnage énigmatique qui avait toujours fui la publicité personnelle. Ressentiment, incompatibilité, peu importe, il n'en laissa pas moins à Mason, en fidéicommis, une somme d'environ deux millions de dollars.

En revanche, je connaissais beaucoup mieux Wendy-chérie, car elle vénérait Mason et, avec la constance aveugle d'un communiant dévot, semblait toujours rôder autour de l'objet de son adoration. Mason avait déjà été chassé de deux écoles de Nouvelle-Angleterre, et il est douteux qu'on l'eût jamais admis dans une école qui n'aurait pas été si pauvre que Saint-Andrew's ; cependant, il était aisé de comprendre que Wendy l'avait envoyé là-bas surtout pour qu'il fût près d'elle, et que les sombres lueurs d'appréhension qui, de temps à autre, éclairaient furtivement son charmant visage, exprimaient la frayeur constante qu'il ne soit de nouveau expulsé. Je la considérais comme une merveille. Opulente chevelure blonde brossée d'un parfum électrique, rouge vif sur les joues, ongles écarlates longs de deux centimètres, et toute une ferblanterie brimbalante aux bras et aux oreilles — tels étaient les attributs que je n'avais jamais associés avec l'image d'une mère, car celles de Port Warwick avaient plutôt tendance à être corpulentes, réservées, et Mrs. Flagg m'apparaissait comme une vision fantastique, irrésistible, presque dangereusement belle. Cependant elle fumait beaucoup et elle buvait. En fait, c'était la première femme alcoolique que je voyais. Trois *old fashioned* après dîner (c'était toujours quand son mari était absent, ce qui était de plus en plus fréquent vers le printemps de cette année-là) rendaient sa diction presque incompréhensible, une sorte de croassement de sourd-muet. Elle se mettait à pleurer, à cajoler Mason, lui disant qu'il fallait qu'il soit bon élève, qu'il fasse cela pour elle, pour son avenir, pour Princeton, suggérant, tantôt avec un sanglot rauque, tantôt avec un haussement d'épaules martyrisé, ou pour finir une grimace hagarde, que, puisque son père recherchait le lit d'une autre femme, lui, Mason, était la seule chose qui lui restât sur terre. J'avais encore, sur les dames, les nobles idées qu'ont les hommes du Sud, et des scènes de ce genre me laissaient atterré, abattu.

Mais quand elle n'était pas ivre, quelle conversation de la part d'une mère ! Jamais je n'avais entendu de bavardage aussi bien informé, aussi enchanteur, aussi indiscret.

— Mais mon chéri, tu as tellement de choses à apprendre ! Tu es si jeune encore, mon chéri. Le sexe — je veux dire les relations physiques entre l'homme et la femme — est une expérience très belle, cela n'a rien de bas, ni d'ordurier. Tu verras. Cela ne m'étonne pas que Mr. Morrison t'ait fait la morale. Tu m'as dit qu'il t'avait entendu raconter cette grivoiserie vraiment abominable ?

Ne sachant rien encore, ne soupçonnant même pas que Mason venait d'être expulsé la veille, elle nous emmena dans sa décapotable à Merryoaks pour ce fatal week-end d'anniversaire. Son opulente chevelure flottait en ondes d'or derrière elle. Tel un jeune écuyer, j'occupais, silencieux, une place derrière Mason (ce n'était pas cette fois d'une simple gauloiserie que le principal s'était formalisé, mais d'une étreinte charnelle dans laquelle le vieux pasteur, les mains tremblantes et allumant des allumettes dans le sous-sol de la chapelle, avait surpris Mason, nu comme un ver, et la fille à demi idiote d'un marchand d'huîtres du pays, brandissant tous les deux des bouteilles du vin de communion. Cette fois, pas de morale — « il m'a foutu une de ces engueulades ! » me dit Mason plus tard — mais une proclamation publique, rendue sous forme d'un anathème si noir que je m'en rappelle encore la fin : « ... une puanteur et une pourriture aux narines du Tout-Puissant, et j'ai le regret de dire que ce n'est pas un dernier reste de charité chrétienne, mais uniquement la loi de Virginie qui m'empêche de requérir un châtiment bien plus sévère qu'une expulsion discrète mais immédiate ») ; Mason, près de sa mère, imperturbable et élégant dans son veston en poil de chameau, tournait de temps en temps vers elle son profil voluptueux et lui posait de petits baisers sur la joue. Ils marivaudaient tendrement, se jetaient de longs regards, tandis que la voiture, zigzaguant de droite et de gauche, filait sans direction, comme une fusée échappée, sur les routes de campagne poudreuses.

— Oui, Wendy-chérie, l'histoire de la duchesse et du caniche.

— Eh bien, ça ne m'étonne pas, elle est franchement ignoble.

— J' vois pas comment un homme non marié pourrait rigoler autrement. En France...

— Oh, je t'assure que je me repens bien de t'avoir parlé de la France. Et puis, tu n'es pas un homme. Je regrette d'avoir à te dire, mon cher, que, lorsque tu entreras à Princeton, tu y seras considéré comme un simple petit garçon.

— Wendy, il y a des moments où tu deviens impossible. De plus, tu te rappelles ta promesse ?

— Quelle promesse, mon ange ?

— Que, le jour de mes dix-huit ans, tu m'emmèneras au... comment appelles-tu ça déjà... ah oui, au bordel.

— Voyons, mon chéri ! Peter, ne l'écoutez pas ! Mon chéri, tu es d'une vulgarité révoltante.

Ce jour-là, j'avais pitié de Mason et tremblais d'appréhension en pensant à la scène que je savais inévitable, mais Mason et sa mère débordaient d'entrain et de joie. Nous partîmes tous les trois avant midi dans l'élégant petit sloop de Flagg et, ayant abordé sur l'autre rive de l'estuaire, à Yorktown, nous fîmes un pique-nique sur l'herbe d'un des parapets si fâcheusement défendus par Lord Cornwallis. Jamais je n'avais vu Wendy aussi séduisante que ce jour-là. Elle n'était qu'or, chatoiement, brillance. Avec un coup d'œil mutin à mon adresse, ébouriffant avec espièglerie les cheveux de Mason et nous adressant à tous deux d'une voix tendre des mots de flatterie, de dévotion, elle ressemblait beaucoup moins à une mère qu'à une dulcinée, ayant su réunir dans sa maturité un grand charme sexuel à une sagesse incalculable. La journée était chaude et nous nous mîmes à boire — de la bière pour Mason et moi, pour Wendy des martinis qu'avec une charmante nonchalance elle versait d'une bouteille thermos. « Certainement pas, mon trésor, dit-elle à Mason avec un léger sourire lumineux, jeunes lèvres ayant touché des martinis ne toucheront jamais les miennes. Bois ta bière, comme un bon petit garçon. Dans un an, tu pourras boire tout ce que tu voudras. » Plus tard, comme nous traversions de nouveau la rivière, nous entrâmes dans une accalmie et les voiles s'affaissèrent toutes molles. « Qu'importe ? s'écria Wendy en nous enlaçant tous les deux. C'est un jour d'anniversaire ! Oh Dieu, avoir encore dix-sept ans ! Laissons-nous dériver jusqu'à la pleine mer ! » Même moi, malgré mon inquiétude, je ressentis la contagion de son entrain. Etendus sur le pont, en complet état d'euphorie, nous nous mîmes tous les trois à chanter, tandis que le bateau, sans pilote et dérivant dans le courant, avançait dans l'estuaire, le cap sur la mer.

Nous chantions : « *In the evening by the moonlight — You could hear those darkies singing*[1] », et, devant nous, passaient des embouchures de cours d'eau sur la rive lointaine, des prés ensoleillés sur les pentes, plus haut, et, une fois, un vieux nègre qui récoltait des huîtres et qui, en nous voyant, roula de gros yeux blancs et étonnés. Une heure, deux heures s'écoulèrent. « Regardez-le, Peter, murmura-t-elle tout alanguie, n'est-ce pas l'être le plus adorable ? Voyez, il n'a presque pas de hanches. » Ce à quoi Mason, habitué à ce genre de remarques, mais que ma présence gênait, répondit : « Wendy-chérie, il y a vraiment des moments où tu deviens impossible. » Et le vent qui s'était brusquement levé nous fit retourner vers la terre, brûlés de soleil, à demi inconscients, traînant après nous du goémon.

Je n'avais jamais été vraiment soûl avant cet après-midi-là, et j'avais juste seize ans. Je me rappelle tout, même mon pressentiment de damnation, comme dans une brume miroitante à travers laquelle les visions de mon esprit s'entouraient de beauté et d'une ineffable splendeur lumineuse. Au sommet de la colline, dominant la rivière, Merryoaks s'élevait, solitaire, avec sa colonnade d'impériale grandeur, sa façade à portique sereine dans les ombres au-dessus de l'émeraude des pelouses où les reflets de la piscine faisaient danser de

1. *Le soir, au clair de la lune, on peut entendre chanter ces noirs.* (N. du T.)

longues formes de lumière. Un nègre à veste blanche apparut brièvement sur la hauteur puis disparut. Le crépuscule montait derrière les pins qui projetaient leurs silhouettes d'échassiers sur le vallonnement des terrasses et les dalles des allées. Comme nous approchions de l'appontement, naviguant au plus près et le pont à fleur d'eau dans un dernier coup de vent qui nous amena sur la rive, je levai mes yeux éblouis vers ce domaine, dans une gratitude toute proche des larmes, et Wendy me prit la main, la serra doucement, comme pour dire : « Parce que vous êtes l'ami de Mason, tout cela est à vous aussi. » Mais, au moment où nous accostions, mon exaltation commença à baisser un peu, car il me revint à l'esprit qu'il ne lui avait encore rien dit. Nous fûmes reçus par Richard, un Alsacien à figure de bois et aux lèvres pincées, valet de chambre, chauffeur et factotum, que les Flagg avaient amené de Rye. Ce robuste gaillard me rappelait les traîtres de cinéma, et, quand par hasard il souriait, ce qui était exceptionnel, c'était avec une grimace de politesse qui faisait songer à une incision chirurgicale. Devant lui, je me sentais toujours timide, embarrassé — peut-être parce que c'était la première fois que je voyais un domestique blanc. Les deux grands chiens danois, dont il tenait la laisse, avaient la taille de panthères. Ils s'élancèrent vers Wendy dès qu'elle eut débarqué, geignant leur amour quand elle les saisit dans ses bras en leur murmurant à l'oreille des petits mots d'enfants. Ensuite, d'un bond, avec des grondements sauvages, ils sautèrent à l'arrière de la Cadillac où ils s'installèrent au milieu de nous trois, frissonnant d'énergie et léchant leurs babines.

Pendant le trajet, de l'appontement à la maison, à travers les bois de pins, Wendy tomba soudain mollement endormie sur l'épaule de Mason. Quant à Mason, pour la première fois, je le voyais mélancolique et abattu. Des gouttes de sueur brillaient sur son front et, tout en serrant tendrement sa mère contre lui, il laissa tomber les coins de sa bouche et me jeta un abject regard de terreur. Peut-être est-ce alors seulement, à la fin de la joyeuse excursion en rivière, qu'il mesura les conséquences de la sottise qu'il avait faite. En tout cas, ce pâle regard suivi de ces mots murmurés : « Bon Dieu, comment est-ce que je vais lui dire ça ? » renouvelèrent ma pitié pour Mason, mais maintenant davantage pour Wendy — à mon avis la mère la plus éblouissante au monde — dont les espoirs étaient réduits en miettes.

Elle n'était pas encore ivre, pas vraiment ivre comme je l'avais vue une fois. Elle était seulement, comme elle nous le confia en descendant de la voiture, « tout étourdie par le soleil, mes chéris », et elle avait besoin de faire un somme. Alors, nous la regardâmes s'éloigner sous le portique, ses cheveux d'or toujours bien en place, ses slacks, ajustés, lui moulant sans un pli les cuisses, mais titubant à un tel point que Richard murmura : « Madame », et se précipita pour la guider, avec l'aide de sa femme, une petite femme parcheminée, en tablier, qui passa son bras sous celui de Wendy, comme une infirmière soutient une invalide, pour la conduire dans les ombres de la maison où elle lui fit monter lentement l'escalier circulaire. Procession imposante, presque funèbre, avec les deux chiens qui couraient et sautaient derrière eux. « Si elle prend une bonne cuite... si elle devient vraiment noire, dit Mason d'un ton solennel, elle pourra peut-être tenir le coup, quand je lui dirai. » Mais il n'y avait pas trace d'humour dans sa voix, et il me sembla le voir frissonner. Il était pâle de frayeur, d'affolement. Dans le jour tombant, nous essayâmes de faire une partie de tennis, mais le jeu de Mason, d'habitude agressif et savant, était distrait et, bien qu'alourdi par la bière, je le battis pour la première fois, ce qui ne fit que le déprimer davantage. Puis, — un peu, nous sembla-t-il, comme quelque chose qui tombe avec fracas — la nuit fut brusquement sur nous, et une brise chaude, passant parmi les chênes dont les feuilles frémissantes et joyeuses expliquaient le nom de la propriété, éparpilla vers l'ouest une troupe de corbeaux qui, croassant tristement, s'enfuit, dans un vol de plomb, vers les derniers chatoiements roses du crépuscule. Dans les ténèbres sa raquette frappa le sol bruyamment. « Claqué ! Fini ! » s'écria-t-il. Et sans doute est-ce la seule fois que je l'entendis se faire des reproches à lui-même. « Toute ma vie est foutue à cause de cette petite salope à cinquante sous. »

Peut-être fut-ce l'optimisme de ma jeunesse qui me fit espérer que Wendy prendrait la nouvelle avec calme quand Mason la lui annoncerait. Elle avait un caractère si enjoué, si libre, — elle avait un tel cran — sûrement, dans cette horrible affaire, ses sympathies seraient toutes pour Mason ; elle hausserait les épaules, éclaterait gaiement de rire et lui pardonnerait comme toujours. Mason, de son côté, voyait les choses d'un autre œil. Sa dépression augmentait à mesure que la nuit tombait et, à l'heure du cocktail, quand, dans une robe d'organdi et de tulle gris fumée, Wendy nous rejoignit dans la bibliothèque, il lui mit dans la main, avec l'expression soumise, confiante et solennelle de qui offre un sacrifice propitiatoire à une déesse, une pleine carafe de martini. Mais il était arrivé quelque chose à Wendy. Bien que ses pas fussent encore incertains, elle semblait calmée, sombre même, comme si dans son sommeil, ou quelque part, là-haut, dans la maison, elle avait reçu un présage, un signe, le pressentiment qu'on lui cachait quelque chose de terrible. Elle se laissa tomber sur le divan et dit : « Dieu, ce qu'on peut s'ennuyer dans cette maison !

— Wendy-chérie, commença Mason, j'ai quelque chose...

— Chut, mon bien-aimé, laisse parler Wendy. Assieds-toi ici. Qui est-ce ça, à la radio? Oh, cet horrible Kay Kyser! Trouve-moi quelque chose de plus doux, mon ange. » Ses traits avaient pris une expression maussade et grise. Sa peau s'affaissait par endroits, et les deux muscles du cou qui font mouvoir la tête ressortaient en lignes marquées. Pour moi, une grande partie de sa beauté avait brusquement disparu — bien que peut-être ce ne fussent que les ombres, — et je compris qu'elle devait être vieille, très vieille, qu'elle avait peut-être trente-cinq ans. « Je ne voudrais pas jouer le rôle de la mère rabat-joie le jour de ton anniversaire, mon chéri, mais cette maison m'ennuie à périr. Si tu savais comme j'y suis seule, sans personne à qui parler, sauf Denise et cet horrible Richard. Quant aux domestiques — ces Noirs — je n'ai jamais été capable de comprendre un mot de ce qu'ils disent. Quelle langue parlent-ils ? — le brésilien ? Oh Dieu, bâilla-t-elle. Tiens, qui c'est-il, celui-là ? Sammy Kaye ? Laisse-le, mon ange. »

La bibliothèque était une vision dix-huitième siècle, avec ses lustres étincelants, ses opulents lambris de noyer, ses parquets bien cirés ; un spécimen d'élégance ancienne, transporté, comme par magie, dans un âge de chrome et qui demandait, de façon presque palpable, la grâce rédemptrice de bougies allumées, de chapeaux à cornes, de ruissellements de notes de clavecin, à la place des gens comme nous, véritables anachronismes avec nos bières en boîtes et les braillements de nos trompes et de nos trombones. Et cependant, je me sentais positivement englouti dans ce luxe, brûlant d'une fièvre tristement nostalgique. Fasciné, je regardais Wendy devenir de plus en plus soûle. « Ton père, dit-elle à un moment à Mason en lui caressant les cheveux et jetant un regard rêveur par les portes-fenêtres. Ton père a quitté Wendy. Ton père, à l'heure qu'il est, file le parfait amour avec... Non ! Pas de nom ! Où, dis-moi, mon bien-aimé ? Où est ton père ? Là-bas, sur la Côte ? Tu ne vas pas abandonner Wendy, n'est-ce pas, chéri ?

— Quelle côte ? demandai-je innocemment.

— Quelle côte ! Nom de Dieu, t'entends ça ! dit Mason, riant pour la première fois depuis des heures.

— Voyons, mon chéri, laisse Peter poser des questions, reprit-elle en vidant son verre. Non, non, mon ange, Wendy ne veut plus une goutte. Enfin, un tout petit peu seulement. Là. Laisse Peter poser des questions, parce qu'il nous aime et que nous l'aimons. Peter, mon chou, que pensez-vous des pères qui vont courir, comme ça, avec d'autres femmes ?

— Je pense que c'est rudement moche, dis-je, affectant la désinvolture de Mason, mais je rougis de confusion.

— Tu vois ? Peter sait. Peter sait parfaitement ce qui est bien. » Elle se tut et il me sembla entendre un sanglot tout au fond de sa gorge. Puis, entraînée dans quelque rêverie, elle commença un monologue douloureux tout en laissant ses doigts poursuivre leur course sinueuse à travers la chevelure de Mason, et elle parla de choses dont la plupart n'avaient aucun sens pour moi, et sa voix se faisait peu à peu plus pâteuse et confuse : « Voilà, mes chéris, vous n'avez jamais connu Cold Springs Harbor. Si, tu y as été une fois, Mason, mon ange, mais tu étais si petit à cette époque. Ce que je veux dire c'est que vous ne savez pas combien c'était merveilleux là-bas avant que je ne rencontre ton père. Papa Bob — oh, c'était le grand-père de Mason, Peter — Papa Bob et moi y habitions seuls tous les deux, après la mort de maman. Nous avions des chevaux. Une pleine écurie. Dis-moi, pourquoi ton père n'a-t-il jamais eu de chevaux ? dit-elle, regardant tristement Mason. Pourquoi n'a-t-il jamais voulu avoir de chevaux ? Si nous avions des chevaux, je pourrais m'habituer à vivre ici. Je pourrais faire des promenades comme du vivant de Papa Bob. C'était tellement merveilleux, et vert, dans ce temps-là... vert et libre et, oh, tout bonnement merveilleux, pas comme c'est maintenant avec toutes ces horribles grandes routes et toutes ces autos. Je veux dire que les vieilles propriétés existaient encore, et la campagne n'était qu'une immense allée cavalière. Nous allions à cheval à Huntington et parfois même jusqu'à Syosset. Mais non, ton père n'a jamais voulu entendre parler de chevaux. Ce que je veux dire », sa voix devint unie, emphatique et dure, « c'est qu'il a simplement *refusé de m'acheter un cheval* ». « Non, disait-il, je hais ces sacrées sales bêtes ! Non », disait-il. Et il ajouta exactement ceci, vous pouvez me croire : « Gwendolyn, je préférerais te voir perchée sur un rhinocéros, plutôt qu'à califourchon sur un de ces sacrés animaux stupides. » Il disait aussi : « Je ne suis pas assez riche pour acheter une écurie, Gwendolyn. Pour qui me prends-tu, l'Aga Khan ? » Comme si je demandais une écurie ! Un cheval, c'est tout ce que je lui demandais. Un pauvre petit cheval, un seul ! Uniquement pour pouvoir me promener comme je le faisais avec Papa Bob. Autrement dit, pour briser cette monotonie, rien de plus. » Elle s'arrêta, et s'enfila un martini. « Comme je vous le dis, rien de plus. Lui, il a bien son sacré hangar à bateau, alors ? Croyez-moi, c'est affreux d'être obligée de rester ici, jour après jour, sans rien à faire que regarder ce répugnant Richard et sentir que, tout autour, la vie s'écoule. Oh, pendant un temps, c'était supportable. Ça pouvait encore aller quand nous recevions. Il venait des tas de monde. Mais tout cela a cessé. L'hiver dernier. Je suis *toute seule !* Je n'ai *rien à faire !* Tiens, Noël, par exemple, ou Norma. Est-ce que tu te figures qu'ils aiment ton père, que c'est lui qu'ils aiment ? Je veux dire, est-ce que tu te figures qu'ils prennent l'avion pour Baltimore ou Washington, et qu'ils louent ensuite une voiture, et qu'ils font cinquante, soixante, soixante-dix milles à travers cette maudite région, uniquement pour venir se chauffer à l'auréole resplendissante de Justin Flagg ? Mon bien-aimé, réfléchis-tu que je les connaissais, *tous les deux,* Noël et Norma, bien avant d'avoir connu ton père, à l'époque où il n'était qu'un étudiant de Princeton, totalement inconnu, un petit garçon de courses à Wall Street ? Est-ce que je t'avais jamais dit cela, mon ange ? C'est *moi* qu'ils venaient voir, mon chéri. Moi, Wendy. Quels gens charmants... quels amis ! Et il se les est tous mis à dos. Oh, mon bien-aimé, je suis malheureuse parfois ! » S'étranglant, les yeux pleins de larmes, elle se précipita sur Mason, passa un bras autour de son cou, et l'attirant vers elle : « Ecoute, écoute, murmura-t-elle d'une petite voix blessée, sois toujours un bon et brave garçon, mon adoré, un garçon intelligent, viril, fier, raisonnable. Wendy n'a plus que toi. Tu ne l'oublieras pas ? Tu vois, tu es la plus brillante étoile de ma couronne. Non, mon chéri, pas davantage. Je ne pourrais pas vraiment. *Non,* mon ange » — d'une voix étrange, convulsive, entre le fou rire et le chagrin. « Non, Wendy mourrait ! Enfin, bon, mais rien que la moitié du verre. »

Et c'est ainsi que continua la pitoyable cérémonie. L'absorption de sa propre misère, si omnivore, semblait avoir fait oublier totalement à Wendy l'anniversaire de Mason, et il était plus de dix heures quand — parlant toujours et cramponnée à nos deux bras afin de pouvoir marcher — elle passa avec nous dans la salle à manger. « Je veux dire, vraiment... », commençait-elle amèrement tandis que Mason glissait une chaise sous elle. « Richard, ce vin ! Vraiment, vous avez beau être jeunes, est-ce que vous ne voyez pas, mes enfants, que c'est une simple question de décence élémentaire, humaine. Vraiment, ce n'est pas comme si j'étais une petite grue de Hollywood qu'il aurait ramassée dans quelque coin. Après tout, Papa Bob et maman, et moi-même, figurions dans le Bottin mondain de notre région, vous savez, et les Van Camp habitaient Long Island deux cents ans avant que les Flagg n'eussent même débarqué. McKeesport, P.A. ! Pouah ! » Elle lança un éclat de rire dédaigneux, fit un geste ambigu de la main — je crus un instant qu'elle allait faire un pied de nez à Richard qui, à ce moment-là, entrait sans bruit par la porte de l'office — et, ce faisant, elle envoya valser un verre plein d'eau qui se brisa en miettes aux pieds de Mason.

« Madame a appelé ? murmura Richard.

— Naturellement, j'ai appelé, dit-elle, ne vous inquiétez pas de ce verre. Apportez le vin. Le rosé. Madame a appelé ? » ajouta-t-elle, très fort, derrière lui, d'une voix geignarde : « Madame a appelé ? »

Dans les intervalles entre chaque martini elle était peu à peu arrivée à un état d'agitation que je commençais à trouver inquiétant. Ses doigts pianotaient nerveusement sur la table, et sa voix, d'ordinaire si veloutée et tendre, avait pris les intonations traînardes et rocailleuses d'une fille d'auberge. Ma gêne était si grande que j'étais sur le point de m'évanouir. Je regardai Mason, pensant trouver en lui un peu de réconfort. Il n'en fut rien. Il tenait la main de Wendy dans la sienne et la regardait fixement dans les yeux tandis qu'elle repartait dans ses divagations. Il veillait avec sollicitude à ce qu'elle eût toujours du vin et, la réprimandant gentiment, il lui découpa son poulet quand, arrêtée par les complexités du couteau et de la fourchette, elle fit mine de se le fourrer tout entier dans la bouche. Pendant le reste du triste monologue il resta impassible, attentif et sérieux comme un pape. « Un pauvre petit cheval, un seul ! Rien de plus. On aurait cru que je lui demandais toute une écurie. Et voilà ! Ecoute-moi, mon ange, mais tu n'écoutes pas Wendy !

— Wendy-chérie, mon cœur s'ouvre à ta voix... ou quelque chose comme ça... » Les yeux intensément fixés sur elle, il fit tressauter nerveusement son épaule. « Va, continue, mon aimée.

— Mon ange, ma douceur. Où en étais-je ? Ah oui. Je te disais qu'après tout, qui est-ce qui l'a lancé dans sa carrière ? Qui ? Réponds un peu. Moi, je peux te répondre. Robert Sargent Van Camp II, en personne. Et crois-tu que Papa Bob a renâclé un seul instant quand ton père est allé lui demander l'argent dont il avait besoin pour ses débuts ? Crois-tu que Papa Bob a renâclé ? Pas le moins du monde. Pas Papa Bob. Papa Bob — c'est le grand-père de Mason, Peter, c'est-à-dire mon père, — Papa Bob avait un cœur aussi vaste que le monde. » Elle recommença à renifler, plongée dans une méditation soudaine, le front appuyé sur la paume d'une main, tenant de l'autre en l'air, au bout de sa fourchette, un morceau de viande avec un filet de sauce qui lui coulait sur le menton. Je me sentais pris de panique.

« Tout le monde venait nous voir à cette époque-là. Et je dis bien, tout le monde. Avant la mort de maman. Fêtes, bals, promenades en sloop au clair de lune. C'était une... ah, c'était une vie ! Si libre, si merveilleuse ! Et dès que j'ai eu terminé mes études à Foxcroft, Papa Bob a donné une soirée magnifique pour mon entrée dans le monde. Avec des millions, des billions, des trillions de personnes, et deux orchestres, et tout... Et il y avait là ce garçon qui était absolument fou de moi. Il s'appelait Amory Phelps. Pauvre petit, il s'est noyé à Bar Harbor. C'était un garçon merveilleux, si plein de vie, de tout, avec une voix d'une douceur, un enchantement ! Oh, mais pourquoi faut-il que je parle ainsi ? remarqua-t-elle brusquement. Je ne suis qu'un trouble-fête, je le sais bien, mon ange. Je t'en prie, pardonne-moi, et vous aussi, Peter, pardonnez-moi, pardonnez-moi. Seulement voilà, n'est-ce pas — oh, je ne sais plus — voilà, c'est que je suis si fière de mon grand beau garçon ! Mais à la pensée que tu vas partir maintenant, te séparer de moi — je veux dire pour accomplir ta splendide destinée, monter, monter jusqu'aux étoiles, vraiment toutes ces belles choses que tu vas faire, si nobles, si merveilleuses. C'est bien dur de penser que tu seras si loin, et cependant... et cependant — oh c'est vraiment trop tragique — je demandais, si peu. Si peu. » Sa tête retomba sur la table, sur ses deux bras croisés, et elle se mit à pleurer nerveusement, de gros sanglots secouant ses épaules. A ce moment, les portes volantes s'ouvrirent toutes grandes, poussant vers nous, sur une bouffée d'air chaud venue de la cuisine, ce Richard de cauchemar, la figure cramoisie par le reflet des dix-sept bougies du gâteau. Je ne savais que faire, n'ignorant pas que la tradition voulait que l'on chantât. J'entonnai donc *Happy Birthday* d'une petite voix timide, mais je sentis tout de suite les paroles se geler dans ma gorge Silencieux, je regardai Wendy. Je pouvais à peine comprendre les mots qu'elle murmurait si désespérément et avec un chagrin si vif, si tourmenté, dans le creux de son bras. « ... m'emmèneras, *chéri* », semblait-elle dire. « Emmène-moi avec toi... notre passé... *chéri.* » Et puis « célèbre » et « homme » et « brave ».

— Wendy-chérie, dit Mason, j'ai quelque chose à te dire.

— Ne parle pas.

— Ça vient encore de m'arriver.

— Ne parle pas, mon ange.

— Je ne vais plus au collège, mon aimée.

— Mon ange, mon cœur se brise.

— Wendy, écoute, dit-il, je ne vais plus au collège.

— Tellement seule.

Il la saisit brutalement aux épaules et la secoua : « Wendy, je me suis fait foutre à la porte de l'école ! Tu entends, à coups de pied dans le cul. Tu ne comprends donc pas ?

— Mon amour, toujours à te moquer de Wendy. »

Je crois que si je m'étais pas senti cloué désespérément à ma chaise, je me serais enfui. Dans la minute de silence mortel qui suivit toute cette scène, gongs et carillons se mirent à sonner, dans toute la maison, *minuit, minuit,* en un contrepoint incongru, discordant, de mécanismes torturés et de timbres vibrants. « Excusez-moi », m'efforçai-je de dire, mais seul mon esprit réussit à quitter la chambre, à s'envoler vers les eaux qu'éclairait la lune, vers les pins, la campagne endormie, la sécurité, vers mon foyer — vol rapide en quête d'un refuge pour m'échapper, ne fût-ce qu'une minute bénie, de tout ce chagrin incompréhensible, de cette misère, avant l'horrible instant où Wendy, comme un nageur luttant pour remonter des profondeurs asphyxiantes, releva lentement la tête et, ayant maintenant tout compris, jeta un cri déchirant :

— Oh, non ! Oh, non ! criait-elle, les yeux fixés sur lui. Oh, non ! Oh, non ! Non ! Non ! Non ! Non !

— Wendy, voyons, ne prends pas les choses ainsi..., commença Mason timidement.

— Non ! Non ! Non !

Il prit sa main tremblante : « Ecoute, Wendy-chérie, ce n'est pas la fin du monde. Après tout, ce n'est pas comme si je ne m'en tirais pas indemne. »

Elle s'enfouit la tête dans les mains et commença à se balancer comme les pleureuses dans leurs lamentations : « Tu m'avais promis, gémissait-elle, tu m'avais dit que tu serais raisonnable. Tu m'avais dit que tu ne me causerais plus jamais d'ennuis. Oh, non, non ! Je ne peux pas le croire ! Je ne peux pas en supporter davantage. Qu'as-tu fait, mon chéri ? Mais qu'as-tu donc fait ? »

Je crus un instant que Mason, voyant sa mère dans cet état, allait pleurer aussi. Mais il se reprit et répondit doucement, presque avec désinvolture : « Rien dont tu aies lieu d'avoir honte, mon aimée. Cette fois, du moins, il ne s'agit pas de mes notes. Je me suis fait pincer en train de jouer à saute-mouton avec une môme.

— Sexe ! cria-t-elle. Tu as commis... Oh, mon ange ! Tu n'aurais pas pu attendre ? Non ! Non ! Non.

— Wendy, mon aimée, dit-il plaintivement, je le regrette, nom de Dieu, je le regrette, je t'assure.

— Mais que vas-tu faire ? Que vas-tu faire ? Oh, mon ange, comment as-tu pu me causer une telle déception ? Qu'est-ce qu'il va t'arriver maintenant ? Tu ne pourras jamais entrer à Princeton. Sans diplôme. On ne t'acceptera nulle part. Comment as-tu pu me désappointer ainsi ? » Des larmes inondaient son visage désolé. Elle tremblait, comme prise de frissons violents. Je crus qu'elle allait s'effondrer. « Comment as-tu pu... sachant que je n'ai que toi ? Quand j'avais mis sur toi tous mes espoirs ? Quand je te disais, oh, combien de fois, tu te rappelles ? sois toujours un bon, un brave garçon, intelligent, viril, fier, et raisonnable. Oh, toi, la plus brillante étoile de la couronne de Wendy ! » Elle se tut, secouée de sanglots rauques, continus. Un couteau tomba à terre. Dans l'obscurité de la chambre, les bougies du gâteau jetaient leurs petites lueurs mouvantes, faisaient jouer des reflets rougeâtres sur ses lèvres tremblantes, sur son visage baigné de larmes, sur ses cheveux que la douleur dépeignait. Puis je vis quelque chose d'étonnant : Mason, avec une douceur née d'une communion avec sa mère si étroite que chaque élan, chaque geste passager, était lourd d'une signification pour ainsi dire poétique, mit deux cigarettes dans sa bouche, les alluma et, comme par hasard, mais avec tendresse, en plaça une entre les lèvres de sa mère. Aussitôt, son chagrin parut se dissiper. Elle redevint calme, apaisée. Etait-ce ce présent seul qui avait produit son effet ou, sous l'effet du gin et du vin, avait-elle perdu toute notion de ce qui se passait, je n'oserais me prononcer, toujours est-il qu'on eût dit un enfant à qui on a offert un sucre d'orge. Ses larmes s'arrêtèrent, elle rota discrètement, puis, se tournant vers Mason avec un air d'inquiétude rêveuse, elle dit : « Mais, mon ange, et toute ta garde-robe, qu'est-ce qu'elle est devenue ?

— Le vieux salaud n'a pas voulu me laisser retourner dans le dortoir. Il m'a fait coucher sur un lit de camp, dans le gymnase. Il m'a dit que je contaminerais les autres types. Oh, Wendy, toute cette histoire est vraiment si puérile que je ne veux même pas y penser. Après tout, chérie... c'était jamais qu'une petite crampette... alors ? Nom de Dieu, c'est tout de même pas un péché mortel. Evidemment, j'ai été un peu idiot de n' pas faire ça plus discrètement. J' veux dire... ah, et puis, nom de Dieu... voilà, c'est tout.

— Mais, mon ange, pour en revenir à tes vêtements... ce Burberry ?...

— Oh, il m'a dit qu'il demanderait à un des nègres d'emballer mes affaires et de les envoyer...

— Qui ? Qui a dit ça ? demanda-t-elle sèchement.

— Le révérend Marston.

— Autrement dit, on ne t'a même pas autorisé à emporter tes affaires personnelles ?

— Oh, Wendy, dit-il d'une voix lasse, ne te mets donc pas martel en tête. Tout cela est tellement fastidieux. Du reste, c'était une boîte dégueulasse. On ne savait même pas enseigner à épeler papa.

— Oh mais, on va m'entendre, je te le garantis ! cria-t-elle furieuse. Alors comme ça, ce vieux type ! Je veux dire, ce sale vieux cagot de pasteur ! Ce Morrison !...

— Marston, corrigea-t-il.

— Qu'il peut renvoyer un garçon, comme ça ! Sans m'en dire le pourquoi, la raison, ni rien ? A moi, sa mère ?

— Oh, assieds-toi, Wendy-chérie.

— Non, je ne m'assiérai pas. Est-ce qu'il se figure qu'il va pouvoir te renvoyer comme ça, tout simplement, sans même te faire comparaître, sans un jugement ? Je veux dire un motif. Ou un pourquoi. A moi, ta mère. Et la justice alors ? Et puis, venir parler de contamination et toutes ces sornettes ! Et ne pas même te permettre de t'occuper de tes vêtements. Ce vieux tartufe ! Ah, non ! » Elle s'éloigna de la table, titubante, un pauvre épouvantail de femme, échevelée, criant vengeance, hurlant pour avoir sa voiture : « Richard ! Où est-il cet idiot ?

— Wendy, cria Mason, pour l'amour de Dieu, assieds-toi. »

Elle courait, trébuchante, à travers la pièce. « Oh, non ! Et cette nuit justement, non ! Où est la Pontiac ? Est-ce que ce vieux ne va pas se décider à répondre ?

— Wendy ! hurla Mason en se levant, cette fois. Tu n'es pas en état de conduire ! »

Mais elle aurait fort bien pu le faire — essayer tout au moins — n'eût été le brouhaha qui s'éleva à ce moment dans le vestibule et les cinq minutes de chaos qui suivirent. Car, comme je la regardais s'éloigner, surveillant Mason qui la suivait de près, très agité, j'entendis un effroyable vacarme dehors, le claquement d'une porte, une voix d'homme qui hurlait, et des aboiements de chiens — tous ces bruits étouffés d'abord, jusqu'au moment où Wendy ouvrit, pour sortir, la porte toute grande, laissant s'engouffrer cet affreux tintamarre. J'entendis gronder les danois à la porte, puis, de nouveau, les hurlements de l'homme, mais, cette fois, ce n'était plus une voix, mais deux ou trois, puis des pas traînants et le bruit mou de chair bondissant sur du bois — tout cela projeté dans la tiédeur du soir, comme la bande sonore d'une scène de cinéma tumultueuse qu'on passerait séparément. Je sortis de la salle à manger avec Mason et me trouvai dans l'imposant vestibule. Là, je vis Richard, en livrée, retranché dans l'embrasure de la porte d'entrée, criant en français et en anglais et tirant désespérément sur les deux chiens qui, en laisse et l'écume aux dents, leurs ongles glissant et grinçant sur les carreaux du sol, faisaient des bonds féroces vers ceux qui se tenaient en bas, sous le portique.

— Partez ! Vous m'entendez ! criait Richard. *Allez donc !* Vite !

— Richard, cria Wendy.

— *Je vais appeler la police, Madame !*

— Qu'est-ce qu'ils veulent donc ?

— M'est avis que vous savez bien ce qu'on veut, dit une voix venant du portique.

C'était une voix campagnarde, gutturale, légèrement négroïde — presque élisabethaine — la voix paresseuse, archaïque de la région sud de la baie de Chesapeake, l'une d'elles maintenant fortement accentuée de menaces. Je sentis un fourmillement sur mon cuir chevelu quand, m'approchant de la porte, avec soupçon d'abord, puis avec certitude, je vis de qui sortaient ces voix : un écailler en bleu de travail, au visage osseux en lame de couteau, les yeux profondément enfoncés sous les sourcils, comme deux grains de plomb brillants, et reflétant un outrage, une blessure intolérable. A côté de lui, un autre écailler, plus jeune et plus petit, le visage carré, très rouge et désolé, et qui tenait un gourdin à la main. « Bien sûr que vous le savez, dit le premier homme. Ce qu'on veut, ben c'est votre garçon, pour lui donner une ou deux petites leçons. » Il jeta un regard à l'homme plus petit pour l'avertir : « T'approche pas de ces chiens, Buddy. »

— Qu'est-ce qu'ils racontent ? geignit-elle, Richard, enfermez Fritzi et Bingo dans la maison ! Je ne peux rien entendre.

— J' vais vous l'expliquer ce qu'on raconte, dit-il, laissez-moi seulement mettre la main sur votre garçon, et vous verrez bien ce qu'on raconte. A ce qu'il paraît on n' leur apprend pas grand-chose dans cette école, ni chez eux non plus. Reste tranquille, Buddy, ces chiens vont te bouffer les jambes. Ma'me, on a fait toute la route de Tappahannock, cette nuit, et on repartira pas avant de lui avoir tanné la peau à votre salaud de fils.

Bouche bée, les cheveux en désordre et emmêlés autour de la figure, Wendy, cramponnée à la porte, les regardait avec effroi à travers les brumes de l'ivresse. Mason, avec Richard et les chiens qui bondissaient toujours et montraient les dents, recula précipitamment dans les ténèbres du vestibule. Je l'entendis qui disait d'une voix terrifiée : « Wendy, ferme cette putain de porte ! »

— Mais je ne comprends pas...

— Ma'ame, sû que je le regrette pour vous, dit l'homme, mais si j'avais un garçon comme ça, j' crois que j'irais me foutre à l'eau. Enfin, si vous voulez savoir ce qu'il a fait, ben, voilà : il a entraîné ma fille Doris — elle a que treize ans, nom de Dieu, et pour ce qui est de la cervelle, elle en a pas gros — il l'a entraînée, et — ma'ame, sûr que ça m'embête de vous dire une chose pareille — ben, il l'a entraînée, et puis, il l'a soûlée, et alors, nom de Dieu, il l'a *eue*. Il l'a eue là, dans la chapelle de Saint-Andrews. Il l'a entraînée ma pauv' p'tite fille, cette pauv' p'tite gosse de treize ans, et il l'a *connue.* Dans la *chair,* qu'il l'a connue, j' veux dire.

Wendy se remit à sangloter et à gémir, mais je n'aurais su dire si c'était à cause du récit.

Piété et châtiment brillaient dans les yeux de l'homme : « Ma'ame, j'ai jamais été de ces gens qui prennent la justice dans leurs mains. J'en ai jamais eu l'occasion, du reste. Vous avez qu'à demander tout le long de la rivière, d'Essex County jusqu'à Deltaville, et tout le monde vous dira que Groover Floyd est un homme qui respecte la loi. Seulement, ma'ame, faut que j' vous dise une chose. » Il s'interrompit une seconde, crispant sinistrement ses poings noueux, et il lança un jet brun du tabac de sa chique dans la bordure de buis : « Faut que j' vous dise une chose, ma'ame, y a pas de loi, ni de règlement dans l'Etat pour m'empêcher de venger ce que vot' garçon vient de faire. Toutes les iniquités de Sodome étaient pas pires que ça, et là, juste en la présence du bon Dieu, pour comble, dans son saint Tabernacle, et à une pauv' p'tite gosse qu'était à peine sortie de ses langes. Ma'ame, dit-il, en s'avançant avec Buddy sur les talons, bâton en l'air d'un geste menaçant, j'ai point l'intention de vous faire du mal. Ecartez-vous un peu seulement, tout ce qu'on veut, c'est mettre la main sur vot' garçon ! »

Il me sembla alors, comme je reculais effrayé, qu'une douzaine de choses arrivaient à la fois : tout d'abord je vis Wendy rejetée en arrière contre la porte comme si elle recevait en plein visage la poussée de l'homme furieux. Les bras étendus contre le portail, les yeux hermétiquement clos et envoyant au ciel un inintelligible murmure de terreur, elle ressemblait à une martyre défaillante, attendant sur le bûcher l'agonie finale de sa combustion. Les deux hommes en bleus de travail, avec leurs yeux ardents et implacables, leurs poings musclés, montaient les marches, s'approchaient de nous, froidement résolus, et le plus âgé sortait maintenant d'une de ses poches un morceau de tuyau de fonte qu'il brandissait, tout en passant devant Wendy pour atteindre le seuil de la porte. Pâle, Mason se dissimulait derrière Richard et les chiens hurlants, reculait brusquement comme un crabe à travers le vestibule, glissait, se relevait, appelant à l'aide d'une petite voix aiguë d'enfant, tout en courant vers l'escalier, Richard lui-même, trop effrayé pour pouvoir bouger ou pour lâcher les chiens, paralysé, hurlait comme un idiot : « Madame, Madame ! » Tout cela je le vis, l'entendis comme dans un éclair. Cela traversa mon esprit, en un lent défilé hypnotique, tandis que je cherchais une cigarette, avant que j'eusse compris, les entrailles soudain crispées et brûlées de terreur, que les deux hommes, les yeux à la hauteur des miens, me prenaient pour Mason. Je tentai de crier, de bouger, mais j'étais rivé sur place. Ils auraient certainement pu s'emparer de moi si un « Arrêtez ! » indigné n'avait pas éclaté derrière mon dos, quelque part dans la maison.

La voix hurla de nouveau : « Arrêtez ! » C'était Mr. Flagg. Pieds nus, en pyjama, il émergeait d'un corridor — qui semblait à des kilomètres de distance, à l'autre bout du vestibule — et sans bruit, à pas feutrés, il s'avançait vers nous. Une si grande autorité venait-elle simplement de cette voix d'officier barytonnant sur un champ de manœuvre ? Ou était-ce pure question de présence, quelque irrésistible qualité de puissance et de commandement qui frappait brusquement tous ceux qui étaient là, forçant chacun à s'arrêter médusé, pétrifié, dans des attitudes variées d'effroi, de colère ou de fuite ? Toujours est-il qu'en entendant sa voix, en le voyant franchir ces distances infinies pour s'approcher de nous, nous restâmes tous, comme sous l'effet d'une baguette magique, cloués sur place, semblables à des statues : Wendy, crucifiée sur la porte, les yeux écarquillés de surprise : « Justin, je croyais... », l'entendis-je murmurer ; les deux écaillers, figés, l'arme en l'air, là où ils s'étaient arrêtés sur le seuil, frise impuissante sur un fond de ténèbres ; les chiens eux-mêmes se turent, devenus muets dans un silence qui semblait plus assourdissant que leurs abois furieux ; et finalement je vis Mason dans l'escalier, nous regardant, affolé, une jambe prête encore à monter plus haut dans une fuite terrifiée. Nous regardions Mr. Flagg approcher. « Arrêtez », cria-t-il. Chauve, menu, avec ses lunettes, sa petite moustache de muscadin, il glissait vers nous, tel un soldat à mécanique, la braguette déboutonnée, ne regardant ni à droite, ni à gauche, évitant les coins, les colonnes, avec des demi-tours à angle droit d'une précision parfaite. J'avais l'impression de pouvoir presque entendre un *clic* à chaque encoignure évitée, et le ronronnement du mécanisme ; mais, quand il me frôla en se dirigeant, menaçant, vers la porte, je perçus l'odeur d'eau de toilette qu'il dégageait encore, tandis que, d'une voix tonnante, il criait aux deux hommes : « Sortez de chez moi ! »

C'était là un exemple de pure autorité annihilante, de volonté ; c'était presque royal. Les deux hommes semblèrent se recroqueviller, se courber devant cette fureur, comme des saules dans un ouragan. Ahuri, penaud, alarmé maintenant, le plus vieux recommença à croasser ses infortunes. « Ecoutez-moi, Monsieur, dit-il, il s'agissait seulement de votre garçon, qu'a entraîné ma petite fille...

— Lâchez ce tuyau ! » La voix de Flagg claqua comme un coup de fouet. « Je vous paierai généreusement pour le mal qu'on vous a fait. Et maintenant, sortez de chez moi. Sortez de cette maison ou je vous fous à tous les deux une balle dans la peau. » Il n'avait pas de revolver sur lui, mais je n'aurais pas été surpris s'il s'en était matérialisé un dans le vide.

Le tuyau tomba bruyamment sur le sol. « Elle avait que treize ans, commença à larmoyer l'homme. J' vous jure devant Dieu qu'elle est venue à moi avec sa poupée dans les bras, Monsieur. Une poupée qu'elle avait, la pauv' p'tite môme.

— Je regrette le mal qu'on vous a fait, dit Flagg pour couper court, mais ce n'est pas une raison pour entrer chez les gens, au milieu de la nuit, avec des armes, comme vous venez de le faire. Allez, foutez le camp, vous m'avez compris ? Laissez votre nom à mon domestique, et je me mettrai en rapport avec vous demain. Et maintenant, dehors, tous les deux ! »

Debout, pieds nus sur le seuil de la porte, il les regarda descendre les marches en silence, traînant les pieds.

— Justin, dit Wendy. Elle fit un pas vers lui. Je ne savais pas que tu étais ici ? D'où viens...

— Ta gueule, cria-t-il, se tournant vivement vers elle. Richard, appelez Denise et dites-lui de coucher Madame.

— Justin, cria-t-elle. Or, Justin, mon chéri, mais d'où viens-tu donc ?

— Ta gueule, répéta-t-il. Ça ne te regarde pas, Gwendolyn. Où je vais et ce que je fais, ça ne regarde que moi. C'est comme ça, tu comprends ? C'est comme ça. *C'est comme ça !* Et ça restera comme ça à l'avenir, tant que j'aurai une soûlarde pour femme — oui, je dis bien, une soûlarde, une vulgaire soûlarde, et une crétine — parce que tu ne sais peut-être pas que tu es une crétine — et pour fils un ignoble cochon !

Puis, marchant à petits pas pressés sur le parquet

luisant, raide et droit, tout menu, il disparut, laissant derrière lui, dans la confusion de la pièce et de cette affreuse soirée, son étrange parfum de jeune fille, une odeur de gardénia.

Beaucoup plus tard, encore tout bouleversé, et ne pouvant dormir, je m'installai dans la bibliothèque, ouvris la radio et feuilletai, y voyant à peine, un numéro de *Town and Country*. Un léger arome de fleurs et de fougères entrait par la fenêtre avec le chant des grenouilles dans la prairie, les cigales, et, dans les bois, un engoulevent qui annonçait d'une note douce, pénétrante, la prochaine venue de l'été. Mason entra peu après, drapé dans une robe de chambre à ramages, le visage éclairé d'un grand sourire moqueur.

— Eh bien, mon vieux Pierre, comme spectacle, c'était assez réussi, hein ?

J'aurais voulu répondre, mais les mots, quels qu'ils fussent, refusèrent de franchir mes lèvres. Je continuai à regarder le magazine. C'était le premier de cette sorte que je voyais, et il me sembla n'être plein que de gens pâles et maigres, épaulant des fusils, juchés sur des cannes-sièges ou examinant des chevaux. Je me sentais au bord des larmes.

— Mason, dis-je enfin, faisant un effort sur moi-même, pourquoi Wendy n'achète-t-elle pas des choses que les gens puissent lire ?

Mais je vis qu'il était couché à plat ventre sur le divan et qu'il sanglotait désespérément dans les coussins. Alors, ne sachant plus que dire, je le laissai pleurer.

Au bout de quelque temps, je m'assoupis. Il me semblait entendre un bruit — la sonnerie de dix mille cors des Alpes — somnolent, vague, étouffé par la distance — tandis que, d'une chambre lointaine de la maison, emplie de chuchotements, de pas de gens que je n'aurais pas su nommer, m'arrivait une rumeur continue de traînements, de froufrous, comme de quelqu'un qui se prépare à une fuite immédiate. Je crus entendre Wendy murmurer : « Aime toujours ta mère ! » et puis : « Peter Leverett ! Eh, Peter ! Peter Leverett ! » La voix m'arrivait de très haut. « Réveillez-vous ! L'heure est passée depuis longtemps ! » Et je me forçais à entrouvrir les paupières, pensant d'abord que j'allais voir le visage de Wendy penché sur moi, quand, écartant les voiles du sommeil, les yeux mi-clos, toujours à moitié endormi, je sentis les mains de Rosemarie de Laframboise qui me secouaient, en pleine nuit, à Sambuco.

« Ne prenez pas les choses trop au tragique, Peter, disait Rosemarie, le pauvre homme s'en tirera peut-être. Vous savez, j'ai lu quelque part qu'il y a des gens qui sont restés dans le coma des années et des années... » Elle hésita, comme soudainement consciente que ce n'était pas là une consolation « ... et qui vivent encore. » Nous étions debout devant l'entrée du Bella Vista où elle m'avait attendu pendant que je prenais un bain rapide, me rasais et revêtais mon costume le plus élégant. Elle avait également eu la patience d'attendre pendant que je téléphonais à l'hôpital de Naples et apprenais, de quelqu'un qui devait être une sœur infirmière (une de ces femmes glaciales, à bouche pincée), que di Lieto, toujours plongé dans son sommeil obstiné, le crâne empaqueté de glace, était dans un état dont l'issue restait entre les mains du Père Eternel en personne. En guise de flèche de Parthe — quelque chose de dur dans sa voix me fit comprendre qu'elle savait que j'étais épiscopalien — elle m'enjoignit de prier, et ce fut, je suppose, l'expression désolée de mon visage en prière qui suggéra à Rosemarie, avec les meilleures intentions du monde, de faire naître dans mon esprit la vision de di Lieto, gisant sur le dos, les cheveux grisonnant peu à peu, sans connaissance, et nourri à l'aide d'un affreux tube jusqu'à la consommation des siècles. « Je veux dire, ajouta-t-elle rapidement, ce que je veux dire, c'est que cela ne signifie pas obligatoirement qu'il va mourir, vous comprenez.

— Je comprends, dis-je pitoyablement.

— Tâchez de n'y plus penser, Peter, continua-t-elle, je sais que cela a dû être un choc terrible pour vous, mais si vous pouviez simplement vous imaginer un instant toute l'affaire non plus comme quelque chose d'aussi personnel, mais simplement comme un tout petit incident dans ce grand système de l'univers. Avez-vous jamais lu *The Prophet* de Kahlil Gibran ? » Sa voix était très triste.

« Ah, foutre, non », dis-je. Nous nous arrêtâmes pour allumer des cigarettes au bas des marches qui menaient à la cour, devant l'hôtel. Des roses y étaient en fleurs. La nuit était parfumée, chaude et sans étoiles. De légers nuages passaient sur la lune, laissant dans l'air un soupçon de pluie réticente, improbable. Demain serait un autre jour, ensoleillé et chaud. Je me sentais encore tout flageolant, épuisé, comme si, dans mon demi-sommeil embrumé, je n'avais pas dormi du tout, mais avais parcouru des distances énormes, soulevé de pesants fardeaux, combattu des géants. Et pourtant, comme le visage de Rosemarie, vaste et beau, se penchait vers la flamme qu'abritaient mes deux mains substituant à l'odeur des roses son propre parfum, pénétrant et très doux, j'eus l'impression que mes sens étaient étrangement alertes et aiguisés — toujours cette même vieille sensibilité, soumise à de si rudes épreuves — et, dans un éclair de lucidité, je sentis que j'avais déjà vu ce visage quelque part. Mais, bien sûr, c'était le visage de Wendy, ce dont je n'avais nulle hâte de tirer des parallèles freudiens. Bien plus, c'était une exacte réplique, une reproduction composite de toutes ces vierges finalement arrivées au mariage qui, de milliers de pages de la Vie Mondaine dans tous les journaux du dimanche, me regardaient impassibles et gentilles : mêmes traits, d'autant plus impossibles à distinguer les uns des autres que, dans le doux regard stéréotypé de leurs yeux — si typiquement américains — on pouvait lire la même morale conventionnelle et la même sécurité financière. *The Prophet !* Certes, c'était bien l'idée qu'on devait se faire de la poésie au Finch College, et j'aurais éclaté de rire si je n'avais compris alors, lorsqu'elle releva la tête, pourquoi Rosemarie avait l'air si triste. Elle était la « maîtresse » de Mason (je sentis qu'elle aurait été la première à mettre le mot entre guillemets) et quelque chose de distrait, une expression d'insécurité, de confusion, malgré sa grande et parfaite beauté, me fit sentir qu'elle en était venue à avoir honte de ce rôle, qu'elle en avait peur peut-être, et qu'elle regrettait cette image d'elle-même, perdue irrémédiablement, qui regardait le monde d'un œil chaste, parmi les autres fiancées, sur la page de la Vie Mondaine du *New York Times.* Me laissais-je aller à faire injustement un jugement téméraire ? Je ne crois pas. De plus, comme elle se tournait pour me prendre le bras, avant de nous engager sur la rue pavée du village, la lueur d'un réverbère tomba en plein sur elle et, pour la première fois, je pus voir l'ecchymose bleue, luisante, que le poing de Mason lui avait faite sous l'œil.

« Je regrette de n'être pas venue vous réveiller plus tôt, dit-elle tout en marchant, mais vous aviez l'air d'avoir tellement besoin de sommeil, mon pauvre petit. Mason était de mon avis. J'espère que vous ne m'en voulez pas.

— Pas du tout, répondis-je. Merci d'être venue me chercher.

— Je suis sûre que vous boiriez volontiers quelque chose ?

— Je préférerais manger », dis-je. Je mourais de faim. Je n'avais rien mangé de tout le jour, sauf un petit pain, à Formia, et il me semblait qu'il y avait de cela des années. « Je me demande si vous avez... n'importe quoi, peu importe, ou si je ne ferais pas mieux d'essayer de trouver quelque chose à...

— Oh, Peter, mais vous êtes absurde, intervint-elle, mais naturellement nous avons de quoi manger, des tas de choses. Vous devez mourir d'inanition. Mason a justement été à l'économat de Naples aujourd'hui, et il a rapporté littéralement des tonnes de provisions. Oh, des biftecks, et de la viande hachée, et des paquets et des paquets de trucs frigorifiés. Et du lait, Peter, du vrai de vrai, du lait en bouteilles ! Mason dit qu'on l'envoie d'Allemagne par avion. J'en ai bu tout un litre ce soir, en guise de cocktail. Je ne plaisante pas.

— L'économat ? commençai-je, mais comment...

— Oh, vous savez qu'il a été pilote pendant la guerre. Aussitôt notre arrivée à Naples, il s'y est assuré les privilèges d'un économat.

— Pilote ? mais qu'est-ce... » Je m'interrompis une fois de plus, étonné tout d'abord, mais cet étonnement dura peu, car je me rappelai bien vite un tas de choses sur Mason. Je crois avoir réprimé une espèce de plainte. « C'est-à-dire que je ne savais pas que le fait d'avoir été pilote donnait droit aux privilèges de l'économat. A moins qu'on ne le soit encore. Il a dû trouver une espèce de combine, non ?

— Oh, ça, je n'en sais rien, Peter, dit-elle d'une voix lointaine. Ces choses-là sont bien trop compliquées pour moi. En tout cas, poursuivit-elle d'une voix moins sombre, nous avons tout ce qu'il faut pour nous nourrir. Absolument tout. Qu'est-ce que vous diriez d'un bon petit aloyau ?

J'allais répondre avec enthousiasme quand, d'une ruelle à peine éclairée, bondit une silhouette en haillons, voûtée, qui s'approcha à gros pas traînants — une série de grognements porcins, qui arrêtèrent Rosemarie sur place, toute raide, la main crispée sur mon poignet, retenant un cri d'effroi. Mais je vis tout de suite que ces bruits inhumains étaient tout simplement la façon de parler de Saverio, mon drogman de l'après-midi. Sa face rouge et plate tressauta jusqu'à nous, sa grosse langue pendante entre les dents cassées, et il parvint à rugir une phrase en un dialecte inintelligible, tous ses traits éclairés de sourires, et rutilants, comme une citrouille ivre de Halloween [1].

— Oh, c'est cet idiot ! articula Rosemarie, dites-lui de s'en aller.

— Il est inoffensif, dis-je. Du reste, je ne peux pas le comprendre. Parle plus lentement, Saverio.

— *Buona sera, signora,* hurla-t-il à Rosemarie, *Buona sera, padrone !* regardez, *signora,* j'ai nettoyé votre machine Cadillac !

Rosemarie se remit en marche encore toute tremblante : « Pouah ! il me rappelle les caricatures de Charles Addams. Qu'est-ce qu'il peut bien raconter ? »

A côté de nous, garée contre le mur bordant la ruelle obscure, se trouvait une Cadillac décapotable, si rouge, si vulgaire et si monumentale, que pendant un instant, bien que j'eusse vu deux ou trois fois le même modèle à Rome, j'avais peine à en croire mes yeux. A

1. Veille de la Toussaint. Cette nuit-là, les Américains revêtent des déguisements macabres, têtes de mort, masques hideux, et ornent leurs fenêtres de citrouilles creusées et ajourées à l'intérieur desquelles ils allument des bougies. (N. du T.)

l'entour d'elle, comme autour de nous maintenant, flottait l'humide et vieille odeur de la petite ville et pourtant, la voiture émettait indubitablement sa propre odeur — peinture fraîche, plastique, caoutchouc, dans leur nouveauté éphémère, toute la sorcellerie du Michigan — et Saverio n'avait cessé de l'astiquer que lorsqu'il l'avait vue étinceler dans les ténèbres comme un rubis géant.

« Il dit qu'il a nettoyé votre voiture, dis-je à Rosemarie. Car c'est bien la vôtre ?

— Enfin... c'est celle de Mason, répondit-elle, une nuance d'excuse dans la voix. La couleur est vraiment... effroyable, vous ne trouvez pas ? Et il n'y a pas de doute qu'elle est trop grande », ajouta-t-elle pensive. En passant auprès de la voiture, elle caressa doucement une des ailes. L'auto était si énorme qu'on aurait pu la croire capable, par suite de quelque étrange accouchement mécanique, d'avoir donné naissance à la petite naine italienne qui était stationnée auprès d'elle. « Mason a raison, vous savez. Il dit que, quand nous traversons les villages, les paysans ne seraient pas plus étonnés si nous descendions la grand-rue sur le *Queen Elizabeth.* » Elle rit d'un petit rire forcé.

Sur mon conseil, Rosemarie donna quelques lires à Saverio. (« Je ne lui ai pas demandé de la nettoyer », me dit-elle tout d'abord, mais elle parut regretter sincèrement sa remarque quand, après lui avoir expliqué que les Américains avaient l'habitude d'accepter de bonne grâce ces petites extorsions, j'ajoutai un commentaire solennel sur la pauvreté de cette région méridionale.) Saverio disparut dans les ombres. Quelques pas plus loin nous arrivâmes à la porte de la demeure de Mason juste au moment où, tout au bout de la ville, la cloche d'une église sonnait la demie de onze heures. Je poussai la porte massive, et une grande cour fermée apparut à mes yeux. Le toit, à voûte supportée par de gracieuses colonnes cannelées, disparaissait très haut, au-dessus de nous, dans des ténèbres qu'une hirondelle prisonnière déchirait de son vol plongeant. Un châssis vitré, en forme de fleur de lys, laissait passer un reste furtif de clair de lune. « Les carreaux, sont très beaux », dis-je en regardant par terre. Et ils l'étaient. Le sol était entièrement décoré d'un admirable motif de cercles entrelacés, rouges et bleus, qui produisaient un effet de perspective fuyante, à la fois bariolée, riche et légèrement étourdissante. Et néanmoins, comme mes yeux s'accoutumaient à l'obscurité, j'eus l'impression qu'il y avait quelque chose d'anormal et je vis alors que c'était l'enchevêtrement de caméras, de lampes à arc et de perches qui émergeaient de l'ombre. « Ils ont tourné ici aujourd'hui », expliqua Rosemarie en traversant la cour. « Ça se voit », dis-je. De larges raies noires s'entrecroisaient sur les carreaux aux endroits où avaient avancé, reculé les cameras arachnéennes, et les carreaux avaient fléchi en d'horribles ornières. « Fausto est également propriétaire de cette villa, et il était furieux quand il a vu ce qu'ils avaient fait aux mosaïques, dit Rosemarie comme si elle avait deviné ma consternation, mais quand Herb Wingate — c'est le manager de la troupe — lui a dit qu'il l'indemniserait, il s'est remis à frétiller comme un petit toutou. »

Maintenant, comme nous arrivions à la balustrade qui, pensai-je, indiquait l'escalier menant aux appartements privés de Mason, la cour se transforma en une véritable caisse de résonance. Un vacarme infernal se déchaîna. Des étages supérieurs, nous arrivaient, estompés et néanmoins distincts derrière les murs d'albâtre, des sonorités de piano, des cadences de pieds que dominait une voix aiguë de falsetto, et une véritable houle de vagues de rires hystériques. Tout près de nous, de la porte devant laquelle nous nous trouvions, un phonographe hurlait, avec une telle force que chaque note de basse sonnait comme un défilé d'éléphants, les premières mesures de l'ouverture de *Don Giovanni.* Mêlés ainsi, tous ces bruits n'avaient aucun sens. Assourdi, j'eus le réflexe enfantin de me fourrer les doigts dans les oreilles. Mais Rosemarie me prit la main et, comme nous grimpions l'escalier, nous éloignant de ce piège acoustique, la musique, tout autour de nous, se fit discrète et raisonnable, comme si quelqu'un s'était levé pour aller en hâte diminuer le volume.

« C'est là qu'habitent les Kinsolving, dit-elle en me montrant, à travers la forêt des appareils de cinéma, la porte devant laquelle nous avions passé. Ils étaient là quand nous sommes arrivés, au printemps dernier. Cass — mais ne m'avez-vous pas dit que vous l'avez déjà rencontré ? — Cass a été le premier Américain que nous ayons trouvé ici. Il est — elle hésita — heu... il est... il est vraiment un peu étrange.

— Vous voulez dire ce type — cet ivrogne que j'ai rencontré cet après-midi sur la route ? Le gars avec cet accent de Caroline du Nord qui lui dégouline de la bouche ?

— Oh, Peter, il est répugnant. Il est... » Elle s'interrompit et se força à rire un peu. « N'y pensez plus », dit-elle.

Je n'aurais pas demandé mieux que de n'y plus penser si je n'avais été sincèrement troublé par l'inquiétude que je percevais dans sa voix. Je demandai : « Qu'est-ce qu'il a qui ne va pas ? La gnôle mise à part, naturellement.

— Oh rien », dit-elle. Puis elle me saisit nerveusement le poignet. « C'est en effet un ivrogne effroyable, et... il est, vous comprenez, un peu... un peu méridional, bizarre et, oh, je ne sais pas, *commun,* si vous voyez ce que je veux dire. Je crois que c'est un véritable cas... un véritable cas pathologique. Et puis, il y a cette fille, une jeune Italienne que lui et Mason... » Elle rougit brusquement, devint cramoisie et se mordit la lèvre. « Oh, rien, dit-elle, la voix rauque et en secouant la tête, rien. Rien, Peter. N'y pensez plus.

— Vous pouvez me le dire si..., commençai-je.

— Non, dit-elle rapidement. Je vous en prie, n'y pensez plus. »

Pendant un moment, elle me parut si agitée que je partageai un peu de son inquiétude. Mais il était évident qu'elle avait décidé de ne plus aborder ce sujet — et elle fit son possible pour ne pas le faire.

Néanmoins, elle restait absorbée. « C'est très drôle, mais, quand nous l'avons rencontré pour la première fois, il a essayé de se faire passer pour un peintre célèbre. Vous vous rendez compte ! » Elle mentionna un jeune artiste, expatrié notoire, dont j'avais entendu parler. « Vous vous rendez compte ! Alors que ce n'est pas autre chose qu'un... » Sa voix se fit traînante et elle frissonna.

— Attention à ce fil, dit-elle.

Nous atteignîmes alors le balcon. Au-dessus du portique de marbre crasseux, des dryades, le long d'une frise, demandaient à grands cris muets qu'on vînt les nettoyer. Elle se retourna et s'arrêta un instant : « A votre place, je ne parlerais pas de Cass à Mason. Ce n'est rien d'important. Mais, justement cette nuit... Oh, je ne sais pas.

— C'est à peine si je le connais, ce gars-là », dis-je.

A ce moment, nous entendîmes à nouveau les rythmes de jazz du piano, et son visage se rasséréna. « Oh, je parie que vous ne saviez pas, dit-elle. Devinez qui est arrivé de Rome et qui joue sur ce piano vraiment fabuleux ? *Billy Raymond !* » Comme sous l'effet de cette incantation, les portes s'ouvrirent toutes grandes et nous pénétrâmes dans l'appartement de Mason.

Je fus charmé, ahuri. Bien que me rappelant les goûts de faste de Mason, je vis tout de suite qu'ici il s'était surpassé. Un grand duc se serait senti parfaitement à l'aise dans cette pièce — un salon de dimension telle qu'il n'eût pas semblé étonnant d'y être introduit par des pages et une fanfare de trompettes. Sur le haut plafond, aux voûtes à arêtes, un artiste du dix-neuvième siècle au talent flamboyant avait appliqué ses pinceaux, emplissant l'air d'une fresque de nuages, de végétations luxuriantes et de teintes qui allaient du vert clair de la mer au violet voluptueux. Les scènes étaient mythologiques et obscures, mais j'y pus distinguer une figure qui pouvait être Demeter, ou Perséphone, habillée à la mode des jeunes filles victoriennes, les jupes ballonnant autour d'elle alors qu'elle s'envolait, mordant dans une grenade avec un air rêveur. Tout autour des murs, soutenant des corniches, à intervalles réguliers, de beaux piliers ornementaux, venus en droite ligne de la Renaissance, avaient été si bien polis qu'on les aurait crus de l'or le plus pur ; peut-être étaient-ils en or en effet. Je me posais cette question, quand Rosemarie, s'étant arrêtée pour échanger des signes avec un imposant vieillard en habit que je pris pour le valet de chambre, me saisit par le bras et me fit traverser la pièce. « J'ai entendu Alonzo dire à Mason que c'est la maison la plus prétentieuse qu'il ait jamais vue, dit-elle, comme lisant mes pensées. Et il les a toutes vues. Mais, Peter, elle est d'un bon marché, vous n'avez pas idée. Elle appartenait autrefois à un baron, ou quelque chose comme ça, avant que Fausto n'en devienne propriétaire. »

Je m'avançai à côté de mon imposante châtelaine vers la vingtaine de personnes installées au bout de la pièce sur des chaises et des sofas autour d'un piano de concert noir. Derrière ces gens, des portes-fenêtres, presque de la hauteur d'une maison, ouvraient sur la mer sombre et sans lune ; une légère brise déplaçait les draperies écarlates, les agitait mollement dans les ombres. Tout le monde parlait ; voix véhémentes, aiguës, alcooliques. Une lumière jaune jouait sur toute la scène, y mettant de la confusion ; peut-être aussi, las comme je l'étais, mes yeux n'étaient-ils plus capables de se fixer. Toujours est-il que ce qui, pendant un instant, m'avait semblé être un vase noir à deux anses, posé sur le dessus du piano, se révéla, quand je fus près du groupe, comme la tête d'un jeune nègre dont les yeux et la bouche se détachaient en blanc, ouverts dans une sorte de paroxysme au moment qu'il recommençait à chanter.

— C'est Billy Raymond, murmura Rosemarie, il est absolument fabuleux.

Silencieusement, nous nous rapprochâmes du groupe. Ce qu'il chantait était fort inconvenant. C'était une chanson où il était question de bananes et autres objets allongés. Usant de ce leitmotiv comme d'une clé, il faisait des références licencieuses à l'anatomie de diverses célébrités du monde des théâtres et de l'écran. Sa voix prenait alors des intonations crapuleuses et il lançait des regards furtifs vers l'assistance, grimaçait ou faisait complètement disparaître ses yeux en serrant les paupières, courbé sur le clavier d'où ses doigts agiles tiraient des petits arpèges coquins. Mais ces références, si évidentes qu'elles fussent dans leurs intentions, échappaient, pour la plupart, à un homme comme moi qui n'était pas du métier. Mal à l'aise, je me mis à regarder les invités de Mason qui, transpirant dans leurs costumes de sport, concentraient leur attention sur le nègre braillard et — à l'exception d'un homme grand, très chic, à cheveux gris, qui se tenait debout, distant et sombre, adossé dans un coin —

étaient affalés en des stades divers du fou rire. La plupart d'entre eux, étant donné leur position dans ma hiérarchie personnelle des valeurs cinématographiques, m'impressionnaient fort peu — qu'est-ce après tout qu'un metteur en scène assistant, un manager, un publicitaire ?

Quant au reste, les vedettes mises à part, trois personnes seulement me frappèrent, et ces trois, serrées côte à côte sur un petit canapé doré, retinrent mon attention alors que mon esprit s'éloignait de Billy Raymond. La première était une jeune femme nommée Dawn O'Donnell, une fille rousse, mince, qui sirotait une crème de menthe et dont, pendant quelques instants, j'eus peine à comprendre le teint, tellement il était blanc. Je finis par me rendre compte qu'il avait été peint très habilement sur son visage par suite de quelque obscur besoin de choquer le public. Elle n'était pas jolie, mais n'était pas mal faite. Elle aurait même pu être assez séduisante, sans le contraste prononcé entre sa chevelure orange et la blancheur spectrale de sa peau, réalisation du désir — qu'elle avait sûrement éprouvé, car seul lui manquait, pour que son maquillage fût complet, un faux nez bulbeux en caoutchouc — de ressembler à un clown. Je me rappelais avoir entendu parler d'elle, et je l'avais vue de loin à Rome. Dawn O'Donnell n'était pas son vrai nom — avais-je lu quelque part — mais il y avait si peu de chose en elle qui fût vrai. Pendant un temps, elle avait tenu des petits rôles au théâtre, elle avait fait une fois une exposition de ses peintures et avait publié un petit volume de vers. Dans aucune de ces entreprises — y compris un certain nombre de mariages — elle n'avait fait preuve de la plus petite molécule de talent, mais, étant héritière d'une immense fortune américaine, d'origine mercantile, elle avait pu persister dans ses menus travaux, avec d'autant plus de prétention, je suppose, que, ainsi que l'a dit un jour Thomas Mann, n'importe qui peut cueillir une feuille de laurier de l'Art sans avoir, pour cela, à payer de sa vie. Je compris que, pour l'instant, elle s'intéressait à l'art du film et suivait les cinéastes à travers toute l'Europe. On la tolérait, d'une part pour sa fabuleuse fortune, de l'autre, pour ses affectations puériles et excentriques, et on la traitait avec une étrange combinaison de respect et d'indulgence, l'appelant « Petite Tête de Carotte » et répondant par de chaleureuses affirmations à son éternelle question : « Trouvez-vous que je suis belle ? » J'appris tous ces détails cette nuit-là. Rosemarie me dit qu'elle couchait incidemment avec Carleton Burns.

Sur le canapé, assis à côté de Dawn O'Donnell, il y avait un homme souriant, l'œil endormi, qui s'appelait Morton Baer. Il était très connu dans le monde de la presse, comme échotier, et j'avais lu, avec le même plaisir et le même intérêt que je prenais autrefois à lire Keats, chaque mot de lui que je trouvais réimprimé dans le journal de langue américaine de Rome. Baer était la seule personne présente — avec moi — qui ne fût pas habillée comme pour un pique-nique sur la plage. Sur son petit corps, tronqué, un peu courbé, il portait un vêtement de flanelle fine, avec un gilet jaune à carreaux, et il avait un air timide et doux, triste même, s'efforçant, par devoir, de sourire aux chansons de Billy Raymond qu'il devait avoir entendues déjà une douzaine de fois ; et je ne pouvais m'empêcher d'éprouver de la sympathie pour son ennui, outre l'admiration secrète et mortifiante que j'avais pour cet homme — une célébrité dans sa branche — qui, comme s'il eût été leur parent, était à tu et à toi avec les étoiles de cinéma des cinq continents, connaissait J. Edgar Hoover et Herbert Bayard Snopes, et avait même dîné plusieurs fois à la Maison Blanche.

Enfin, le troisième membre de ce trio était un visage rendu si familier par ses photographies que j'eus envie de me lever et d'aller lui taper sur le dos, comme si je retrouvais un vieil ami depuis longtemps perdu. Mais, quand enfin je vis clairement dans mon esprit qui il était, ahuri, incapable de dire si j'étais plus abasourdi par l'incongruité de sa présence dans cette foule de personnes du siècle, ou pour une raison parfaitement naturelle, mais subtilement déplaisante, je ne pus que le regarder, et le regarder, comme s'il se fût agi d'un animal au jardin d'acclimatation. Car c'était ni plus ni moins que le Révérend Dr. Irvin Franklin Bell, l'exemplaire, prolifique et optimiste pasteur protestant, connu et adoré sans aucun doute par plus d'Américains qu'aucun homme de sa profession depuis Henry Ward Beecher. Certes, je m'attendais à tout, cette nuit-là, mais pas à cette gloire ecclésiastique, si particulière, si rare, et je compris, d'après ce que plus tard me raconta Rosemarie, comment les choses s'étaient passées : Bell, confident des potentats de l'industrie et du commerce, au cours d'un voyage en Europe, voyage d'agrément et non évangélique, avait rencontré à l'Hôtel Hassler, à Rome, son vieil ami Sol Kirschorn, le commanditaire. Kirschorn était un admirateur de Bell, comme l'étaient également plusieurs hautes personnalités américaines fort riches qui trouvaient la simple équation morale du révérend : fortune et vertu, vertu et fortune, aussi facile à observer qu'à comprendre. Apprenant donc que Sambuco était inclus dans l'itinéraire de Bell, Kirschorn, complaisamment, s'était mis en rapport avec sa femme, Alice Adair, et l'avait priée, au nom de la troupe dont il était le commanditaire et elle la vedette, d'offrir au célèbre prédicateur (qui était descendu aussi au Bella Vista) la meilleure hospitalité possible. J'en voyais en ce moment le résultat : corpulent, aimable, baigné de sueur, les paupières, derrière les lunettes bifocales, clignotant ostensiblement à chacun des grognements lascifs de Billy Raymond, il ne s'en efforçait pas moins de conserver son calme bien connu, fait à la fois d'onction et de jovialité et, comme un banquier surpris la main dans le tiroir de la caisse, assurait, grâce à un sourire illicite et gêné, la parfaite rondeur de ses joues. J'avais en quelque sorte pitié de lui. Dans ses amples slacks assortis à sa chemise de soie vert-jade, il ressemblait à une gravure, que j'avais vue un jour, de l'impératrice douairière de Chine. La lèvre inférieure, humide, ourlée comme pour recevoir un fondant, ou pour laisser tomber une nouvelle platitude, il jouissait d'un malaise délicieux, et je sentis combien il était regrettable qu'une seule chanson obscène pût ainsi l'empêcher de goûter sans quelque embarras les somptueuses richesses de ce monde dont il s'apprêtait à jouir avec ravissement. Billy Raymond arriva à la fin de sa chanson.

Je regardais de tous côtés dans l'espoir de trouver Mason, mais on ne le voyait nulle part. Comme un dernier accord mettait fin à la chanson, les trois personnes du canapé firent chacune un geste rapide : Baer pour étouffer un bâillement, Bell pour redresser ses lunettes, Dawn O'Donnell, levant des doigts nerveux, pour ajuster ses boucles d'oreilles. Ainsi, le temps d'un éclair, ils ressemblèrent à ces trois petits singes orientaux, sourds, muets et aveugles devant le spectacle du mal. En me retournant, j'aperçus Mason qui s'épongeait le visage et passait dans une autre chambre par une porte lointaine. Je levai la main pour le saluer, mais il était déjà sorti. Les convives éclatèrent en bravos et en applaudissements. Comme je me retournais pour faire de nouveau face au piano, Rosemarie me tendit une coupe pleine de cacahuètes.

« J'ai dit à Giorgio de vous apporter quelque chose

de plus substantiel, murmura-t-elle. Il sera ici dans un instant. Vous ne trouvez pas qu'il est formidable, ce Billy ? Je vous jure qu'il est meilleur que Noël Coward. Il... chut... » De nouveau, le silence régna dans la maison quand Billy se remit à chanter, cette fois les tristes et limpides paroles de *As Time Goes By*. Je suis assez bon juge en ces matières, et son interprétation me sembla inférieure à bien d'autres que j'avais entendues, même de la bouche d'amateurs. Cela n'empêcha pas les invités de tomber dans une sorte de transe, debout, écoutant — les uns, le menton dans les mains, les coudes sur le piano ; les jolies filles décolletées, yeux clos, bras croisés, caressant leurs propres épaules — et peu à peu, seul éveillé, et si torturé par la faim que je n'y pouvais plus tenir, je choisis, dans le groupe, ceux qu'après tout j'étais venu pour voir : l'ensorcelante Alice Adair, svelte et blonde avec sa peau d'une transparence opalescente telle qu'autour de ses tempes à légères fossettes, comme sur la langue de cette grenouille que, lorsque j'étais enfant, j'avais examinée au microscope, chaque veine, chaque capillaire apparaissait vivant, mortel et palpitant ; Carleton Burns, dans toute sa laideur lubrique, dissipée, le mauvais incube démoniaque des rêves d'un nombre de millions de femmes que même ses employeurs n'auraient pu calculer ; et, pour finir, Gloria Mangiamele, la femme aux yeux noirs, calme, exquise, dont les films ne suggéraient qu'à peine le charme voluptueux, dont les seins merveilleux semblaient appeler la pression, la caresse, mais qui, hélas, comme elle reculait, ondulant légèrement au rythme de la musique, révéla une taille plutôt courte, les jambes courtes aussi, comme beaucoup de femmes italiennes, et une partie de son anatomie fort importante que — tout au moins en ce qui me concerne — je ne saurais qualifier que par les mots : « derrière de canard ». J'avais très faim. Je regardai une fois encore autour de moi, espérant apercevoir Rosemarie, quand, juste à ce moment-là — peut-être parce que, dans l'état de fatigue où je me trouvais, je devenais la proie idéale d'un rhume — j'éternuai. J'éternuai et éternuai sans fin, un véritable tir de barrage, humide et exténuant, qu'il m'était impossible de maîtriser.

« Alors, nom de Dieu, vous allez pas bientôt finir ? » gronda une voix d'homme pendant que la musique trébuchait et cessait peu à peu. Les lèvres de Billy Raymond pendaient ouvertes, roses et muettes, et sa langue dansait dans sa bouche comme le battant d'une cloche. J'entendis de nouveau la même voix anonyme. Elle ne semblait pas s'adresser à moi en particulier mais à tout un monde peuplé de balourds et d'idiots, dont j'étais le plus beau spécimen. « Nom de Dieu !

— Je suis désolé, murmurai-je.

— Nom de Dieu de bon Dieu ! » Un petit rire fusa dans la pièce. Quelqu'un toussa. Les vibrations d'un accord brisèrent le silence, et la voix plaintive et rude emplit de nouveau la salle.

Quant à moi, rembarré, je m'écartai peu à peu du groupe et fus m'asseoir dans un endroit frais, obscur, près d'une fenêtre, une cigarette entre mes doigts tremblants, boudeur, froissé, et rêvant de biftecks.

Quand j'essaie maintenant de me souvenir des événements de cette soirée dans l'ordre où ils se déroulèrent, il me semble que c'est environ à cet instant que se produisit le premier de tous les mystères qui devinrent de plus en plus déconcertants, de plus en plus embarrassants et laids, à mesure que le soir entrait dans la nuit et la nuit dans le matin. La chose parut, sur le moment, un peu étrange, mais sans grande importance, aussi ai-je quelque difficulté à m'en rappeler les détails. Voici, le plus exactement possible, ce qui arriva : de l'endroit où j'étais assis, je vis approcher le vieux et digne valet de chambre — Rosemarie l'avait appelé Giorgio — qui, un plateau dans les mains, traversait sur la pointe des pieds le groupe ravi par la chanson. Rosemarie, quand il fut près d'elle, se pencha très bas pour entendre ce qu'il lui disait à l'oreille. Une lueur d'inquiétude passa sur son visage. Hésitante, elle fit des yeux le tour de la salle et, m'ayant aperçu, vint me retrouver dans mon coin. Giorgio lui emboîta le pas. Derrière elle, la musique du piano mourut dans une espèce de volettement triste et résigné. Les invités, sortant de leur rêve cataleptique, éclatèrent en applaudissements furieux et en cris, sans effet sembla-t-il : « Bis ! bis ! » Puis ils se dispersèrent lentement, bourdonnants, dans l'énorme salle.

« Tenez, Peter, dit Rosemarie. J'espère que ça vous suffira. C'est ce que nous avons eu nous-mêmes pour dîner, — elle fit un vague signe de la main à Giorgio quand il posa le plateau sur la table à côté de moi. — Et c'est de la vraie nourriture américaine — je dis bien : de la *vraie.* » Sa voix semblait troublée, bouleversée. « Peter, je n'arrive pas à comprendre ce que Giorgio s'efforçait de me dire, ajouta-t-elle en hésitant. Je crois qu'il voulait me dire que Mason a été... blessé, ou quelque chose comme ça. »

Tout d'abord ses mots ne pénétrèrent pas mon esprit. Giorgio m'avait présenté le plateau. Au centre, il y avait le bifteck que Rosemarie m'avait promis — une espèce de tranche d'aloyau. Sur le côté, un pot écumeux et blanc, le premier lait véritable que je voyais depuis des années. A moitié fou, je me jetais sur la fourchette et la serviette, mais fus arrêté net par l'instante prière de Rosemarie : « Peter, essayez de comprendre ce qu'il me raconte. »

« *Che è successo ?* » demandai-je au valet de chambre.

C'était un vieil homme voûté, d'allure aristocratique, les cheveux blancs, l'air morne et inquiet. Je me demandais où Mason avait bien pu le dénicher, car il était évident qu'il ne venait pas de la côte. « Qu'est-ce qui est arrivé à Mr. Flagg ?

— Il a la figure tout écorchée, signore. Ce n'est rien de sérieux, mais il m'a envoyé demander à la signora où se trouve ce que vous appelez le mercurochrome et le sparadrap. Ce n'est rien de sérieux mais...

— Mais dites-moi donc ce qui est arrivé, dis-je entre deux bouchées.

— Je ne sais pas au juste, signore, dit-il gravement, s'excusant presque, il y a une certaine difficulté de... de communication entre le signor Flagg et moi ? Mais j'ai cru comprendre que le signor Flagg était tombé dans un buisson de roses.

— Un buisson de roses ?

— *Si, signore.* »

Je traduisis tout cela à Rosemarie, lui parlai du buisson de roses et de la nécessité où se trouvait Mason d'être pansé. Mais, juste à ce moment-là, à l'instant même où, les yeux agrandis par l'effroi et poussant un « Oh ! » alarmé, Rosemarie se précipitait, je fus, sur un murmure insistant de Giorgio, obligé de l'arrêter net. Car, d'après Giorgio, le signore Flagg lui avait dit — et de cela il était absolument sûr — que, sous aucun prétexte, la signora ne devait venir en personne à son aide. Ce n'était rien de sérieux (et en disant cela il tourna ses yeux tristes vers Rosemarie, ajoutant avec un doux sourire : « *Non è grave, signora* »), rien de sérieux, vraiment. Sa longue face osseuse avait pris maintenant une expression d'excuse et d'embarras, et son sourire était marqué d'une telle insincérité désolée que je ne pus m'empêcher de sentir qu'il ne disait pas tout.

— Il dit que ce n'est rien de grave, dis-je à

Rosemarie. Mason veut éviter sans doute de bouleverser tout le monde. Où sont les sparadraps ?

— Dans la petite armoire, dit-elle d'une voix blanche, la petite armoire de la salle de bains, en haut, au second. Dites-lui ça.

— Où avez-vous trouvé ce Giorgio ? demandai-je après que le vieillard se fut éloigné, me laissant tout à mon bifteck. Comment communiquez-vous tous les deux avec ce vieux type ?

Elle resta longtemps sans répondre. Je levai les yeux vers elle. Distraite, l'air profondément découragé, elle jetait un regard vide sur les murs. Après être entrée dans la villa, elle avait trouvé le moyen de dissimuler la meurtrissure de son œil sous un maquillage couleur chair ; mais sans doute en souffrait-elle encore car, d'un air absent, elle y portait la main. « Quoi ? finit-elle par dire. Oh, Giorgio ? C'est Fausto qui l'a fait venir de Naples pour nous. Il a servi chez le maire ou quelqu'un comme ça. Nous avons une femme de chambre qui parle anglais et qui nous tient lieu, en quelque sorte, d'interprète. » Elle s'interrompit et ajouta mélancoliquement : « J'espère que Muffin n'a pas de mal. Oh, pourvu que Muffin n'ait pas de mal ! Mais comment a-t-il pu tomber dans un rosier, Peter ?

— Il avait peut-être pris un verre de trop, dis-je, essayant de la réconforter. Pourquoi diable ne vient-il pas nous retrouver ? » Mais elle semblait n'avoir rien entendu ; sans un mot, avec le même regard absent, elle s'éloigna de moi à contrecœur ; et lentement, d'un pas traînant, alla rejoindre ses invités.

Mon dîner avait fait merveille ; grâce à la viande rouge et au lait style américain, mon esprit avait retrouvé la paix — c'était la première fois de toute la journée — et je me sentais si calme, si détendu, que j'approchais de la béatitude. Giorgio, revenu de sa mission avec les pansements, me versa, toujours attentif, un plein verre de cognac onctueux. Enhardi par le cognac, moins ébloui maintenant par les vedettes (en fait, je commençais à me sentir, bien que non qualifié, audacieusement copain avec toutes), je me levai de ma chaise, me dirigeai sournoisement vers une des fenêtres où Rosemarie, dominant tout le monde, causait avec Alice Adair. Près d'eux se trouvait la crayeuse Dawn O'Donnell et un jeune homme trapu, teint rouge, cheveux en brosse, fort beau de traits.

« Oh, avez-vous fait la connaissance de Peter Leverett ? » dit Rosemarie. Elle semblait avoir repris un peu d'animation. Elle me présenta à Alice Adair dont, le souffle coupé, je serrai les doigts, à Dawn, et au jeune costaud coiffé en brosse, dont je ne pus saisir le nom, dont le rôle était un mystère pour moi, et qui, me tendant la main gauche au lieu de la main droite, à la mode hongroise, m'écrasa les jointures et, sans me regarder, gronda : « B'soir. » Je compris brusquement que c'était la voix qui m'avait enjoint de me taire.

« Mais, mon chou, disait Rosemarie à Alice Adair, ce que dit Jacques m'est complètement égal. Je trouve que cette étoffe lavande est adorable.

— Sol aussi », dit Alice Adair. Elle avait une voix incroyablement douce, modulée, et chaude aussi, comme une note dans le médium d'un violoncelle, et, pendant un instant, je pus presque comprendre pourquoi des gens n'hésitaient pas à faire la queue pendant des heures sous une pluie battante, à seule fin de pouvoir l'entendre. « J'ai téléphoné à Sol ce soir et il trouve que ce truc lavande est épatant. Ce dont Jacques a peur, c'est que ça fasse flou en cinémascope. Ou rouge, ou quelque chose.

— Ça vous va pourtant admirablement, dit Rosemarie.

— Vous êtes formidable avec ça, Alice, dit le jeune homme, formidable.

— C'est bien ce que je pense aussi, reprit-elle, mais Sol dit qu'il faut s'en tenir à l'avis de Jacques. Sol dit que, pour les couleurs, il s'y connaît comme pas un.

— Dommage, dit le jeune homme. C'est une robe épatante, Alice. Une petite robe épatante.

— Sol a une confiance absolue en Jacques, dit Alice Adair.

— Etes-vous un Leverett de Boston? dit Dawn O'Donnell, me surprenant.

— Heu, non, dis-je. En fait, je suis né à Port Warwick, Vir...

— Ma famille était de Boston, et c'est là où j'ai fait mes études, dit-elle. J'adore Boston, pas vous? Nous habitions Chestnut Street, une maison à fenêtres violettes. Ma famille était très riche. Aimez-vous les chats?

— Heu, oui et non, commençai-je à improviser, ça dépend.

— J'adore les chats. A Rome j'ai un chat persan dont la fourrure est de la couleur de mes yeux. Gris-bleu, comme la mer. Trouvez-vous que je suis belle?

— Oh, j't'en prie, bébé, nous emmerde pas, intervint le jeune homme en lui serrant le bras, par jeu. Mais naturellement, tu es belle. » Il se retourna vers Alice Adair, en disant : « Vous étiez formidable aussi dans le truc rose, Alice. Absolument inouïe.

— Sol est également de cet avis, dit Alice Adair. C'est probablement ce qu'il faudra que je porte.

— Je vais pleurer, dit Dawn O'Donnell. Je vais pleurer dans une minute. Où est Burnsey?

— J'ai porté un truc rose dans ce genre dans *Going Steady,* dit Alice Adair. Sol trouvait que c'était très beau.

— C'était formidable, dit le jeune homme, absolument formidable, Alice.

— Moi, je vous ai trouvée adorable, murmura Rosemarie.

— Ça vous ennuierait que je pleure ? » demanda Dawn O'Donnell sans s'adresser à personne en particulier.

Comme un nageur fendant les eaux, je m'efforçais de garder le nez à la surface, mais je ne tardai pas à m'enfoncer dans les profondeurs d'une semi-conscience, embrumée de rêves et d'alcool. Puis, bientôt, Alice Adair étant partie, drapée dans sa beauté exquise comme dans un halo d'or. Rosemarie — comme ayant deviné ma soudaine détresse à l'idée d'être laissé seul avec Dawn O'Donnell et le jeune homme coiffé en brosse, — me fit traverser la salle. « Je suis si heureuse que vous vous sentiez mieux, dit-elle. Vous étiez vraiment livide, cet après-midi.

— Mais où Mason peut-il bien être ? » demandai-je. Mais avant qu'elle eût eu le temps de répondre nous nous heurtâmes au révérend Dr. Bell qui s'était coiffé d'une casquette de plage en paille et, la bouche fendue jusqu'aux oreilles dans un sourire à des paroissiens invisibles, prenait congé avec un air de sainteté libertine.

« Oh, monsieur le pasteur, vous nous quittez déjà ? s'écria Rosemarie.

— Je vous ai dit de m'appeler Irvin, ma chère enfant, dit-il avec un sourire et en lui tapotant la main. Oui, je dois me lever de bonne heure, demain matin, pour aller à Paestum. Voulez-vous dire au jeune Mason combien j'ai apprécié son hospitalité. Parmi les mille choses dont je doive remercier Sol Kirschorn je n'en vois aucune, dans le domaine du plaisir, qui surpasse le bonheur de m'avoir permis d'approcher — et là, je crus le voir faire un petit clin d'œil à travers ses lunettes bifocales — une beauté si parfaite. Au revoir, ma chère enfant, souhaitons que le bon Dieu daigne nous accorder que nos chemins se croisent à nouveau.

— 'voir, dit Rosemarie.

— Bonne nuit à tous, et que Dieu vous garde ! » Et là-dessus il s'en alla, laissant flotter derrière lui une odeur d'eau de toilette et de transpiration.

« Il m'a donné son livre, autographié, dit Rosemarie. Il écrit de telles... de telles platitudes. Mais c'est... il faut bien le dire... une célébrité », ajouta-t-elle après une minute de réflexion. « C'était assez étrange au dîner, dit-elle. Tout le monde se tenait très bien, à cause de Sol. J'ai cru que Burnsey allait tomber d'apoplexie à force de se retenir. Vous savez que c'est l'homme le plus mal embouché de la terre. Et il se soûle, vous n'avez pas idée ! »

Comme nous traversions la salle, je remarquai que l'homme que j'avais déjà vu, distant, debout dans un coin, s'était séparé, avec un coup d'épaule, à la fois du mur où il s'appuyait et d'un importun Rappaport (le même metteur en scène qui m'avait engueulé dans l'après-midi). Lançant négligemment par-dessus son épaule la phrase : « Débrouillez-vous tout seul, Rense », il venait dans notre direction. Cet homme avait en lui une grâce, un charme indescriptibles, et il ne me serait guère possible de préciser ces qualités sans avoir aussitôt conscience d'user de lieux communs et de banalités. Agé de quarante-cinq ans environ, les cheveux presque blancs, il avait un visage qui aurait presque été trop beau. Ce qui le sauvait de la perfection de traits, apanage des idoles de l'écran, c'étaient ses yeux d'un bleu glacé qui regardaient intensément vers l'extérieur au lieu de se tourner rêveusement vers l'intérieur comme ceux de la plupart des hommes conscients de leur beauté — et il observait le monde avec circonspection, curiosité et pessimisme. Il était d'assez haute taille, un peu dégingandé. Il s'approcha de nous avec la démarche d'un champion de tennis amateur, une sorte de pas nonchalant, corrigé par une grâce naturelle d'athlète. Ses souliers grinçaient. De ses lèvres sceptiques pendait un fume-cigarette vide. Il y avait en lui quelque chose de puissamment sensuel (je sentis Rosemarie s'électriser à son approche, un peu, dirais-je, comme une jument), mais cette qualité était également prudente, retenue, comme si, ayant tout vu, tout fait, goûté presque tout ce qu'il est possible de goûter, il s'était à demi retiré de la bagarre, comme le devrait faire tout quadragénaire raisonnable. Il n'avait pas l'air claqué, mais simplement instruit par l'expérience, amèrement, passionnément. Sa voix me surprit, une voix douce, plus aiguë que sa taille ne pouvait le faire supposer, et il ne dit pas : « B'soir » mais murmura un « Je suis enchanté de vous connaître » discret, des plus affables, en même temps qu'avec une ébauche de sourire il me serrait la main.

« Oh, Alonzo, s'écria Rosemarie, vous n'allez pas vous coucher déjà ?

— Je vais essayer, chère amie, dit-il.

— Mais vous n'êtes pas obligé, cher Alonzo. Vous avez dit que vous ne tourneriez pas avant demain après-midi.

— Je ne le ferai même pas si le temps continue comme ça. » Il aspira profondément comme pour flairer la couche de nuages.

« Tout le monde descend à la piscine. Restez, je vous en prie, Alonzo. Vous savez, vous êtes de beaucoup mon favori. Venez prendre un verre avec Peter et moi.

— Ma chère, dit-il de son agréable voix douce, voilà vingt ans que je suis en guerre avec l'insomnie. J'ai essayé l'alcool jusqu'au jour où j'ai failli aller rejoindre les clochards. Ensuite, j'ai essayé les somnifères, mais ils devinrent une telle sujétion que le remède était pire que le mal. Maintenant, tout ce que je puis faire c'est aller me coucher et rester étendu à regarder le plafond jusqu'à l'aube, mais il y a toujours une chance que je finisse par m'endormir. Vous ne voudriez pas me l'enlever, cette chance, en m'entraînant vers ces faux plaisirs nocturnes ?

— Oh, non..., commença-t-elle, non, naturellement, Alonzo. » Mais on lisait une telle déception sur son visage que, se laissant fléchir, Alonzo soupira : « Eh bien, allons, chère amie, je me rends. » Il lui prit le bras. « Faites-moi donner un grand verre d'eau gazeuse. Avec un zeste de citron. Mais, attention, Rosemarie, ajouta-t-il en m'adressant un sourire, si cette vie de noctambule déclenche en moi ce qu'on appelle une crise de dépression, c'est vous que je rendrai responsable. »

En route vers le bar, où un garçon du Bella Vista en veste blanche était encore de service, Cripps me demanda si j'étais cet ami de Mason qui avait eu un accident sur la route. A ma réponse affirmative il branla la tête avec sympathie. « Rosemarie m'a tout raconté. C'est une histoire affreuse. Jusqu'à présent, j'ai eu beaucoup de chance en Europe, mais pendant la guerre, en Algérie, j'étais dans une jeep qui a renversé un enfant. Le gosse n'a pas été tué, mais il était en morceaux. Je peux me mettre à votre place. Ces choses-là, ça vous atteint jusqu'au fond de l'âme. Vous êtes assuré au moins ?

— Oui, dis-je.

— Alors, vous avez de la chance. On ne peut pas les blâmer de vous faire un procès, mais le plus triste de l'affaire — comme vous le savez probablement — c'est qu'un Américain est toujours considéré comme un gibier facile par les tribunaux italiens, même si c'est lui qui est dans son droit. J'espère que votre garçon se remettra, le pauvre bougre. » Il soupira de nouveau en prenant le verre que Rosemarie lui tendait. « J'aime l'Italie et les Italiens — la plupart d'entre eux. Au fait, mon épouse favorite était italienne. Mais, pour dire la vérité, contrairement à ce qu'on pense généralement, il n'y a pas de peuple plus malsain sur la terre. A l'exception peut-être des Américains. Chaque Italien cache en soi l'obsession du suicide. Le désir de la mort. C'est pourquoi ce sont des coureurs si extraordinaires, des équilibristes, des trapézistes. Pour finir comme votre type. Enfin, à la vôtre.

— A la vôtre, répondis-je en trinquant, l'esprit de nouveau attristé par la pensée de di Lieto. Oui, mais alors, pourquoi font-ils de si mauvais soldats ?

— Ça, c'est une autre affaire, dit-il en se passant la main dans les cheveux. Il faut y voir une certaine dose de vanité. J'entends par là — tenez, disons que l'Italien n'accepte d'être tué que s'il le fait lui-même, comme il l'entend. »

A quelque pas de nous je remarquai maintenant qu'une scène étrange, tendue et silencieuse se déroulait. Une demi-douzaine de personnes s'étaient groupées et, debout, formaient un demi-cercle autour d'une petite table d'échecs et de deux fauteuils placés vis-à-vis. Un jeune Italien à cheveux noirs, tout en sueur, était assis dans un de ces fauteuils. Carleton Burns était assis dans l'autre. Ils avaient posé un coude sur la table, entre eux deux, et suant, soufflant comme des forges, les joues congestionnées par l'effort, ils étaient engagés dans une lutte au poignet, à la manière indienne. Comme Cripps et moi nous retournions pour les regarder, je fus à même d'observer pour la première fois, en face, sans distraction et de tout près, le visage de Carleton Burns. Et quel visage ! Rougi par la fatigue (il faisait des efforts désespérés pour abaisser le bras de l'Italien jusqu'à lui faire toucher la table), l'alcool, ce visage ressemblait maintenant à une tomate bien mûre. L'effort le faisait grogner, et un filet de salive coulait d'un coin de sa bouche entrouverte, si bien qu'en observant son expresion crispée, mobile, et ses traits enflammés incroyablement laids — de ses gros sourcils hérissés comme ceux d'un satyre jusqu'à son menton qui, comme dans les photos de criminels psycho-pathologiques, semblait venir se fondre dans son cou — j'obtins, de cet homme, une série rapide d'impressions qui commençait par quelque chose de diabolique, puis de corrompu, et finissait par une méchanceté perverse, pure et simple. Et tandis que je suivais la lutte, les yeux fixés sur Burns qui, malgré tous les signes de sa dissipation, semblait posséder une énergie de fer, je le vis forcer peu à peu, avec un tremblement de tous les muscles, le bras de son adversaire vers la table, et je me demandais comment il se faisait qu'un homme d'une telle laideur eût toujours joué les rôles de héros et d'amant. Pour le comprendre je dus me rappeler le changement récent dans la mode cinématographique : la glorification de la fripouille, de l'idiot, du traître au regard en coin. Et soudain, avec un bruit sourd, triomphant, Burns abattit la main de l'Italien sur la table en criant, essouflé : « T'as ton compte, gueule de spaghetti. »

Un murmure d'amusement et d'approbation s'éleva du groupe des spectateurs. L'Italien, suant et battu, tendit une poignée de lires, et Burns regarda la foule avec un sourire d'ironique fatuité, les yeux verdâtres et injectés de sang. « Alors, qui va se laisser tenter par une petite lutte ? dit-il en éructant. Y en a-t-il que ça tente, une petite lutte avec Daddy-O [1] ?

— T'es trop fort, Burnsey, dit l'Italien, penaud et

1. Terme d'amicale familiarité mis à la mode par les beatnicks. (N. du T.)

épuisé, en remettant son portefeuille dans sa poche. Tu devrais en faire un métier. J' blague pas, Burnsey.

— Freddie, va donc me chercher quelque chose à boire, marmonna Burns à quelqu'un qui traînait près de son épaule, un jeune homme maigre, avec de longues rouflaquettes et l'expression vitreuse d'un sycophante. Puis, se retournant vers l'Italien, il dit : « Non, Lombardi, t'as fait une connerie. Fallait continuer à raidir le poignet, comme je t'avais dit. Tout est dans les poignets. Ces petits mouvements d'épaules, ça ne mène à rien. Alors, pas d'amateurs ? Personne qui veuille lutter avec Daddy-O pour cinquante mille lires ? »

Une jolie fille mince, à lunettes, vêtue d'un short très succinct, leva les yeux d'une liasse de papiers qu'elle examinait : « Burnsey, dis-nous le vrai secret de tes fabuleux succès », dit-elle d'un ton forcé. Elle le regardait fixement et presque avec tristesse.

« Y a un tiers de muscles, un tiers de cervelle et un tiers d'hérédité », répondit-il, la voix épaisse. Ses lèvres engourdies pouvaient à peine se mouvoir. « J'ai du sang Chippewa dans les veines. J' charrie pas. Vous avez qu'à demander à ceux qui s'y connaissent. Du bon vieux sang de Chippewa, plein de globules rouges cinglés. C'est de ça que t'as besoin, Maggie, toi et toutes les petites mauviettes de ton espèce. Du bon vieux sang... Chippewa... bien chaud. » Il laissa tomber son menton sur sa poitrine. « Alors, vous finirez peut-être par trouver des gars pour vous ramoner la cheminée, de temps en temps.

— Oh, ta gueule », dit la jeune fille en rougissant. Elle se leva à moitié du petit tabouret sur lequel elle était assise, puis, se ravisant, reprit sa position première, le dos tourné. « Espèce de sale...

— Ce que tu devrais faire, Maggie — il rota de

nouveau — c'est dénicher quelqu'un qui te baiserait par charité. C'est de ça que t'as besoin.

— Ta gueule, je t'ai déjà dit », reprit-elle, la voix entrecoupée. Sa détresse était claire comme de l'eau de roche : elle était amoureuse de cet homme odieux. Burns se redressa juste assez pour vider d'un seul coup le verre que Freddie lui avait apporté, puis, se renversant dans son fauteuil, il leva les yeux sur Cripps et sourit. Il avait le regard vitreux et la figure plus rouge que jamais, et c'était un mystère pour moi que, dans un tel état d'ébriété, Chippewa ou non, il ait pu gagner dans une lutte aussi dure. « Hello, Alonzo, et le braquemard, il gaze toujours ? J' croyais que t'étais allé te coucher.

— Je suis resté pour te surveiller, dit Cripps d'une voix calme et sans trace d'humour. J'aime toujours te voir dans tes moments les plus suaves.

— Tu veux lutter avec moi pour cinquante mille lires ?

— Non, merci.

— Mais qu'est-ce que vous avez tous, tas de croulants ? Où est-il passé, ce nom de Dieu de Mason ? J' veux aller nager dans sa piscine.

— Pourquoi ne vas-tu pas te coucher ? dit Cripps. Ça dure depuis ce matin. Je n'ai pas envie de voir recommencer l'histoire de Venise. Je crois que nous gagnerons tous à ce que tu ailles te coucher. Demain, tu seras complètement crevé.

— Ecoute, maman, voudrais-tu avoir l'obligeance de me foutre la paix ? Eh, pépouze, où est-il passé, ce sacré nom de Dieu de Mason ? dit-il en regardant Rosemarie. Daddy-O veut aller plonger dans l'eau froide. » Sa voix s'était peu à peu épaissie, et il s'affaissait graduellement dans son fauteuil si bien que, avec ses jambes velues écartées, le cou et les épaules touchant presque le coussin, il s'en fallait de peu qu'il ne fût dans une position horizontale. « Dis, ma pépouze, où est-il fourré ce sacré nom de Dieu de Mason ? »

Nous regardâmes Rosemarie. Elle rougit et se raidit. Ses yeux s'élargirent sous l'effet d'une émotion indéchiffrable mais affligeante et, comme sa bouche s'arrondissait, hésitait, sans voix et désespérément entrouverte, je compris pour la première fois qu'elle savait en effet où se trouvait Mason, mais qu'elle avait de sombres raisons personnelles pour n'en pas parler. « Oh, je... oui... enfin, je ne sais pas, bégaya-t-elle. Enfin, je veux dire qu'il est monté au Bella Vista.

— Eh bien, va lui dire de rappliquer et de venir plonger dans l'eau fraîche avec Daddy-O. Parmi les gars qui portent des pantalons, y a guère que lui ici qui n' soit pas une tante. Et Freddie. Pas vrai, Freddie ? dit-il en tordant le cou pour regarder en l'air.

— Ben, écoute, moi j' sais pas, Burnsey », dit Freddie, les yeux tournés vers Cripps, de l'air inquiet d'un homme qui cherche à s'excuser.

« Quant à ce bon vieux 'Lonzo, dit Burns, le regardant, un sourire sur ses lèvres tombantes, j' commence à croire qu'il est le plus pédé de toute la bande. Voilà ce que je pense du vieux 'Lonzo. Récite-nous un de tes poèmes, 'Lonzo, susurra-t-il d'une voix de falsetto , joue-moi un petit air sur la flûte en peau de fesse. Eh, Freddie, va à l'hôtel me chercher mes tam-tams. 'Lonzo et moi, on va faire un peu de jazz avec cette bonne vieille flûte en peau de fesse. »

J'observais l'expression de Cripps sous les provocations de Burns. Il avait pris un air légèrement amusé, légèrement las, comme s'il avait passé souvent par des moments pareils, et, les yeux clignés, il regardait Burns nonchalamment, à travers la fumée bleue de sa cigarette. En somme, un exemple parfait d'impressionnante sérénité.

— Allons, 'Lonzo, dit Burns, avoue donc. Sois franc. C'est pas vrai que t'es une grande folle ? Bouffe-moi...

Sans dire un mot, Cripps se rendit à l'endroit où Burns était assis et, d'un brusque mouvement de la main, serrant les plis de la chemise de sport de l'acteur, il le mit sur ses pieds. Il le cueillit, pourrais-je dire, tellement son geste fut casuel et en apparence sans effort. J'eus l'impression qu'il ne perdit pas une minute son calme serein, presque glacé et, en le voyant parler, ses yeux bleus à quelques centimètres des yeux de Burns, j'aurais juré qu'il souriait, d'un sourire un peu jaune, évidemment, mais un sourire quand même. « Ecoute-moi, Burnsey, dit-il doucement. Veux-tu que je te dise une chose ? J'ai beaucoup d'amitié pour toi. Tu es mon copain. Tu piges ? Je me fais comprendre ? Tu vois ce que je veux dire ? »

Ahuri, déconcerté par le tour que prenaient les événements, Burns essaya pâteusement de répondre, mais il ne put que passer nerveusement la langue sur ses lèvres.

« Tu vois ce que je veux dire, Burnsey ? répéta Cripps.

— D'accord, 'Lonzo, finit par dire Burns, levant maladroitement une main molle dans une ébauche de salut. Compris, la voie est libre. » Puis, titubant, il essaya de dire autre chose mais ne put proférer qu'une sorte de gargouillement confus. Je crus, un instant, qu'il allait s'étaler à plat ventre. « J' vois, oui, j' vois très bien, croassa-t-il.

— Alors, c'est parfait. Ecoute bien ce que je vais te dire, Daddy-O. J' t'aime bien. Nous sommes étroitement liés. J' donnerais ma vie pour toi, ce qui est infiniment plus que je ne pourrais attendre de toi, ça j'en suis sûr. Je t'aime vraiment, tu sais. Mais, malgré toute cette affection, il y a des moments où tu m'écœures. En fait, il y a des moments où tu es une ordure tellement répugnante que j'ai besoin de tout mon sang-froid pour me retenir de t'envoyer un bon coup de pied par le travers de la gueule. Et ce moment-ci en est un. Maintenant, va dans ta chambre et couche-toi, tu m'entends ?

— J' vais me coucher, tu m'entends, dit Burns, faisant écho, d'une voix faible et comme hypnotisé.

— C'est ça, va te coucher. » Il frôla d'une petite tape la poitrine de Burns, et l'acteur, à demi conscient, tituba en arrière, trébucha et faillit tomber dans les bras tendus de Freddie. « Couche-le, Freddie, dit Cripps sèchement. Ote-lui ses souliers et couche-le. »

Converti en l'espace d'un clin d'œil, semblait-il, d'un marlou, dur, crâneur, aux virulants sarcasmes, en un pochard flageolant et inoffensif, Burns se redressa un peu, rajusta sa chemise d'une main tâtonnante et, une fois encore, se lécha mélancoliquement les lèvres. Dans ses yeux brillait quelque chose qu'on aurait pu prendre pour des larmes, mais qui n'était peut-être que son rhume chronique. « 'Lonzo, mon pote, dit-il. Enfant de putain. Vieux frère. J' t'aime. J' t'aime, Daddy-O.

— Va te coucher, dit Cripps moins sévèrement, va te coucher, mon vieux.

— Pardon, Daddy-O, murmura Burns. J' voulais pas... » Sur ce, il s'arrêta, complètement perdu. Freddie le fit tourner doucement. Contrit, vaincu, murmurant des paroles inintelligibles et oscillant d'avant en arrière appuyé sur le bras de Freddie, il quitta la salle en zigzaguant. Quelque part, dans le vaste lointain, j'aperçus Dawn O'Donnell qui, semblant sortir du mur, les arrêta. « Burns, mon chéri ! » s'écria-t-elle en le prenant par le bras. Et les trois silhouettes, traçant des courbes comme des patineurs sur le plancher ciré, disparurent sous nos yeux.

Pour moi, cette émouvante petite scène avait été plutôt vide et désappointante. Je ne sais pas exactement ce que j'en attendais, mais il me semblait incroyable que Burns — toujours si plein de ressources, si prompt à la réplique, dans ses rôles professionnels — eût été, sous mes yeux, réduit à une loque aussi pitoyable. Mais je n'eus pas le temps d'approfondir la question car un message circulait, murmuré, parmi les invités : tout le monde allait nager. Je me tournai vers la fenêtre et aperçus la piscine, gigantesque améthyste posée dans le jardin, au-dessous de nous, comme si elle avait été faite pour orner une pelouse de Californie, et resplendissante sous le splendide éclat des projecteurs. Nonchalamment, leurs verres en main, par groupes de deux ou trois, les hôtes sortirent du salon — la belle Alice Adair escortée par le jeune homme coiffé en brosse, Baer, Rosemarie, tous les autres, et Gloria Mangiamele, ricanante, ondulante, le bras autour de la taille de l'Italien que Burns avait vaincu. J'étais fort impatient de voir Gloria en maillot de bain, mais j'étais encore un peu las et bien décidé à ne pas nager ; en outre, n'étant pas encore assez familier avec tous ces gens-là pour oser la moindre remarque, je me voyais encore bien moins m'ébattant avec eux dans l'intimité d'une piscine. Je me bornai donc à boire un autre verre que je me versai dans le bar déserté, et je me sentais seul, abandonné, en écoutant les bruits de rires qui montaient des cabines de bains au bas de la pente. Après quelques minutes d'indécision, je sortis par une porte-fenêtre sur le balcon d'où je pensais pouvoir regarder le spectacle, et c'est là, sous une lumière discrètement orangée, que je me trouvai à nouveau avec Alonzo Cripps. Il était seul, debout contre la balustrade.

« C'est un panorama admirable, n'est-ce pas ? » dit-il avec un geste vers la mer, au moment où j'approchais de lui. En bas, tout au loin, dans le golfe, une flotille de barques de pêche était dispersée sur la noire surface de la nuit ; on ne la voyait pas, mais chaque bateau portait un fanal éblouissant afin d'attirer le poisson, si bien que, suspendu entre l'eau noire et le ciel sans étoiles, plus noir encore, tout ce groupe de lumières scintillant dans une telle sérénité semblait une constellation de grosses étoiles enjouées. Autour de ces jolies lumières flottantes, un silence, une paix immense régnaient, et un charme hypnotique. Sans cesser de les regarder, Cripps m'offrit une cigarette. « Ces lumières me fascinent toujours chaque fois qu'on a la chance d'avoir une nuit aussi noire que celle-ci, car les bateaux ressemblent alors vraiment à des étoiles. C'est merveilleux. Je me rappelle les avoir vues la première fois que je suis venu, pendant la guerre. L'armée avait installé ici un camp de repos. Je me rappelle m'être dit que je reviendrais un jour, ne fût-ce que pour revoir ces lumières. Elles ont vraiment quelque chose d'irréel, une façon de flotter étonnante, vous ne trouvez pas ?

— Elles sont merveilleuses, opinai-je.

— Une scène plutôt pénible, tout à l'heure », dit-il sans changer le ton de sa voix qui avait quelque chose de las, de désenchanté, au bord, me sembla-t-il, de la mélancolie. « J'espère que vous ne l'avez pas trouvée trop pénible. Pardon, vous m'avez dit que vous vous appeliez ? »

Je le lui dis et il reprit : « Vous avez fait la plus étrange des apparitions, vous savez. Pâle comme un revenant, vêtu comme un croque-mort au milieu de cette bande de poivrots. Tout d'abord je vous avais pris pour un des acolytes de ce vieux charlatan de Bell avant de penser que vous étiez sans doute l'ami de Mason. Alors là, j'ai été vraiment étonné. Vous connaissez Mason depuis longtemps ?

— Toute ma vie, pour ainsi dire, répondis-je. Enfin, pas exactement toute ma vie, ajoutai-je, nous étions à l'école ensemble, près de chez moi, en Virginie. Ensuite, pendant quelque temps, après la guerre, je l'ai vu à New York. Mais il y a quelque chose chez Mason qui donne l'impression qu'on l'a toujours connu, même quand on ne le voit pas beaucoup.

— Je comprends exactement ce que vous voulez dire, répondit Cripps. Ah, certes oui, je comprends ce que vous voulez dire. Mais où diable... » Il se tut subitement, branlant la tête. Il y avait eu bien plus qu'une nuance de sarcasme dans sa voix. Je fus un peu surpris, ne pouvant imaginer la raison de ce brusque silence qui me laissait au bord d'un mystère. S'était-il soudain rendu compte qu'il serait discourtois de médire de Mason qui, après tout, était son hôte ? Néanmoins, il ne put résister à la tentation d'insinuer, à propos de Mason, quelque chose qui le préoccupait. « Je voulais dire... enfin... c'est un garçon étrange. Il est totalement différent du gosse que je me rappelle, là-bas, en Virginie.

— Que voulez-vous dire ? » demandai-je.

Il sembla n'avoir pas entendu ma question ou avoir jugé préférable de n'en pas faire cas. « Avez-vous jamais été dans la propriété des Flagg au bord de la rivière ? dit-il. Que c'était beau ! J'y allais de temps en temps avant la guerre, avant la mort du vieux Justin. Ah, c'était un dur, celui-là ! Brave homme, du reste, et je crois que je lui dois de la reconnaissance. En réalité, malgré ce genre « petit soldat féroce » qu'il se donnait, c'était une très bonne nature. L'avez-vous connu ?

— Oh, je le voyais, comme ça, incidemment, dis-je.

— C'est un homme qui a souffert, vous savez. J'entends, réellement souffert, pas cette sorte de contrefaçon de la souffrance qu'on a généralement dans les affaires. Il était impitoyable à sa manière, mais il y avait en lui un côté étrange, un côté très noble. Presque puritain, quand on y réfléchit. Je crois que c'est pour cette raison qu'il n'a jamais divorcé. Il a beaucoup souffert à ce sujet. Mason vous a-t-il jamais dit ce qu'est devenue sa mère ? Wendy ?

— Je ne l'ai pas vu suffisamment, depuis mon arrivée, pour pouvoir lui parler, dis-je. Aux dernières nouvelles, elle continuait à se soûler à Merryoaks.

— Pauvre femme, soupira-t-il. Nom de Dieu, quand on pense à toute la misère que peut causer l'alcool ! J'ai de bonnes raisons pour le savoir. Bien que ce soit en réalité le symptôme, et non la maladie. Je suppose que c'est simplement que notre maladie est plus généralisée maintenant, ce qui explique pourquoi on peut constater une décadence si fantastique. Surtout parmi les Américains, entendons-nous. La maladie étant... quoi ? Pouvez-vous me le dire ? Une usure générale de la qualité, une espèce d'avilissement, de prostration de l'esprit humain. Tenez, prenez Burnsey, par exemple — un gars très bien, dans le fond, sensible et à deux doigts d'être un grand acteur. Et pourtant, qu'est-ce qu'il fait ? A trente-cinq ans, à l'âge où un artiste devrait être en plein élan, atteindre la maturité, il tombe dans un infantilisme idiot. Il prend le genre beatnick. Délinquant juvénile. Un galopin ordurier. » Il s'arrêta et reprit : « Bon Dieu, je ne sais pas comment nous allons finir — j'étais sur le point de dire : ce film. » Puis il se tut.

Maintenant, au-dessous de nous, les invités convergeaient vers la piscine. Quelques femmes étaient en bikini, d'autres personnes étaient habillées d'une façon plus conventionnelle, y compris Morton Baer, ce fouineur prétentieux qui n'était même pas en costume de bain et flânait négligemment, dans son complet de flanelle, sur le bord de la piscine en fumant un cigare. On entendait des rires, un bavardage perpétuel en anglais et en italien, et personne ne se baigna. Sous un bouquet pailleté d'ombrelles de plage tous s'étaient installés à des tables servies par l'unique garçon harassé. Affolées par l'étrange lumière bleue, une demi-douzaine de phalènes, de la taille de petites chauves-souris, voltigeaient, tressaient des arabesques, projetant leurs ombres bizarres sur tout. Je ne quittais pas Mangiamele des yeux. A peu près nue, elle était occupée à se vernir les ongles des orteils.

A ce moment, une violente explosion déchira l'air derrière nous, dans le salon. En fait, ce n'était pas une explosion, mais le son en était le même. Cripps et moi sursautâmes, puis nous retournâmes vivement — nous attendant tous les deux, je crois, à voir tomber le plâtre dans un nuage de poussière — mais nous vîmes seulement que les deux grandes portes d'entrée avaient été ouvertes si violemment qu'elles avaient claqué sur les murs. Elles vibraient encore. Devant elles, nous vîmes Cass Kinsolving. Il était soûl. Soûl est à peine le mot. Il était à peu près aussi soûl qu'on peut l'être quand on tient encore sur ses jambes — à côté de lui, Burns aurait eu l'air d'un membre de société de tempérance — et, comme il s'approchait de nous, se cramponnant aux chaises pour ne pas tomber, il avait une telle expression de vacuité, d'absence de toute pensée, qu'il n'avait, autant dire, plus d'expression du tout. J'aurais juré qu'il n'avait qu'une idée très vague de l'endroit où il se trouvait, de ce qu'il faisait et de la direction qu'il prenait. Un maillot de corps sale et déchiré laissait voir ses puissantes épaules, mais il avait dans la démarche quelque chose de si avachi qu'on l'aurait dit malade, vidé, comme s'il avait laissé le dernier gramme de sa force dans la cour d'entrée. A un moment, je crus qu'il allait tomber, la tête la première, sur un sofa. Et je fus surpris quand, s'étant finalement traîné jusqu'au balcon où nous étions, il dit, la langue épaisse, mais plus clairement que je ne l'aurais cru possible, étant donné son degré d'ébriété : « Hello, Leverett. Comment va-t-il, le gars que vous avez écrasé aujourd'hui ?

— Salut », dis-je. Pour être franc quant à mes sentiments envers Cass, je dois avouer qu'à ce moment-là je le considérais comme un ivrogne fort désagréable et le type même du casse-pieds.

Sans me donner le temps de répondre il se retourna vers Cripps. « Bonsoir, Signor Regista, *come va?* Ça marche les affaires de ciné ? On entasse des mille et des cents ?

— *Va bene,* Cass, dit Cripps. *Come state? Un po' troppo vino stasera?* » Il regarda Cass avec un sourire, mais c'était un sourire triste, un peu inquiet.

Cass tomba contre la balustrade, la faisant vibrer et chanter. Il leva vers nous des yeux noyés, brûlants. Haletant, il respirait avec peine, la lippe humide, et un tic lui faisait froncer les sourcils. « Dites-moi, Signor Regista, dit-il, souriant toujours, que disait le chœur quand le vieil Œdipe était à Colone — il semblait être sur le point de basculer dangereusement en arrière, par-dessus la balustrade — et que ce vieux Thésée l'envoyait traîner ailleurs sa pauvre vieille carcasse... ?

— Prenez garde, Cass, dit Cripps en avançant la main.

— " Car une longue vie contient beaucoup de maux " [1] », déclama-t-il, et, saisissant mon verre, il le vida d'un trait. « Arrière, vieux Buster Brown [2],

1. Le texte de ces citations est tiré de la traduction de Leconte de Lisle (N. du T.)

2. Enfant terrible, héros de dessins comiques très populaires au début du siècle. R F. Outcault, son créateur, lui prête des espiègleries et aventures multiples qui parurent dans les journaux (*New York Herald* 1902-1903) puis en albums. La Librairie Hachette s'en

arrière mon vieux coco ! » Il fendit l'air d'un geste de la main, comme armé d'un coutelas invisible, et Cripps resta cloué sur place. « Arriére, vieux mage gris du cinéma, arrière, pendant que je déroule mon chant funèbre : " Car une longue vie contient beaucoup de morts — pardon — de maux, et qui désire trop ne voit point la joie où elle est... " Ouf ! » Son bras glissa sur la balustrade, se raccrocha. Alors, s'étant redressé, Cass fourra son poignet dans l'entrebâillement de sa chemise et resta là, debout, titubant quelque peu dans la pose enflammée des vieux tragédiens d'autrefois : « Arrière, dis-je. " Et voici venir enfin la commune guérisseuse, — je continue — la Moire d'Aidès, sans noces, sans lyre, sans danses. Thanatos, la dernière des choses ! " » Il fit une pause, respira : « Et maintenant, cette sacrée antistrophe, la plus belle : " Ne pas être né vaut mieux que tout. Le meilleur après cela, quand on a vu la lumière, est de rentrer très promptement dans la nuit d'où on est sorti ; car, dès que... "

— Ça suffit, Cass, dit Cripps en s'approchant de lui, ça suffit, mon vieux. Vous allez finir par tomber dans le jardin.

— " ... la jeunesse arrive... " » Il s'arrêta. La tête renversée à angle droit, il essayait d'atteindre la dernière goutte au fond du verre. Le verre était très large, et les cubes de glace se perchaient bizarrement sur ses lunettes, et l'eau lui coulait autour des oreilles. « *Io mi sazio presto di vino,* dit-il dans un dernier effort. Ce scotch de Mason est vraiment épatant. Il vous fait venir les larmes aux yeux. » Il recula d'un pas vers le salon, tenant le verre à deux mains devant lui, comme un calice. « J' crois que j' vais aller me chercher un...

assura la publication en français — Buster Brown a donné son nom à une marque de souliers et les G. I. de la Seconde Guerre mondiale en faisaient un qualificatif ironique et péjoratif. (N. du T.)

— Doucement, Cass, dit Cripps. Vous ne croyez pas que vous avez assez bu ? » En disant ces mots, un rire amer lui échappa malgré lui, et je l'entendis murmurer les mots : *bonne d'enfants pour ivrognes.* « Pourquoi ne... ?

— Qu'est-ce que vous pensez de ça ? dit Cass en se retournant brusquement. Qu'est-ce que vous pensez de ça, cher vieux sorcier gris de l'art cinématographique ? Avez-vous remarqué la prononciation impeccable, l'accent, l'intonation, autrement dit, la pure intensité tragique de tout cela ? Chaque syllabe comme une petite pépite ronde et brillante tombée des lèvres divines de Garrick lui-même ! Engagez-moi ! Engagez-moi, nom de Dieu ! Avec mon talent, mon profil et votre caboche, on n'aura pas la moindre difficulté. Les poules rempliront les cinés d'un océan à l'autre. On n' trouvera pas dans toute la salle une seule paire de culottes sèche. Alors, qu'est-ce que vous pensez de ça, hein, vieux Regista ? » Il posa lourdement son bras sur l'épaule de Cripps. « Croyez-moi, débarrassez-vous de tous ces types à la noix, de tous ces cabots de caf'conc', ces jongleurs, ces andouilles, toute cette bande de cons. Engagez un homme, un mâle, un gars comme moi qui ferait pisser de l'œil une statue de bronze.

— Cass, dit Cripps, laissez-moi vous accompagner...

— Minute ! j' vais vous dire ce qu'on va faire. Tous les deux, vous et moi, on va leur coller un Prométhée. On va ramener la tragédie au pays du Pepsi-Cola, du beurre de cacahuète et des Modess Because [1]. Voilà ce qu'on va faire, nom de Dieu. Et on la leur fera aimer, à tous ces bougres d'ânes. Finis le maïs grillé, les idoles de l'écran, les éjaculations de première galerie. La *tragédie,* nom de Dieu, c'est ça qu'on leur

1. Serviettes hygiéniques, objet d'une grande publicité. (N. du T.)

donnera ! Quelque chose pour redresser leurs épines dorsales, raffermir leurs articulations et nettoyer un peu leurs petites âmes microscopiques. Qu'est-ce qu'on montera ? *Ajax, Alceste, Électre, Iphigénie ?* Vous vous rendez compte ? » Et de nouveau sa main disparut dans son col de chemise. « " Je ne serai pas le meurtrier de ma mère et le tien également. Le sang qu'elle a versé est suffisant. Non, je partagerai ta fortune, je vivrai avec toi ou mourrai avec toi. Je te conduirai à Argos... "

— Cass, dit Cripps, je crois que ce qu'il vous faut, c'est un bon somme. Moi, à votre place...

— Minute ! » répéta Cass. Puis il se tut subitement. Il se frotta le front. « J' peux plus me rappeler ce que je venais faire ici. » Il resta un instant perplexe, puis, souriant, il se donna une claque sur la cuisse et dit : « Et maintenant, nom de Dieu, on va combiner une petite malice subtile. Chut ! murmura-t-il en se penchant vers l'oreille de Cripps. Vous le direz à personne, hein ? Vous en soufflerez pas un mot ?

— Je ne vous comprends pas, dit Cripps avec son sourire mélancolique.

— Est-ce que l'illustre propriétaire de ces lieux est absent ? Ce bon vieux Mason n'est pas là ? » Il éclata d'un petit rire, et son visage devint mystérieux et grave : « Quand le rat est parti, Regista, les gros chats dansent, murmura-t-il d'une voix sombre et théâtrale. Maintenant, faut que j'aille prendre mon médicament. » Là-dessus, il échappa à Cripps, fit demi-tour et s'éloigna du balcon en chancelant. Cripps et moi, involontairement, fîmes aussitôt le geste de l'arrêter, mais quelques secondes trop tard. Comme un taureau aveugle et inconscient, il fonça droit sur la banquette du piano, piqua une tête, genoux pliés et bras tendus, comme un homme qu'une balle a frappé dans le dos, et vint atterrir sur le clavier dans un vacarme inouï de dièzes et de bémols. Pendant un instant, il resta ainsi étendu sur les notes comme un virtuose échevelé devenu subitement fou, puis il glissa à terre avec un gémissement, exécutant, du bras sur le clavier, un glissando éblouissant.

« Dieu du ciel ! » dit Cripps accourant à son aide. Mais nous n'étions pas à ses côtés que déjà il s'était relevé et se tâtait nonchalamment pour vérifier s'il n'avait rien de cassé. « Aucun dommage, Regista », dit-il. Il jeta un regard surpris sur le piano. « J' crois que j'aurais pu sauter ce...

— Venez, Cass, dit Cripps, descendez maintenant, ça suffit. » Nous lui fîmes franchir la porte, Cripps d'un côté et moi de l'autre. Il respirait à coups précipités et puait le vin et la sueur.

— Suivez mon conseil, dit Cripps. Au plumard.

Cass, se tâtant toujours, s'arrêta au bord de la première marche. « Oui, dit-il d'une voix distante. Oui. O. K. » Puis, avec de grandes précautions, cramponné à la rampe de marbre, il descendit dans la cour, et Cripps et moi nous retrouvâmes seuls.

— Ce garçon est en train de se tuer lentement, dit Cripps en branlant la tête. Je n'ai jamais connu personne qui pût biberonner à ce point-là, pas même mon vieux copain Burnsey.

— Qu'est-ce qu'il a qui ne va pas ?

Nous retournâmes sur le balcon. « Je ne l'avais jamais vu avant d'arriver ici, l'autre jour. Je ne sais pas qui c'est, mais c'est un numéro. Mason semble lui avoir plus ou moins mis le grappin dessus. » Son visage prit une expression amère, sombre. « J'ai vu quelque chose de si *bas,* de si *indigne,* ajouta-t-il brusquement, de si *immonde* que vous ne me croiriez pas si... » Sa voix s'éteignit.

« Que voulez-vous dire ? » J'avais l'impression qu'il

se passait beaucoup de choses mystérieuses dans cette étrange ville, et je voulais être au courant.

« Oh rien », dit-il. Il jeta un coup d'œil sur sa montre. Puis, sans aucune raison, comme si sa montre lui avait permis brusquement quelques considérations privées, il continua : « Nous vivons dans l'âge de la boue. Si nous n'y prenons pas garde, nous finirons par nous y enliser nous aussi, vous savez. » Soulagé par cette phrase, il tomba dans un silence funèbre. Là-bas, dans le village, une horloge sonna une heure. Comme Cripps, se retournant, regardait en silence les lumières flottantes, j'eus conscience de n'avoir jamais vu un homme aussi plein d'amertume, de tristesse. La note unique de l'horloge vibra puis s'éteignit, et ce fut de nouveau le silence. Une heure. Le matin. D'une fenêtre, au rez-de-chaussée, en dessous de nous, *Don Giovanni* sortit encore, passionné, exubérant et séducteur, très fort aussi, comme si quelqu'un faisait donner au gramophone son plein volume dans un accès de rage. *Rinfrescatevi!* entendis-je Leporello gueuler au-dessus des flûtes et des cordes. *Bei giovinotti!* Et musique et chant allèrent se perdre dans la nuit sans étoiles, rebondissant sur les pelouses blanchies de lune, à l'autre bout de la vallée, si loin et cependant si près, et tout en bas, au-delà de la côte, par-dessus les bateaux et les lumières scintillantes — *Ehi caffé! Cioccolatte!* — plus loin, encore plus loin, jusqu'à la Calabre, jusqu'à la Sicile, peut-être. Et, à cette explosion de bruit, les personnes dorées, au bord de la piscine, tressaillirent, tournant des visages perplexes, comme un troupeau de bêtes autour d'un étang, raidies dans une peur glacée.

« Regardez-les, dit Cripps lentement, ce garçon n'a pas tellement tort, après tout. Regardez-les, je vous en prie. La plus haute forme d'art que l'homme ait jamais inventée, et qu'est-ce que ça vous donne? Le vide...

cosa da nulla... rien. Nous ne sommes même pas des barbares. Nous sommes des saltimbanques. » Il bâilla. « Ah, maintenant, je crois que je vais aller me coucher. Avez-vous jamais souffert d'insomnies ?

— Pas souvent, dis-je.

— Laissez-moi vous donner un conseil. Prenez des habitudes régulières. Ne vous surmenez pas, oubliez... disons l'honnêteté, l'effort, sinon il vous arrivera comme à moi. Vous savez, je suis là, étendu, et je perds conscience, m'enfonce dans quelque chose qui n'est pas tout à fait du sommeil, et je fais un rêve. Dans ce rêve, je suis toujours la victime. Un instructeur de golf, un chanteur de charme et une petite majorette se disputent mon âme. Nuit après nuit. Parfois, c'est le chanteur de charme qui gagne, parfois l'instructeur de golf, mais le plus souvent c'est la petite majorette. Elle est là debout, trémoussant son derrière, et elle me piétine à mort. » Il s'arrêta. « *Ecoutez.* »

Don Giovanni s'était arrêté. Maintenant, une chanson folklorique du Sud avait éclaté dans la nuit, sauvage, triste, d'une beauté scandaleuse à vous faire frissonner, et toute palpitante de voix d'hommes et de femmes, aiguës, messianiques, sur un fond de guitares d'acier. Peut-être n'était-ce que le volume, ou quelque reste de nostalgie de cette musique de ma terre natale, toujours est-il qu'il me sembla n'avoir jamais rien entendu d'aussi joli et à la fois d'aussi horrible, et mon esprit commença à se peupler de belles journées du Sud, de voix du Sud et de scènes du Sud :

Cette question qu'on entend chaque jour, personne ne semble savoir...
Qu'est-ce qui n' tourne pas rond sur cette terre...

Bière dans les bistrots de campagne, bois de pins, poussière des routes écartées, eaux des marais et crépuscules d'été aux senteurs si douces. Mon esprit étouffait, débordé par mes souvenirs. « Seigneur ! dis-je à Cripps, qu'est-ce que c'est que ça ?...

— Chut, dit-il, écoutez... »

Et cette rumeur qu'on entend : une autre guerre, je le crains,
Les révélations s'accomplissent...

— Merveilleux, murmura Cripps.

Votre âme est sur des sables mouvants, la fin approche :
V'là ce qui n' tourne pas rond sur cette terre.

De pâles visages se tournaient vers ces anathèmes. Les gens d'en bas écoutaient ce bruit terrifiant : un Italien en chemise de sport lança une imprécation muette, un autre l'imita, la figure écarlate. La Mangiamele porta les mains à ses oreilles.

La précieuse vieille Bible nous dit : Faudra que l' péché s'en aille...
Qu'est-ce qui n' tourne pas rond sur cette terre...

La musique, pleine de douleur et de détresse, semblait se répandre sur l'Italie entière, guitares discordantes et voix sauvages, apocalyptiques, unies dans une longue lamentation palpitante — grandiloquence amphigourique revenue, après une orbite complète, dans une sorte de majesté boiteuse. J'écoutai jusqu'à ce que mes yeux honteusement se remplissent de larmes. Puis soudain, dans un bruit aigre d'aiguille de gramophone raclant, comme une lame nue, le silence de la nuit, la musique mourut, étranglée et, dans la pièce au-dessus de nous, nous entendîmes des cris étouffés, des cris d'ivrogne.

« Ordure ! » C'était la voix de Cass. « Pourceau ! Excrément de la terre ! »

Puis, au bout d'un instant, moins fort maintenant, *Don Giovanni* emplit l'air nocturne, et les gens autour de la piscine se détendirent, reprirent leur bavardage murmuré parmi les ombres capricieuses des phalènes géantes.

« Ce garçon est en train de se tuer, dit Cripps. Mais qu'y faire ? Il pourrait arrêter d'un coup Mason et toute sa clique. Mais regardez-le. Il est en train de se tuer. » Et, m'ayant souhaité le bonsoir, il disparut.

Peu après le départ de Cripps, quelque chose de vraiment inquiétant se produisit. Voici les faits : après avoir suivi Cripps des yeux, je m'attardai encore un peu sur le balcon, l'esprit tout occupé par les personnes qui s'étaient installées au bord de la piscine. J'écoutais — pour mieux dire j'étais persécuté par la musique : elle était redevenue bruyante, déchaînée, et les voix d'Elvira, de Masetto et d'Ottavio, hurlant comme des chats de gouttière pendant que l'odieux grand d'Espagne menait à bien ses séductions, montaient vers moi en ouragan et noyaient tous les bruits venant de la piscine. Je regardais les lumières flottantes sur la mer, ravi par leur beauté, mais j'étais en même temps en proie à une grande tristesse — surtout à cause de Cripps qui, d'une manière étrange et détournée, avait gâté à un tel point l'heureuse perspective de mon retour en Amérique que, si ma mémoire est fidèle, j'imaginais déjà toutes sortes de possibilités : un autre emploi à Rome, un mariage quelque part avec une princesse, un vol direct vers la Grèce. J'étais dans le marasme, la gorge me chatouillait, me faisait mal. Mais, au bout d'un moment, ma tristesse se dissipa. Après tout, qu'il aille se faire foutre, ce Cripps, pensai-je, et je fis demi-tour pour reprendre ma route solitaire et descendre vers les vedettes de cinéma. Ce fut un peu plus tard, après que j'eus traversé le grand salon, qu'une porte s'ouvrit brusquement à quelques mètres de moi, révélant le bas d'un escalier et une jeune fille de dix-huit à vingt ans qui, d'une glissade, comme si elle était sur du verre, entra dans la salle, tomba comme un paquet sur le plancher, se releva d'un bond et se frotta le coude en sanglotant comme si son cœur allait se briser. Elle était d'une beauté pour ainsi dire sans défauts, et le rapide aperçu que j'eus d'elle, alors qu'elle restait là, debout, indécise, ses grands yeux noirs écarquillés par la douleur et la terreur, suffit pour me tordre le cœur de désir. J'avançai la main pour la soutenir, car elle paraissait sur le point de tomber à nouveau, mais elle recula instinctivement et jeta un regard affolé, désespéré, vers l'escalier. Elle était vêtue de noir, pauvrement, comme les servantes. Par une déchirure de son corsage on pouvait voir, presque en entier, un sein nu, un beau sein lourd et plein. Pendant les dix secondes qu'elle resta là, paralysée, semblait-il, par la peur et l'indécision, je me sentis moi-même cloué sur place, sans voix, déchiré à la fois par un désir galant et futile de lui venir en aide, et par la bête en moi qui me faisait baisser les yeux sur cette poitrine ravissante et troublée. Alors, se couvrant brusquement, toujours secouée de sanglots éperdus, elle se frappa le visage. « *Dio mio!* cria-t-elle, hors d'elle-même. *Questa è la fine! Non c'è rimedio!*

— Puis-je vous aider... commençai-je.

— *Ah my god, please,* s'écria-t-elle en anglais. Non, je vous en prie, non... »

Puis, reprenant son sang-froid, à bout de souffle, elle m'écarta, passa devant moi avec un petit grognement de frayeur, ses cheveux châtains en désordre, joliment emmêlés sur son visage alors qu'elle se remettait à courir dans un bruit de pieds nus décroissant à mesure que sa fuite l'entraînait, terrifiée, le long du corridor. Elle m'avait fait tourner comme une toupie et j'allai m'affaler sur un banc de marbre, tout vibrant encore. Je n'avais pas eu le temps de me relever quand j'entendis, dans le même escalier un bruit de tonnerre, comme des malles, des caisses, qui dégringoleraient les unes sur les autres. C'était un vacarme infernal. La villa tout entière semblait en éruption. Et Mason apparut, glissant aussi sur le parquet luisant, agitant les bras comme un fou avant d'exécuter un rétablissement qui l'arrêta net devant moi. Trois sparadraps étaient collés sur sa figure. Ses cheveux volaient en tous sens. Il était vêtu d'une robe de chambre en soie trop courte pour lui et qu'il avait évidemment enfilée à la hâte, car il avait la poitrine nue, ombrée d'une broussaille de poils roux couverts de sueur, et sous la robe je pouvais voir ses genoux aux rotules noueuses. Détail incongru : il était chaussé de sandales de bois, comme on en porte pour se doucher, ce qui m'expliqua tout le bruit.

« Où est-elle ? me gronda-t-il, montrant les dents, le visage rouge et mauvais.

— Qui ? » dis-je. Je m'étais craintivement reculé sur le banc. Je ne l'avais jamais vu tout à fait comme cela : il avait une expression sauvage, un air de brute, et la vue de ses yeux rougis, de son bras dangereusement levé, me fit croire qu'il allait me coller un gnon, ici même où j'étais assis.

« Où est-elle allée ? hurla-t-il. Réponds-moi, salaud ! Je la tuerai !

— Je te jure, Mason, que je n'en sais absolument rien.

— Tu mens ! » Puis, d'une démarche étrange, bancale, douloureuse, il se dirigea, très raide et lentement, vers le vestibule par lequel la fille avait disparu.

« Attends-moi ici, mon petit Petesy, et quand je reviendrai, tu verras si je vais te mater, tu verras si je te la ferai sortir des tripes, ta belle merde jaune de traître. » Un vague sourire errait sur le visage de mon hôte, mais, dans sa voix, il n'y avait que malice, venin, et haine aussi...

Peut-être vous rappelez-vous le rêve de trahison que j'ai décrit tout au début de cette histoire — l'ami meurtrier qui venait frapper à ma fenêtre. Quand il m'arrive de penser à ce rêve et que je me rappelle Mason à ce moment-là, une autre vision me revient à l'esprit — mi-rêve, mi-fantaisie — qui n'a cessé de me hanter depuis que j'ai quitté Sambuco.

Et cette vision est la suivante : j'ai pris la photographie d'un ami avec un de ces appareils Polaroïd. En attendant que la minute requise soit écoulée, je suis allé dans une autre chambre, et là, j'ai tiré l'épreuve toute fraîche et glacée. Je crie : Ah ! ou Tiens ! ou Regarde ! dans la direction de l'autre chambre et j'attends. Et voilà que, en me penchant sur la photo, j'y trouve non mon ami, mais le visage d'un monstre hideux tel qu'on n'en voit pas sur cette terre. Dans l'autre chambre seul règne un silence complet.

3

— Grand Dieu ! dit Cass, le jour où je lui rappelai cette soirée, étais-je vraiment aussi lamentable que ça ?

— Je ne dirais pas lamentable, répondis-je, non, pas lamentable. Autant qu'il m'en souvienne, vous étiez même éloquent, dans le genre pâteux. Mais... enfin, oui, il n'y a pas de doute, vous étiez complètement noir.

Il réfléchit longtemps en silence sur ce que je venais de lui dire. « Ce piano, dit-il enfin, cette chute sur le piano. Je ne me rappelle rien de tout cela. Ma parole.

— Si vous n'aviez pas été soûl, vous en aviez pour une semaine d'hôpital.

— Et cette musique. Nom de Dieu, mais je l'ai encore quelque part, sous le Buxtehude. *Qu'est-ce qui ne tourne pas rond sur cette terre ?* Wilma Lee et Stoney Cooper. J'avais ce disque à Petersburg, en Virginie, quand je suis allé y voir mon cousin. J' l'avais promené par toute l'Europe avec moi. Mais je vous jure que je me rappelle pas l'avoir jamais joué là-bas. Et cette nuit-là...

— Vous l'avez pourtant joué. Et comment, je ne vous dis que ça !

— Bon Dieu de bon Dieu ! » Il se tut un moment,

puis il reprit : « Quelle heure était-il d'après vous ? Quelle heure de la nuit ?

— Je dirais plutôt du matin. Environ une heure. »

Il plissa le front et me regarda fixement : « Bien, alors, c'était la dernière fois que vous vu Mason avant... avant sa mort. Quand vous l'avez vu poursuivre Francesca. C'est exact ?

— Comment, c'était donc Francesca ? m'écriai-je, la fille qu'il a tuée ? »

Pendant quelques minutes son visage sembla indiciblement las, assombri. Jamais il n'avait réagi ainsi depuis mon arrivée à Charleston ; j'imagine qu'en partie par ma faute il avait commencé à revivre toute l'affaire, et à ce moment-là, je ne pus que très vaguement sentir à quel point il avait aimé cette jeune fille. « C'était elle, dit-il tristement. Ça ne pouvait pas être une autre. L'avez-vous revue ?

— Peu après, je crois. Avec vous.

— *Où,* je vous en prie, dites-moi où ?

— En bas, dans la cour. Vous... » Je m'arrêtai. C'était assez gênant à dire, et je ne savais pas s'il désirait l'entendre. « Vous l'embrassiez... ou c'était elle qui vous embrassait. Croyez bien que je ne vous espionnais pas, ajoutai-je. Je me trouvais être...

— Naturellement, voyons, naturellement. » L'étonnement peint sur son visage, il se passa la main dans les cheveux. Puis, au bout d'un instant, il dit : « Ben, savez-vous que tout me revient maintenant ? Des bribes, des morceaux, de petits éclairs. » Il se tut de nouveau, puis ses yeux brillèrent et il se leva, et il se mit à faire les cent pas dans la cabane encombrée d'engins de pêche. Il pleuvait ; par une fuite dans le toit l'eau me coulait dans le cou. « Tenez, ce que vous venez juste de me dire, par exemple. J'avais oublié cela également. Un vide total, complet. Naturellement, je l'ai vue. Je l'ai vue, c'est vrai. Et... » Sa voix s'éteignit lentement.

— Et quoi ?

Il se frotta le menton. « Et elle... Ecoutez, dit-il, c'est très important. Essayez d'être aussi précis que possible. Combien de temps êtes-vous resté à cette soirée ? Je veux dire, avant le moment où vous avez vu Mason, et qu'il vous a engueulé. »

Je réfléchis, cherchant à être exact. « Quand je suis arrivé avec Rosemarie, il devait être onze heures et demie, à peu près. » Je m'interrompis. « Et environ une heure quand Mason a descendu l'escalier, poursuivant Francesca. Je dirais donc pas tout à fait deux heures. Mais pourquoi ?

— Une minute, une minute », dit-il en me faisant signe de me taire. Puis, au bout d'un instant, il se tourna vers moi avec un sourire pâle et triste et dit : « Maintenant, dites-moi une chose, voulez-vous. Quand avez-vous vu Mason pour la *dernière* fois ? »

Je commençai à le lui dire, de nouveau très embarrassé : « Là, au moins, la réponse n'est pas difficile. C'était quand il vous a fait faire votre exercice de phoque savant. Quand il vous a fait... » Je bafouillai horriblement.

« Eh oui, nom de Dieu, dit-il. Une fois, Poppy m'en a dit quelque chose. Mais ça devenait si affreux que je ne l'ai pas laissé finir. » Il se tut, agité maintenant, frottant ses deux bras nus. « C'est quand vous êtes venu à mon secours, probablement. Je ne me le rappelle pas, mais je me rappelle que plus tard vous vous efforciez de me dessoûler. Et après cette exhibition qu'il m'a forcé de faire, vous n'avez plus jamais revu Mason ?

— Seulement quand il était bel et bien mort. »

Sombre, pensif, il regarda longtemps à travers les fenêtres ruisselantes. « Quelque part, dit-il lentement, à un certain moment, là, quelque part, elle m'a dit quelque chose. » Il se donna un petit coup sur la tête comme pour en faire sortir un souvenir. « Elle m'a dit quelque chose... »

J'étais complètement éberlué, et mon silence dut trahir mon désarroi, car il se retourna bientôt et me dit d'une voix calme : « Vous voudrez bien m'excuser, j'espère. Je ne vous fais pas marcher, vraiment. » Il versa de l'eau dans une casserole et, s'asseyant près de moi, commença à nettoyer un grondin. « Je vais être très franc avec vous, continua-t-il. C'est une de ces choses auxquelles on préfère ne jamais penser. Encore bien moins en parler. Mais ça vaut peut-être mieux quand même... se soulager une bonne fois. Seulement... eh bien voilà. L'exercice de phoque savant, comme vous l'appelez. Mason me faisait marcher comme il voulait, cet été-là. Ça avait commencé très bien, on était même assez copains au début. Et puis... ça s'est gâté. Vous comprenez, avec la gnôle, et l'état où je me trouvais. J'étais devenu sa chose — sa chose est bien le terme exact, et je le laissais faire, et ça en était venu à un tel point qu'il m'aurait fait payer si je lui avais demandé l'heure. J'étais son véritable esclave, si vous voulez savoir la vérité. » Il s'arrêta. « Je n'ai jamais connu personne, dans toute ma vie, que j'aie détesté à ce point. » Il se tut, peinant sur son poisson.

« De sorte que... dis-je.

— Je vous parlerai de cela un autre jour. Mais maintenant... Bref, j'en arrive au point : tout à l'heure, vous m'avez dit quelque chose... combien vous aviez été choqué de la conduite de Mason. Que bien que vous le conceviez sans peine commettant un viol ordinaire, style américain, rouge-blanc-bleu, vous ne pouviez pas l'imaginer agissant d'une façon aussi monstrueuse. Eh bien, quand vous avez dit ça, vous avez éveillé quelque chose en moi. Parce que là-bas, à

Sambuco, quand tout a été fini, c'était mon impression aussi. Je le haïssais comme la peste, c'était le plus grand enfant de putain que j'avais jamais connu ; et pourtant, plus tard, je ne le concevais pas faisant une chose pareille. Pour commettre une action semblable, il faut avoir en soi quelque chose que Mason n'avait pas. Sa méchanceté, sa cruauté étaient d'un autre genre. Seulement... » Il se tut de nouveau. Les muscles de ses bras se tendaient par l'effort qu'il faisait avec son couteau. « Sacré grondin, dit-il enfin, comme pour chasser à jamais de son esprit le pénible sujet. C'est à peine si ça vaut tout ce travail. Les écailles de grondin sont comme... »

Je me trompais peut-être, mais pendant un instant je crus qu'il allait se mettre à pleurer.

« Seulement quoi ? insistai-je. Ecoutez-moi, Cass, vous pouvez me parler à cœur ouvert. je n'essaie pas de vous faire dire ce que vous aimeriez mieux...

— Seulement ceci, dit-il en se tournant tranquillement vers moi. Je crois seulement que, sur ce point, je faisais une erreur. Peut-être au fond l'avait-il en lui, ce quelque chose. Tout ce que vous me dites — tout cela que je ne voyais pas — est la preuve manifeste qu'il avait le viol dans l'esprit, dès le début. Elle ne voulait pas se donner, alors il fallait bien qu'il la prenne. Cet après-midi-là, par exemple, ce qu'il a dit à Rosemarie avant de lui foutre son poing sur la gueule. Et puis ce que vous m'avez raconté... cette poursuite dans l'escalier. Il a dit : « Je la tuerai. » Vous m'avez bien dit ça ? Alors, après...

— Alors, quoi ?

— Oh, pas grand-chose », répondit-il d'une voix rêveuse. De nouveau il se tourna vers moi. « Disons, si vous voulez, que je suis un salaud ; que je manque peut-être de charité chrétienne ; que je veux me convaincre une bonne fois que c'était bien un monstre.

— Un monstre ? » dis-je. Cass semblait avoir perdu toute réticence au sujet de Mason et je tenais à profiter de ce léger avantage. « Dites-moi, repris-je, il vous a vraiment fait la vie dure, là-bas, n'est-ce pas ? »

Il parut réfléchir sur ma question pendant plusieurs minutes, absorbé, comme la retournant en tous sens. « Oui, je crois, en effet. Mais, dans tout ça, quelle était la part de ma propre corruption, de cette vieille corruption... de ma totale désintégration, cela reste à savoir. Je vous en parlerai peut-être un jour, quand je pourrai mieux juger les choses, mieux me les rappeler. » Il s'arrêta pour détacher les écailles humides de la lame du couteau, puis il s'essuya les mains. « C'est vraiment très curieux, continua-t-il d'une voix sombre et monotone, cette question du mal... ce que c'est, où ça se trouve, si c'est une réalité ou simplement une fiction de l'esprit. Si c'est une maladie comme le cancer, quelque chose qu'on peut arracher, détruire, le spécialiste du cerveau jouant le rôle du chirurgien, ou si c'est quelque chose d'incurable, sur lequel il faut mettre le pied comme sur une puce transmetteuse de peste bubonique, détruisant à la fois la maladie et la porteuse. Autrefois, il n'y a pas si longtemps, — vous avez fait votre droit, vous savez cela aussi bien que moi — on aurait pendu un gosse de dix ans pour avoir volé deux sous de bonbons. Dans l'aimable Angleterre, en France aussi. C'était la théorie de la peste, je suppose. Mettez le pied sur le mal. Ecrasez-le. Maintenant, le gosse vadrouille dans les rues — il n'a même plus dix ans, il en a vingt, plus vraisemblablement, et il sait foutre bien ce qu'il fait — et il commet un crime sauvage, dénué de sens, un meurtre peut-être, et on le considère comme un malade, et on appelle le psychiatre, d'après la théorie que le mal est... eh bien, disons un habitant temporaire du cerveau, pas autre chose. Et les deux théories sont aussi nocives que le mal qu'elles prétendent détruire et guérir. Du moins, c'est à ces conclusions que je suis arrivé. Et cependant, je ne vois pas quel pourrait être la bonne solution possible entre les deux.

— Comment cela s'applique-t-il à Mason ?

— Eh bien, d'abord, permettez-moi de vous expliquer quelque chose. Je n'entends pas chanter mes louanges ni me lamenter sur mon triste sort, mais... je suis arrivé au point où j'en suis — et je reconnais que ce n'est pas bien loin — par des chemins assez ardus, comme vous savez. Dans cette misérable petite école où on m'avait mis, dans la Caroline du Nord, je ne suis même pas arrivé à la huitième, et même maintenant, j'ai toutes les peines du monde à écrire, ponctuer, etc. Mais j'ai pourtant appris à lire, et j'ai lu énormément, comme ça, de moi-même, et je crois bien avoir lu dix fois plus que l'Américain moyen, bien que, Dieu sait, ça pourrait fort bien vouloir dire un seul et unique livre. Mais le moment décisif dans ma vie, me semble-t-il, a été aussitôt après la guerre quand on m'a permis de quitter le service psychiatrique de cet hôpital naval dont je vous ai parlé, là-bas en Californie. C'est là qu'était ce médecin-chef, le spécialiste des cinglés — un chic bougre. Il avait titre de commandant dans la marine. Il s'appelait Slotkin. J' lui avais dit que, tout gosse, à l'école, j' m'intéressais à la peinture, et il m'avait mis dans une des classes de peinture de cet hôpital. Ça faisait partie de mon traitement. Et c'est comme ça que je suis devenu peintre. Et c'est pour ça aussi, j' suppose, que j' suis allé à New York, après la guerre, au lieu de retourner en Caroline. Enfin, bref, on a jamais pu se mettre d'accord tous les deux sur ma neurasthénie, ou ce qu'on appelait comme ça, avec symptômes de crises de dépression, mais j'ai eu des tas de longues conversations avec lui, et il y avait dans ce type quelque chose de patient, de tendre, qui m'a presque débarrassé de mon cafard, et juste avant que je ne parte — pas encore guéri — il m'a donné une édition en deux volumes des tragédies grecques. Je crois que c'était tout ce qu'il y a de plus irrégulier, ce cadeau d'un capitaine de vaisseau à un simple fusilier marin, mais il avait vu probablement en moi quelque chose, même si je ne marchais pas dans tous ses bobards de Freud. Je me rappelle qu'il m'a dit : « Lisez ça, quand ça n'ira pas », et il a ajouté ceci, à peu près : « Vous savez, pour dire la vérité, nous n'avons pas progressé d'un pas depuis les Grecs. » Vous m'avouerez que c'était pas mal, venant d'un vénérable spécialiste du cerveau. Oui, c'était un chic type, le vieux Slotkin.

« Bref, quand vous m'avez dit que, ce soir-là, je me suis mis à réciter Sophocle, tout m'est revenu à l'esprit. L'agonie, l'horreur, cette horrible plongée dans l'abîme. Bien avant d'aller échouer à Sambuco, j'avais appris par cœur de longs passages, des sections entières de ces deux volumes. Quand vous m'avez vu, cette nuit-là, j'étais dans un sale état — aussi ivre d'*Œdipe* que de gnôle. » Il se tut et passa rêveusement son doigt sur le fil du couteau. « Et cependant, voilà, vous comprenez... j' vais essayer de vous expliquer. » Il se tut de nouveau, ferma les yeux presque comme s'il priait, comme s'il essayait de faire sortir de la confusion du passé des souvenirs récalcitrants. « J'étais tellement soûl, tellement noir. Quelque chose que vous avez dit... rapport à ce mal dont je vous ai parlé. » Il ouvrit les paupières et se tourna : « Oui, je crois que ça me revient un peu. Je me rappelle très vaguement avoir monté l'escalier. Mais je n'ai aucun souvenir du piano. Je me rappelle *Œdipe*, et Cripps, et vous... oui un peu. » Il branla la tête. « Non, il y a encore une relation que j'arrive pas à établir. Nom de Dieu, on pourrait croire que nous recommençons une de ces sacrées séances. Je cherchais quelque chose, cette nuit-là... Et maintenant, ça a encore foutu le camp. Croyez-vous que je sois venu alors uniquement pour emmerder Mason avec un peu d'*Œdipe?* Moi, j'en doute. » De nouveau il branla violemment la tête. « Tout ce que je sais maintenant, c'est que j'avais pêché dans cette tragédie quelque vérité d'ivrogne, et qui avait justement rapport au mal et à Mason... »

Il s'arrêta et, avec un très grand calme, alluma un cigare. « Mais peut-être que je me trompe. Qu'est-ce que vous pensiez réellement de Mason? dit-il en se retournant.

— Oh, je ne sais pas exactement, dis-je, je ne peux me l'expliquer, je ne l'ai jamais pu. C'était une gouape. Un grand enfant gâté avec trop de fric et trop de prétentions. Un dégueulasse. Et pourtant...

— Et pourtant?

— Et pourtant, quelquefois c'était un copain épatant. Il était rigolo comme tout. Mais c'était pas seulement un rigolo. En enlevant tout le reste, ç'aurait pu être un très chic type.

— Vous le connaissiez vraiment depuis longtemps?

— C'est assez curieux, dis-je. Je l'ai connu environ deux ans à l'école. Puis, une semaine à peu près, à New York, aussitôt après la guerre. Je ne pourrais pas vous dire combien de temps exactement. Dix jours. Quinze jours peut-être. Disons une semaine. Et puis, cette journée-là à Sambuco. Et c'est tout. Mais... » Je m'interrompis. « Et pourtant, il y avait quelque chose en lui. Je veux dire qu'il suffisait de le voir pendant vingt-quatre heures et il vous en révélait davantage sur lui-même que la majorité des gens pendant toute leur vie. C'était un... » Je m'arrêtai. En vérité, je ne savais pas ce qu'il était.

— Parlez-moi de lui, dit Cass.

— Oh, à dire vrai, il n'y a pas grand-chose à dire. Je ne crois pas pouvoir exactement...

— Dites toujours...

J'essayai donc de lui dire. J'essayai de lui dire tout ce que je pouvais me rappeler. Je lui dis d'abord que j'avais perdu Mason de vue après cet affreux week-end, en Virginie, bien que, de temps à autre, nous nous soyons écrit (il était à Palm Beach, La Havane, Beverly Hills, New York, le plus souvent avec Wendy ; ses lettres étaient obscènes et amusantes). Notre correspondance s'espaça et finit par cesser complètement. Je lui dis également que, dix ans plus tard — à un mois près — je le rencontrai dans un bar de New York, après la guerre, tout à fait par hasard.

Evidemment, il est trop facile de dire que, si je n'avais pas retrouvé Mason, les choses auraient tourné différemment. Nos rapports ayant cessé, nous n'aurions pas repris notre vieille « communion d'esprit » — expression plus noble que « camaraderie » ou quelque autre terme tout aussi américain et spécieux, — qui, une fois retrouvée, lui permit de m'inviter à aller lui rendre visite à Sambuco. Notre existence, en majeure partie, est faite de ces impondérables. La chose importante, c'est que nous nous étions revus. C'était à la fin du printemps, une semaine environ avant ma nomination dans cette agence et mon embarquement pour l'Europe. J'avais très peu d'argent à cette époque, mais une petite situation dans un service d'agents-conseils pour les anciens combattants me permettait de manger tant bien que mal et d'habiter un microscopique appartement en carton dans la partie ouest de la Treizième Rue. La saison était humide avec de lourds crépuscules moites que couronnaient, très haut, des nuages noirs et des grondements d'orages qui ne venaient jamais. Dans les avenues, des visages flétris et des fenêtres ouvertes sur des bouffées d'air chaud, crachant des musiques confuses, des voix colportant des nouvelles de guerre, guerre froide, menaces de guerre. Parfois, le soir, dans cet appartement, j'essayais de lire des livres réconfortants, mais mon âme était mal équipée pour supporter la tension de la solitude. Ma chambre était faite de ténèbres souterraines avec vue sur un puits d'aération et sur un hôtel voisin où des vieillards se traînaient à longueur de journée, se grattaient, tiraient la chaîne de chasses d'eau lointaines. Mais, si cette période de mon existence ne fut pas très satisfaisante, ce n'était qu'en partie à cause du décor dans lequel je vivais. Il y a des phases de notre jeunesse qui ne sauraient donner naissance au plus léger soupçon de nostalgie tellement notre conduite nous semble y avoir été regrettable. J'avoue n'avoir jamais été très soigné dans ma mise, mais je devins alors tout à fait négligé et je nourrissais de l'aigreur, du mépris pour les filles que j'essayais de lever dans les bouges du Village. Et, pour comble, Mason entra dans ma vie — dans un bar bondé de Sheridan Square au cours d'une soirée dont je me promettais quelque plaisir mais qui m'avait laissé plus seul et plus hirsute que jamais, et la carcasse lourde de convoitises malsaines.

Mason avait pris un peu de poids. A part cela, il n'avait pas changé. Il portait un élégant chandail à col roulé et des « blue jeans », ce qui lui donnait l'air artiste des pieds à la tête — l'air artiste cossu. Il semblait s'amuser beaucoup. J'aperçus son visage souriant à travers la fumée de la salle. Une main en l'air brandissait une chope de bière. Même aujourd'hui je me rappelle l'éclair de ses yeux quand nos regards se croisèrent, ma joie soudaine, refroidie par le demi-espoir qu'il ne m'avait pas reconnu. Ces deux sentiments presque simultanés et si confusément mêlés que je n'eus pas le temps de décider si j'allais me lever et lui crier bonjour ou m'esquiver silencieusement. Déjà il se précipitait sur moi, me tapait sur le dos — « Alors, Petesy, on va faire une virée ? » cria-t-il — et se laissait tomber sur mes épaules avec des clameurs de reconnaissance.

— Quelle coïncidence absolument fantastique ! dit-il quand il se fut un peu calmé. A un dîner, où j'étais hier soir, je parlais avec ce type — un très bon peintre — des gars que nous avions connus à l'école. Je lui disais que je ne pouvais pas parler de Princeton parce qu'on m'en avait balancé à la fin de ma première année. J'aime autant te dire qu'on m'a foutu à la porte pour les motifs les moins reluisants. Petesy, mon coco, autant voir les choses comme elles sont. Je suis un homme brillant, mais pour ce qui est de l'éducation, je suis simplement comme qui dirait un taon sur le cul du progrès.

Il aurait fallu que je sois un gars plus flegmatique que je ne suis pour n'être pas réchauffé par son entrain, son grand sourire, et par la note d'honnête affection dans les claques qu'il me donnait sur les épaules. Sans doute ai-je souri en disant : « Mais, dis-moi, Mason, comment as-tu pu entrer à Princeton ?

— Tu veux dire après avoir été foutu à la porte de Saint-Andrews ? Oh, Wendy a fait agir certains de ses parents et m'a fait accepter dans une maison de redressement très chic dans le Rhode Island. On vous y fait faire l'exercice avec des fusils, et toutes ces conneries-là, mais j'ai bûché ferme, pour la gloire de Wendy-chérie, et j'ai obtenu de bonnes notes. Mais ça, Petesy, c'est ce qu'on désigne sous le nom de *non sequitur*. Parce que, si j'ai été renvoyé de Princeton, c'était pas pour une affaire de crampette, ni de soûlerie, rien de ce qu'on pourrait qualifier de sordide. C'était pour mes notes ! Mes notes ! Peux-tu imaginer rien de plus absurde ? Et à mon examen d'aptitude mon coefficient d'intelligence était de 156 ! Seulement voilà, cette veuve vorace de Sutton Place avec qui je passais mes week-ends me distrayait un peu trop de mes livres. Pauvre Wendy ! Le paternel avait craché j' sais pas combien de tonnes de fric pour la bibliothèque, et quand elle est venue à Princeton, j'ai cru qu'elle allait foutre toute la boîte en l'air...

— Prends garde, Mason, tu renverses ta bière sur ton pantalon. Et, à propos, comment va-t-elle, Wendy ?

— Oh, elle va bien. Après la mort du paternel elle a essayé de ne plus picoler. Tu as dû apprendre qu'il n'était plus de ce monde. Elle a des périodes où elle ne boit plus, et puis ça recommence, la pauvre vieille, mais je n'ai pas eu à lui faire suivre son traitement depuis des mois et des mois : hydrate de chloral et crème de blé. Et tu sais, c'est rigolo, mais tu te rappelles comme elle détestait Merryoaks ? Eh bien, depuis que le paternel est allé recevoir sa récompense dernière, comme on dit, on ne peut plus l'en faire sortir. Elle en est positivement devenue amoureuse. Et elle reste là, toute seule, à biberonner et à se balader sur son grand cheval. Ma femme et moi — tu feras la connaissance de ma femme — on y est allés la semaine dernière. Le sacré cheval, t'as jamais rien vu d'aussi grand. Et elle fout le camp, comme ça, dégringolant la pente jusqu'à la rivière avec le nouveau petit copain qu'elle s'est déniché. C'est un Belge, de soixante-dix ans, et il l'a amenée à s'intéresser à un truc qu'ils appellent Zen. J' crois qu'ils se tirent des flèches l'un sur l'autre. » Il fut secoué d'un petit rire et essuya de la mousse de bière sur ses lèvres. « Petesy, j' t'avoue que j' sais pas qui couche avec qui dans ce bordel, mais j' crois que c'est encore le cheval qui a la meilleure part. » Il se mit à trembler, agité par un rire intérieur. « Bon Dieu de bon Dieu, Petesy, soupira-t-il, c'est tellement bon de te revoir ! Je savais que si jamais on se rencontrait, ça serait dans quelque purgatoire de l'esprit comme celui-là. Tu sais, Wendy s'informe encore de toi, de temps en temps. Elle avait un vrai béguin pour toi. Je crois que c'était parce que tu savais la boucler. Elle en avait tellement par-dessus la tête du paternel. Il n'arrêtait pas de lui gueuler aux oreilles dans l'espoir de faire cavaler ses complexes. Ça m'étonne pas qu'elle se soit mise à pinter. Pauvre Wendy, dit-il, subitement rêveur, faudra que je l'amène ici pour qu'elle puisse te revoir. Tu comprends, avec son vieux spectre de Belge, et ce cheval, et toute cette gnôle, elle finira, sans aucun doute, dans une maison de cinglés.

« Enfin, continua-t-il, là n'est pas la question. » Il n'était pas ivre (bien qu'il aimât boire, je me rappelai que même gosse il n'était pas spécialement porté sur l'alcool, ce qui m'avait toujours semblé un soulagement dont on n'avait qu'à se féliciter), mais une lumineuse hilarité pétillait dans sa voix, et ses yeux scintillaient, s'agitaient. « Je disais à ce type, hier soir, que, parmi les douzaines de petits camarades que j'ai eus, il n'y en avait qu'un pour qui je tournerais le coin de la rue à seule fin de le revoir. Et puis, j'ai mentionné ton nom — mon vieux Petesy — et je me suis demandé ce que tu pouvais bien foutre. C'est fantastique ! C'est de la divination tout pur. Alors, qu'est-ce que tu peux bien foutre ? Dis-moi ça. » Mais je n'avais pas ouvert la bouche pour répondre qu'il me tirait par la manche. « La femme de ma vie, dit-il, viens ici que je te présente. »

Je me rappelle ma surprise à l'idée que Mason pût être marié, et j'observai sa femme — une blonde nonchalante, appelée Carole, qui m'adressa une sorte de sourire réchauffé et continua à faire valoir sa belle poitrine par une espèce de haussement d'épaules lassé qui semblait lui être habituel. Dans le box, près d'elle, était assis un jeune couple en blue jeans, rouquin, blafard, l'air malsain — je crois qu'on les appelait les Pennypackers[1]. Comme deux renards en cage, ils m'examinèrent à travers leur hargne, avec leurs yeux brillants de petites bêtes sauvages. Ils ne firent même pas l'effort d'un salut, mais ils buvaient Mason des yeux tout en alimentant une conversation pleine de petits glapissements et de sous-entendus au sujet d'un week-end à Provincetown et de quelqu'un du nom de Gus, et de quelqu'un du nom de Wally — et finalement, quand ils se levèrent pour partir, Mason leur glissa dix dollars qu'il détacha d'une énorme liasse de billets (je crois que ce dut être par méprise car même quand il était gosse il n'aurait jamais manqué de tact au point d'exhiber son argent avec une telle ostentation), sur quoi les Pennypackers clignèrent leurs petits yeux aqueux et sans cils dans un bref regard brûlant de convoitise conspiratrice avant de disparaître dans la nuit. Je me rappelle m'être demandé comment ces deux individus qui semblaient si peu intéressants, et dans une telle misère, avaient pu parvenir à compter parmi les amis de Mason. Mais, sans me donner le temps de lui poser la première question, il me dit : « Lui s'occupe de théâtre — il prononça le mot avec emphase, — il n'a pas un sou et c'est le dernier des cons, mais il lit les manuscrits pour la Playwrights' Company. Il a le premier acte de la pièce que je suis en train d'écrire. S'ils ne la prennent pas, je suis presque certain que Whitehead la montera l'an prochain, une fois que je l'aurai finie. C'est le second acte qui me casse les couilles. Tu les a remarqués, tous les deux ?

1. Nom fréquemment employé par les romanciers et dramaturges américains de la fin du XIXe siècle pour désigner une famille très riche. (N. du T.)

C'est rigolo, t'as vu ?... ils sont exactement pareils. Je suis convaincu que c'est sa sœur. C'est la plus farfelue de toute la ménagerie. Bon Dieu, j' voudrais bien les voir tous les deux en action. J' parie que ça doit être comme si on essayait de fourrer un bâton de guimauve dans une tirelire. »

Carole ne perdait pas un mot des drôleries de Mason. Chaque fois qu'il ouvrait la bouche elle ponctuait ses paroles d'innombrables petites virgules de joie, bruits de gorge et rires étouffés. C'était une belle fille, solide, avec une peau de lait, une voix de contralto, une voix grasse de fille de brasserie et des yeux verts en amande qui ne reflétaient guère qu'une passion confiante, imperturbable. D'esprit large, évidemment, elle évoquait des idées de fertilité, avec des douceurs consentantes de femme profondément éprise. Sa voix rauque la trahissait — Greenpoint [1] tout pur — et me donnait une piètre opinion du goût de Mason en matière de compagne, ce qui n'empêchait pas qu'en bon célibataire je ressentais quelques démangeaisons d'envie pour ce qu'il s'était octroyé.

— Chéri, tu es impayable, ricana-t-elle, donne-moi un autre scotch sur de la glace.

— En réalité, ces bouges du Village ne sont pas du tout mon genre, dit Mason, sans lui prêter la moindre attention, mais, de temps en temps, pour se remonter, c'est pas mauvais de venir voir toute cette racaille pseudo-intellectuelle en action.

Il me serra le bras. « Nous, on les met, tu sais. Il y a une grande partouze chez moi. Elle dure depuis la nuit dernière. Viens, on y va. » Dehors, il retint Carole sur le bord du trottoir. C'était une de ces nuits de Manhattan lourdes et moites. Les étoiles s'y noyaient dans une frêle pénombre de néon, parmi des odeurs

1. Quartier populaire de Brooklyn. (N. du T.)

d'asphalte et de bouches d'égouts ; et l'arôme d'un bouquet de gardénias, porté par un vieil homme dépenaillé, montait vers nous à travers les ténèbres. « Dis, la môme, tu veux quelque chose de Max Schling ? Les fleurs, ça la rend complètement dingo, cette gosse », murmura-t-il, tandis que, d'une main incertaine, elle épinglait les gardénias à son corsage. « Et je dois avouer en toute franchise que c'est son unique plaisir esthétique. Enfin, comme je te le disais, ça ne fait pas de mal, de temps en temps, Peter. Ces gens sont de tels fumistes ! Nom de Dieu, je reconnais que j' suis peut-être pas un Cocteau ni un Brecht, mais, au moins, je suis sérieux. » Il siffla pour arrêter un taxi. « Viens, on va remonter au studio. »

L'appartement de Mason — son studio, plus exactement — perché à un cinquième étage dans un des coins les plus mal tenus du Village, était le seul logement que j'aie jamais vu à New York où un luxe véritable s'alliait avec succès à une conception mansardière et beatnick de l'art. C'était un studio caverneux, très haut de plafond, qui avait appartenu autrefois à un portraitiste célèbre dans son temps, mais aujourd'hui complètement oublié. Mason en avait laissé la majeure partie comme il l'avait trouvée — la verrière délabrée et les hideuses boiseries d'acajou — mais le reste — l'épaisse moquette allant d'un mur à l'autre, les éclairages indirects, les élégants bibelots chinois, un mobile de Calder, trois Modigliani et, rangées sur rangées, de belles éditions — il l'avait installé avec grand style, de sorte que, après avoir péniblement gravi un si long escalier minable et qui sentait le chou, on éprouvait une impression bien différente de celle qu'on attendait, non la banalité ordinaire des ateliers, mais la brusque luminosité somptueuse d'un paradis. On aurait trouvé un endroit pareil tout naturel dans Beekman Hill, mais pas ici ;

c'était comme si un maharajah avait pris un appartement dans le faubourg de Queens. Avec son flair sans égal pour le geste impossible, Mason avait opéré la fusion de Beverly Hills et de la bohème : dans cette lumière suave, insinuante, on sentait qu'on aurait pu partager la vie des immensément fortunés sans pour cela perdre l'écho canaille de la rue d'où, chaque nuit, montaient les airs étouffés d'un juke-box miaulant et les accents tristes et durs de Sodome.

Ce soir-là, la pièce était bondée, mais, peu de temps après notre arrivée, Mason — se débarrassant de Carole qui, à présent, était désespérément soûle — me poussa vers une chambre à coucher sur la cour, ferma la porte à double tour, puis, se tournant vers moi, me dit bien en face, avec un chaud sourire : « Maintenant, on va rattraper le temps perdu, mon petit Petesy. » Peut-être à cause de cette porte verrouillée, je me rappelle que, même alors, l'éclair d'un noir soupçon effleura mon esprit pour s'évanouir aussi vite qu'il était venu. Etant assez porté à l'introspection, et soigneusement en harmonie avec les résonances psychiatriques de notre époque, je me suis souvent demandé si, dans nos rapports, dans l'attirance que Mason exerçait sur moi, il n'y avait pas, par hasard, des traces d'homosexualité. Je crois que cela me préoccupait surtout parce que je suis américain, et que les Américains s'effraient à l'idée que l'excitation légèrement fiévreuse, la chaleur qu'ils pourraient parfois éprouver en présence d'un ami du même sexe, présage toutes sortes de désirs innommables. C'est pourquoi, alors que les Français s'embrassent ou s'étreignent sans le moindre embarras, et que les Italiens, après une longue absence, se précipitent en hurlant dans les bras les uns des autres, l'Américain en est réduit à un salut qui tient plutôt du ricanement et à un grand coup de poing sadique entre les omoplates.

Néanmoins, en ce qui concerne l'effet que Mason produisait sur moi, j'ai examiné la question sous tous les angles et conclu que cet attrait était sensiblement teinté, mais nullement souillé, par cette complication. Je crois que je sentais, quand j'étais près de lui, qu'il était plus imaginatif, plus intelligent que moi, et en même temps plus corrompu (je veux dire par là, plus corrompu que je ne pouvais me permettre de l'être, quelque effort que je fisse), aussi, bien qu'il m'amusât d'une façon prodigieuse, il me permettait néanmoins, grâce à ma banale et superficielle rectitude, de me sentir plus heureux que lui — plus embêtant, mais plus heureux, et parfois supérieur.

Ce soir-là, il était en pleine forme. Nous comparâmes les bilans des années qui s'étaient écoulées depuis notre dernière rencontre, mais il ne me fallut pas longtemps pour couvrir ma terne carrière. Mason, en revanche, avait vécu — et d'après ce que je crus comprendre, avec un panache que bien peu de jeunes gens auraient pu arborer pendant la guerre. Son histoire, pour quelqu'un comme moi qui n'avait vu que les savanes de l'Illinois, était fascinante, car il avait appartenu au corps des O.S.S. [1] « Sans blague, Petesy, j'aurais préféré passer quelque temps à Leavenworth plutôt que d'être mobilisé. Et bouffer l'ordinaire à côté de quelque crétin d'Opelika, Alabama ! Vraiment, Peter — mais ne fais donc pas cette gueule, voyons — il faut tout de même bien que nous préservions une certaine aristocratie de l'esprit. » Ça n'avait pas été chose facile après la débâcle de ses études, mais Wendy, qui connaissait un metteur en scène qui connaissait un général Untel au Pentagone, avait réglé l'affaire très peu de temps après que Mason eut été renvoyé de Princeton. « Wendy-chérie, dit-il

1. Officer Special Service (Deuxième Bureau). (N. du T.)

d'un ton rêveur, naturellement, elle n'aurait pas voulu que je parte du tout, mais il y avait un point sur lequel elle était d'une fermeté absolument irréductible : elle avait décidé, une fois pour toutes, que j'irais dans une unité où tous les hommes se brossaient les dents, bien qu'elle eût entendu dire qu'un grand nombre d'entre eux étaient des tapettes. »

Puis il me raconta ses aventures, des histoires à faire dresser les cheveux sur la tête. Pour commencer, l'école du gouvernement où il avait été à l'instruction près de Baltimore, le programme incroyable où les néophytes comme lui, afin d'éprouver leur habileté à se dissimuler, devaient, entre autres choses, pénétrer en pleine nuit dans des installations militaires fortement gardées, ou aller chiper des photocalques de la plus haute importance dans les chantiers de construction de la Bethlehem Steel Corporation, ou, en plein midi, avec de fausses moustaches, des lunettes et une fausse médaille d'identité, aller valser devant les gardes à l'usine d'avions de Glenn L. Martin et, une fois dedans, avec cette adresse furtive qu'on leur inculquait à l'école, placer des bombes artificielles et des engins de sabotage dans les intestins de quelque machine vitale et d'importance majeure avant de revenir rapporter à leurs supérieurs un écrou capital, un boulon ou une goupille indispensable, ou même — comme ce fut une fois le cas pour Mason — la plaque portant le nom de quelque vice-président de l'usine, comme preuve de la réussite de leur mission. « J' t'assure, dit-il dans un éclat de rire, qu'il n'y a rien de plus marrant que de jouer à l'espion. Appelle ça des histoires de cape et d'épée, si tu veux, ça n'empêche pas qu'il y avait des moments où c'était formidablement excitant. Evidemment, là-bas — au Division Institute — c'était le nom officiel, mais pour le grand public, le truc avait pas de nom, en fait, il n'existait même pas — nous ne courions pas grand risque. Nous avions ce qu'ils appelaient un « agent de contrôle » dans chaque installation qu'on se proposait de foutre en l'air. C'est-à-dire qu'il y avait toujours quelqu'un, généralement un gars du F.B.I. planté là par sécurité, et qui savait toujours ce qui se passait. Du moins, il savait que ce jour-là le D.I. faisait du travail en vitesse — nous appelions ces raids le « travail en vitesse » — de sorte que si on ratait son boulot et qu'on se faisait pincer, il pouvait toujours intervenir et vous tirer d'affaire. » Il se tut. Son visage enflammé avait pris une expression rêveuse, et aussitôt, comme anticipant quelque chose de comique, Mason se mit à rire. « Ah, nom de Dieu, il y a eu des pauvres bougres qui en ont vu de dures. Ce petit gars, par exemple, qui s'appelait Heinz Mayer. C'était un drôle de petit réfugié allemand qui avait habité Buffalo. Il n' savait pour ainsi dire pas l'anglais, mais c'était un patriote à tous crins, et j' crois qu'il aurait fait n'importe quoi rien que pour pouvoir aller cracher sur le sol de la Mère-Patrie. Bref, un jour, on l'a envoyé faire un petit « travail en vitesse », tout seul, dans une installation de défense anti-aérienne. — Non, je me trompe. Je me rappelle maintenant, c'était à la base navale de Dahlgren, sur le Potomac. Or, il s'est trouvé que l'agent de sécurité, ce pauvre con du F.B.I., avait été frappé de quelque chose — j' sais plus quoi, appendicite, crise cardiaque, un truc de ce genre — en tout cas il n'était plus là, sur les lieux, quand le petit Heinz s'est fait poisser en train de farfouiller dans un bâtiment où on assemblait un nouveau système de détonateur automatique pour des obus de trente millimètres. Oh, nom de Dieu, ricana-t-il, il me semble que je l'entends encore nous le raconter : « Alors ch'étais là. Ces fusiliers, y croyaient que ch'étais allemand! Y foulaient pas me croire quand che tisais que ch'étais américain, Heinz Mayer, te Buffalo, New York. Et ch'attendais, ch'attendais que mein achent fienne pour me saufer et y fenait pas ! » Oh, nom de Dieu, ce qu'on a pu rigoler en l'écoutant. J' crois que, pour un peu, les fusiliers l'auraient écrabouillé à coups de crosses, mais il a trouvé tout de même le moyen de s'en tirer, j'sais pas comment... »

C'était une vivante imitation du pauvre petit Allemand — complète, avec gestes d'effroi, d'ahurissement, et tout. Je me surpris à rire aux éclats. « Bon. Et ensuite, Mason ? » demandai-je finalement.

Il ne semblait pas disposé à en dire davantage. Son visage devint calme, grave, et il détourna la conversation sur la pièce à laquelle il travaillait, sur Broadway, sur les œuvres dramatiques. Et pourtant, j'insistais subtilement. L'intrigue, les exploits d'espionnage m'ont toujours fasciné et je désirais en entendre davantage. « Oh, Peter, ce n'était pas ce que tu pourrais te figurer, dit-il. Comme l'Armée, ou n'importe quelle autre chose, c'était surtout une question d'épouvantable — ou plus exactement de perpétuel — ennui. Nom de Dieu de bon Dieu, je voudrais avoir cinq *cents* pour toutes ces heures, toutes ces heures vides que j'ai passées là-bas, sur mon cul, assis à ne rien faire qu'à attendre. Au Caire, ça en était venu à un tel point que, je te jure, j'avais fini par connaître chaque lézarde du mur, chaque bosse, chaque nœud dans le bois au bar du Shepheard's Hotel. Sur ton cul à attendre que Franklin et Winston aient fini par trouver le meilleur moyen — et, tu sais, tous ces trucs-là, ça n'a rien à voir avec la stratégie, c'est uniquement des combines politiques plus ou moins dégueulasses — de venir en aide à quelque pauvre partisan, à demi étranglé quelque part. » Alors, comme une si grande partie des Services Stratégiques se trouvait paralysée par l'inertie, il s'était arrangé pour ne partir qu'une fois en mission, un parachutage avec un caporal de l'armée serbo-américaine derrière les lignes allemandes en Yougoslavie dans le but de recueillir des renseignements de première main sur l'étendue de la collaboration du chef partisan Mikhailovitch avec les forces de l'Axe. « C'est extraordinaire, dit-il brusquement, quand on parle aux gens — même, par exemple, à des officiers anglais du Deuxième Bureau qui ont fait des tas de trucs secrets très dangereux et qui, par suite, devraient savoir à quoi s'en tenir — c'est extraordinaire le nombre de gens qui se figurent que l'O.S.S. est rempli de surhommes costauds qui savent parler sept langues, sont spécialistes de judo et passent leur vie à rôder, un coutelas entre les dents, dans des patelins où la terreur règne pour de vrai. Je te garantis, Peter, que rien n'est plus loin de la vérité. Je ne veux pas dire qu'on ne court pas certains risques. Parachuter tout simplement, la nuit, en plein dans le noir, c'est pas bien rigolo. C'est le seul saut que j'aie jamais fait, et ils peuvent le garder. Mais à part ça, pour ce qui est du grand mélo, ça ne se voit guère qu'au cinéma. »

Et il me raconta comment, après avoir flotté jusqu'à terre près de la ville de Dubrovnik, sur la côte dalmate, il s'était caché dans la villa du bord de mer d'un Serbe, nommé Plaja, confidentiellement à la solde des Alliés — Mason me le décrivit comme « un vieux type formidable à poitrine d'Hercule, élevé à Cambridge et qui avait fait une fortune colossale en exportant de la slivovitz » — et là, il vécut dans une oisiveté totale pendant deux mois, car, par malchance, Mikhailovitch venait juste de transporter son quartier général de guérilla mouvante très haut dans les montagnes, vers l'est, à un endroit où, à cause des armées allemandes interposées, on ne pouvait l'atteindre. « Nous avons tâché de prendre contact avec des agents de Tito que nous savions travailler secrètement pour Mikhailovitch, continua Mason, mais il n'y a rien eu à faire. Stancik — c'était Jack Stancik, mon caporal serbe de Toledo, un petit gars épatant, un dur, qui avait été acrobate de cirque — Stancik et moi, on a bien essayé deux ou trois fois de risquer un œil à travers les lignes, mais les Boches n'étaient pas là pour badiner, et l'endroit était encerclé comme par une clôture de fil de fer. » Alors, au lieu d'établir une liaison quelconque avec les agents de Tito, Mason se la coula douce dans le confort de la villa de Plaja, lézarda au soleil du printemps dalmate, nageant la nuit jusqu'aux bosquets de cyprès, dans les îles qui parsemaient la côte, et s'envoyant de la slivovitz, l'eau-de-vie de prune dont Plaja, son producteur en chef, ne servait que les crus les plus succulents. « Cré bon Dieu, Peter, s'écria-t-il soudain, c'est ça qui était vraiment la partie cinéma. C'était à n'y pas croire. Des Nazis qui se baladaient tout autour. Et j'étais là, littéralement à quelques mètres de la mort, menant une vie de boyard. Et puis, pour comble, cinq ou six jours après mon arrivée, la fille de Plaja est venue compléter le tableau, une merveilleuse petite gosse aux cheveux noirs — elle avait à peine quatorze ans, avec de grands yeux noirs et des lèvres aguichantes d'un rouge bien mûr brillant dans un de ces teints olivâtres fabuleusement clairs que possèdent les Yougoslaves de cette région. Et des petits seins du tonnerre, fermes comme de petits melons, et, pour finir, le balancement de deux merveilleuses petites fesses. Rien que de la regarder, ça me faisait sauter la cervelle, après avoir été soumis si longtemps au régime — je dis bien au régime — des putains vérolées du Caire. Elle ne savait pas un mot d'anglais, mais on s'en tirait avec une espèce de français petit-nègre. Bref, pour abréger le conte, on s'est fait les yeux doux pendant quelque temps — le vieux Plaja s'en foutait. Je crois qu'il m'acceptait sans restrictions, de plus il passait ses journées à chasser au faucon, ce qui semble être le divertissement favori des Yougoslaves fortunés. Et puis, une nuit, après un tas de chichis, de roucoulades et de frotti-frotta, nous avons nagé jusqu'à une petite île près de la côte. Sans blague, l'odeur des cyprès, des fleurs de pruniers, tout cela était si sexuel, si enivrant, qu'on en arrivait presque à avoir envie de dégueuler tellement on était excité. Nous n'avions pas de maillots de bain et nous sommes arrivés ruisselants sur cette plage trempée de lune, aussi nus qu'un couple de poissons rouges. C'était la première fois qu'elle se donnait, Petesy, mais tu ne t'en serais jamais douté. Elle poussa simplement une petite plainte, et elle s'abandonna. Comme un bébé qui vous offrirait un sorbet. » Et cette idylle, ajouta-t-il, avait duré plusieurs semaines. J'étais ravi par le tableau qu'il m'en faisait. A tel point que j'étais à peine irrité par ses descriptions puériles de toutes les « spécialités » qu'il lui avait enseignées — on peut les trouver dans n'importe quel ouvrage élémentaire sur le mariage — pas plus que je n'étais troublé quand il insistait sur « les petits jappements passionnés » tellement j'étais perdu dans la vision que son éloquence suggérait, vision de danger menaçant, de fleurs de pruniers, de vols de faucons et de mers qu'aromatisaient les cyprès.

« Dieu, Mason, soupirai-je, mais c'est inimaginable.

— Tu ne me crois pas ?

— Mais si, je te crois. » (Et ne le croyais-je pas en effet ? Il ne faut pas oublier que, quatre ans avant Sambuco, j'avais encore une forte dose de crédulité.) « Seulement, c'est que... c'est que, c'est si incroyablement romantique. Pense donc, le jeune Mason Flagg, de Gloucester Landing, Virginie.

— Je sais, dit-il rêveur, c'était vraiment comme un

conte de fées. Il m'arrivait parfois, lorsque j'étais là-bas, de croire que je vivais un rêve. »

Mais le rêve fut bientôt anéanti car Mason se trouva enlevé de sa réclusion séraphique par les bourrasques de la violence. Une nuit, un des serviteurs de la maison dénonça leur présence aux Allemands. Stancik et lui n'eurent que quelques minutes pour s'échapper : une brève étreinte maladroite, un baiser, un adieu — et Mason avait disparu avec Stancik, courant, pataugeant dans la boue des champs, à travers les bois d'oliviers dans un cauchemar de confusion, d'incertitude, trébuchant vers la chaloupe anglaise qui les attendait sur le rivage tandis que, telle une furie vengeresse et inéluctable, les Allemands les poursuivaient, acharnés, illuminant le ciel des lueurs blafardes, impitoyables, de leurs fusées. « Les fusées, c'était déjà pas drôle, dit Mason. Je crois qu'ils devaient les lancer avec des crapouillots, à moins que ce ne fussent des fusils à grenades. En tout cas, nous savions qu'au bruit de l'explosion, il fallait se plaquer — à plat ventre — et ne plus bouger, même pas respirer. Puis, au bout de cinq ou dix secondes, on entendait la petite détonation étouffée — *pout !* — très haut dans le ciel, et, nous avions beau être étendus les yeux hermétiquement fermés dans cet immonde champ mouillé, nous pouvions brusquement sentir qu'une lumière crue, effroyable, descendait du ciel, comme l'éclat le plus brillant du jour, et nous enveloppait. C'était étrange. Je ne pouvais pas vraiment voir cette lumière, parce que j'avais les yeux fermés, et cependant je pouvais positivement la sentir me pénétrer les os, et je restais là à attendre — priant, je crois — à attendre qu'ils nous fassent sauter. Mais, comme je te l'ai dit, ce n'était pas ce qu'il y avait de pire. C'étaient les sacrés chiens qu'ils employaient. Ils avaient ces putains de grands chiens dalmates qu'ils avaient enlevés aux Serbes et entraînés comme des espèces de chiens policiers. Je les avais déjà vus, accompagnant les patrouilles de Boches sur la route en face de la villa, des grandes bêtes affamées, les yeux cernés de rouge, et des taches de bile sur les flancs. Bref, cette nuit-là, ils les lâchèrent sur nous. Nous les entendions gronder, grogner, hurler dans les haies, cherchant à trouver notre piste. Et une fois, pendant qu'une fusée illuminait le champ, j'ai regardé par-dessous mon bras, et j'ai aperçu un de ces enfants de garce, très loin, mais assez près tout de même, à la lisière d'un bois, à côté d'un grand Boche armé d'un fusil à répétition. Rien que de le voir, j' te jure que mon sang s'est changé en pisse : cette grande bête monstrueuse avec ses crocs luisant dans la lumière et ses deux gros yeux ronds qui étincelaient comme des dollars d'argent. On l'avait dressé à tuer, et il vous aurait bouffé la moelle épinière comme un morceau de fromage blanc. »

Et pourtant, par la grâce de la Providence, ou par un coup de veine, ils avaient réussi à s'en sortir ; Mason du moins, car son camarade Stancik (ils étaient sur la plage maintenant, se cachant derrière les rochers, glissant, dégringolant à même la pierre nue, dernier effort de leurs pieds écorchés, de leurs os rendus. Dans leur angoisse, ils n'avaient qu'un seul but, la chaloupe à moteur dont le signal, qui paraissait déjà vaciller et pâlir, comme désespérant de leur condition sans issue, clignait vers eux à quelques mètres de la côte), tomba, ayant glissé dans une espèce de crevasse entre deux rocs, avec un cri horrible qui révéla leur position. Mason me dit qu'il avait pu entendre le craquement du tibia fracturé et, se retournant pour secourir le caporal, il se trouva — avec un sentiment de désespoir qu'il n'avait jamais connu jusqu'alors — face à face avec le projecteur d'un Nazi braqué en plein sur eux. Coincé, réduit à l'impuissance et en proie à d'affreuses douleurs, Stancik essaya pourtant de bouger. Mais la situation était irrémédiable. Comme Mason avançait vers lui, dans l'atroce lumière, une mitraillette ouvrit le feu, balaya les rochers, projetant une pluie d'éclats de schiste, de calcaire, et une balle dans le ventre du caporal. Mason dit qu'il avait vu le flot de sang jaillir comme du bitume d'une artère sectionnée, qu'il avait entendu Stancik soupirer ou murmurer, dans une dernière et faiblissante manifestation de son identité et de son être, puis Mason lui-même s'écroula, le mollet traversé comme par une lame de feu. « Alors, je me suis traîné jusqu'au bateau, dit-il, et je ne sais pas encore comment j'ai pu le faire. Mais Stancik, le pauvre petit bougre, il n'a pas eu autant de chance. Il n'a pu que murmurer : « Partez, mon lieutenant. Dites à personne que l'acrobate est tombé. » Et puis il est mort. » Mason releva une de ses jambes de pantalon et me montra, au-dessus de la cheville, une vilaine cicatrice ronde, de teinte bleuâtre, et un peu plus large qu'une pièce de cinq *cents*. « Voilà, ajouta-t-il, mon souvenir de guerre. J'avoue franchement, Pierre, que je m'estime assez heureux. Et c'est un gentil petit témoignage à garder avec soi, parce que, chaque fois que ça me démange, ce qui arrive pendant ces horribles journées humides de New York, je pense à la fille de Plaja, et au soleil, et à l'eau bleue.

— Ouf, Mason, dis-je sincèrement ému, tu parles d'une histoire !

— Oui, dit-il d'un air dégagé, oui, je suppose qu'elle a tous les éléments dramatiques nécessaires. » Il se tut et regarda sa montre. « Dis donc, je crois que tu ferais bien de rejoindre la compagnie, mon coco. Ecoute, je vais rester ici un moment. Je commence à en avoir marre de ces soiffards. Si tu as besoin de moi, reviens. »

Comme c'était le Mason de ce qu'on pourrait appeler, je suppose, la période bohème, je fus très déçu de n'apercevoir chez lui que très peu de gens de cinéma. Il avait réuni à la place un mélange hétéroclite et curieux. Solitaire comme toujours, je m'installai à ma place favorite, dans une alcôve loin de tout courant d'air où, de mon œil habituel d'ermite, je pouvais regarder les allées et venues des invités. Il y avait toute une population des deux sexes qu'avaient dégorgés les bars du village, y compris les Pennypackers qui arrivèrent un peu plus tard, ricanant et fleurant le haschisch ; plusieurs peintres expressionnistes abstraits, semi ou tout à fait éminents ; un éditeur de la *Hudson Review ;* un dramaturge célèbre ; un metteur en scène de Broadway dont la femme, d'après ce que Mason m'avait murmuré à l'oreille quelques minutes auparavant, était une nymphomane incurable ; trois jeunes critiques littéraires de New York University, du genre chevelu, qui, debout devant le buffet, se bourraient tranquillement de morceaux de dinde ; un critique d'art ; un critique de jazz ; un critique dramatique ; une demi-douzaine de joueurs de jazz, l'air somnolent ; et tout un banc de jeunes et jolis modèles qui ondulaient à travers la pièce en zigzaguant dans un froufrou de jupes, ou prenaient des poses dans quelque coin, leur verre de whisky sous le nez comme un flacon de sels. Un air de jazz éblouissant et endiablé jaillit d'une source inconnue, électrisant tout le monde. Chaque fois que la musique cessait dans un frémissement d'aiguille grinçante, les jeunes modèles semblaient faire une légère moue et s'affaissaient dans leurs élégantes robes printanières comme des bouquets qui se fanent. « Ah ce Mason ! dit une voix enrouée près de moi, alors, ça, c'est quelqu'un ! » C'était un certain Mr. Garfinkel, un petit homme chauve, corpulent, qui, se trouvant comme moi soit mal à l'aise, soit délaissé, était venu jeter l'ancre dans mon alcôve. Il me dit qu'il était « avec Republic ». Je pensai qu'il s'agissait d'une aciérie jusqu'à ce qu'il m'eût expliqué, avec de gros rires étouffés, que c'était quelque chose qui avait affaire avec le cinéma. « Non, mon garçon, je ne suis allé à Pittsburgh qu'une seule fois dans ma vie. » Puis il répéta : « Ah, ce Mason, alors, ça, c'est quelqu'un. Un génie. Voyez un peu tout ce qu'il possède. Les yeux, le nez, l'expression. Tout. C'est incroyable, je vous dis. Exactement comme son papa. » Il fit une pause. « Un peu plus grand, peut-être.

— Vous avez connu Mr. Flagg ? demandai-je.

— Comment si j'ai connu Justin Flagg ? Mais, mon petit, j' lui ai donné ses tétées. J'ai été une mère pour lui. Ah. » Il retroussa les lèvres en un sourire et découvrit une rangée d'incisives piquées. « C'est le Juif en moi, dit-il avec un coup de coude. Dans chaque Juif il y a une mère frustrée. »

Je commençais à m'énerver et regardais autour de moi. A ce moment, une des plus jolies filles que j'aie jamais vues de ma vie passa près de nous. Elle était étonnante avec ses cheveux de cuivre soyeux. De longues boucles soigneusement enroulées formaient un halo de franges tout autour de sa tête. Et, comme elle s'avançait vers nous, elle semblait irradier une chaleur interne d'une extrême douceur. « Hello, Marty, on s'amuse ? » dit-elle à Garfinkel en lui serrant rapidement la main. Sa voix n'était pas une voix de théâtre car elle n'avait rien d'artificiel et ne venait pas des sinus mais plutôt de la gorge, pour être exact, avec des intonations féminines et chaudes. Et, le plus important, elle ne l'avait pas appelé « *darling* ».

— Salut, Celia, dit Garfinkel, comme elle s'éloignait dans la foule. Où étiez-vous cachée, *darling?*

— Quelle est cette..., commençais-je à dire à Garfinkel, mais il parlait de nouveau de Mason. « Je vois, dis-je. Ainsi, vous connaissez Mason depuis longtemps ?

— Des années. Ce gosse est un génie. Exactement comme son papa. Seulement lui, ce sera le génie des auteurs dramatiques. » C'était un gentil petit homme, ce Garfinkel, avec un air de solitude stoïque. Je ne sais pourquoi je me l'imaginai dansant le mambo sur d'innombrables paquebots de la Grace Line en croisière au Brésil avec des femmes toujours plus grandes que lui.

« Vous avez lu sa pièce ? demandai-je.

— Non, dit Garfinkel, mais il m'en a parlé. Je ne peux pas me tromper, je vous dis. C'est un don. Ce garçon est un génie.

— Je vois.

— Pensez un peu aux avantages qu'il a eus, étant le fils de Justin Flagg. » Ses yeux se perdirent dans un rêve lointain. « Flagg. C'est un nom avec lequel on peut faire des miracles... » Et il me regarda avec intention. « Dans certains milieux, naturellement. »

Il y a des femmes dont la beauté est telle qu'elle peut briser la réserve des moins entreprenants des hommes. Celia était l'une d'elles. Elle me fascinait, et maintenant, debout au centre de la pièce bruyante, elle m'attirait irrésistiblement. Je toussai et commençai à m'éloigner de Garfinkel qui disait : « Levitt. Etes-vous un des Levitt des entreprises de construction Long Island and Levittown, P. A. ? » Il doit y avoir dans la structure de mon nom quelque chose de défectueux. Je dis que oui, pour en finir, et me dirigeai vers Celia. Mais, comme je traversais la pièce pour me rapprocher d'elle, un contre-courant m'entraîna et bientôt je me trouvai coincé près de la table du buffet où je dus entamer une conversation inepte avec le type de l'*Hudson Review* qui, sans avoir tout à fait un haut-lecœur quand je lui dis dans quel collège j'avais fait mes études, rectifia ses yeux de chouette comme si, brusquement, il pouvait voir jusqu'au fond de mon âme. Je crois que c'est à ce moment-là que je décidai de partir. Celia était inaccessible. Dans un coin de la pièce, faisant cercle autour d'elle comme autour d'une fleur ravissante, plusieurs jeunes gens l'enveloppaient d'un bourdonnement d'abeilles. Elle était charmante, mais jamais je ne l'aurais à moi. En outre, l'homme de l'*Hudson Review* qui avait péroré sur la culture de niveau moyen commençait à être aussi las de moi que je l'étais de lui. Bâillant presque à l'unisson, nous nous souhaitâmes une bonne nuit avec un égal soulagement et je m'en fus dire à Mason que je partais.

Etait-ce un certain côté exhibitionniste chez Mason (partie de ce besoin hystérique de sexe, ce braiment perpétuel, ce bavardage constant sur les aspects charnels de l'amour qui donnait à ceux qui l'écoutaient l'impression de recevoir des bouffées d'air chaud dans le cou, chose toute naturelle à quinze ou seize ans, mais que, chez les hommes, on pourrait croire mise en veilleuse — tout aussi hystérique, mais en veilleuse) qui l'avait empêché de fermer la porte de sa chambre à clé ? Il savait que je n'ignorais pas où il se trouvait ; il m'avait même dit qu'il m'attendait. Du moment qu'il l'avait fermée pendant notre conversation, on aurait pu penser qu'il la fermerait à double tour lorsqu'il s'était mis à faire ce qu'il faisait quand j'eus le malheur de le surprendre. Mais c'était Mason, hélas, pas vous ni moi, et je ne peux pas prétendre avoir toujours compris ses motifs. Mais ce que je sais, c'est que je reçus le plus grand choc de ma vie quand, n'obtenant pas de réponse après avoir frappé, j'ouvris la porte et les vis tous les deux, dans une lumière aveuglante, Mason et Carole, nus comme des vers, frénétiquement au lit, engagés dans un corps à corps confus, un enchevêtrement de chairs roses, un pilonnage de bras et de fesses, spectacle que j'aimerais pouvoir qualifier de parfait pour le fantaisiste, le voyeur qui est en moi, mais qui, bien au contraire, en terme de sexe, d'esthétique, ou de tout ce que vous voudrez, me fit l'effet d'une injection énorme de novocaïne. Tout cela semblait, en quelque sorte, tellement préparé que je restai là, un instant, à les regarder avec la fascination de quelqu'un qui assiste à sa première autopsie; puis, reprenant mes esprits, je lâchai un inepte : « Bonne nuit, Mason », fermai violemment la porte comme une femme de chambre d'hôtel effrayée, et m'élançai dans le couloir, les joues en feu, m'étonnant de la terrible puissance de l'amour conjugal qui pousse un homme à forniquer avec sa femme sur son lit, soûle comme elle l'était, au beau milieu d'une soirée offerte par lui-même.

L'explication était, naturellement, que Carole n'était pas sa femme. (Pourrait-on me blâmer d'avoir pu croire encore, quelques années à peine après avoir quitté la Virginie, que lorsqu'un homme disait : « La femme de ma vie », il voulait dire son épouse? Probablement.) Car, au moment où j'allais sortir, Garfinkel était près de la porte et, avec lui, ma vision intangible de la soirée, la belle et resplendissante Celia.

— Levitt, dit Garfinkel, vous ne partez pas déjà? J'aimerais que vous fassiez la connaissance de la femme de Mason. Celia, je vous présente Peter Levitt.

— Oh, vous êtes sûrement Peter *Leverett!* dit-elle avec un sourire, toute chaleur et vivacité. Mason m'a tellement parlé de vous et de ces merveilleuses années que vous avez passées ensemble en Virginie. Cette école farfelue où vous avez été! Oh, mais je n'avais pas la moindre idée que vous étiez ici!

— Leverett, alors. Je vous demande pardon, mon

ami, dit Garfinkel. En tout cas, je veux que vous sachiez qu'ici même, ici même, dans cette petite poupée, se trouve, presque entièrement, la source du génie de Mason.

La *femme* de Mason ? Trop d'émotions me submergeaient. (Carole, « la femme de ma vie », femme ; vie ; quel idiot !) Je regardai Celia et constatai que je ne pouvais pas dire un seul mot. Elle était un son de flûte, une cloche, un roseau ; Carole, elle, n'était qu'un ruminant. Et, en ce moment même, Mason et Carole... J'ai rarement éprouvé un tel sentiment de malaise, un tel désenchantement, un tel dégoût de quoi que ce soit, de tout.

— L'art est mort, Peter, me dit Mason un certain jour pendant cette semaine à New York. Ou enfin, s'il n'est pas encore tout à fait mort, disons que la chère vieille Muse est en train de mourir lentement et que, dans deux ou trois décades, nous la verrons exhaler son dernier soupir. La nouvelle Muse, c'est la science — c'est aussi évident que le nez au milieu du visage. Ajoute à la science un nivellement général du goût dans tous les domaines, et le transfert est inévitable. Mais il n'y a pas de quoi en verser des larmes. On ne peut pas pleurer sur le déterminisme de l'histoire. Les faits sont les faits. A la fin du siècle, l'art — peinture, musique, poésie, théâtre — tout cela sera aussi mort que les labyrinthodontes.

— Qu'est-ce que c'est que ça ?

— Un amphibie préhistorique, de la fin de l'époque permienne.

— Alors, dis-moi, Mason, pourquoi continues-tu à travailler à cette pièce ?

— Oh, je ne sais pas, dit-il. Par une espèce d'esprit de conservation, je suppose. Un marin qui a un peu de cran n'abandonne pas son navire parce que les bastingages ont été emportés. Et puis, il y a toujours une vague possibilité — j'entends réellement vague, mais une possibilité tout de même — que l'histoire fasse une embardée, comme elle en fait quelquefois, et que nous ayons une résurrection au lieu d'un enterrement. Il y a déjà deux ou trois choses qui me portent à croire que ça pourrait fort bien arriver.

— Comme, par exemple ?

— Eh bien, en peinture, l'expressionnisme abstrait. Et, en musique, le jazz. Il y a, dans les deux cas, une liberté formidable, une vitalité, un fantastique refus de la contrainte, de l'horrible formalisme constipant, de toutes les conneries traditionnelles qui ont dressé de tels obstacles devant l'art. Alors — eh bien oui, je l'admets, il y a un petit peu d'espoir. Si peinture et musique vont vraiment de l'avant, il se peut que nous ayons une renaissance et naturellement, ainsi que l'histoire l'a démontré, tous les autres arts se mettront eux aussi à fleurir. Tu vois ce que je veux dire ?

— Ecoute, je ne connais rien à la peinture, Mason, dis-je. Quant à la musique, je trouve que le premier jazz de La Nouvelle-Orléans était merveilleux, et Bessie Smith, mais tout de même...

Comme je cherche toujours à m'exprimer le plus exactement possible, je tâtonne, je perds du temps et du terrain et, à l'occasion, je suis battu dans la plupart des discussions.

« Et puis, reprit-il, il y a toujours J. S. Bach. C'est pas ça que tu allais dire ?

— Plus ou moins, Mason, repris-je, quoique en moins concis.

— *De gustibus,* Peter, dit-il aimablement. Je te laisserai garder ton cadavre, si tu me laisses ma pépouze avec son feu au cul, toute pleine de vie et de chansons.

— *De gustibus,* Mason, dis-je.

— Quand on est croulant on reste croulant. Mais il y a dans chacun une contrepartie. Je crois que c'est parce que tu croules tellement que je t'aime. » Et il disait ces choses-là avec un si gentil sourire, avec une affection si sincère, si honnête, que cela faisait évanouir ce que, quelques secondes auparavant, je considérais déplaisant, prétentieux et banal.

Cette semaine-là, nous eûmes plusieurs conversations sérieuses sur l'art et les sujets qui s'y rapportent. Bien que l'université l'eût rejeté — ou que lui eût rejeté l'université — il semblait avoir tout lu par lui-même et avoir absorbé la plus grande partie de ces lectures ; et il exhibait cette érudition vraiment étonnante, avec ostentation et panache, comme un homme habillé pour un bal costumé. Si vous désiriez savoir les origines lointaines de la Rose-Croix, l'existence des îles Kuria Muria, atolls de guano au large de la côte d'Aden, la différence entre les magnitudes absolues et apparentes des astres, l'origine de la circoncision des femmes dans les tribus du Kalahari, l'influence de Ranulf de Glanvill sur le droit (« Comment, Peter, tu me dis avoir fait tes études de droit, et tu n'as jamais entendu parler de Glanvill ? »), l'extrême tolérance en matière de perversions sexuelles, et les modes employés, chez les Indiens Hurons, la différence entre fibrome et chondriome dans les tumeurs bénignes, les raisons qui poussent les érudits allemands à voir une influence exagérée de Thomas Kyd sur Shakespeare, l'usage que l'on faisait à Rome du gaudemichet — Mason, avec éloquence et brio, pouvait vous renseigner sur toutes ces matières et sur un millier d'autres. Chose plus curieuse encore — peut-être simplement parce que, enfant de mon siècle, je m'intéresse naïvement aux faits — Mason, avec toutes ses connaissances, ne m'ennuyait jamais. Il jouait avec fantaisie de toutes ces inutilités, les lâchait au milieu d'histoires et de bons mots, comme un magicien tire de ses manches des lapins, des roses, des vols de pigeons. Il ressortait à l'occasion son aventure yougoslave qu'il ne se fatiguait jamais de raconter et que je ne me lassais pas d'entendre, ne fût-ce que pour les nouveaux détails, les nouveaux personnages qu'il y introduisait — le jovial maire de la ville, un déserteur italien (épileptique et qui, parfois, rôdait la nuit, commettant crime sur crime), le commandant des S. S. qui, un jour, était venu faire une visite terrifiante à la villa — et, sur ces fondements, s'élevait la plus éblouissante architecture de faits, histoire, folklore et légendes. « Naturellement, le vieux Plaja était un Dalmate pur sang, me disait-il, c'est-à-dire un homme à cœur de guerrier. Tu comprends, ses ancêtres s'étaient battus contre les Vénitiens au moyen âge, à l'époque où ils avaient un véritable bandit comme roi, Ladislas de Naples, qui s'était vendu à Venise pour cent mille ducats, je crois. Quelle période fantastique, sanglante! Je vais te raconter... » Et il partait sur une nouvelle histoire. Et, au cours du récit, j'apprenais, Dieu sait comment, que le principal ennemi du prunier ordinaire est le curculion, petit insecte répugnant ; que la braguette avait été interdite par le pape Sixte V comme étant une menace universelle contre la chasteté ; et que le mot « faucon » vient du latin *falx,* qui signifie faux, à cause des ergots incurvés de l'oiseau. Ce qu'il y avait d'étrange dans le cas de Mason c'est que, méprisant le passé comme il le faisait, il pût le connaître aussi bien.

Dans le livre de mes souvenirs, livre souillé, taché de larmes, je trouve encore deux photographies. Sur la première (j'essaie de me rappeler au cours de quelle réunion je l'ai prise) on peut voir ma propre main, pâle comme un ventre de poisson dans la lueur du flash. Carole est là aussi, l'air absent, voluptueux. Ses lèvres humides reflètent la lumière alors qu'elle incline le visage pour donner à Mason ce qui, une demi-seconde plus tard, sera, j'en suis certain, un baiser sur la nuque de sa belle tête soigneusement peignée. Qu'y a-t-il, dans cette photographie, qui puisse me troubler ainsi — et d'une façon qui n'a absolument rien à voir avec ce que Mason et Carole étaient en train de faire ? C'est Mason lui-même qui domine la photo. Il parle, de profil, à quelqu'un d'invisible. Il ne remarque pas les lèvres, le bout humide de la langue qui hésite au-dessus de sa nuque et, à ce moment-là, juste à l'instant précis où le baiser s'apprête, il porte sur le visage une expression d'abattement total. Une étrange expression que Mason n'avait presque jamais — expression de fardeau, de lassitude, de dégoût de la vie (à qui pouvait-il bien parler, peu importe) — et j'ai bien souvent médité sur cette photographie, toujours ému par ce gros chagrin passager que je lui ai vu si rarement dans sa vie. Etait-il, à cette époque, aussi malheureux que cette photo l'indique ? En ce moment même, je ne saurais le dire. Il n'y a, en tout cas, pas l'ombre de tristesse dans cet autre portrait de Mason. Là, nous sommes sur la terrasse de son atelier du village. — J'y suis encore, avec Mason et Celia, pas Carole cette fois. Il est midi, un jour de printemps. Cela se voit à la lumière, aux fleurs et aux arbustes dans leurs caisses sur les terrasses des appartements au dernier étage des maisons derrière nous, et à la robe légère, printanière que porte Celia. Comme de tous les instantanés pâlis, regrets et nostalgie émanent de celui-là : de l'image prise de travers, à la façon des amateurs, de la teinte jaunissante du papier, de la sensation de printemps à jamais disparus, coiffures et souliers démodés, terrasses sur des toits qui n'existent plus (la maison de Mason a été récemment démolie), de la conscience, qui est peut-être le seul et plus poignant présent de l'appareil photographique, du temps perdu et qu'on ne peut plus retrouver. Celia, dans le passé plus ravissante encore qu'elle ne le fut jamais, autant qu'il m'en souvienne dans la réalité, lève le visage, les yeux vers Mason, tout près de lui, comme si elle s'apprêtait, avec espièglerie, à lui mordiller la joue de ses dents étincelantes de blancheur. Mason penche la tête vers elle. Il se dispose à lui rendre morsure pour morsure, mais le plus gaiement du monde et en manière de jeu, et son visage respire l'exubérance, la joie et le bonheur. Quant à moi, je suis là, debout, à côté, regardant la personne qui prenait la photo, et mon expression ne peut se qualifier que de lugubre. Et derrière nous, tout un vol de pigeons, taches gris ardoise, s'élève vers le ciel, au-dessus des réservoirs d'eau, donnant à cet instant de jours disparus un mouvement de plumes envolées, d'espace et de vie.

Je dois dire que, pendant cette brève période, Mason accapara vraiment toutes mes heures, le jour aussi bien que la nuit. Me disposant à partir pour l'Europe, j'avais abandonné ma position et, comme je n'avais rien à faire, je trouvais amusant de rester constamment à la remorque de Mason ; il était inlassable, avait toujours quelque chose de différent à faire, un nouvel endroit où aller, et c'était toujours lui qui payait l'addition. Je protestais (en toute sincérité), mais il avait une façon très suave de me faire oublier ma secrète humiliation. « Ecoute-moi, mon coco, disait-il, ces petites Françaises que tu ne vas pas tarder à t'envoyer vont te coûter très cher. Alors, garde ton argent. » Et puis, il se taisait. « Veux-tu que je te parle franchement ? continuait-il, je suis très riche, et je le sais, et ça me fait plaisir de dépenser mon fric pour ceux que j'aime. Et puis, nom de Dieu, faut tout de même pas laisser se perdre les gains mal acquis de

Justin. Allons, rends-moi cette note ! » Il tirait alors son portefeuille et disait : « Dans une démocratie prospère, si on est riche, t'as pas idée de la gymnastique qu'on est obligé de faire pour donner l'impression qu'on n'a pas un sou à la banque. »

Je me laissais fléchir avec une contraction un peu rauque dans la voix. C'était une situation qui ne manquait pas de confort — pour peu de temps du moins. Je me suis demandé plus d'une fois si — en admettant que je n'eusse pas déjà décider d'aller en Europe — je ne risquais pas de rester sous l'emprise de Mason jusqu'à la fin de mes jours, et cette pensée me faisait frissonner. Car, si je soupçonnais qu'il y avait dans les grands gestes de Mason le désir d'une certaine possession, je savais également, et avec quelque honte, que ma complaisance à me laisser réduire en esclavage était plus grande que je ne voulais l'admettre. Mais qui pourrait me blâmer ? Chaque nuit (et cela faisait au moins cinq) m'apportait une femme nouvelle. Et elles étaient toutes stupides, belles et consentantes. Quel régal que de se trouver entre les mains d'un proxénète aussi désinvolte et aussi généreux. Jamais, dans toute ma vie, je n'ai eu autant de plaisirs sexuels consécutifs et d'une telle variété. Et c'est à Mason que je devais cela. J'étais devenu le prince héritier parmi ses sycophantes. Et je sus que j'étais bien le favori le jour où il me montra sa collection pornographique.

Quand je portai les yeux pour la première fois sur cette collection je ne pus retenir un sifflement profond : « Mason, où as-tu bien pu trouver tout cela ? demandai-je.

— Il y a environ deux ans, un de mes amis est mort d'une tumeur au cerveau. C'est un legs qu'il m'a fait. — Laisse-moi te donner un peu plus de glace. — Il m'a laissé le cœur même de sa collection, continua-t-il, c'est-à-dire ces livres là-bas, à droite. Ça m'a intéressé et j'ai complété le reste plus tard, petit à petit. En réalité, c'est un placement. Tu sais qu'il y a un marché énorme pour les trucs de ce genre. C'est au moins aussi solide que le marché artistique, et infiniment plus stable que l'or ou les timbres-poste. »

Je découvris que « le cœur » de la collection se composait de vieilleries comme *Les Mille et Une Nuits* (Londres, édition limitée, 1921) ; *The Memoirs of Fanny Hill* (idem, 1890) ; les œuvres complètes, en français et en anglais, de ce « génie vraiment incomparable, dans son genre », comme le décrivait Mason, le divin marquis de Sade, y compris son chef-d'œuvre, *Justine,* et *Juliette* et la *Philosophie dans le boudoir* et *Les Crimes de l'amour* (Paris, édition illustrée, 1902) ; *Les Onze mille verges,* d'Apollinaire ; et une demi-douzaine de volumes, en anglais, de ces friandises imprimées à Paris à l'usage des Anglo-Saxons sous-alimentés. Mais, après que j'eus fini de feuilleter ces ouvrages élémentaires, je fus submergé par un raz de marée de délices dont je n'aurais jamais soupçonné l'existence. Des livres en italien, en français, datant parfois du dix-septième siècle, et magnifiquement décorés ; façons romaines de faire l'amour au cours des fêtes de Priape, environ l'an 79, telles que les révèlent les fresques de Pompéi ; de délicats et ingénieux dessins d'Arabie, de l'Inde, de Java, du Japon, sur papier de riz et rouleaux ; l'amour à Cuba, au Turkestan et en Perse, même l'amour chez les Scandinaves où, dans une série de photographies, deux couples de Stockholm, blonds, vigoureux et beaux, glissants comme des anguilles, forniquaient en partie carrée dans une atmosphère de lits rococo, de *smörgasbord* et de *snaps.* Un exemplaire chinois — sorte d'apothéose de la dépravation, à en croire Mason — présentait une ronde exquise de perversions acrobatiques gravée sur un rouleau qui, jurait-il sur ses grands dieux, était en peau humaine. Je me plongeais avec ivresse dans cette abondance de richesses lascives, et puisque la pornographie, comme la valériane, n'a d'autre but que d'exciter, elle me faisait précisément cet effet-là. Du moins, pendant un moment. Tout palpitant, j'examinai l'acte charnel tel qu'il est accompli, conventionnellement dans les bordels de la Nouvelle-Orléans, en échelon chez les Monégasques et même en octogone — dans un album d'instantanés plus chaotiques qu'émoustillants dans une chambre remplie de Grecs échevelés. Deux prêtres arabes faisaient l'amour avec une religieuse étique et morne, qui faisait elle-même la même chose avec la Mère Supérieure. Un petit volume de lithographies humoristiques étrangement fatalistes, imprimées en Angleterre bien avant Waterloo, représentait Bonaparte, pourvu d'une virilité massive, à califourchon sur toute une série de maîtresses contorsionnées qui portaient les noms de *Italia, Germania* et *Alas, Britannia!* La section zoologique où l'on voyait des hommes avec des bêtes, ou vice-versa, fut beaucoup moins de mon goût, pas plus que ne l'était le gros et synoptique *Lexicon* allemand qui, si explicites qu'en fussent les illustrations, faisait penser macabrement aux archives de la police avec leurs photographies d'enfants déchirés et écartelés et autres victimes d'infractions sexuelles. En fait, de tous les arts exercés par l'humanité, ce mode d'expression est certainement celui dont l'intérêt est le moins durable — sauf peut-être aux approches de la puberté ou chez les détraqués. C'est pour cette raison que je ne tardai pas à être importuné par une certaine monotonie et des répétitions dans ce que j'avais vu, et insensibilisé — vraiment insensibilisé — je me tournai vers Mason, me sentant profondément déprimé par toute cette affaire. « Tu ne vas pas me dire que toutes ces cochonneries ont beaucoup de valeur? dis-je.

— Je te demande pardon, elles en ont. Rien que ce

rouleau chinois, je l'ai payé cinq cent dollars. Début de la dynastie Ch'ing. Tiens, regarde encore quelque chose d'intéressant. »

C'était une grande photographie, vieille de vingt à trente ans, sur laquelle on voyait un robuste Africain, noir comme du charbon, sourire dans un coït vigoureux avec une autruche. Je la regardai longtemps avec stupéfaction.

Quelque part, derrière moi, Mason disait : « Le sexe est la dernière frontière. Dans l'art comme dans la vie le sexe est la seule zone où les hommes peuvent encore trouver la complète expression de leur individualité, la liberté absolue. Où les hommes peuvent rejeter toutes les restrictions, les conventions de la société, et retrouver leur identité en tant qu'hommes. Et je ne veux pas dire par là un petit pelotage, un petit spasme banal et sec de moyenne bourgeoisie. Non, je veux dire l'exploration complète du sexe, comme Sade l'envisageait ; ce qui donne une telle importance psychologique à une collection comme celle-ci, qui en fait quelque chose de si profitable. C'est ce que tu pourrais appeler *le nouveau libertinage.* Parce que, vois-tu, tout le génie de Sade est dans ce concept révolutionnaire, cette vision de l'homme non comme il est *censé* être — une créature inhumainement noble, dont la noblesse est une pseudo-noblesse simplement parce qu'il s'y trouve limité, atrophié, rendu malade par cette tentative impossible de se débarrasser de sa nature animale — mais comme il est et sera toujours : un complexe biologique pensant, qui, à tort ou à raison, vit dans un monde de fantaisie sexuelle décevante, dont l'embouteillage est la cause directe de la moitié au moins de la misère et de l'angoisse du monde. C'est un étrange paradoxe, Peter, que Sade soit devenu le synonyme de tout ce qui est cruel, de tout ce qui fait souffrir, quand, en réalité, c'était le premier psychanalyste de l'âge moderne, celui qui voyait plus de mal, et plus de souffrance également, dans la stérile répression du sexe, que dans ce qui, pour lui, était la réponse fort simple à cette répression, la panacée — la libération hors du monde de la fantaisie, et l'utilisation du sexe sur un plan fonctionnel et actif. Et là encore, je ne veux pas dire une tiède petite convulsion dans le noir. Je veux dire, d'une part, un échange de jeux en groupes — et il n'y a pas un seul être vivant qui n'ait, à certains moments, rêvé d'amusements sexuels collectifs — d'autre part la libre manifestation d'impulsions bisexuelles, entre autres choses, et pour finir la purgation orgiaque qui, depuis les premiers âges de l'histoire, a toujours été un aspect purificateur de l'expérience humaine, chez ceux du moins qui ont eu le courage de briser toutes les conventions. Nous touchons là à ce qui sera la crise majeure de l'art dans l'avenir parce que c'est seulement lorsque l'acte sexuel pourra être reproduit dans l'art — dans la prose, la peinture et sur la scène (bien qu'il y ait là un problème, je l'avoue), c'est alors seulement que nous aurons la liberté, quelle qu'en soit la forme. Parce que, d'un côté... »

Absorbé par l'incongruité de la photographie, j'en sentais peu à peu tout l'élément comique et, pouffant de rire malgré moi, je finis par me retourner et m'esclaffai. Sa phrase coupée en deux, Mason me dévisagea.

« Qu'est-ce que tu vois de drôle là-dedans ? » me dit-il d'un ton irrité. Comme il disait ces mots, tout ce qu'il avait énoncé si solennellement, et si passionnément, finit, avec quelque retard, par devenir soudain très clair dans mon esprit, comme si une porte avait été ouverte brusquement, pour que tout pût entrer.

« Oh, je ne sais pas, Mason, dis-je, souriant encore. Tu ne prends pas ces bobards au sérieux, non ? J'ai toujours pensé que faire l'amour c'était très rigolo — épatant, merveilleux, fabuleux. Rien de meilleur sur la terre. Mais tu sembles en avoir fait un culte, et pas un culte drôle par-dessus le marché.

— Tu te trahis, mon coco », dit-il. Encore que désinvolte, sa voix avait gardé des traces d'irritation. « Le sexe, à son apogée, a toujours été l'objet d'un culte. Nourri et raffiné, comme tous les arts d'un ordre supérieur. » En souriant, il m'enleva des mains la photographie de l'autruche. « Le plus croulant des croulants, dit-il d'un ton affable.

— Affaire de goût, Mason », dis-je.

Mais ces deux photographies — celle avec Carole et celle avec Celia — me hantent encore. Elles s'attardent dans ma mémoire, aussi tenaces qu'un parfum, une phrase musicale, une voix familière qu'on n'a pas entendue depuis de longues années. Je reviens à la première, essayant d'en extraire l'état d'âme, de la comprendre, de la placer dans le temps. Puis, tout à coup (peut-être est-ce dû au souvenir de l'autruche, ou de la chambre pleine de Suédois), je sais ce que c'est, quel en est le sens. Comme, dans les films, ces effets d'illusions où, pendant quelque temps, la scène cesse de bouger — un skieur suspendu dans les airs, un plongeur raidi dans un saut périlleux, ou une chute comique sur le derrière, bras et jambes immobiles dans un chaos gelé au-dessus du plancher — et recommence ensuite à se dérouler, cette photographie s'anima brusquement. Maintenant, en effet, avec un tout petit effort d'imagination, je suis capable de me persuader moi-même que je ne regarde plus cette scène, mais que j'en fais partie, comme j'en faisais partie il y a bien longtemps, que ma main recule juste un peu, tâtonne, tandis que, à demi aveuglé par le flash, j'observe le bout de la langue de Carole, la vois toucher la nuque de Mason, s'y attarder, humide et frétillante, en même temps que sa main potelée s'avance furtivement pour déboutonner la braguette. Ombres du divin Marquis ! Que, me souvenant des commentaires de Mason sur les « divertissements en groupe », quelques nuits auparavant, il ne me soit pas venu tout de suite à l'esprit qu'il m'avait amené à une orgie, voilà ce que je ne pus et ne peux pas encore comprendre. Force m'est donc d'avouer, avec une entière franchise, que je savais, ou que je soupçonnais, que cela serait une orgie, et qu'au plus profond de moi-même je souhaitais aussi une « purgation orgiaque ».

Notre hôte, ce soir-là, dans un vaste appartement douillet près de Washington Square, était un jeune dramaturge célèbre du nom de Harvey Glansner. Immédiatement après la guerre, il avait remporté un étonnant succès sur Broadway avec une pièce où il avait exposé avec beaucoup de courage, de perspicacité et de pitié, à travers une famille new-yorkaise de bas étage, l'horrible névrose de notre temps. Puis il avait essuyé une série d'échecs, ce qui, en Amérique, et surtout sur Broadway, équivaut à un enterrement. Ensuite, au grand désespoir de ceux qui continuaient à voir en lui l'espoir de la dramaturgie américaine, son talent s'était complètement gâté. Il s'était mis à écrire une sorte de prose confuse — des articles destinés surtout aux petites revues trimestrielles — où il portait aux nues les premiers symptômes de la jeunesse délinquante, névropathes, satyres, maquereaux, drogués et autres misérables déséquilibrés, jusqu'au jour où, finalement, tombé dans une espèce de pornographie semi-cohérente, il devint illisible (bien que toujours publiable, contrairement à ce qui était, je crois, son désir), sauf pour un groupe d'intellectuels plutôt spécialisés, qui applaudissaient à toute excitation malsaine, sans s'inquiéter qu'elle fût puérile ou non. Il écrivait beaucoup sur la solennité de l'orgasme, sur ses manquements, ses douleurs et sa relation avec Dieu. Cela n'empêchait pas qu'il eût de vrais dons d'écrivain, même après avoir perdu la faveur de Broadway, et il aurait pu être apprécié d'un plus grand nombre si, dans tous ses essais, il n'avait pas marqué toutes les questions sexuelles de stigmates d'horreur, de gêne et de dégoût : on peut sentimentaliser le sexe en le confondant avec l'amour, et rester cependant lisible, mais si on assimile le sexe au déplaisir, on peut s'attendre de la part du public à une certaine résistance, qu'il soit naturellement enclin au puritanisme ou à la pornographie. « Harvey déteste avec conviction, comme Dante », dit Mason, ajoutant qu'il était en train d'écrire une biographie intitulée *Karl Marx : Géant de l'Orgasme.* Je crois que c'est de ce Glansner que Mason tirait son inspiration érotique. Glansner, jeune homme cadavéreux, ventripotent, visage boutonneux, nez crochu et lunettes d'écaille, nous accueillit à la porte avec un sourire entendu (bien que, pour ma part, je n'y visse que du feu) et distribua la marijuana. Je devrais décrire la liste des acteurs, qui, pour une orgie, devait être, je crois, un peu maigre... peut-être pas, après tout. Nous étions huit — les inévitables Pennypackers, toujours aussi chafouins ; Glansner et sa femme, beauté blonde, sinueuse, à lunettes d'Arlequin, dont j'ai oublié le nom ; et moi-même, comme une espèce de garde-but, accompagné d'une fille nommée Lila — que Mason avait dénichée pour moi — une aimable et mûre spécialiste du strip-tease qui, dès le commencement, sembla beaucoup plus avertie et méfiante que moi, car elle ne tarda pas à me prendre à part (ce qui n'était pas difficile, car le bruit du jazz était assourdissant et des ampoules bleues brillaient dans tous les coins, mettant sur les visages distants des teintes de meurtrissures funèbres) et me dit, à mon grand étonnement : « Fais semblant de rien, mon petit, mais je crois que je devine ce qui va se passer. »

Et maintenant, comme tant de souvenirs pénibles, celui-ci me revient en bribes et en morceaux — lumières bleues, saxophones hurlants et, dominant tout cela, l'odeur douce-amère de la marijuana. Glansner, au début, allait, venait, prenant des instantanés avec un grand Graflex. Je crois que c'est alors que Carole fit son geste habituel vers la braguette de Mason, qui la gronda pour sa vulgarité. Refusant de fumer la drogue, qui semblait n'avoir aucun effet sur moi, je me contentai d'un peu de vin rouge et restai la plupart du temps hanche à hanche contre Lila sur un grand divan de cuir blanc. Le jazz, musique de fission bien plus que de fusion, me lançait ses explosions en plein visage et, quand il s'arrêtait, pour permettre au changement automatique de produire le friselis des derniers tours, suivi du petit clic-clac, le silence était aussi étrange que pénible, et je me rappelle avoir été intrigué par le « ton » de cette soirée qui, dès le début, présentait des caractères variés : désespoir, hostilité, et la désespérante inertie d'un meeting de jeunes baptistes dans le Sud. J'ai appris depuis que la marijuana enlève toute envie de parler. Ce soir-là, à coup sûr, cet effet se manifestait puissamment. Seuls Lila et moi, isolés sur notre divan, essayions de causer. Les autres, installés par couples sur des sofas, fumaient, tiraient sur leurs cigarettes abritées entre leurs deux mains, dans des nuages de fumée bleuâtre. Néanmoins, au bout d'un certain temps, je notai des indices d'activité, de petits ricanements aigus, creux ; puis notre hôte se leva et mit de la musique de danse sur le phonographe. Après le jazz, cette musique avait un petit air bourgeois, mais cela devait faire partie du rituel et permit, en tous cas, à Mason de se lever et, le visage tendu, de prendre dans ses bras la jolie femme de Glansner pour lui faire faire le tour de la salle dans un simulacre de danse hésitant mais plein d'un frotti-frotta éhonté et mutuel dans les régions inférieures du corps.

J'aimerais pouvoir décrire cette orgie avec plus de détails, mais, juste à ce moment-là, toute l'affaire — pour moi du moins et pour Lila — commença à se terminer. A part le travail pelvien de Mason, le seul acte sexuel évident qu'il me dut donné d'observer avant mon départ fut exécuté par les Pennypackers qui, sur un des divans, grimpèrent l'un sur l'autre et, tout habillés, se livrèrent à des mouvements de copulation frénétiques, ce qui, du fait même qu'ils étaient mariés, provoqua chez tous de petits rires paresseux et indulgents, comme on rirait d'enfants qui, instruits des premiers rudiments, ignorent néanmoins l'esprit même du jeu, tout en faisant preuve d'une hâte touchante. Un peu plus tard, tandis que Mason dansait, Glansner lutinait Carole dans les coins sombres en lui parlant en un étrange dialecte méridional de cueilleur de coton (quelques années plus tard cette façon de parler allait devenir le jargon des beatnicks, mais je ne le savais pas encore à cette époque) : les mots qu'il roucoulait languissamment étaient les plus violemment épicés du langage, et il y avait, dans sa façon de les dire, une désolation mécanique et forcée qui me glaça jusqu'à la moelle des os ; mais, s'il comptait sur ces mots pour exciter, et si Lila pouvait servir de baromètre, il se trompait sérieusement. Lila était une forte fille très saine, avec une belle poitrine élastique ; elle connaissait la vie et il n'y avait en elle nul chiqué. Quand je me tournai vers elle — qui maintenant faisait plus que deviner ce qui allait se passer — elle me dit à voix basse. « J'ai cessé la marijuana à l'âge de seize ans. Quelqu'un devrait dire à ce pauvre con de grandir un peu et de laisser sa quéquette tranquille. Est-ce qu'il se figure que ça lui fait de l'effet à sa poule ? Attention, chéri, voilà que ça va se gâter. » Les Pennypackers qui avaient quitté leur divan, s'approchaient sinueusement de nous. Par mesure de protection, Lila et moi nous levâmes d'un commun accord ; et nous nous éloignâmes, dansant dans la pénombre en rasant les murs. « Quand je dansais à Londres, dit-elle, on appelait une réunion comme ça un *nasty.* C'est à peu près le mot qui convient. Mason devrait avoir plus de bon sens que ça. Moi, j' refuse jamais de m'amuser, mais ces trucs-là, c'est pas mon genre. Est-ce qu'il se figure par hasard que je suis une putain ? » Elle se serra contre moi. « Foutons le camp, mon petit, et allons faire les choses comme il faut, et en privé. »

Nous dansâmes encore pendant quelque temps, serrés dans une étreinte monogamique. Derrière nous on entendait beaucoup d'agitation, de gémissements, et quand enfin nous nous décidâmes à partir, je me retournai pour voir Mason. Il était debout, en pleine lumière, devant la porte de la chambre à coucher, le bras autour d'une Mrs. Glansner aux yeux vitreux, au buste nu, leurs deux silhouettes ne laissant voir que le visage de Glansner lui-même, appuyé au chevet d'un lit énorme, et présentant (à ma grande surprise, car je m'attendais à quelque chose de plus joyeux) l'aspect impuissant, sépulcral, d'un homme que cinq minutes seulement séparent de l'échafaud.

Quant à l'expression de Mason, je suppose que je m'attendais aux feux couvants de la luxure dont il est parlé dans les romans de l'école romantique, mais je ne lui trouvai — du moins me sembla-t-il — qu'un air d'innocence misérable et abandonnée.

« Qu'est-ce qu'il y a, Petesy ? dit-il. Tu ne t'en vas pas, dis ? » S'il n'y avait pas exactement de l'angoisse dans sa voix, il y avait certainement un brusque sentiment de solitude, d'abandon et, comme il répétait ces mots, haussant un peu la voix : « Tu ne t'en vas pas, dis ? » je compris qu'il était sincèrement blessé par mon départ. « Voyons, mon coco, dit-il d'un ton câlin, tu ne vas pas me laisser tomber, non ?

— Lila ne se sent pas bien, Mason », mentis-je.

Je ne saurais dire qui de nous deux avait raison ou tort. La question, si question il y a, importe peu. Mais, à ce moment-là, tout brûlant que je fusse du désir de Lila, je trouvai que Mason était par trop bouché de se refuser à comprendre pourquoi je n'avais nulle envie de me déculotter, en pleine lumière, pour accomplir désespérément, joue contre joue avec toute la foule — les regardant me regarder — les joyeux rites de l'amour.

— O. K. Peter, dit Mason, retourne vite à Croulantville.

Le lendemain matin, déjeunant avec Lila après une nuit bien remplie, nous trouvâmes, je crois, le trait le plus ironique de tout cela en pensant que si Mason avait peut-être fait l'amour avec Mrs. Glansner et Glansner avec Carole, les Pennypackers, — comme des modèles réduits de Paolo et Francesca — n'avaient pu que se posséder l'un l'autre. Mais alors, Lila devint triste. « Bon Dieu, dit-elle, qu'est-ce que c'est, crois-tu, qui ronge Mason ? Avec une femme comme la sienne — tu la connais ? — une vraie perle. Veux-tu que je te dise franchement mon avis ? Eh bien, j' crois qu'il travaille du chapeau. »

Il y a des gestes qui vous restent dans la mémoire. Par un beau jour lumineux, alors que Mason, Celia et moi, roulions vers Long Island pour déjeuner, la main de Celia monta caresser la nuque de Mason. « Regardez-moi ces cheveux, dit-elle. Regardez comme ils brillent au soleil. Est-ce que ce n'est pas merveilleux,

Peter ? » Je ne puis m'empêcher de m'arrêter un peu sur cette caractéristique que Celia partageait avec Wendy : les plus scandaleuses flatteries, adressées à leur enfant chéri. Mais la ressemblance s'arrêtait là. Celia était quelque chose de différent et bien à part.

Si Carole reste dans ma mémoire un être nocturne, flou et volumineux, Celia, en revanche, était une feuille, un nuage, une lumière, une créature diurne qui ne jouait aucun rôle dans la vie louche que Mason menait la nuit. En fait, il y avait un tel abîme entre les nuits et les jours de Mason, entre sa vie avec Carole et sa vie avec Celia, que, sauf en un ou deux cas, je ne peux me rappeler Celia que dans la pleine lumière du jour, dans cette photographie, par exemple, le visage tourné vers Mason, comme vers le soleil. Comme elle l'adorait ! Et avec quelle inquiétude secrète j'observais la désinvolture avec laquelle il acceptait son adoration, sa tendresse, ses flatteries. Non pas que je me fusse épris d'elle moi-même — à distance et sans aucun espoir — mais parce que, comme Lila, je ne pouvais comprendre comment il lui était possible de rejeter cette *haute cuisine*[1] en faveur de la ratatouille de Carole.

Cependant, je dois rentre justice à Mason. Il était courtois et même attentionné pour Celia — du moins quand j'étais avec eux. Elle semblait, en union avec la lumière du soleil, avoir la propriété de changer son caractère, de l'apprivoiser, de l'attendrir. Elle avait la douceur de la soie, des manières de petit chat, sans rien de niais ni d'importun, et, dans sa voix splendide, passaient des modulations savoureuses, toutes extrêmement sensuelles et merveilleuses. Elle avait de la dignité aussi, et cette sorte de pondération rayonnante, si rare chez les jolies femmes, qui vient de ce qu'elles ont conscience que la beauté est faite pour plaire aux

1. En français dans le texte. (N. du T.)

hommes et non à la femme elle-même. Je crois qu'il ne lui manquait qu'une chose, ce petit élément garce que les femmes les plus angéliques parviennent à acquérir, si on leur en donne l'occasion. Il y a des hommes qui méprisent une bonne et honnête femme encore plus qu'une virago, et je serais tenté de croire que c'étaient les qualités de Celia, sa décence, sa générosité, sa bonté, qui avaient poussé Mason dans les bras de Carole ; d'ailleurs, Mason aurait toujours su trouver sa Carole n'importe où.

Quoi qu'il en soit, le temps s'écoula fort agréablement pour nous pendant les quatre ou cinq jours qui précédèrent mon départ pour l'Europe. Je m'étais, en quelque sorte, installé chez Mason et ne regagnais mon appartement que pour y dormir. Je prenais mon petit déjeuner avec Mason et Celia, je déjeunais avec eux, et nous passions ensemble de longues et paresseuses après-midi. C'était, quand on y réfléchit, une sorte de ménage à trois calme et platonique ; quelque chose de très intime, de chaud, de familial. Je remarquai que Mason surveillait son langage quand Celia était avec nous. Les termes orduriers avaient disparu de son vocabulaire, comme aussi ses références paillardes au *nouveau libertinage*, et, de temps à autre, lorsqu'il racontait une histoire amusante et que je jetais les yeux sur Celia, observant son gai et charmant visage tout plissé d'un bonheur délicieux qui me faisait penser à la joie innocente, éblouie d'un enfant qui vient de découvrir quelque animal nouveau, étrange, un clown, une merveille inconnue, je pouvais difficilement m'imaginer cette femme comme une compagne capable de partager l'intérêt de Mason pour les combinaisons pyramidales de Turcs nus ou de participer aux chienlits de Glansner. Je n'avais du reste pas lieu de m'inquiéter moi-même à ce sujet puisque, ainsi que je l'ai dit, Mason séparait complètement ses jours de ses nuits. Je les quittais vers la fin de l'après-midi et quand je retrouvais Mason plus tard, c'était dans quelque appartement enfumé du Village, rempli de gens qui, me semblait-il, étaient perpétuellement dans un état de léthargie désespéré et proche de l'anéantissement. (« Peter, tous ces gars sont cinglés, me dit Mason un jour. Ils ne cherchent qu'une chose, des chocs, des excitants. Ce sont les derniers révoltés. ») Carole se trouvait toujours là, en quête d'un autre scotch, nonchalante, les paupières lourdes de sommeil.

— Contre quoi se révoltent-ils ? demandai-je.

— Contre la bombe H. Contre un monde qu'ils n'ont pas fait.

— D'accord, Mason, mais si seulement ils avaient l'air de s'amuser, je...

— S'amuser ? dit-il. Ils s'efforcent trop désespérément de le faire pour pouvoir s'amuser. Ils comprennent l'héritage qu'on nous a laissé.

Je n'insistai pas.

En vérité, plus je voyais Mason dans son rôle double de grand seigneur diurne et de nihiliste nocturne, plus je voyais se reproduire en lui l'antinomie Carole-Celia, plus il me semblait évident qu'il représentait un type bien défini de jeune Américain — capable, en un temps de hideuse surabondance et de brumes macabres de solidarité grégaire, de se révolter contre les valeurs conventionnelles, de se plonger dans un tourbillon très snob de sensations, de drogues, de péchés fabriqués, tout en restant cramponné solidement à ses deux millions de dollars. A cette époque, je ne trouvais pas que cela fût complètement indigne d'admiration. Cela demandait du moins plus de flair, plus d'imagination que n'en ont, ou n'en utilisent, la plupart des garçons riches.

La veille de mon départ pour l'Europe reste dans mon souvenir comme un de ces jours d'été d'une pureté exceptionnelle — pas la moindre brume, aucun nuage, et cette immensité de bleu qui, momentanément, oblitère les pénibles erreurs du passé et laisse espérer mille récompenses à venir. Jamais auparavant, ni depuis, New York ne nous avait offert un jour plus généreux et, comme nous roulions vers Long Island, même les boulevards de Queen semblaient parfumés de printemps. Mais ce n'était pas seulement le beau temps qui rendait tout si agréable. C'était Celia, douce et fragile, une écharpe autour de la tête, étincelante comme un cierge en pleine lumière du jour. C'était la voiture de sport, une Ferrari, que Mason — toujours à l'avant-garde — avait achetée la veille même. A cette époque les voitures de ce genre attiraient encore l'attention et, quand nous nous arrêtions aux feux rouges (Mason et Celia devant, moi, recroquevillé derrière, dans une espèce de nid fait de crics et de clefs anglaises, comme, bien des années auparavant, j'étais blotti au milieu des bagages, derrière Mason et Wendy), nous étions le point de mire de Forest Hills. Mais avant tout, ou presque, c'était Mason. La journée lui appartenait : tandis que nous filions vers les extrémités vertes de l'île, il n'arrêtait pas de parler, et avec un charme ensorcelant. Les plaisanteries tombaient de ses lèvres, des allusions spirituelles et malicieuses, des calembours qui s'envolaient légers comme des ballons. Son humour était merveilleux, si fou, si extravagant, que Celia, écarlate de rire, devait le supplier de s'arrêter, mettait sa tête sur ses genoux et criait : « Assez ! Assez ! » tandis que moi-même me tordais, écroulé parmi mes clefs anglaises. La créature nocturne, le psychologue, l'apôtre solennel du sexe — tout cela avait disparu. Il semblait trois fois plus vivant qu'aucun mortel ne pourrait jamais espérer l'être, débordant de chaleur et d'esprit, jouant à fond, afin de divertir son entourage, ce rôle dont, Dieu seul sait pourquoi, il ne tirait pas tout le parti possible. Brusquement, comme s'il prenait conscience de ce cadeau qu'il nous faisait à tous les deux, et conscient peut-être aussi de ce qui en était la source, il enlaça Celia, la serra contre lui, avec un ronronnement de gratitude. Et l'envie me donna un spasme douloureux.

Plus tard, après un bon déjeuner, arrosé de vin, dans un restaurant de North Shore, nous restâmes longtemps assis sur une terrasse inondée des taches de soleil que dessinaient les feuilles. Des cavaliers trottaient devant nous, et de nouveau je pensai à Wendy. Attentionné, heureux, libéré de la frénésie nocturne et tenant la main de Celia dans la sienne, Mason m'avertit de ce qui m'attendait en Europe — il y avait été, après tout, et pas moi. « Tout ne sera pas agréable, Peter. L'Europe n'est pas encore entièrement remise de la guerre. Et tu y trouveras partout une atmosphère de mort, oui de mort. L'Art est vraiment fini, là-bas, et c'est pourquoi — malgré mon amour des voyages — je ne pourrais jamais vivre très longtemps ailleurs qu'en Amérique. Je ne voudrais pas avoir l'air de dire des platitudes, mais nous *sommes* le pays de l'avenir, et quiconque prend les choses au sérieux et jette son dévolu sur l'Europe — pour toujours, entendons-nous — fait, à mon avis, une bêtise. Les supposés trésors du passé, c'est très joli — une expérience nécessaire, en fait, pour ceux qui ont des prétentions à la culture — mais la forme significative, comme dit Clive Bell, repose sur des changements constants, sur un renouvellement constant des ressources du présent, un bouleversement perpétuel, suivi d'une réorganisation ; et cela, l'Europe n'aura plus jamais la force de le faire. C'est pourquoi, sans en être le moins du monde embarrassé, je suis fier de me dire radicalement moderne. » Puis, s'étant ainsi soulagé — ce furent à peu près ses seules déclarations sérieuses de la journée

— il se mit à me décrire toutes les belles choses que je trouverais en Europe (« si tu n'y vois qu'une espèce de terrain de jeu enchanté, tu ne risques pas d'être déçu ») — Paris et les délices ensoleillées du Midi, et la Côte d'Azur, la beauté fantastique des Alpes, la Costa Brava, les Baléares. Et, studieux et ravi, je restais là, assis, à écouter ce documentaire touristique ; il transformait, comme par miracle, tout ce qu'il décrivait, les gens qu'il connaissait (« Tiens, je vais envoyer une petite note au papa Albert. Les meilleures coquilles Saint-Jacques de Lyon, autrement dit, du monde entier. Un petit bonhomme amputé d'une jambe... »), les sanctuaires et les endroits cachés, les cafés, les plages, les petites anses que ne connaissait aucun Américain, sauf lui...

Il en faisait des choses magiques et y instillait sa marque personnelle de brillante hilarité. Celia, au comble de la joie, lui jetait des regards implorants, mordant d'une façon charmante sa lèvre inférieure, se retenant de rire. Puis elle éclatait, et tous les deux nous nous mettions à rire également. Et là, dans les ombres grandissantes de ce joyeux jour de printemps, avec la senteur de la mer, les voiles blanches inclinées sur le bleu lointain, et, tout près, le crissement du gravier le long des pistes cavalières, je songeais à ma bonne fortune de connaître ce garçon vif et infatigable, et de l'avoir pour ami. Riche, divinement beau, érudit, spirituel, doué, héros de guerre, marié à une femme qui aurait fait mourir d'envie les déesses, qu'est-ce qu'un homme pouvait souhaiter de plus ? La terre pourrait-elle contenir de plus jeunes promesses ? A son côté, ce jour-là, je me sentis lamentablement petit, et je déplorais tout ce que je trouvais en moi de plat et de banal — tout ce qui m'empêchait de voir en ce que je désapprouvais en lui une superbe relique de la Renaissance dans toute sa virilité d'étalon, et non une forme de corruption.

Naturellement — pour ne mentionner qu'une des choses qui me permettaient de le considérer sous un jour beaucoup moins poétique — ce n'était pas du tout un héros de guerre. Pour dire la vérité, c'était un embusqué (la cicatrice de sa jambe était le résultat d'une collision à bicyclette pendant l'infortuné semestre qu'il avait passé à Princeton), quant à la Yougoslavie, il ne la vit jamais de plus près qu'à travers ses lectures enthousiastes de *Black Lamb* et *Grey Falcon* de Rebecca West. C'est là qu'il avait récolté suffisamment de couleur locale et de menus détails historiques pour faire marcher des bonnes âmes encore beaucoup moins crédules que moi. Comment arrivai-je à savoir tout cela ? Ce fut Celia qui me le dit.

Elle me le dit le soir même de ce jour-là, au cours de ce qu'on pourrait appeler, je suppose, une visite qu'elle me fit. C'était plus exactement au petit matin... un peu après trois heures, je crois. J'étais encore en train de faire mes valises. Des coups affolés ébranlèrent ma porte qui s'ouvrit violemment sans attendre. C'était Celia. Il avait plu. Elle avait les cheveux collés sur le front et les joues. Elle resta un instant debout, fixant sur moi le plus douloureux, le plus angoissé des regards. Ses lèvres s'entrouvrirent comme pour me parler, puis elle porta la main à sa nuque et l'en retira couverte de sang. Elle ne dit rien. Au bout d'un instant, elle contempla ses doigts rouges et tremblants, ouvrit encore une fois la bouche comme si elle voulait dire un mot, puis s'écroula sans connaissance sur le plancher. Adorable Celia. J'étais atterré.

Je n'eus pas trop de peine à la faire revenir à elle, avec un peu d'eau froide sur le front et du café instantané que je fis rapidement. Quant à la blessure à la nuque, c'était une bosse de la taille d'un œuf, mais la coupure était petite et superficielle. L'hémorragie s'arrêta bientôt d'elle-même, et Celia resta étendue, la tête sur un oreiller, gémissant faiblement. Sa respiration était oppressée et, d'un bras, elle se couvrait les yeux.

— Qu'est-ce qui s'est passé ? demandai-je.

— Oh, la tête me fait mal !

— Mais, pour l'amour de Dieu, que s'est-il passé ?

— Il m'a frappé avec une assiette, dit-elle.

— Une assiette ? Quelle espèce d'assiette ?

— Une assiette de Lowestoft. Une espèce de plat. Oh, la tête me fait mal !

Je lui donnai deux comprimés d'aspirine et (comme elle s'était mise à trembler violemment) je l'enveloppai dans une couverture et insistai pour que nous appelions un docteur. Mais elle ne voulut rien entendre. Elle serait remise bientôt — après tout, il l'avait frappée d'autres fois, et plus fort, beaucoup plus fort.

« L'enfant de putain, dis-je, le salaud ! Pourquoi a-t-il fait cela ? Est-ce qu'il vous frappe souvent ?

— Oh, je ne sais pas pourquoi il m'a frappée, Peter. » Elle s'agita sous sa couverture comme si elle voulait se lever. Je la repoussai doucement. Elle ouvrit alors les yeux et je vis combien ils étaient rouges à force d'avoir pleuré. « Je n'aurais pas dû venir ici, Peter, dit-elle. Je regrette beaucoup, vraiment. Mais j'ai tellement peur de lui, parfois. Et vous étiez si... enfin, vous étiez près, et je ne savais pas... » Sa voix s'éteignit. « Non, il ne me bat pas souvent (remarque typique d'une épouse, loyale même *in extremis ;* ou bien on bat sa femme souvent, ou pas du tout.) Je regrette vraiment beaucoup, Peter, répéta-t-elle.

— Vous n'avez rien à regretter, Celia, dis-je. Rien. Si seulement j'avais su cela plus tôt. » Je commençais à sentir en moi-même une grande, tumultueuse et impuissante torture d'homme outragé : que quelqu'un pût exercer des violences sur ce pauvre petit oiseau me semblait, du moins à ce moment-là, alors que mon infatuation secrète était à son point le plus haut, le plus répugnant des péchés. « Où est-il ? dis-je avec dégoût. Où est-il, le salaud ? Je le tuerai. » Je l'aurais fait, ou j'aurais du moins essayé.

Elle avait repris quelque peu ses esprits et, après s'être aidée de ses coudes, s'était assise, les jambes pliées sous elle, la tête appuyée sur le mur contre un coussin. Dans cette pose — cheveux souillés, doigts tachés de sang, yeux bordés de rouge, etc. — elle était à la fois charmante et cruellement blessée, une fleur sur laquelle s'était marquée l'empreinte d'une botte ignoble. Je fus, pendant un instant, sur le point de la saisir dans mes bras, de lui dire à quel point je l'adorais, follement, complètement, mais mon élan fut arrêté par les mots qu'elle prononça et qui m'emplirent, en proportion égale, d'incrédulité et de désolation.

— Ne l'appelez pas comme ça, dit-elle doucement. Je l'aime, Peter. Je l'aime, vous comprenez. Alors, il ne faut pas l'appeler comme ça. Je vous en prie. Je l'aime.

— Vous, *quoi ?*

— Oui, je l'aime, dit-elle tranquillement.

— Après ça ?

— Oui.

— Mais, pourquoi, Grand Dieu ?

C'était très simple, dit-elle. Elle l'aimait parce qu'il était drôle (ce n'était certainement pas une question d'argent. Elle-même appartenait à une famille de Long Island extrêmement riche), parce qu'il la faisait rire, parce qu'il lui avait appris tant de choses. Et surtout — est-ce croyable ? — parce qu'il était si beau ! Et elle continuerait à l'aimer, quoi qu'il fasse. « Je suis folle de lui, tout simplement », dit-elle. Il y avait dans sa voix un ton absurde, avide, de petite jeune fille qui vient de faire ses débuts dans le monde, et ce ton me donna envie, pendant quelques minutes, de la jeter dehors. Je n'en fis rien naturellement. Je préférai rester à l'écouter. Pendant plus de deux heures je l'écoutai me raconter sa vie avec Mason — ce qu'elle était, ce qu'elle avait été, ce que, même maintenant (une ombre passa sur son visage et ses doigts se portèrent légèrement, bien que tremblants encore, vers l'endroit où il l'avait frappée), elle espérait que cette vie deviendrait. Non, elle n'allait pas tenter de le blanchir. Elle connaissait ses défauts mieux que personne. C'était un menteur. Elle le savait. Cette histoire de Yougoslavie n'en était qu'un exemple, et il avait eu recours à — à quelqu'un d'influent, vous comprenez — pour échapper au service militaire. Cette cicatrice à la jambe ? Oh, ce n'était qu'un petit accident de circulation. Non, vraiment, je ne comprenais pas ? Je ne comprenais pas que ces mensonges extravagants n'étaient qu'un détail dans toute l'immensité de sa personnalité, une partie de sa *vision* de la vie, une vision si vaste, si générale, qu'elle devait forcément inclure des exagérations et des entorses à la réalité. Je ne voyais donc pas ça ? Je ne voyais donc pas combien il lui était nécessaire de dire ces choses-là — elles étaient inoffensives, après tout, elles ne pouvaient faire de mal à personne — ne fût-ce que parce qu'elles représentaient un surplus d'énergie, une expansion de sa formidable imagination. Je ne comprenais donc pas cela ?

— J'essaie, Celia, dis-je.

Et... eh bien, oui, Carole aussi. Sa vie sexuelle. Oh non, elle n'allait pas essayer de me faire croire que cela la rendait heureuse. Elle en avait eu beaucoup de chagrin, de tourment — bon, si vous voulez, une véritable angoisse. Parfois, la nuit, elle tombait dans un tel état de solitude, d'inquiétude, qu'elle pouvait à peine y tenir. Et Carole n'était pas la première. Il y avait eu Anya, et Nancy, et Kathy et... oh, elle ne pourrait pas les compter toutes. Mais, dire qu'elle ne pouvait pas supporter tout cela, ne serait-ce pas une bien piètre excuse pour la femme d'un homme doué d'un magnétisme si prodigieux, d'une telle vitalité, d'un tel génie ? Oui, ces partouzes... elle était parfaitement au courant. C'était dégoûtant, puéril même, si on va au fond des choses. Et ces gravures. Il les lui avait montrées (entendu, c'était idiot de sa part de penser qu'elle pourrait en être excitée, alors que tout le monde sait que les gravures obscènes n'excitent pas les femmes — pas beaucoup en tout cas) et elle les avait trouvées répugnantes, tout simplement. Mais lui, après tout, c'était un homme, et un homme d'une espèce différente. Il avait besoin de ces choses comme expression de l'ambivalence — le bien et le mal — qu'on trouve forcément dans des personnalités aussi gigantesques. En matière artistique c'était un aventurier, un explorateur, et il lui fallait cette sorte de détente, voilà tout...

Je lui demandai comment elle savait qu'il en avait besoin. Je m'étais mis à arpenter la chambre. Malgré toute la passion qu'elle m'inspirait, elle perdait graduellement du terrain à mes yeux, chaque fois qu'elle ouvrait la bouche.

Elle disait : il en a besoin, c'est tout. Il lui avait dit qu'il en avait besoin, il le lui avait expliqué très philosophiquement, de son point de vue d'artiste. Et elle avait compris. Et elle s'était inclinée. Ce n'était pas un si grand sacrifice, n'est-ce pas ?

Parce que, par ailleurs, il était si bon pour elle. Oh, si je savais tout ce qu'il lui avait enseigné, et les endroits où il l'avait menée, et les livres qu'il lui avait fait lire. Oh, évidemment, sa vie n'était pas toujours rose. Mais le mariage l'est-il jamais ? La plupart des amis de Mason l'ennuyaient, surtout la clique du

Village qui, en réalité, ne se composait guère que d'adultes restés bébés. A part ces gens-là, eh bien, il n'avait pas de vrais amis, elle le savait. Pour la plupart ce n'étaient que d'infâmes écornifleurs. Mason ne l'ignorait pas. Il lui avait dit un jour avec tristesse qu'un homme riche n'a pas d'autre ami que lui-même...

Ah... eh bien, oui, ils n'avaient pas exactement les mêmes goûts. Et c'était un sujet sur lequel il n'était pas toujours facile non plus. La musique. Depuis sa toute petite enfance, elle adorait la musique, Brahms, Chopin, Wagner. Brahms surtout. Comme elle avait aimé ce merveilleux finale, si triste, de la symphonie en ut mineur, et l'Académique. Cela lui évoquait des choses automnales, lointaines, sombres et douces — des crépuscules, et des bois avec des feuilles tombantes, et des lacs de montagnes couverts de brumes du soir. Brahms. Voilà un homme qui avait su vieillir, sans aucun doute, qui avait accueilli avec joie la croissance, la maturité et même le grand âge. Mason, lui... non, parfois elle avait quelque peine à supporter cette situation. Il ne lui permettait jamais de jouer ce genre de disques... Oh, de temps en temps , si. Mais jamais, semblait-il, quand elle en sentait le besoin. Et elle se rappelait qu'un jour où elle avait une envie folle d'entendre du Brahms, elle avait pris un taxi et était allée jusqu'à la Trente-quatrième Rue où elle avait failli mourir de chaleur, dans la cabine d'un magasin de disques, en plein été, en écoutant, écoutant...

Evidemment, des choses comme ça sont difficiles à accepter. Elle l'admettait. Mais ne comprenait-il pas qu'une femme, en ces matières, doit forcément être différente de son mari. Après tout, c'est le mari qui est... eh bien, disons, si vous voulez, le guide. La seule chose importante, c'était sa carrière à lui, non la sienne. Et s'il était si pris, si obsédé par son travail (et sa pièce s'annonçait merveilleuse, pleine d'esprit et de panache; non, elle ne l'avait pas lue, mais il lui en avait parlé — le décor yougoslave, le jeune officier américain, la charmante jeune fille dalmate), s'il était si pris par cette pièce, eh bien, rien d'autre ne comptait, pas même le désir qu'elle avait d'avoir des bébés... Elle se tut.

Dehors, le temps s'était levé. L'aube versait de l'argent dans le puits d'aération et, en face, les vieillards faisaient le branle-bas dans les chasses d'eau. Dans les avenues, au loin, les autobus commençaient à gronder et, quand je me détournai de la fenêtre, je vis que Celia avait baissé la tête, exposant sa blessure à vif, et qu'elle s'était mise à pleurer en silence et désespérément. Je m'assis auprès d'elle et la pris dans mes bras, et nous restâmes ainsi longtemps, dans le désordre du départ, et sans rien dire.

Quand enfin elle releva la tête, elle dit à voix basse, si basse que je pus à peine l'entendre : « Une fois, tout à fait au début de notre mariage, nous habitions une maison, dans le nord de l'Etat. C'était une maison très agréable, simple mais confortable. Je ne sais pas, mais, à cette époque, Mason était assez différent. Il croyait dans... comment dire?... dans les choses les plus simples. Nous resterions habiter là, nous aurions des enfants, et il écrirait ses pièces. Je n'oublierai jamais le jour où nous avons emménagé ni la première nuit où nous avons veillé jusqu'à l'aube. C'était l'automne et il faisait froid. Mais, cette aube, je me rappelle combien elle était belle et claire. Je me rappelle que Mason est sorti pour brûler des détritus et, toute emmitouflée, j'étais là, près de lui, je le regardais, je regardais la campagne si calme qui s'éclairait graduellement et, dans le froid, il y avait une sorte de promesse merveilleuse, et Mason était debout près du feu, et le vent agitait ses cheveux, et les flammes montaient dans les premières lueurs du jour. Alors, il m'a prise dans ses bras, je me rappelle, et nous nous sommes mis à frissonner, à rire, et je me rappelle également que je pensais au grand bonheur de vivre ainsi avec lui, à la campagne, d'avoir des enfants et de l'aider pendant qu'il écrirait ses pièces. Une jeune femme pouvait-elle rien désirer de mieux ? pensais-je. Des canards sauvages traversaient le ciel. Il ne m'avait pas encore battue, à cette époque. »

Elle se tut de nouveau, mais je sentais un grand frisson lui agiter le corps entier. « Il me fait peur quand il me frappe ainsi. » Ses lèvres tremblaient, et je la tenais bien serrée contre moi, comme une petite fille. « Mais ça ne fait rien, dit-elle brusquement. Je suis folle de lui, je suis positivement folle de lui. » Maintenant, elle s'était mise à trembler violemment, à se débattre, et elle me repoussa et me regarda dans les yeux : « Il peut me faire tout ce qu'il voudra, dit-elle, haussant la voix, tout ! Je suis absolument folle de lui ! » Et je m'écartai moi aussi, car il me sembla qu'elle me confiait quelque chose qui se trouvait en elle, bien plus profondément caché que ses paroles.

Est-ce que l'on peut déceler dans un œil — comme un grain de poussière, ou un rais de lumière — l'éclair particulier de la folie ? Je ne sais. Peut-être n'était-ce que l'écho de ce mot qu'elle employait sans cesse comme une incantation. Mais maintenant, comme elle glissait, à une vitesse incroyable, vers la crise d'hystérie, je savais que, quoi que lui fît Mason, la frapper avec des assiettes n'était pas nécessairement sa pire forme d'oppression.

— Voilà deux ans qu'il ne couche plus avec moi ! s'écria-t-elle. Mais c'est bien ! Parce que, *les bébés !* Sa carrière, vous comprenez. Je veux dire : c'est très bien si nous n'avons pas d'enfants. Vous ne voyez donc pas ? Je veux dire, comme lui, mettre des innocents au monde, dans ce monde infernal ! C'est bien ! C'est pour le mieux ! Tout ce qu'il fait ! Je suis toujours aussi folle de lui !

Je fus finalement obligé de la conduire au coin de la rue, à l'Hôpital Saint-Vincent, où on lui témoigna beaucoup de sympathie. On lui donna un sédatif et on la mit au lit. Elle serait promptement rétablie, me dit-on, et on la renverrait chez elle. Mais, au moment où je m'en allais, en pleine lumière du jour — après un baiser sur la joue, le plus triste de toute ma vie — elle bredouillait encore des mots sans suite.

Si vous me demandez pourquoi, après cela, j'allai à Sambuco rendre visite à Mason, je ne pourrai vous donner qu'une réponse très vague. Mais ce qui se passa ce matin-là à bord du bateau pourra peut-être l'expliquer.

J'étais presque dans un état d'insensibilité complète quand, quatre heures plus tard, je pénétrai dans ma cabine de seconde classe sur le *Queen Mary*, et pendant un instant je crus m'être trompé. Le plus extraordinaire assortiment de cadeaux que j'aie jamais vu se trouvait accumulé dans ce petit espace, pas une bouteille mais une caisse entière de champagne, deux énormes corbeilles de fruits, une boîte de bonbons, plate, de la taille d'un pavé, une pile de livres sur le plancher, des bouteilles de whisky joliment ornées d'un immense ruban rouge, et plusieurs panerées de fleurs ballotantes, qui, serrées les unes contre les autres par manque de place, commençaient déjà à laisser choir sur le plancher leurs frais et doux pétales. Il y avait encore d'autres richesses empilées : une demi-douzaine de cartouches de cigarettes, un monceau de magazines, et une boîte de caviar frappé. Comme mes yeux parcouraient cette scène, je notai la fumée qui, en chaudes volutes bleues, serpentait dans la cabine, et je ne mis pas longtemps à en déterminer l'odeur, une senteur âcre de marijuana. Puis, comme je faisais un pas en avant dans l'espoir de percer ce brouillard, mes yeux distinguèrent deux silhouettes blotties en tailleur, sur une des couchettes, un jeune homme blême, aux yeux fuyants, rusés, étranglé par un chandail à col roulé, et un jeune noir d'environ vingt ans, qui portait un pantalon de danseur en velours et un jersey violet. Changeant nonchalamment de position dans les ténèbres, ce noir se pencha vers moi dans la clarté du hublot qui jeta un ovale brillant de soleil sur son visage cataleptique, noir-bleu, orné d'une petite moustache. Je savais maintenant que je me trouvais dans un repaire de serpents et, reculant en hâte, j'appelai le garçon, qui arriva immédiatement et, avec un accent cockney emphatique, m'assura que j'étais bien dans la bonne cabine. J'y rentrai donc et, avec toute l'autorité dont je me sentis capable, je me présentai aux deux jeunes gens sur la couchette. Ensuite, ne recevant pour toute réponse qu'une espèce de faible tii-hii — lointain, indistinct, presque éthéré, comme venu de la stratosphère — je me mis à examiner la boîte de bonbons posée sur la couchette et je vis, par la carte, qu'elle m'était destinée : « Pour Petesy, de son vieux papa. » Alors, attentivement, avec un mélange de colère et de honte, avec un ressentiment grandissant et, néanmoins, avec un reste aussi de chaude et dégradante gratitude, je regardai les autres présents : ils étaient tous pour moi et, sur chacun, il y avait une carte : « Pour Petesy. » Dans mon chagrin, je fus pris d'une crise d'éternuements auxquels le jeune noir, d'une voix lointaine, doucement modulée, répondit : « *Gesundheit, man* » [1]. Faudra que vous excusiez ce brouillard.

1. « Monsieur » dans le vocabulaire beatnick. (N. du T.)

— Merci », dis-je.

Au bout d'un long silence il reprit : « C'est un beau grand mec qui a apporté ce fourbi. Il a dit qu'il allait revenir tout de suite. »

Son compagnon fit entendre un autre petit ricanement. « On les met, Johnson ? Viens, on va faire le pont.

— Jésus-Christ, dis-je tout haut d'un air dégoûté.

— Non, dit le jeune noir en riant. Non, pas J.-C. Un beau grand mec avec une de ces blondes ! Du vrai, hé, pas du toc. Il a dit que... »

Juste à ce moment-là, Mason, suivi de Carole, une orchidée à son corsage, entra en bombe dans ma cabine et me tomba sur les épaules avec des hurlements de bienvenue.

« *Allons-y,* Petesy ! me cria-t-il dans l'oreille. *Pour chercher la twat*[1] *française.* Pour un peu, je resterais à bord avec toi et m'en irais lever quelques-unes de ces petites cailles de la rue Bonaparte. Mais qu'est-ce que t'as, Pierre ? T'en fais une gueule, pour un gars qui s' prépare à foncer tête basse sur la meilleure fesse de toute la chrétienté. » Il recula, le bout des doigts toujours sur mes épaules, et me toisa avec un doux regard de reproche. Sans doute avais-je poussé un grognement, ou quelque chose ; en tout cas, je suis sûr qu'il avait flairé mon mécontentement — ma désapprobation pleine et entière de ses actions qui m'avait fait raidir à son toucher et avait détourné de lui mes yeux baissés. Et pourtant — chose étrange — encore tout brûlant de colère à la pensée de ce qu'il avait fait à Celia, je ne pouvais me décider à lui en souffler mot.

— Laisse-moi te dire une chose, Peter, continua-t-il. J' viens d'inspecter ce rafiot de la poupe à la proue

1. Terme d'argot pour désigner le sexe de la femme. La phrase entière est écrite ainsi dans le texte. (N. du T.)

et, bien que la moitié des poules soient de ces mochetés d'Englishes qui ont l'air de s'attendre à ce qu'on leur fasse ça par le coude, ou par ailleurs, il y a tout de même deux ou trois putains, des Américaines, qui semblent disposées à tout ce que tu voudras. Evidemment, en Angleterre, pendant la guerre, j'avais deux copains qui me disaient que ces Anglaises sont de vrais cormorans qui se font baiser jusqu'à ce que les oreilles vous en tombent. Mais, j' sais pas. *Chacun a son goût.*

Un autre petit rire fusa dans les ténèbres. « *Man,* zyeute-moi ce cinglé de Français. »

Mason se retourna vivement, toisa le jeune noir, dont les traits bleus, usés, s'éclairaient maintenant d'un sourire rêveur et somnolent. « Tiens, tiens, regarde-moi ça, Petesy, dit-il très fort, avec un léger rictus, quand j'ai senti cette odeur de marijuana j'ai bien pensé que j'allais découvrir un couple de lotophages. » Il se mit à rire à pleine gorge. « Leverett chez les beatnicks ! »

Alors, il se tourna vers mes compagnons de voyage et dit : « Mes petits amis, vous avez un croulant à bord, mais c'est un bon bougre. Faut pas le mépriser. Qu'est-ce que vous comptez faire — foutre le feu à la Rive Gauche ? Qu'avez-vous fait de vos bérets ?

— On les a, ici même, *man* », dit le jeune noir en tirant négligemment de sa poche un béret basque de la taille d'un moule à tarte. Il se le posa sur le front en lui donnant une inclination cavalière qui lui cachait tout, sauf les yeux. « Au poil, pas ?

— R'gardez ça, dit son camarade avec un petit rire. Sublime, *man,* vachement sublime. »

Mason poussa un rugissement de joie folle. « Petit crâneur, va ! cria-t-il. Mes amitiés à Sidney Bechet. Viens, Peter, ça pue le feu de marais ici. Allons sur le pont prendre un peu l'air. Et pendant ce temps, vous, les petits gars, foutez pas les doigts dans le caviar. Mon copain est le prince Pierre de Yougoslavie, et il aime bouffer des beatnicks au petit déjeuner. » Il prit mon bras d'une main et une bouteille de champagne de l'autre et me poussa vers la porte où Carole — que j'avais oubliée depuis quelque temps — attendait, un air délaissé, absent, sur son visage crémeux, les yeux noyés dans une teinte rosâtre, comme si elle venait juste de pleurer et s'apprêtait à le refaire. Elle m'adressa un pâle sourire apologétique et ses lèvres s'entrouvrirent pour un salut à peine perceptible. Mais, avant même que j'aie pu répondre, Mason dit : « Excuse-moi, une seconde, Peter. » Il la poussa de côté, brutalement, jusqu'à l'escalier des cabines. Je l'observai. Il lui parlait avec animation, à mots couverts, mais nettement furieux, la tête contre la sienne, les bras arc-boutés au mur, et l'encerclant dans l'attitude du sergent-chef engueulant un bleu frondeur. J'avais envie de fuir. Je me sentais déjà assez abattu et, dans une espèce de folle clarté, je comprenais que s'il me fallait participer encore ce matin, ne fût-ce qu'en simple spectateur, à une autre crise de Mason, je finirais sans aucun doute par sangloter et délirer moi-même. Et, néanmoins, quelque chose me clouait sur place, et je regardais, fasciné, le visage de Mason devenir rouge comme une tomate, ses veines gonflées sillonner son front, et comme, pour finir, rejetant d'un geste de colère ses cheveux en arrière, il hurlait : « Eh bien, fous le camp, sacrée putain de garce ! Retourne dans ton Coney Island... ou dans n'importe quel autre fumier... », je crus pendant un instant que, la main levée, il allait la frapper, mais il ne le fit pas, car entraînée semblait-il par l'élan d'une idée conçue puis rejetée, la paume alla s'abattre sur la cloison avec un claquement sec. « Fous le camp, répéta-t-il. Fous le camp ! » Et Carole alors s'effondra. Ahurie, pitoyable, elle leva les yeux sur Mason.

« Oh, je t'en prie, murmurai-je, et je fis demi-tour.

— J'en ai plein le dos », disait-il derrière moi, et j'attendis de nouveau le bruit d'une main qui frappe. Mais, quand je me retournai, Carole, vacillante sur ses lourdes hanches, battait en retraite le long du corridor avec des lamentations d'Hindou, des mugissements désespérés de contralto, qui résonnaient dans les entrailles du bateau et faisaient apparaître à des douzaines de portes des têtes de curieux. Le bruit diminua et finit par s'éteindre, et je revins vers Mason. Il était appuyé la tête contre le mur et il ne dit qu'un mot — au milieu du vacarme joyeux des touristes et du ronronnement lointain des machines — un mot qui me semblait porter le poids de dix mille ans : « Femmes ! » dit-il.

« Voyons, qu'est-ce qu'il y a encore, Mason ? lui demandai-je impatiemment quand il s'approcha de moi.

— Je ne sais pas, dit-il avec un grognement. Je ne sais pas ! » répéta-t-il. Et il me fixa sérieusement dans les yeux. « On dirait qu'en ce moment je traverse une passe d'emmerdements féminins. Carole ! La garce ! Oh, elle reviendra. Elle reviendra. Ce n'est pas ça qui m'inquiète, Peter, je vais te dire une chose : les femmes, c'est une autre race. Elles sont comme les cannibales. Tourne le dos et elles s'apprêtent à te bouffer.

— Qu'est-ce qui s'est passé, Mason ? » Cette fois encore, cela ne me regardait pas, mais je ne trouvai rien d'autre à dire. Il me semblait ineffablement fastidieux.

— Viens, dit-il en m'entraînant dans le couloir. Montons. Oh, rien ! Rien, vraiment. A midi, nous serons en train de roucouler. Elle doit avoir ses règles, ou quelque chose, et elle a décidé de s'en prendre à moi. Quand c'est pas une chose, c'en est une autre.

Elle veut que je fasse d'elle une vedette de ciné. Elle veut que je lui achète une Jaguar, et ainsi de suite. Elle se figure que je suis Darryl Zanuck. J' sais pas, mais, chaque fois qu'elle a ses règles, elle devient complètement dingo. C'est ce qu'il y a de pire chez les femmes — leur sacré système de plomberie. Une grande bouche d'égout dans le Jardin de l'Eden.

Je suis de ces types qui, d'habitude, en entendant ce genre de poésie, murmurent complaisamment : « Ouais. » C'est ce que je répondis : « Ouais. » Et même encore, on m'aurait tué que je ne me serais pas décidé à mentionner Celia.

Mais Mason brusquement me dit : « Peter, je suis vraiment désolé. » Sa voix, à mesure que nous avancions, devenait inquiète, anxieuse, presque suppliante. « C'est vrai, tu sais. A propos de cette nuit. Tu dois croire que je suis devenu complètement marteau après ce qui s'est passé cette nuit avec Celia. Elle vient de rentrer à la maison. On s'est réconciliés. C'est une sale blague qu'elle t'a faite là, te demander de la raccommoder comme ça. D'un autre côté, j' sais foutre bien que j'aurais pas dû la toucher. C'est simplement que j'avais les nerfs en pelote, avec cette sacrée pièce. Et elle passait son temps à me bassiner avec ses histoires de gosses. Mais je lui en ferai des gosses un de ces jours ! Seulement elle ne veut pas comprendre que ma pièce passe avant tout. C'est la première fois que je lui ai foutu un marron. Je ne sais pas ce qui m'a pris. » Sa voix manquait de conviction, comme s'il se doutait que je n'étais pas dupe. « En tout cas, je n'avais pas l'intention de t'imposer une corvée pareille, juste en ce moment. Ah, Peter, les femmes ! Des fois, j'ai envie de les échanger contre des castors. Ou des élans. Ou des Rotariens. J' sais pas. Ou de retourner peut-être à Merryoaks me faire frictionner au baume Bengué par Wendy. »

Mais quand, arrivés sur le pont, nous nous dirigeâmes vers la proue à travers un groupe de touristes de Portland, Oregon, il avait surmonté sa dépression et bavardait le plus joyeusement du monde. La température était idéale, le ciel, sans la moindre brume, était d'un bleu saphir. Deux avions y avaient laissé, en droite ligne, de blancs sillages de vapeur comme des égratignures tracées par des ongles de fantôme. Droites sur ce ciel bleu, les tours de Manhattan se dressaient avec l'éclat de monolithes, et c'est sur ce fond que Mason me plaça, sans cesser de parler, tout en préparant son Leica. « Qu'est-ce que c'est que cette idée de voyager en classe touriste ? dit-il. Deux petits gars comme ça, pour rigoler une fois par hasard, c'est parfait, mais toute une semaine dans la même cabine... autant mourir ! Oh Peter, je peux te dire déjà qui tu vas avoir à ta table. J'ai vu la liste. Un pédicure de Jackson Heights et une vieille lesbienne hideuse avec un bouton acoustique. Pourquoi n'as-tu pas pris l'avion ?

— J'essaie d'économiser un peu, Mason, dis-je. Mais comment as-tu pu voir la liste ? »

Il ricana et j'entendis le déclic de l'appareil. « Je blaguais, mon coco. T'en fais pas. Ton voyage va être un rêve. »

Pendant une minute nous restâmes sans parler, appuyés contre la rambarde, buvant du champagne dans des verres en carton. Dans ce silence, je me sentais embarrassé, et j'éprouvais vis-à-vis de Mason un durcissement du cœur, lent, intolérable, non pas malgré sa générosité, mais plutôt à cause d'elle et parce que, devenu maintenant l'objet de ses grotesques affections, je me trouvais placé dans une classe à part où je ne ressentais nulle chaleur de gratitude, mais au contraire quelque ressentiment, une impression de souillure, d'avilissement, comme si j'acceptais de me laisser soudoyer. Quoi qu'il en soit, quelque chose — mon orgueil, ou simplement ma sensibilité froissée — m'empêchait de lui parler, et ce fut Mason finalement qui, d'un ton solennel, même douloureux, dont je restai surpris, brisa le silence : « Tu sais, Peter, ça va me manquer de ne plus voir ta sale gueule. Envoie-moi un mot de temps en temps, veux-tu ? Tu vas me manquer. J' sais pas pourquoi. En réalité, tu es terriblement emmerdant, et pudibond comme une vieille fille de soixante-douze ans. Mais je t'ai toujours beaucoup aimé, j' suppose que tu le sais. Celia a mis le doigt dessus, je crois. Elle dit : « Lui, il comprend les gens », en admettant que ça veuille dire quelque chose. Tu lui as probablement donné cette idée en branlant la tête gravement, en te frottant la barbe, et en te grattant le cul au bon moment, avec nonchalance. En tout cas, Pierre... en tout cas, tu vas me manquer.

— Qu'est-ce que tu vas faire maintenant, Mason ? » dis-je, indifféremment.

Il ne répondit pas tout de suite. C'était un silence particulier et lourd de signification, un silence contre lequel j'avais appris à résister. Il était composé d'une certaine dose de réflexion profonde, avec étincelle dans l'œil, et j'étais arrivé au stade où je sentais que je connaissais Mason tellement bien que j'aurais presque pu entendre les courants sournois de son cerveau, à l'œuvre, enrégimentant ses mensonges flagrants et éhontés qui, une fois exprimés — spécieux et lénifiés par sa langue expressive, — prendraient la fière allure de la vérité. Il cracha vulgairement de côté. « Oh, je ne sais pas, Petesy. Finir ma pièce, je suppose. C'est en tête de mon agenda. Whitehead est sur le point d'en perdre la boule, tellement il a hâte de me la voir finir. Mais, tu sais, une pièce, c'est pas une chose qu'on improvise comme ça, en cinq minutes, comme une réclame de Ford. Il faut penser et penser, et souffrir et souffrir, et penser. Et puis, il y a cet éternel problème de l'exactitude, de la vraisemblance, plutôt. Par exemple, cette pièce à laquelle je travaille... Oh, je peux bien te le dire. Elle repose sur mes aventures en Yougoslavie, pendant la guerre. Est-ce que je t'ai dit ça ? Rien que ce fait me ralentit dès le début. Parce que, pour arriver à cette vraisemblance — cette vraisemblance qui m'est indispensable — tiens, par exemple, des détails sur la langue serbe, et certains noms de rues, à Dubrovnik, et différents mots de passe des partisans que j'ai oubliés, des choses comme ça — alors, pour me procurer ces renseignements avec toute l'exactitude que je désire j'ai dû entretenir une longue correspondance avec le vieux Plaja. Tu te rappelles, le vieux type dont je t'ai parlé... ?

— Ah oui, cette vieille farce ? Cette vieille mystification ? » Il m'était impossible, à ce moment-là, de supporter l'idée qu'il me faudrait encore me retenir, continuer à me laisser bourrer le crâne par ses impostures et ses fictions, par ses inventions malhonnêtes, par tous les sous-produits de son inégalable charlatanisme. Il me semblait qu'il aurait pu au moins m'épargner la dégradation d'un dernier mensonge ; mais il ne l'avait pas fait, et je grillais d'envie de le lui dire. « Ce bobard, tu veux dire ? » repris-je.

Il n'avait pas saisi : « Tu te rappelles le vieux Plaja, dit-il, il a encore bon pied bon œil, le vieux gredin. Il a même l'intention de venir me voir d'ici peu. Il a été pour moi une espèce de conseiller techni...

— Ecoute, Mason, dis-je, pourquoi te crois-tu obligé de me mentir ? Est-ce que tu me prends pour un... un idiot ? Un crétin ? hein ? »

Il pâlit. Une de ses épaules tressauta, et il leva les mains, écarta les doigts, comme pour m'implorer.

« Mais, je ne comprends pas, Petesy. Ne me fais pas dire ce que... Je n'ai pas dit...

— Comment, tu n'as pas dit ? Tu me racontes toutes ces histoires à dormir debout, comme ça, avec une gueule solennelle de pasteur baptiste, et tu voudrais que je marche ! T'es pas louftingue, non ? Tu me prends pour un con ? Tu te figures qu'un beau jour je finirai pas par apprendre la vérité ? Tu m'appelles ton confident, ton ami, ton coco, tu me ressors tous ces boniments de copain, de vieux frère et, dès que je me retourne, tu me racontes un sinistre mensonge. Tu n'as jamais mis les pieds en Yougoslavie ! T'étais embusqué ! Ta fameuse pièce, c'est pas autre chose qu'une bulle de savon ! » J'étranglais de rage. Tous ces horribles mots vides du vocabulaire des écoles américaines (« copain », « vieux frère »), je les prononçais avec la fureur hystérique d'un gosse et, pleinement conscient de mes paroles — conscient du fait que, dans ce pays-ci, nous restons toujours si stupidement, impossiblement et absurdement jeunes — je remerciais Dieu de me séparer de Mason et de m'envoyer en Europe ; et je sentis que des larmes me montaient aux yeux, larmes mêlées, de rhume, d'indignation, et de mon viel amour, de ma pitié pour lui, tout cela maintenant, épuisé et usé. Je m'écartai de lui. « Tout de même, Mason, criai-je d'une voix incohérente et dont je perdais le contrôle, est-ce que tu te figures par hasard que je suis aussi con que ça ? Tu ferais bien de faire examiner ta putain de cervelle. »

Au-dessus de nous, un panache de fumée sortit de la cheminée, suivi de l'horrible bruit de la sirène. Dans ce tonnerre assourdissant, je sentis la main de Mason sur mon épaule et je me retournai. Je lui vis un visage gris, blessé, et des lèvres qui formaient les contours de mots qu'il m'était impossible d'entendre. Autour de nous, les gens, les doigts dans les oreilles, s'acheminaient lentement vers les passerelles. « ... fait mal ! » cria-t-il dans un brusque silence, profond, ahurissant. « Ça fait mal de t'entendre me dire des choses pareilles. » Ses lèvres tremblaient. Il semblait sur le point de pleurer. « Les choses comme ça, dit-il amèrement, les choses comme ça, c'est irrémédiable. Quand je pense que toi — toi surtout — tu n'es même pas capable de faire la subtile distinction entre un mensonge — entre un véritable, un vulgaire mensonge qu'on invente pour nuire — entre ça, et des fables extravagantes comme celles que je te racontais, sans la moindre intention de malice, mais uniquement pour t'édifier, pour t'amuser. » Son épaule tressautait sans cesse maintenant, un mouvement continuel de va-et-vient ; je pouvais presque entendre les ligaments craquer sous l'effort. « Nom de Dieu, Peter, reprit-il d'une voix qui était réellement blessée — blessée et chagrinée, — tu n'es donc pas assez malin pour deviner que je te racontais tout ça, sous le couvert de la vérité, uniquement pour voir tes réactions. Pour voir si ça résisterait à une dramatisation ? Pour voir si c'était convaincant pour une personne comme toi, en qui j'ai confiance et dont l'orientation esthétique...

— Et ta femme, cette chère, cette fantastique créature ! interrompis-je. Qu'est-ce que tu peux bien avoir dans le corps ? Fous-lui la paix, tu m'entends. Fous-lui la paix, sacré nom de Dieu ! » Et je m'arrêtai, la bouche ouverte, éberlué par la conscience que c'était la première fois que je tenais vraiment tête à Mason — mon premier éclat, ma seule réprimande. Pendant quelques instants je restai incapable de trouver un seul mot. Enfin, après avoir repris haleine, je continuai plus gentiment : « Mason, évidemment, nous sommes peut-être tous un peu névrosés, mais, pour l'amour de Dieu... »

Mais il ne se laissait pas distraire. La voix tremblante, il ajouta : « Si je ne peux même plus avoir confiance en tes réactions, Peter, alors Dieu sait... » Puis il fit un petit geste de la main et, se retournant vers la rambarde, il s'arracha de la gorge quelques mots qui me blessèrent à vif : « Dieu sait tous les efforts que j'ai faits pour être décent, sociable... mais, chaque fois que j'ouvre la bouche, on dirait que je me change en un énorme tas de... » Il se tut, les lèvres tremblantes. C'était affreux. « Et ça finit toujours de la même façon, ou bien les gens m'exploitent ou bien ils me haïssent.

— Je ne te hais... », commençai-je, mais un autre coup de sirène nous souleva presque du pont. Très loin, dans les profondeurs du bateau, retentit tout un carillon. « Allons, Mason, dis-je au lieu de terminer ma phrase, je crois qu'il est temps que nous nous séparions. » Je lui tendis la main, en proie à une grande tristesse. « Et merci pour tous ces beaux cadeaux. Merci, vraiment, Mason. »

Il se rapprocha de moi avec un petit sourire sombre et avança la main. « Bon voyage, mon vieux coco, dit-il, pas de bêtises, hein. Bois un verre à ma santé de temps en temps, veux-tu ? »

Ce furent ses derniers mots. Son épaule maintenant n'arrêtait plus. Une sorte de danse de Saint-Guy. Il me prit la main et fit de ce simple geste d'adieu l'acte de solitude, d'élan sincère, le plus mélancolique qu'il m'ait été donné de voir, je crois, dans toute mon existence.

Car, semblable à cet enfant abandonné de tous — dont j'ai oublié maintenant le visage, même le nom — mais qui s'attarde parmi mes souvenirs de jeunesse — ce petit garçon, fils de riches voisins qui — m'a-t-on raconté plus tard — contrefait, infirme ou laid, peut-être tous les trois à la fois, un jour où ses parents lui demandaient pourquoi, comment et où tout son argent de poche avait si vite disparu, confessa qu'il avait employé ses pièces, sans en excepter une seule, non à acheter des bonbons ou des jouets ou des esquimaux, mais à acheter la compagnie d'autres enfants — cinq *cents* pour une heure, vingt pour l'après-midi, une poignée de cinq *cents* pour tout un jour d'été — semblable au geste de cet enfant perdu, le geste de Mason était un geste de gratification et d'achat, un geste lourd de toute l'angoisse du manque d'amitié. Avant que j'eusse pu dire un mot, reprendre suffisamment mes esprits afin de comprendre ce qu'il m'avait donné, il avait disparu, englouti par la foule qui regagnait le quai, laissant ma main crispée sur une liasse d'argent français qu'il s'était procuré quelque part, tout en billets de dix mille francs — une somme suffisante pour m'acheter une montre suisse en or massif si j'en avais envie, ou un complet de tweed Harris, ou un nombre incalculable de bouteilles de cognac. Mortifié, je tentai de le rappeler, mais il était déjà hors de vue — je ne l'aperçus plus qu'une fois, très brièvement. Il était en haut d'un escalier lointain : tête basse, il cherchait les marches, étrangement gauche et ridicule. Ce n'était plus le vieux magicien désinvolte, mais un pauvre être vulnérable, hésitant et, pendant quelques secondes, complètement perdu — l'enfant chéri de l'avenir, un homme, le pied levé au-dessus du vide le plus complet.

Quelques minutes plus tard, je sentis un frémissement sous mes pieds et le bateau se mit en marche. Appuyé sur la rambarde, serrant toujours mon argent dans ma main — avec le sentiment, même en cet instant final, que ma vertu venait de m'être ôtée, qu'irrémédiablement j'avais été acheté, prostitué — je m'éloignai vers la pleine mer, vers l'Europe, l'île de Manhattan étincelante sous mes yeux, avec ses cénotaphes, ses flèches extravagantes en quête du Paradis.

Je m'entendis très bien avec mes compagnons de cabine. En réalité, c'étaient deux gentils garçons, faciles à vivre — leur voisinage était peut-être un peu embarrassant, mais ils étaient, me sembla-t-il, bien moins dépravés que Mason et infiniment mieux adaptés. A Paris, je reçus une lettre de Mason où il m'apprenait que Celia était partie pour Reno. Je me souviens d'une phrase très caractéristique qui me sembla — comme c'était si souvent le cas chez Mason — surgir de quelque zone d'ombre immatérielle, ignorante à la fois des plaisirs et des peines : « Pleure, pleure pour Mason et Celia, nous avons été à Reno. » Et c'est peu après cela que Mason s'estompa graduellement dans ma mémoire. Et pourtant, j'aimerais pouvoir me rappeler les détails de ce rêve que je fis à bord du bateau, au milieu du voyage. Cette nuit-là, je me dressai brusquement sur ma couchette et j'écoutai, couvert de sueur, mes deux compagnons qui ronflaient dans le noir, et je sentais le délicat parfum de ces fleurs qu'il m'avait données et qui se fanaient lentement, et j'eus alors une sorte de pressentiment de l'inévitable destin de Mason.

4

Quand Mason, s'éloignant dans le corridor au bruit de ses sandales de bain, m'eut laissé, frémissant, sur ce banc de marbre, à Sambuco, j'éprouvai de la difficulté à maîtriser décemment mes émotions. J'étais furieux, Dieu sait. Et pourtant, ma colère, mêlée comme elle l'était à de l'étonnement et à une peur indéfinissable de Mason, était empreinte d'une sorte de hâte : fuir — de cette villa, de Sambuco — me semblait essentiel, et je restais là, assis, à ruminer l'insulte, à examiner les moyens qui me permettraient de quitter cet endroit dignement, sans être vu. Deux ou trois minutes s'écoulèrent sans doute. J'allais me lever quand j'entendis les semelles de bois de Mason claquer lentement dans le couloir. Il revenait. Il entra, toujours courbé et boitillant étrangement, un peu plus droit pourtant, et il me regardait avec une telle bonne humeur souriante que ma peur de lui s'évanouit sur le coup. Il n'était plus le monstre de mon Polaroïd, il était redevenu lui-même, désespérément plausible de la tête aux pieds. « Je parie que je t'ai foutu la trouille, dit-il. Alors, on boit quelque chose, Petesy ? Je n'ai pas eu le temps de...

— Va te faire foutre, répliquai-je. Tu te prends pour qui ?... Me parler de cette façon-là ! Nous ne sommes pas revenus à Saint-Andrews, et si tu crois... j' suis pas un de tes miteux de pique-assiette !

— Petesy, Petesy, Petesy », murmura-t-il de sa vieille voix plaintive et cajolante. Il s'assit près de moi et me donna une petite tape amicale sur l'épaule. « Ce vieux Petesy avec son épiderme en papier de soie. Ecoute, je vais te dire...

— Ecoute toi-même, m'écriai-je en me levant soudain. Je ne sais pas ce qui se passe dans ce bordel, mais je te préviens que j'en ai plein le cul ! Est-ce que tu me prends pour quelque pouilleux de *contadino,* un de ces paysans que tu peux faire marcher à ta guise ? Tu m'as demandé de venir ici comme ton invité, et j'ai l'impression d'avoir été aussi bien reçu que le virus de la typhoïde. Je peux te dire que, sans Rosemarie, on ne m'aurait même pas donné à manger. Je remettrai ça à un autre jour. *Mille grazie!* Salaud ! » Je hurlais misérablement tout en m'apprêtant à partir. « Invite-moi une autre fois, quand je ne ferai pas si un grand trou dans ton budget. »

Il se leva d'un bond et me saisit par le poignet. Il était encore essoufflé de sa récente poursuite, encore en sueur, et l'expression de son visage était aussi près de la honte qu'il est possible de l'être : « Je te demande pardon, dit-il, sincèrement. Je ne savais pas ce que je disais. J'étais... oui, bouleversé, hors de moi. Je t'en prie, pardonne-moi, Peter. Je t'en prie.

— En tout cas... j' m'en vais, Mason, dis-je à contrecœur. On se reverra un de ces jours.

— Non, tu ne vas pas partir, répliqua-t-il, tu vas me pardonner d'être aussi salaud. Et tu vas rester ici, ici même, avec ton vieux copain.

— Et pourquoi as-tu dit que tu voulais me mater ? Qu'est-ce qui t'a passé par la tête ? Qu'est-ce que je t'ai fait ? J' suis pas un criminel, une gouape à qui on peut parler comme... »

Il se passa la main nerveusement sur le front. « Je... Je ne sais pas, Peter. Je regrette. C'est cette fille. Elle passe son temps à me voler. Elle vient juste de faucher une paire de boucles d'oreilles de Rosemarie. J'étais hors de moi, c'est tout. J' sais pas, mais, dans mon exaspération, je me figurais que tout le monde prenait son parti. C'était idiot de ma part. Dis, implora-t-il, dis-moi que tu me pardonnes ! J' te jure que j' voulais pas dire ça. Dès que j' l'ai eu dit, je me suis dégoûté moi-même. »

Incorrigible comme toujours, je laissai la nostalgie et la sentimentalité remporter la victoire. Je détournai les yeux et lui saisis la main en disant : « Bon, ça va, Mason, ça va. » Toute ma vie j'ai eu la curieuse habitude, dans de semblables situations, de m'incriminer également. J'ajoutai : « Je te demande pardon aussi. C'était en partie de ma faute, je crois bien. »

Cela sembla le consoler un peu. « Bon, dit-il, l'air absent, n'y pensons plus, on s'en fout. Tout le monde peut se tromper. Écoute, attends-moi une minute, je monte m'habiller et je te ferai faire le tour du propriétaire. » Et, comme je le regardais monter l'escalier, j'eus l'impression — comme quelqu'un qui se laisse entraîner dans une vieille combine familière — que c'était lui qui avait empoché mes excuses.

Il fut absent cinq à dix minutes. Pendant ce temps j'errai sans but à travers la pièce vide tout en fumant une cigarette. Je me sentais encore nerveux, abruti, inquiet, tout particulièrement, de la jeune fille qu'il avait poursuivie dans le couloir et qu'il avait certainement molestée d'une façon ou d'une autre. Je crois qu'il dut pleuvoir un peu car, comme je m'attardais à regarder la foule des personnages qui décoraient le plafond (la Chasseresse cette fois, harponnée en plein nombril par un fil électrique du style le plus moderne), j'entendis en bas des murmures confus, quand les gens de la piscine commencèrent à se disperser et à rentrer dans la villa à travers les jardins.

Mason revint vêtu d'un veston blanc et d'un short à ramages fraîchement repassé. Il avait l'air préoccupé. « Viens, Petesy, on va faire la visite des lieux. » Il y avait quelque chose de tendu dans sa voix et dans ses manières. Cependant, il s'efforçait de plaire et de m'impressionner. Dans la demi-heure qui suivit il me montra son petit salon, une pièce reposante, toute en cuir, arrangée comme une réclame de whiskey, avec des fusils pour chasser l'éléphant, des livres, des affiches de courses de taureau, une ottomane faite des pattes antérieures d'un rhinocéros, et la tête d'un buffle africain qu'il affirmait avoir tué — animal assez pathétique qui regardait du haut de sa muraille avec l'expression douce, vitreuse et bête d'une vache romande. Je compris que c'était une nouvelle phase dans l'histoire de Mason — la phase sportive — et nous restâmes quelque temps dans ce petit salon à boire du cognac pendant qu'il me contait son amitié avec divers matadors de renom, me montrait ses grands volumes sur la tauromachie reliés en cuir de taureau, et, pour finir, avec une effronterie et un aplomb rares même chez lui, me décrivait avec tous les détails les grandes chasses qu'il avait faites dans le Kenya avec une blonde Canadienne, toute pleine de sensibilité. Elle avait étudié à l'université de Toronto et avait écrit sa thèse de doctorat sur les images dans Baudelaire... mais laissons cela de côté. Quelle richesse dans tout cet amalgame : les chacals hurlant dans la nuit, les horribles empreintes sanglantes dans les gorges et les ravins, et les bwanas, et les memsahibs, et les attentes angoissantes de la bête blessée menaçant de bondir de la brousse ou de quelque buisson — tout cela entremêlé de *Fleurs du mal* et de fortes doses de fornication dans le veldt — un roman d'aventures comme vous n'en avez jamais lu. Je crois que je dus montrer quelque intérêt, mais mon esprit était bien loin de tout cela. Je ne souhaitais qu'une chose, sortir de cette villa et aller dormir ailleurs. Ensuite, il me montra le reste de la maison, le sous-sol avec son calorifère à mazout de la General Electric — amené de Naples par camion à grands frais et grands efforts — le frigorifère, puis la cuisine en acier inoxidable, complète avec son Frigidaire, sa rangée de placards, de fours et de fourneaux dont les boutons, manettes, indicateurs, étincelaient en lignes multicolores. Je regardai de tous côtés. Devant un évier reluisant, deux filles du village s'affairaient dans un nuage de vapeur, grattaient les assiettes avant de les placer dans la machine à laver qui attendait, grondante et ronronnante, comme une locomotive Diesel au repos. Un peu plus loin, le brave Giorgio, nu jusqu'à la ceinture, s'amusait rêveusement avec un aiguiseur à couteau électrique qui lançait des grincements à faire frissonner.

« J'ai eu tout cela au prix de gros par l'économat, dit Mason. Alors qu'est-ce que tu en dis ?

— Je trouve que c'est formidable. Mais dis-moi une chose : comment as-tu pu obtenir les privilèges de l'économat ?

— Oh, il y a des façons », dit-il mystérieusement. Puis il me conduisit dans un recoin, tout proche, et me montra un extincteur américain récemment inventé qui lançait un produit — une espèce d'écume gluante — parfaitement comestible, affirmait-il.

« C'est fantastique, Mason », dis-je. Il était évident qu'au point de vue culturel il avait pris une orientation toute nouvelle. Il n'éprouvait pas plus de respect humain à faire étalage de ces richesses imprévues qu'à me conter, comme autrefois, ses raids dans le demimonde. « Dis-moi, continuai-je, comment se fait-il que tu aies une Cadillac maintenant ? Est-ce que ça ne fait pas un peu « croulant » ?

— Oh, dit-il, les voitures de sport, c'est devenu tellement banal ! » J'aurais dû m'en douter.

Nous retournâmes ensuite dans la cuisine et nous trouvâmes face à face avec Giorgio qui, l'air triste et irrité maintenant, donna à Mason quelque chose qui ressemblait à une espèce de lettre. « *Da Francesca,* dit Giorgio.

— Francesca ? s'écria Mason, les yeux écarquillés. Où est-elle ?

— *Dov'è, signore ? Non lo so. Ma credo che sia giù, nella strada.*

— Parle plus fort, dit-il très agité, puis se tournant vers moi : Qu'est-ce qu'il raconte, nom de Dieu ?

— Il dit qu'il croit qu'elle était en bas, dans la rue.

— Comment ça, « il croit » ? dit-il en ouvrant la lettre. Est-ce qu'il est trop bête pour le savoir ?

— *Se n'è andata,* dit Giorgio en haussant les épaules et ouvrant ses deux mains toutes grandes. Fini.

— Elle est partie, Mason, dis-je.

— Eh bien, dis-lui d'aller la chercher. »

Je le lui dis. Plus averti sans doute que Mason ne le pensait, il s'éloigna, en grommelant d'un ton froissé qu'il n'était pas si bête qu'on le croyait. Mason, pendant ce temps, lisant la lettre d'un seul coup d'œil, était devenu écarlate. Il retroussa les lèvres comme pour cracher, ou pour lâcher quelque blasphème ; son visage devint de plus en plus rouge et il laissa tomber la lettre sur le plancher, les yeux exorbités, l'air sauvage. Finalement, il trouva ses mots : « La petite garce, dit-il, la voix sourde et mauvaise, la sacrée petite garce d'Italienne, la sale ordure !

— Mason, dis-je vivement, je crois que je vais remonter au Bella Vista. Je suis vraiment éreinté et...

— Ils ont tous des mentalités de criminels, ma

parole, dit-il. Pas un seul de ces salauds-là qui ne soit un immonde voleur. Ils sont nés comme ça, je te le jure, Peter. La même prédestination que les Allemands qui, eux, sont nés avec le goût du sang. Ils ont le vol, l'escroquerie dans la moelle des os. Ça n' m'étonne pas qu'ils soient si pauvres. Ils doivent passer leur temps à se voler entre eux. » Comme d'habitude, il était repris de son tic dans l'épaule.

« Ecoute, Mason, dis-je, tout ça c'est très joli, mais ça n'est pas vrai, et je ne veux pas discuter. Je suis mort de fatigue et je vais me coucher.

— Bordel de Dieu, dit-il sans faire attention à moi, quand je pense que cette sale petite putain se promène depuis deux mois — non, trois mois — sous mon nez, en me volant jusqu'au dernier centime — et avec les gages que je lui donne ! — qu'elle est là à me voler, comme si elle me prenait pour le dernier des cons... qu'elle est là à tortiller du cul dans toute la maison comme si elle en était propriétaire ! » Et, debout devant moi, dans la buée chaude de l'imposante cuisine, il se lança dans une diatribe si absurde et si folle que je crus un instant qu'il plaisantait. Est-ce que par hasard je n'avais jamais entendu parler de Willie Morelli et de Tony Anastasia le Dur, et d'apaches comme Abbandando l'Esbroufeur, Sarto le Bancal — pour ne rien dire de Luciano, de Costello, d'Al Capone ? Est-ce que ce n'était pas une preuve suffisante, en admettant qu'on eût besoin de preuve, que la principale contribution du peuple italien à l'Amérique, sinon à toute l'humanité (oh, je t'en prie, Peter, je connais parfaitement la Renaissance), était une criminalité si déshonnête, si corrompue, si meurtrière et immorale, qu'on n'en trouverait pas de semblable dans l'histoire ? « Mais, nom de Dieu, Peter, dit-il, comme s'il sentait ma désapprobation tacite, réfléchis donc un peu. » Est-ce que je ne savais pas que *Murder,*

Inc. — cette cruelle bande d'assassins professionnels, — était composée presque en totalité d'Italiens et qu'en plus le gangstérisme, en Amérique, était entièrement contrôlé, en Italie, par une mauvaise horde de trafiquants de drogue et leurs complices ? (Chère vieille Italie.) Je l'avais entendu dire, mais je ne voyais pas ce que... « Mais, réfléchis, nom de Dieu ! » s'écria-t-il. Et il s'offrit le luxe d'un mensonge final, coloré, pathétique (le dernier que je lui entendrais jamais faire) : l'histoire d'un jeune homme de ses amis, diplômé de Harvard, assistant de l'attorney de district, un garçon si brillant qu'on avait prononcé son nom comme candidat possible au poste de maire de New York. Ayant déclaré une guerre personnelle aux apaches, il était allé bravement se mêler incognito à leur groupe et, finalement, une nuit, on l'avait trouvé assassiné à Queens, dans un terrain vague de Rego Park. Et il avait été mutilé si horriblement que même lui, Mason, hésitait à en parler (mais il le fit : on l'avait empalé avec un tisonnier chauffé à blanc, et on l'avait châtré... etc.) J'évitais d'écouter. « Et la Maffia avait marqué son sceau au fer rouge sur sa poitrine, conclut-il, tremblant de rage. Une bande de misérables bandits italiens à mentalité de bête fauve. Ecoute, tu sais pourtant bien que je ne suis pas un... un xénophobe, une de ces espèces de fous. Mais est-ce que ça ne prouve pas suffisamment que les Italiens ont dégénéré jusqu'à tomber dans la bestialité ? Tu ne comprends donc pas que je puisse être furieux quand je vois cette sale petite putain de femme de chambre avoir l'audace, le culot, de se promener sous mon nez avec à peu près tout ce que je possède ? Tu ne vois donc pas que ça puisse me vexer, pour ne pas dire plus. Non, tu ne vois pas ça ? »

Je ne dis rien. Je n'avais même pas la force de le regarder, debout devant moi, haletant, râlant. Puis, brusquement, il frappa du poing dans la paume de sa main, me faisant sursauter et m'obligeant à le regarder en face. Et, au moment où je fixais les yeux sur lui, il murmura quelque chose qui, pour moi, n'avait aucun sens. « Un branlage de péquenots, pas autre chose. Une sale petite culbute dans le foin. » Puis, il se tut de nouveau, la sueur sur le visage, frappant dans la paume de sa main. « C'est bien, on va y mettre bon ordre ! » s'écria-t-il. Il tourna les talons et, sortant précipitamment, passa devant l'extincteur, son short lui battant les genoux tandis qu'il s'éloignait dans le couloir en courant.

Je ramassai le billet qu'il avait laissé tomber. Il était rédigé en anglais, mais d'une écriture désordonnée, hachée, à tel point qu'elle était à peine lisible. *Les choses se gâtent,* disait la note, *d'ici peu, je te donnerai en pâture aux vautours. C.* Je crus que c'était une espèce de blague.

Je mis la note dans ma poche, puis, déprimé mais curieux, je partis à la recherche de Mason. Je suivis sa longue silhouette qui filait, en reflets multiples dans les miroirs du corridor, traversait le hall, passait devant le banc de marbre sur lequel je m'étais affalé tout à l'heure et, sans un signe, sans un mot à ceux de ses invités qui, au retour de la piscine, s'étaient réunis dans cette pièce, ouvrait la porte de l'escalier de la cour et se précipitait comme un fou sur le balcon. Je le suivis, passai également par le hall d'où j'aperçus brièvement, au loin, quelques couples qui dansaient et l'infatigable visage noir de Billy Raymond tambourinant sur le piano. Et, quand j'arrivai sur le balcon, je vis Mason penché sur la balustrade de pierre qui criait, en bas, dans la cour.

— Cass ! Eh, Cass, monte !

Mais pas un bruit, pas un mot de réponse n'entra par la porte verte, dissimulée, en bas, dans l'ombre.

« Cass, hurla-t-il de nouveau, eh, Cass, monte ! » Sa

voix, chose assez étrange, ne trahissait ni la colère ni l'agitation que ses récents mouvements auraient pu me laisser attendre. Elle était, au contraire, plutôt sèche, impérative, comme si elle comptait bien se faire entendre, se faire obéir, et l'écho s'en répercuta en ondes creuses entre les murs imposants de la cour obscure. « Cass ! » répéta-t-il. Toujours pas de réponse. Il se tourna alors et dit, exaspéré. « Mais où peut-il bien être, ce bougre-là ? »

Une émotion — Dieu sait laquelle — le faisait frissonner, le secouait. Il tremblait, passait sa main sur son front en sueur. Je crus qu'il allait éclater en sanglots. « Le salaud ! dit-il d'une voix étranglée. Le bougre de salaud ! » Puis, passant devant moi, il ajouta d'une voix qui semblait lutter en quête d'une gorgée d'air. « Je parie que Giorgio le sait ! » et, franchissant de nouveau les portes, il disparut dans la villa.

J'étais complètement éberlué.

C'était maintenant que j'aurais dû partir. Et je l'aurais fait sans doute — j'avais même le pied posé sur l'escalier libérateur — si, à ce moment même, en bas, la porte verte n'avait commencé à s'ouvrir, projetant un faisceau de lumière dans la cour et m'obligeant à reculer comme un malfaiteur (tellement la personnalité de Mason était contagieuse) dans les ténèbres du balcon. Deux silhouettes apparurent sur le seuil de la porte — Cass Kinsolving et une femme. J'entendis la femme sangloter doucement, un sanglot las, infiniment douloureux, et je vis Cass trébucher à demi contre le mur. Puis, comme ils entraient lentement dans le rectangle de lumière, je vis que la femme n'était autre que la jeune servante vêtue de noir qui était tombée à mes genoux dans le *salone*. Je les entendis parler à voix basse — deux voix tristes, indistinctes, mourantes, deux voix qui montaient, descendaient alternativement, et déchirées par intervalles par les sanglots étouffés, désespérés, de la jeune fille. Malgré moi je me penchai sur la balustrade. Je vis Cass tituber et s'affaler contre le mur, tomber presque, et j'entendis de nouveau la voix de la jeune fille qui semblait se raccrocher à lui dans une nouvelle crise de chagrin à demi hystérique. Longtemps, appuyés au mur, ils se fondirent dans une étreinte tourmentée. J'entendis enfin un mot, un seul : *basta.* Puis l'un d'eux dit *chut* et leurs voix devinrent des murmures, puis, pendant une longue minute, je n'entendis plus rien, sauf le bruit doux des pieds nus de la fille qui, pleurant toujours, traversait la cour et disparaissait.

Seul, sur le pas de la porte, Cass oscillait. Enfin, d'un mouvement brusque, il se retourna gauchement et pressa sa joue contre le mur, cramponné aux pierres grises comme s'il voulait les embrasser. Je crus l'entendre gémir ; puis le bruit s'éteignit et je n'entendis plus que sa respiration oppressée, le bruit sifflant, avide et torturé du coureur au terme de sa course. A ce moment-là, la porte, encore une fois, s'ouvrit derrière moi et Mason s'élança vers la balustrade et se pencha.

— Cass, cria-t-il. Monte. Monte, viens boire un coup.

En bas, la silhouette resta immobile. Seule, la respiration continuait, haletante, laborieuse. Mason appela de nouveau d'une voix calme encore, mais où un peu d'impatience vibrait, un ton sec, impératif, une voix de militaire s'adressant à un subordonné demi-sourd et à l'esprit lent. « Enfant de putain ! » l'entendis-je murmurer nerveusement. Puis il se retourna brusquement et redescendit l'escalier quatre à quatre pour trébucher finalement dans la cour où il s'arrêta un instant, agitant les bras comme pour reprendre son équilibre. Galopant alors entre toutes les machines de cinéma, il arriva près de Cass. Je les entendis se parler à voix basse, d'abord la voix de Mason, aimable et perfide : « Allons, viens, mon vieux, viens t'amuser avec nous », puis Cass marmonnant une réponse inintelligible, et, de nouveau, la voix de Mason, de plus en plus impatiente, mais qu'il parvenait à maîtriser encore, tout en donnant à Cass une grande claque entre les deux épaules. « Faut pas gâter le plaisir des autres comme ça, voyons », dit-il un peu plus fort. Il le fit tourner, le soutenant à demi par la taille et, à travers la cour, il lui fit atteindre l'escalier. Cass était encore plus soûl qu'une heure plus tôt, en admettant que ce fût possible. Il avait l'air maintenant d'un homme en équilibre sur le bord de la ruine totale. Derrière ses lunettes, ses yeux louchaient comme dans les dessins comiques, et ses bras mous, sans force, pendaient à ses côtés. A un moment, tandis qu'il montait l'escalier, je crus qu'il allait basculer par-dessus la rampe. Mason, sinistrement, le redressa. Enfin, quand il apparut sur le balcon où je me trouvais, Cass tourna son regard incertain vers moi et je crus un instant qu'il me faisait un signe, mais l'état de ses yeux était tel que je ne pouvais en être sûr.

Mason, haletant et excité, lâcha la taille de Cass. « Viens, viens prendre un verre », lui dit-il sèchement. Puis, s'adressant à moi : « Cass va nous offrir un petit spectacle. C'est un véritable acteur quand il a quelques verres dans le nez. Je devrais demander à Alonzo d'en faire un professionnel. Ça t'irait, Cass ? » Il ébaucha un sourire.

Cass était devant nous, oscillant, les cheveux en mèches sur la figure, souriant maintenant — un sourire vague, plutôt stupide. « Oui, mon vieux, tout ce que tu voudras, tout ce que tu voudras. » Un petit rire fou, idiot, sortait du fond de sa gorge. « ... suis un vrai acteur. Melpomène et Thalie. La bonne déesse pour quoi — pour qui, faudrait dire — le vieux père

Kinsolving donnerait toute sa vie. Volontiers. » Un hoquet l'arrêta. « Volontiers. J' vous couillonne pas. Né pour le cothurne. Thespis est mon nom de baptême. Le père Cass, il ferait n'importe quoi pour un coup de gnôle. » Suant à grosses gouttes, il leva les yeux vers Mason à travers ses verres embués. « N'importe quoi pour un coup de gnôle. Et puis, pas de whisky de cuisine, hein. Pas de ce sale tord-boyau qui foutrait le feu au gésier d'un vautour. Du bon whiskey à déguster ! C'est ça que sert Mason. Du whiskey d'aristo. De la bonne vieille bibine, bien fermentée, qu'a pas vu la lumière du jour depuis huit longues années. Dis, mon vieux Mason, dit-il, avec un nouveau hoquet, en posant sa grosse main sur l'épaule de Mason, dis, t'en as encore de ce Jack Daniel qu'on a été chercher aujourd'hui à l'économat ? Il en reste un peu pour le vieux père Kinsolving ? » L'homme éloquent, cordial, animé, que j'avais rencontré dans l'après-midi n'était plus qu'un soûlard à bout de force, patelin et stupide. Je me sentis amoindri, déçu. Il n'était, lui aussi, qu'un des sycophantes de Mason.

« Bien sûr, Cass, dit Mason, tu pourras avoir tout ce que tu voudras. Dès qu'on aura fini notre petit spectacle. » Et il éclata de rire tout en prenant de nouveau Cass par le bras pour le pousser vers la porte. Mais il avait une lueur mauvaise dans les yeux. Sa nuque était couleur de homard ; il bouillonnait et je savais que je pouvais m'attendre au pire. « Viens, mon amour », dit-il ironiquement en donnant de petits coups à Cass pour le faire avancer. Viens. On va leur montrer à tous ces gars ce qui s'appelle un *vrai* spectacle. »

Juste à ce moment-là — alors que nous allions entrer dans le hall — j'entendis un petit cri aigu qui partait d'en bas et un bruit de pas précipités qui traversaient la cour. Je reculai un peu et me penchai pour voir. C'était Poppy. Vêtue d'un kimono à fleurs, des chaussettes aux pieds, ses cheveux blonds plaqués au crâne fort disgracieusement par des bigoudis et des épingles, elle montait les marches quatre à quatre, haletant, à bout de souffle en arrivant en haut ; et là, serrant ses petits poings, son visage rouge plissé comme un visage d'enfant par une moue d'indignation, elle s'élança sur Mason et se mit à le tirer furieusement par le bras. « Mason Flagg, hurla-t-elle. Je vous ai entendu. J'ai entendu ce que vous voulez faire, méchant homme. Laissez Cass tranquille, vous m'entendez. Laissez-le tranquille ! » Dans son kimono, elle avait l'air perdue et misérable, mais elle était charmante.

Mason se tourna vers elle. « Partez ! » dit-il sèchement. Puis il ajouta plus calmement, avec un sourire forcé : « Du calme, Poppy. Nous allons simplement nous amuser un peu. Pas vrai, Cass ?

— Ne lui parle pas, Cass ! hurla Poppy d'une voix affolée, brisée, il va encore te faire du mal. Il va te couvrir de honte, t'humilier, comme il l'a déjà fait ! » Hérissée de colère, elle regarda Mason — le regard fulgurant, les yeux écarquillés et pleins de larmes — et le tirant toujours par le bras. « Pourquoi êtes-vous si méchant, si pervers ? cria-t-elle. Pourquoi le traitez-vous ainsi ? Vous ne voyez donc pas dans quel état il est ? Vous ne savez donc pas que, quand il est comme ça, il perd tout contrôle de lui-même ? Oh, je vous en prie, gémit-elle, avec un regard désolé, implorant, je vous en prie, laissez-le tranquille et laissez-moi le mettre au lit ! Ne lui faites plus faire ces choses honteuses ! » Elle me regarda, suppliante. « Je vous en prie, Mr. Leverett, je vous en prie, arrêtez-le. Il est si malade, mon pauvre Cass ! Et maintenant Mason veut l'exhiber ! » Elle se retourna vers Mason et frappa du pied. « Brute ! Ce n'est plus drôle, Mason ! C'est horrible. Oh, je vous hais ! Je vous hais ! Je vous hais ! » Et, enfouissant son visage dans ses mains, elle fondit en larmes.

« Tu ferais peut-être mieux de le laisser tranquille, comme elle le dit, suggérai-je. Ça vaudrait peut-être mieux, Mason.

— Te mêle pas de ça, Buster Brown », répliqua-t-il en me lançant un regard de mépris. Je crois que c'est à ce moment-là (et cette prise de conscience avait mis du temps à se former, si l'on réfléchit à tout ce qui s'était passé entre nous depuis mon arrivée à Sambuco) que, pour la première fois, je me rendis compte que Mason, sous sa grossière et absurde dissimulation, me haïssait en vérité autant que je le haïssais moi-même. Nous avions enfin changé à jamais tous les deux. Ses yeux s'attardèrent sur moi. « Ne te mêle pas de ça, tu m'entends ? » répéta-t-il, et il se tourna brièvement vers Poppy avec un regard d'amusement et de dédain. Puis : « Viens, Romeo, dit-il brusquement à Cass, on y va ! »

Cass se heurta lourdement à la porte. « Voyons, voyons, ma petite fille, dit-il à Poppy de sa voix altérée, pâteuse, en reprenant son équilibre. Faut pas pleurer pour moi. Moi et ce brave Mason on va jouer, pas vrai, vieux ? C'est histoire de rire, de s'amuser un peu, comme d'habitude. Mason, si on prenait une petite goutte de ce Jack Daniel, pour commencer les choses comme il faut ? »

Mason ne dit rien et poussa Cass en avant. Poppy les suivait, le visage ruisselant de larmes.

« Silence, tout le monde ! Silence, s'il vous plaît ! » Mason frappait dans ses mains et sa voix résonnait dans l'immense pièce, coupant brusquement la musique et arrêtant net les danseurs. « Un peu de silence, je vous en prie ! » hurla de nouveau Mason. Il avait un large sourire, mais son veston était trempé de sueur : il semblait rongé par quelque agitation interne. « Silence ! cria-t-il. Si les dames et les messieurs ici présents veulent bien avoir l'obligeance de se grouper pour l'attraction spéciale de la soirée ! Soyez assez aimables pour avancer par ici, s'il vous plaît ! » Lentement, les invités s'approchèrent de l'endroit où Mason et Cass se tenaient. Le groupe s'était considérablement éclairci. Il devait être près de deux heures et beaucoup des invités s'étaient retirés, je suppose, soit au Bella Vista, soit dans les chambres qu'ils occupaient dans la villa. Alice Adair était partie, de même que Morton Baer et Dawn O'Donnell, mais je vis Gloria Mangiamele onduler vers nous, et, parmi quelques autres, Rosemarie et le jeune homme aux cheveux en brosse qui louchait à force d'avoir bu. Mon autre bête noire était là aussi, l'assistant du metteur en scène Van Rensselaer Rappaport. Il restait en tout, j'imagine, une douzaine de personnes qui, tandis que Mason hurlait en frappant dans ses mains, formèrent un cercle autour de lui.

« Oh, qu'est-ce qui est arrivé à votre jolie figure, mon chou ? » dit Gloria Mangiamele avec un petit rire, s'approchant de Mason et lui passant un bras autour de la taille.

« Je suis tombé dans un fourré [1], répondit-il distraitement. Voulez-vous tous...

— Un fourré ? dit Mangiamele, ahurie. Comment peut-on tomber dans un fourré ? » Je regardai Rosemarie. On aurait dit une pâle image de la souffrance.

« Approchez-vous un peu, s'il vous plaît. Merci. Ce soir, nous vous avons réservé tout spécialement une attraction-surprise », dit-il, avec un geste vers Cass. Sa voix était devenue chaude et grandiloquente, comme

1. *Thicket,* en anglais — que Mangiamele confond avec *ticket,* ce qui explique son étonnement. (N. du T.)

celle d'un directeur de cirque. Il portait encore sur son visage son sourire figé, absurde, presque peint. « Je veux vous présenter, mesdames et messieurs, Cass Kinsolving, la plus grande personnalité, la plus grande attraction soliste depuis l'époque du grand disparu Al Jolson. Pas vrai, Cass? Allons parle, Cass. Donne-nous ton pedigree. »

Pendant un instant, je vis Poppy dans le fond, qui, se mordant la lèvre en s'efforçant de refouler ses larmes, tendait le bras pour retenir Cass, mais il s'avançait déjà en titubant, avec un sourire idiot, et venait se placer près de Mason où il resta à se dandiner, comme un gros ours bourru, pataud, au centre de la scène pourrait-on dire. Son maillot de corps lui pendait sur les hanches, son pantalon était taché, et ses lunettes étaient de travers sur son visage empourpré et suant. Debout, ainsi, en équilibre instable, il avait un gros air fruste, vaguement professoral et d'une mélancolie profonde et muette, malgré son sourire affligé, comme un érudit ivre qui, perdu au coin de Bowery[1], contemplerait sa propre ruine interne. Parmi tous ces gens élégants, soignés, il avait en effet l'air d'un clochard de Skid Row. J'entendis Mangiamele ricaner, puis une autre personne se mit à rire aussi. Il y eut dans le groupe un frémissement d'anticipation, un froufrou de jupes. « Il est vraiment impayable », entendis-je quelqu'un murmurer avec un accent français. Je me retournai et vis le cou d'une vieille tapette se tendre par-dessus mon épaule. Rosemarie me l'avait montré au début de la soirée. C'était un couturier célèbre — un Jacques Quelquechose — dont j'aurais dû connaître le nom, mais qui m'était totalement étranger. Son cou était rose et ridé comme

1. Une des rues les plus misérables de New York, rendez-vous des clochards et des ivrognes. (N. du T.)

celui d'un vautour. « Où donc Mason a-t-il bien pu le dénicher ? »

— Allons, répéta Mason impatiemment, allons, Cass. Vite, donne-nous ton pedigree.

Cass hésita une seconde en se grattant la tête. « En réponse à votre demande, mes origines, mon âge, etc., dit-il finalement d'une voix pâteuse, ma mère était un cheval d'omnibus... mon père, un chauffeur de taxi... ma sœur, une dresseuse écuyère dans les régions arctiques... et tous mes frères étaient de braves marins sur rouleau à vapeur. » Il dit cela sans hésiter, machinalement, d'un air rêveur, comme par routine et, quand il eut fini, il adressa un sourire à Mason, un sourire si préparé que je m'attendais à voir Mason lui lancer un poisson ou un morceau de viande. Il y eut un instant de silence complet — un silence qu'on aurait pu toucher, lourd d'un étonnement, d'un embarras général. Je sentis que je me raidissais et j'étais trempé de sueur. Puis, comme Mason, toujours souriant, fixait sur Cass son regard pénétrant, impérieux, quelqu'un à côté de moi éclata de rire. C'était un gros rire masculin — cru, éclatant — et dont la contagion fut immédiate : une autre personne s'esclaffa, puis une autre, puis une autre, si bien que tout le groupe finalement ne fut plus qu'un seul grand rire hystérique qui résonnait du plafond sur les murs et nous enveloppait de vagues successives. Ils riaient, riaient ; et ils riaient, je crois, parce qu'ils en étaient arrivés à ce degré d'ébriété, d'inertie, d'ennui peut-être, où ils auraient ri de n'importe quoi. Et Cass était là debout au milieu d'eux, la sueur scintillant sur la barbe de ses joues mal rasées, rêveur, lointain, inconscient du tapage, souriant, en précaire équilibre, comme s'il se trouvait très loin, à son coin de rue désolé. Il y avait en lui quelque chose de si totalement vide, de si complètement vaincu, qu'il était presque répugnant. Toute sa vigueur, toute sa virilité semblaient lui avoir été retirées, et ses grosses mains musclées pendaient, molles et flasques, à ses côtés. Il souriait, ricanait un peu, titubait, se redressait. Le rire finit par se calmer, s'éteindre. Les mains levées, dans un accès de joie irrésistible, jusqu'à son charmant visage empourpré, Mangiamele qui, j'en suis sûr, n'avait pas entendu la moitié du petit discours de Cass, était encore secouée d'un rire fou qui lui faisait trembler les seins. Entre deux spasmes, elle s'arrêta pour dévisager Cass avec une expression d'idiotie pure et simple, et je me rendis compte brusquement qu'elle n'avait pas plus de cervelle qu'un moucheron. Mason dégagea sa taille du bras qui l'enlaçait et s'avança.

« Bravo, mon vieux Cass, dit-il, et maintenant, si tu nous chantais Honest Abe ?

— D'accord, répondit Cass, sans entrain. D'accord. Tout ce que tu voudras.

— Billy, dit Mason au pianiste noir, joue-nous quelques mesures de *Old Black Joe.* » Il se retourna et s'adressa à ses invités : « Ceci, mes bonnes gens, c'est une chanson sur l'honnête Abraham Lincoln. Pour ceux d'entre vous qui ne sont pas citoyens américains, je dirai que Lincoln était un président des Etats-Unis, le Grand Emancipateur ; c'était également, dans son genre, un menteur et un pauvre con, mais vous ne vous en douteriez jamais. » Il y eut de petites vagues de rires appropriés et Mason recula une seconde fois, poussant Cass en avant tandis que le piano, gravement, faisait entendre les premiers accords de *Old Black Joe.* Cass chanta, d'une voix épaisse, visqueuse :

« *Je suis l'Honnête Abe.*
Avec de la barbe au menton.
J'ai affranchi les esclaves,
Ma tête est... sur... les... billets de cinq dollars... »

Le tempo était intolérablement lent. Je crus qu'il n'arriverait jamais à faire sortir les mots. De plus, il n'avait pas le moindre soupçon de voix. Il restait là, les yeux fermés, s'efforçant de chercher la mélodie naïve tout au fond de son labyrinthe. Il chantait faux tout le temps, lâchant les mots presque au hasard, d'une voix rauque, et il était toujours deux ou trois mesures en retard. Sa voix était presque noyée dans les hurlements et les cris de joie.

« *J'ai toujours dit*
la... vérité... toute nue...
Pourquoi c'est-il que tu m'as tiré dessus,
John... Wilkes... Booth ? »

Il fut submergé par des houles de rires. Debout, les yeux clos, comme s'il rêvait, il grimaçait, l'air endormi, sourd à tout ce qui se passait. « Maintenant, le cri de ralliement des Rebelles ! hurla Mason au milieu du vacarme. N'oublie pas le cri des Rebelles ! » A ces mots, un peu comme si un choc l'avait fait sortir d'un profond sommeil amnésique, Cass s'anima brusquement. Il renversa la tête, mit ses mains en porte-voix et lança un cri perçant, déchirant, qui faisait passer des frissons dans le dos.

« YAIHiii ! YAHOO-iiiiiii ! » Et dix fois, vingt fois, il répéta les mots dénués de sens et qui glaçaient le sang, hurlant comme une banshee [1] ou comme un fou, tandis qu'autour de moi les invités, visiblement courbés sous cet assaut, tordus de rire, se raccrochaient les uns aux autres, détournaient la tête et se bouchaient à deux mains les oreilles. Cass continuait à hurler, comme un

1. Fée hurlante des folklores irlandais et écossais qui, par ses cris annonce les morts dans les familles. (N. du T.)

klaxon féroce ou un sifflet devenu fou, déclenché par la volonté obstinée et impénétrable de Mason. « YAI-HIiiiiii ! » Il continuait à hurler stupidement son cri barbare, au point que je pensai que le plâtre allait se détacher des murs. Les deux filles de cuisine, suivies de Giorgio, apparurent dans le couloir, se tordant les mains, les yeux blancs de terreur ; un chat persan sauta de quelque part, les poils hérissés de frayeur, et, comme un éclair, s'enfuit par la porte. Et d'autres personnes apparurent : comme un cimetière transfiguré par les trompettes du Jugement Dernier, la villa se mit à dégorger ses dormeurs qui, en peignoirs et en robes de chambre, formèrent un cercle autour d'eux, clignant les yeux, pieds nus, avec l'expression de gens préparés à des horreurs innommables. Dawn O'Donnell arriva la première, avec sa blancheur de fantôme. Puis vint Alice Adair, puis un couple d'Italiens échevelés, en sous-vêtements et, pour finir, Alonzo Cripps, l'air tendu par l'insomnie, une cigarette aux lèvres. Ce fut lui, quand Cass mit enfin terme à ses hurlements, qui s'approcha de Mason, l'air perplexe, et parla le premier. « Mais, nom de Dieu, qu'est-ce qui se passe ici ? dit-il.

— Rien. On s'amuse un peu seulement, Alonzo. Cass offre un petit spectacle à l'assistance. Il est ce qu'on appelle, dans notre argot de métier, le petit marrant. Pas vrai, Cass ?

— D'accord, mon vieux, répondit Cass d'une voix creuse, la respiration sifflante. D'accord, mon vieux, tout ce que tu voudras. Dis, si on prenait une petite goutte de ce Jack Dan...

— On aurait dit qu'on assassinait quelqu'un, dit Dawn O'Donnell.

— Bon, mais ça vous ennuierait de mettre un peu la sourdine ? dit Cripps. Quelques-uns d'entre nous ont du travail à faire demain. » Sa situation était délicate.

Il était évident qu'il était furieux, mais il se maîtrisait, j'en suis certain, parce que Mason était son hôte. Il se retourna vers Cass, l'air douloureux. « Pourquoi ne le laissez-vous pas tranquille, Mason ? dit-il calmement. Je ne trouve pas ce genre d'amusement particulièrement drôle. Et à quoi ça rime-t-il ? Il me semble que ça suffit maintenant. Regardez-le. »

Cass se tourna, chancelant, et fit le salut militaire, à la mode anglaise, la paume de la main au-dessus des sourcils. « Bonsoir, monsieur le Directeur. Enchanté de vous avoir à bord.

— Laissez-le en paix, voulez-vous ? dit Cripps presque aimablement, faisant un effort sur lui-même. Vous n'en avez donc jamais assez, Mason ? » La situation aurait dû être plus tendue qu'elle ne l'était car, après tout, ce que Cripps venait de dire avait presque le caractère d'un défi, et un défi public. Mais les invités — unis dans la gaieté, bien lestés d'alcool, et traînant avec eux le désespoir de leur ennui, — ne partageaient aucun des sentiments de Cripps. Ils bourdonnaient, gloussaient. « Retournez donc vous coucher, Alonzo », cria quelqu'un. Leurs joues étaient rouges, leurs aisselles en sueur, et il leur fallait ou des jeux — ou du sang. Les dormeurs réveillés faisaient eux-mêmes chorus dans toute cette bonne humeur. Alice et Dawn s'approchèrent pour mieux voir, et les deux Italiens, dans leurs petits caleçons, l'air aussi dignes, aussi soignés que des ambassadeurs, grattaient leurs bedaines velues, avec de petits rires cyniques et détendus.

— Alonzo, ne venez pas ici pour faire le trouble-fête, dit Mason d'un ton cavalier. Allez donc vous coucher. Nous commençons à peine.

Alors Mason fit réciter à Cass une longue série de

« limericks [1] ». Chacun se rapprocha le plus possible pour n'en rien perdre. Si tout à l'heure ils s'amusaient, maintenant c'était du délire et, dans leur joie, ils ne surveillaient plus leurs coudes, se marchaient sur les pieds et renversaient leur whiskey sur leurs manches.

— Le directeur d'une Académie d'Amérique, récitait Cass de sa voix solennelle et rêveuse, possède une académie fort comique...

Il avait les yeux vitreux et ne souriait plus ; le sang s'était retiré de son visage et la sueur semblait s'être évaporée sur son front ; cela lui donnait un air parcheminé et sec, et accentuait l'expression de pâleur maladive ou de poison qu'il avait au début, dans l'escalier. Il termina le limerick d'une voix rauque, brisée, empreinte de tristesse. Les rires éclatèrent tout autour de lui.

« Hou... hou... hou ! » faisait le couturier français d'une voix aiguë qui me perçait l'oreille, et je me rendis compte brusquement que cette exclamation avait été constante — un long cri contenu dans le registre le plus élevé.

— Maintenant, Cass, dit Mason, en riant et en le tapant sur le dos, maintenant, celui de la jeune fille de Nassau. Et après, celui de la Prieure lubrique de... Chatham, tu sais bien.

Et alors, tandis que Cass commençait à coasser un autre limerick et que je le regardais, sans pour cela perdre Mason du coin de l'œil, toutes les impressions, appréhensions, tous les soupçons qui s'étaient agités au fond de ma conscience, vinrent brusquement, avec la plus vive clarté, prendre leur place en première ligne de mon cerveau.

Mason *possédait* Cass, le tenait solidement en main,

1. Petits poèmes burlesques, en général obscènes, composés de cinq vers rimant a, a, b, b, a (N. du T.)

exactement comme, d'une façon différente mais non moins inébranlable — jusqu'à cette nuit, tout au moins, — il m'avait possédé moi-même. Et, en regardant Cass, et ensuite Mason — ce visage d'Américain, distingué et vain, arrogant, sensuel, incorrigiblement jeune, auquel, pendant si longtemps, j'avais rendu un hommage de vassal chargé d'un complexe de culpabilité, — je frissonnai devant l'imminence du danger qui m'avait menacé, comme aussi devant mon ignorance. Et j'eus pitié de Cass bien sincèrement. La Prieure de Chatham souleva un enthousiasme du tonnerre, qui surpassait tout en hystérie, et j'eus conscience alors que d'autres choses, plus étranges et encore plus abominables, se préparaient. « Ça, ça va vous en foutre un coup », dit Mason d'une voix qui me sembla lointaine et irréelle — une voix que j'entendis à peine car mon attention venait de se fixer sur deux petits enfants en chemise de nuit qui venaient d'entrer, les yeux écarquillés. C'étaient les enfants de Cass — l'aîné des garçons et l'aînée des filles — et ils regardaient tout autour de la salle, avec de charmants regards étonnés, cherchant Poppy vers qui ils se dirigèrent rapidement, la main dans la main, dès qu'ils l'eurent aperçue. De gros sanglots silencieux secouaient sa frêle poitrine. Dans son angoisse, elle mordait la manche de son kimono et, d'une main, attirait sur elle ses enfants, les yeux fixes, dans l'attente de ce qui allait se passer. Je remarquai que Rosemarie avait disparu.

— Ça va, ça va, Cass, dit Mason, le dos tourné. On va te donner à boire. Après le numéro de tableau vivant.

— Oh, arrêtez-le, quelqu'un, je vous en prie, implora Poppy au milieu du vacarme. Arrêtez...

— C'est une reproduction authentique d'un numéro parisien, tel qu'on peut le voir dans les établissements les plus huppés de Montmartre. Vas-y, Cass, mon coco.

Et, glacé d'horreur, je vis Cass se mettre à genoux. « *Messieurs-dames, c'est comme ceci que l'on fait l'amour en Norvège*[1]. » Il leva ses yeux d'ivrogne vers son auditoire stupéfié. Deux disques de lumière ambrée brillaient sur ses lunettes. Si fort et massif qu'il fût — penché en avant comme un grand animal désolé dans cette posture ignoble — sa voix, parfaitement accentuée, n'était qu'un gémissement, une petite cadence obscène, à la fois aiguë et vide, débordante d'apathie — imitation parfaite d'une putain de Paris. « En Norvège, on fait ça... » Puis, se léchant stupidement les lèvres, ajustant les pieds, ses longs cheveux de fou pendant sur sa figure, il s'apprêta à mimer sur le mode grotesque cet acte que même les dieux de Paphos, s'ils avaient pu l'apercevoir d'en haut, auraient été embarrassés de voir ravalé à une telle dégradation. « En Norvège... » Mais il ne termina pas et les spectateurs n'eurent plus loisir de rire. Pendant l'espace d'un éclair je m'imaginai moi-même dans cette position — prostré comme un clown et déshonoré. Je m'élançai vers Cass, devancé par Alonzo Cripps qui, le remettant sur ses pieds, le soutenant, regarda Mason avec un noir dégoût.

— En voilà assez, vous m'entendez? dit Cripps.

— Mais, nom de Dieu, Alonzo..., commença plaintivement Mason.

— J'ai dit, en voilà assez.

Poppy se fraya un chemin parmi les invités et se laissa tomber sur l'épaule de Cass en sanglotant. Il avait la tête pendante sur la poitrine. « Pardon, ma petite fille, dit-il d'une voix étouffée, brisée. Oh Dieu, pardon. »

1. En français dans le texte. (N. du T.)

Je suppose que Cripps sentit que j'étais son allié. « Aidez-le donc à descendre », murmura-t-il. Je soutenais Cass de toutes mes forces. « Je n'ai jamais rien vu d'aussi ignoble dans toute ma vie. » C'était un aparté de Cripps, mais je sais que Mason l'entendit.

« Mais, nom de Dieu, Alonzo, commença Mason, c'était pour rire, c'était un jeu... » Mais Cripps avait déjà disparu dans le couloir. Homme admirable au-dessus de toute implication sordide.

Les invités se dispersèrent tranquillement, se fondirent dans la nuit. Je ne pourrais pas dire ce qu'étaient leurs réactions, car j'avais trop à faire avec Cass pour m'en inquiéter, mais ils ne parlaient pas et leur silence avait quelque chose de coupable, plein de rancœur, de désappointement plutôt que de honte. Aidé de Poppy, avec les deux enfants à nos trousses, je poussai, traînai Cass vers la porte.

« Pourquoi êtes-vous levés, mes petits ? » dit Poppy en reniflant. Puis elle se retourna et regarda Mason, debout, seul, avec une expression étonnée, malheureuse. « Mason Flagg ! cria-t-elle. Vous êtes un méchant homme, un salaud ! » Il ne répondit pas.

« Toi et ta sacrée tête de buffle, une belle blague ! » ajoutai-je en franchissant la porte d'un pas incertain. Ce furent les derniers mots que je lui adressai, et, malgré tout ce qu'il avait fait, j'en éprouve parfois encore une espèce de remords.

« Il faut que je me dessoûle. Il faut que je me dessoûle, murmurait-il sans arrêt. J'ai des choses à faire. Merci, Leverett. Poppy, fais-moi un grand pot de café chaud. Il faut que je me dessoûle. » Nous tirions, poussions Cass parmi l'enchevêtrement des câbles de la cour.

« Mais enfin, voyons, Cass, dit Poppy de sa petite

voix enfantine, haletante sous l'effort, voyons, je t'avais dit ce matin de ne pas boire. Mais tu ne m'écoutes jamais ! Tu es un... un réprouvé, voilà ce que tu es.

— Un réprouvé, murmura-t-il. Il faut que je me dessoûle.

— Tu es tellement entêté, Cass, se plaignit-elle. Pense aux enfants ! Ils t'ont vu faire cette chose dégoûtante !

— On t'a vu », chantèrent en chœur les deux enfants. Minces dans leurs chemises de nuit, les yeux noirs et graves, ils étaient clairs, beaux et frais comme deux roses. « On t'a vu, papa !

— Oh, *Mama,* gronda Cass, en butant contre un câble. Est-ce que j'ai vraiment fait ce que je crois ?

— Pense à ton ulcère ! dit Poppy.

— Nom de Dieu de nom de Dieu, je suis fou. Dessoûle-moi. »

Nous entrâmes par la porte verte dans la partie de la villa où habitaient les Kinsolving. C'était — du moins autant que j'en pus juger à un premier coup d'œil — une chambre caverneuse, mal éclairée, avec, à l'extrémité, de larges portes-fenêtres qui, comme chez Mason, donnaient sur la mer sombre et scintillante. Par ailleurs cette demeure ne ressemblait en rien à celle de Mason, et c'est peut-être cette différence, ce contraste avec la magnétique grandeur des étages supérieurs, qui augmenta ma sensation de ménage mal tenu, de désordre sordide. Ou peut-être étaient-ce les langes étalés sur le plancher de l'entrée, qui faisaient sous mes pas un bruit de chose mouillée. En tout cas, lorsque Cass trébucha et tomba la tête la première sur un vieux divan, alors que Poppy disparaissait en hâte dans une autre chambre, j'eus la certitude, debout, clignant les yeux, de n'avoir jamais vu pareille malpropreté. Il y avait, planant dans l'air, une odeur importune, faisandée, énigmatique, pas exactement une odeur de pourriture mais presque, comme dans ces endroits où les poubelles restent pendant des jours sans êtres vidées. Des pyramides de bouts de cigares s'échafaudaient dans une demi-douzaine de cendriers, ou avaient été écrasés dans des bouteilles de vin et de coca-cola vides. Un de ces cendriers dégageait encore une fumée verdâtre et grasse. Des journaux comiques italiens jonchaient le plancher où Mickey Mouse avait été remplacé par Topolino, en compagnie de Stefano Canyon, Il Piccolo Abner et Superuomo. Humide et odorante, une corde à linge, couverte de langes et de couches, fléchissait en travers d'une moitié de la chambre tandis que, sur le seul objet réconfortant — un grand chevalet en bois, — une poupée d'étoffe pendait grotesquement avec des yeux tristes, comme se balançant à un gibet. Sur son divan, Cass demandait à Poppy, avec de grands cris rauques, de lui apporter du café. Puis, comme mes yeux s'habituaient à la brume de cette chambre crépusculaire, je vis apparaître dans les ombres lointaines ce que je pris d'abord pour le spectre de Pancho Villa — un jeune *carabiniere* au visage rond et moustachu, harnaché jusqu'au cou et montrant, dans un bâillement, des dents blanches resplendissantes. Dans un bruit confus de cliquetis variés il approchait, entouré d'un essaim de mouches. Il me salua d'un mélancolique *Buonase'!*

Dans l'état où je me trouvais, je m'attendais presque à être arrêté, mais le flic — se curant les dents négligemment en passant devant moi — ne me regarda même pas, mais alla jusqu'au divan où il posa la main sur l'épaule de Cass. « *Povero Cass,* soupira-t-il. *Sempre sbronzo. Come va, amico mio? O.K.* » Il avait une voix couverte, triste, presque tendre.

Cass resta un moment sans rien dire. Puis j'entendis sa voix étouffée sortir de l'oreiller dans un italien paresseux et fluide : « Pas très O.K., Luigi. Papa a passé une mauvaise nuit. Dessoûle-moi, Luigi. J'ai des choses à faire. »

Le flic, se penchant sur lui, lui parlait d'une voix douce : « Faut aller te coucher, Cass. Dormir. C'est ce qui te fera le plus de bien. Dormir. Ce que tu as à faire attendra bien jusqu'au matin. »

Cass se tourna avec un grognement et mit l'avant-bras sur ses yeux en respirant avec effort. « Bon Dieu, dit-il, tout tourne. Je suis fou, Luigi. Quelle heure est-il ? Qu'est-ce que tu viens foutre ici à cette heure-ci ?

— Parrinello m'a donné le service de nuit. Le cochon. Je jurerais encore que c'est parce que je suis un intellectuel et que lui est un individu dénué de raison qui méprise la pensée. » (Un policier intellectuel ! J'en croyais à peine mes oreilles.) « Je m'y attendais un peu. Tu te rappelles, je t'avais dit... »

Cass l'interrompit par un autre grognement. « Assez de boniments, Luigi. Tes histoires me fendent le cœur, comme d'habitude. Mais moi, j'ai des emmerdements sérieux. Faut que je dessoûle. Poppy ! cria-t-il. Dépêche-toi de m'apporter ce café. » Il se tourna sur le côté et regarda l'agent de police. « Quelle heure as-tu dit qu'il était ? J'ai du coton dans la tête.

— Il est plus de deux heures, Cass, dit Luigi. J'étais là-haut à l'hôtel. Dehors, il y a des trucs de cinéma que je suis censé surveiller. Tu connais ces paysans de la vallée. Ils démonteraient un bateau à vapeur et l'emporteraient avec eux si on leur en donnait le temps et l'occasion. Mais j'ai entendu les merveilleux accents de Mozart, qui sortaient à plein volume de la villa, c'est comme ça que j'ai su que tu n'étais pas couché. Alors, je suis venu bavarder un peu et qu'est-ce que je trouve ? » Il ouvrit de grands bras. « Rien. Toi parti. Poppy partie. Les *bambini* partis. Il n'y avait plus que le phonographe qui continuait à tourner *ss-pout, ss-pout, ss-pout!* Je l'ai arrêté, et j' suis resté à garder les deux autres gosses. T'es pas un type à laisser ton phono tourner comme ça. T'esquinteras *Don Giovanni* si tu fais ça. »

Cass se souleva et parvint à s'asseoir sur le bord du divan. Il regarda d'un œil trouble tout autour de lui. « Merci, Luigi, dit-il, t'es un frère. Bon Dieu, pendant un instant, j'ai vraiment vu un grand vide devant moi. Un grand vide fantastique. On pouvait m'entendre de l'hôtel ? C'est étonnant que le sergent Parrinello ne soit pas venu m'engueuler. » Il branla énergiquement la tête, comme pour dissiper les ombres dont elle était remplie. Je sentais qu'il livrait une bataille, une lutte. Il paraissait sortir graduellement des linceuls de l'ivresse, comme un nageur en perdition avance pouce à pouce vers le rivage sauveur. Il secoua la tête une seconde fois, puis la frappa du plat de la main, comme pour égoutter l'eau de ses oreilles. « Laisse-moi réfléchir », dit-il, puis, plus fort : « Laisse-moi réfléchir. Qu'est-ce que j'ai à faire ? » Ses yeux se portèrent sur moi et il sursauta. Je crois qu'il avait complètement oublié ma présence. « Tiens, dit-il en anglais, avec un sourire, ce vieux Leverett. Mais, cré bon Dieu, il me semble que je vous dois quelque chose, seulement quoi ? » ajouta-t-il en enlevant ses lunettes et frottant ses yeux las, cernés de rouge. « Quoi, et pourquoi, et combien, ça, je ne pourrais pas le dire. » Il se leva, tendit le bras pour me serrer la main, mais trébucha sur un des innombrables objets qui jonchaient le plancher. Il retomba sur le divan et fut pris d'une toux rauque, déchirante. « *Questi sigari italiani!* cria-t-il à Luigi entre deux quintes. Avec quoi sont-ils faits, ces cigares ? Des crottes de bique ! Des excréments de curé ? Luigi, je vais te dire... Faut que je me fasse radiographier. Je ne suis plus que de la bouillie à l'intérieur à force de torturer mes pauvres vieilles tripes. Dessoûle-moi pour l'amour de Dieu ! J'ai des choses à faire.

— *Povero Cass,* soupira Luigi avec compassion. Pourquoi persistes-tu à te noyer, à t'humilier, à te détruire ? Pourquoi ne prends-tu pas une pilule pour dormir ? »

J'examinai Luigi dans la pénombre. Il était bien bâti, soigneusement rasé, pas laid, bien que ses sourcils fussent un peu trop fournis et qu'il eût l'expression commune aux flics dans tous les pays, une absence d'humour obstinée et presque suppliante. Tout en abaissant sur Cass des yeux réprobateurs, il avait l'air fatigué, mécontent. Dans le monde entier les flics sont mal payés, mais alors que souvent les yeux bleus d'un policeman de New York sont terrifiants, et ceux d'un Parisien, méchants et hystériques, les yeux d'un *carabiniere* italien, calmes, mélancoliques, ne reflètent qu'une perpétuelle pénurie d'argent, ce qui explique probablement pourquoi le flic italien, plus que tout autre, se laisse constamment soudoyer. « Pourquoi t'acharnes-tu à cette course dangereuse, Cass ? dit-il. Est-ce que je n'essaie pas depuis des mois de te convaincre des terribles dangers de la vie que tu mènes ? Tu ne sais donc pas que les conséquences pourraient être fatales ? Tu ne sais donc pas que ta maladie d'estomac n'est plus une plaisanterie ? Et sans, j'espère, avoir l'air trop pompeux, puis-je te demander si, dans le fond de ton cœur, tu as vraiment envisagé dans son entier tout l'horrible panorama de l'éternité ?

— *Gésù Cristo !* murmura Cass. Un Italien calviniste ! »

Luigi me regarda tristement, brièvement, avec l'expression d'un docteur qui vient de pronostiquer le pire. « Non, Cass, continua-t-il, s'adressant au pauvre corps couché, toujours secoué de quintes de toux. Non, mon cher ami, je ne suis pas un homme religieux, tu le sais fort bien...

— T'es un fasciste, ce qui ne vaut pas mieux, répondit Cass d'une voix calme, indifférente. Comment peux-tu être fasciste, Luigi ?

— Je ne suis pas un homme religieux, continua Luigi, sans s'occuper de lui. Néanmoins, j'ai étudié les philosophes humanistes — le Français Montaigne, Croce, le Grec Platon, pour ne rien dire naturellement de Gabriele d'Annunzio — et s'il y a une chose, et de la plus haute valeur, que j'ai découverte, c'est celle-ci : que le premier des péchés contre la morale, c'est le suicide — le désir de la mort qui est si tristement évident chez toi. Je ne parle pas de la folie, naturellement. La seule vertu véritable est le respect de la force vitale. N'as-tu jamais envisagé l'horrible panorama de l'éternité ? Je t'ai déjà dit cela, Cass. Le vide absolu, *il niente, la nullità* pour toujours et toujours, l'abîme de ténèbres dans lequel tu te précipites, le néant, le vide, l'oubli ? Et pourtant, n'es-tu pas capable de voir que, bien que cela soit terrible, ce n'est rien en comparaison du péché mortel que tu commets en voulant te soustraire à cette force vitale si célébrée par d'Annunzio, et en voulant, du même coup, condamner ta femme et tes enfants au sort affreux de l'orphelin, à l'innommable...

— Luigi, t'es cinglé », dit Cass, d'un air dégagé, en se levant. « Je t'aime comme un frère... » Il se tourna vers moi, souriant et posant en même temps sa grosse main sur l'épaule de Luigi. Il était encore soûl comme une bourrique, et il vacillait un peu, mais il n'avait plus ce regard absent, lointain, qui n'avait pas quitté son visage durant la séance chez Mason. « C'est vraiment un type épatant, Leverett, dit-il toujours en italien, pourquoi ne vous serrez-vous pas la main, vous deux, les intellectuels ? » Gravement, avec un salut poli et très digne, Luigi prit ma main tendue. « Vous imaginez ça, un charmant garçon qui est fasciste ! Et humaniste ! Avez-vous jamais rien imaginé d'aussi absurde ? Regardez-le — un fasciste ! Et il ne voudrait pas faire de mal à un petit oiseau.

— Je n'ai rien d'une poule mouillée, dit Luigi sèchement.

— Mais naturellement, dit Cass en lui bourrant les côtes amicalement, naturellement, mon vieux. Mais t'es cinglé. Tu ne devrais pas être un flic italien gagnant à peine quelques sous à se faire venir des cors aux pieds dans une misérable ville de Campanie. Tu devrais enlever cet uniforme et aller t'installer dans le sud de la Californie. T'y gagnerais des millions ! Luigi Migliore, expert-conseil en matière de philosophie humaniste. Avec la gueule que t'as, tu gagnerais des trésors, sans parler de toutes les poules que tu pourrais t'envoyer. Mais voyons, toutes ces femmes desséchées, complètement folles, sans une miette de cervelle, se colleraient à toi comme les mouches sur le miel. T'aurais un cabinet, et un divan, et tu pourrais amener sur ce divan une de ces belles filles de Californie, blondes et idiotes, et lui débiter toutes tes conneries sur ce noble philosophe humaniste Gabriele d'Annunzio, et sur l'horrible panorama de l'éternité, et en moins de deux secondes t'en serais amoureux jusqu'au pelvis — si j'ose dire.

— Les plaisanteries sur ce sujet sont déplacées, dit Luigi froidement. De plus, comme tu le sais, je n'ai aucune envie d'aller en Amérique. Tu m'inquiètes beaucoup, Cass, réellement.

— *Sciocchezze !* dit Cass, levant les mains. Je n'ai jamais rien entendu d'aussi stupide de ma vie. Tous les Italiens veulent aller en Amérique. Tous ! Pourquoi ne veux-tu pas finir par l'admettre, Luigi ? Tu l'aimes l'Amérique. Tu l'adores. Faut pas essayer de la lui faire, au papa Cass.

— Je préfère ne pas parler de ça, reprit Luigi en fronçant les sourcils. Et je ne vois pas pourquoi je resterais ici si tu as résolu de me tourner en ridicule. Ma patience est à bout, Cass. Tu me fais des protestations d'amitié, mais tu plaisantes un peu trop. Je m'efforce constamment d'être ton ami, parce que j'ai senti que toi et moi, on est des esprits jumeaux. » Il s'arrêta et haussa les épaules. « J'ai tout simplement essayé de te venir en aide, et toi, tu en profites pour plaisanter.

— Je le sais, Luigi, je le sais, dit Cass. Je suis un incorrigible ivrogne à la dérive, et j'ai besoin qu'on m'aide. Je t'aime comme un frère. T'as été mon bouclier, mon défenseur, sans parler de tout le vermouth que tu m'as bu. Mais comment diable sais-tu à quoi ressemble l'éternité ? Tu veux simplement me faire peur, Luigi.

— L'éternité est horrible à contempler, dit-il sérieusement. *Nullità, oscurità,* comme des neiges éternelles. C'est comme ça que je la vois. Une ténébreuse blancheur.

— Quelle absurdité, Luigi ! Et si je te disais pourquoi mourir est bon. Si je te disais que l'éternité est un endroit doux et tranquille, avec de l'herbe, des rochers, des eaux courantes, et un ciel bleu par-dessus, et des moutons dans les prés, et des sons de flûtes, et des tintements de clochettes ? Si je te disais, mon cher ami, que l'éternité n'est pas très différente de ce charmant petit village de Tramonti, là-bas, dans la vallée, que tu affectes de ne pas connaître et que tu méprises tellement ? Si je te disais que l'éternité, c'est comme étancher sa soif dans une source dont les eaux descendent des neiges des Apennins, si je te disais qu'on peut s'y étendre sous les cyprès et regarder les jolies filles danser, folâtrer sur des pelouses ensoleillées, et qu'on peut rester là, couché, dans une sérénité sans fin et un repos complet ? Hein, suppose que je te dise tout ça ? Qu'est-ce que tu en penserais, Luigi ? Est-ce moi qui aurais raison ou toi ? Est-ce que tu me croirais ?

— Je penserais, dit Luigi, grave comme un hibou, je penserais que tu te laisses aller à un romantisme de petit bourgeois, que tu débites un conte de fée à l'eau de rose. Comme dit d'Annunzio : « Toute vie est ici et maintenant... »

— *Vero,* Luigi ! Je crois vraiment que t'as raison. Mais cessons tout ce bavardage enflammé. J'ai des choses à faire. Tu m'empêches de me dessoûler. Eh, Poppy, cria-t-il par-dessus son épaule. *Porta il caffè, subito ! E due aspirine.* » Il se tourna vers moi avec un lent sourire, continuant à parler, naturellement, presque inconsciemment, dans cet italien limpide, courant, dont il semblait user avec la même facilité enviable que sa langue maternelle. « Je ne peux vous offrir qu'un verre de Sambuco *rosso,* dit-il, mon sommelier a foutu le camp avec les clés et ne m'a pas laissé une goutte de Jack Daniel.

— *No thanks,* dis-je en américain, mais je prendrai volontiers du café et deux ou trois de vos aspirines.

— *Quattro aspirine !* » rugit-il à Poppy. Puis, se rasseyant sur le sofa, les épaules oscillantes, il entreprit de déboucher une bouteille de vin rouge. Luigi le regardait tristement, sagement. « Il faut que je retourne à mon *giro,* Cass. Je suis extrêmement bouleversé de te laisser dans cet état. As-tu l'intention de boire maintenant une autre bouteille de vin ? Je crois que tu es fou. » Il remit son képi sur sa tête et se dirigea lentement vers la porte. « Je crois que tu es fou. Je trouve totalement impossible de s'entendre avec les fous. On va sûrement t'emmener à Salerne et te mettre à l'asile. Et tout le monde en sera désolé — sauf toi sans doute. Mais, pour ma part, j'ai fait tout ce que je pouvais faire. *Buonanotte.* » Et lentement, l'air triste et abattu, il passa la porte et, à l'instant de disparaître, tourna la tête et dit : « Je l'ai vu l'asile d'aliénés de Salerne, je l'ai vu de mes propres yeux, Cass. Cela dépasse tout ce qu'on peut imaginer. C'est médiéval. » Et il partit.

« Quel type épatant, dit Cass, luttant avec son bouchon. Il ne devrait pas être flic, il devrait être avocat à Naples, ou quelque chose comme ça, mais je suppose qu'il est trop cinglé. Vous n'avez jamais vu un esprit aussi tordu. Un fasciste humaniste, vous vous rendez compte ! Je vous parlerai de lui un jour. Et un mystique, par-dessus le marché. Ah, nom de Dieu ! » Il déboucha la bouteille avec une petite détonation. « Tenez, buvez un coup de Sambuco *rosso.*

— Non, merci, dis-je, je m'en tiens au café. » Je me tus un instant. « Pourquoi ne cessez-vous pas de boire pendant quelque temps, Cass ? dis-je du ton le plus dégagé possible. Après tout, ne m'avez-vous pas dit que vous aviez des choses à faire, qu'il fallait vous dessoûler ? »

Il jeta un long regard sur la bouteille, puis sur le plancher, puis il tourna les yeux vers moi avec un sourire touchant. Il hésitait. Des mouches se mirent à bourdonner autour de nos têtes. « Nom de Dieu, dit-il enfin, vous ne pouviez pas mieux dire. Un sacrément bon ange gardien, voilà ce que vous êtes. Descendu des cieux pour arracher le pauvre vieux Cass du gosier des anthropoïdes de la plus haute classe. Pour arracher de ses lèvres blêmes cette coupe de... » Il regarda la bouteille avec une expression hostile, amère. « ... de poison ». Et brusquement il lança la bouteille à travers la chambre. Elle tomba miraculeusement sans se briser parmi les objets qui jonchaient le plancher, mais laissa sur le mur une longue traînée rouge. « J'avais encore jamais fait cela de ma vie », dit-il en ricanant. Puis il se laissa retomber sur le divan et, levant ses deux jambes dans leur pantalon kaki, il se mit à hurler en anglais et en italien : « *Brutto maiale!* Le sale chien ! Que Dieu me donne la force, que Dieu me donne le courage ! L'ignoble chacal ! Que Dieu donne assez de force à ma main... » Il se mit à la fois à trembler et à tousser horriblement, et il leva vers le plafond un gros poing musclé : « *Vigliacco!* Branleur de petits garçons ! Pourriture de requin ! Oh Seigneur, donnez-moi la force ! Seigneur ! Est-ce qu'il n'y a pas de justice ? Faut-il que, privé de richesse, d'esprit, de sens, d'amour-propre, je manque en plus de courage ! Seigneur, aimez-moi ! » hurla-t-il, comme implorant le ciel. « Est-ce qu'il n'y a pas quelque moyen d'abattre cet immonde, cet obscène pourceau ? Est-ce qu'il n'y a pas quelque moyen, Seigneur ? Ah, mon Dieu, mon Dieu, donnez-moi assez de cran pour le regarder en face, et je le traînerai par ses couilles moisies à travers la nouvelle Jérusalem ! » Il se tut brusquement et resta allongé avec un grand frisson et un soupir. Puis, après un instant de silence, il dit en gémissant, d'une voix lourde et terne où il n'y avait plus la moindre trace d'exubérance, d'humour, mais simplement les purs accents du désespoir : « Quelqu'un est en train de mourir, Leverett. Quelqu'un est en train de mourir, et il faut que j'aille lui porter secours. Il faut que je sois assez dessoûlé pour être un habile voleur. » Il s'interrompit un moment et, tandis que j'essayais de comprendre ce qu'il voulait me dire, je l'entendis respirer avec de grands sifflements agités. « Je suis désolé d'avoir à vous importuner encore. Vous avez été tellement chic. Mais quelqu'un est en train de mourir. Et je ne parle pas de moi. J'vous dis pas de blague. C'est une affaire sérieuse. Si vous pouviez — si vous vouliez vous occuper de moi, me foutre des claques ou ce que vous voudrez, me donner une injection de n'importe quoi afin que je puisse... afin que je puisse voler cette chose dont j'ai besoin, je vous en serais éternellement reconnaissant. Il faut que je me remette sur mes pattes, mon vieux. Vous avez fait une noble... » Juste à ce moment-là, Poppy, dans son kimono léger, toujours coiffée de ses affreux bigoudis, entra en coup de vent, un pot de café à la main.

« Alors, Cass Kinsolving, dit-elle, les sourcils froncés, c'est pas bientôt fini ces hurlements d'éléphant ? Tu ferais mieux d'aller te coucher. » Elle mit deux tasses devant nous et versa le café. A la surface du mien je vis flotter un de ses cheveux blonds. « Tu dépasses les bornes, Cass, dit-elle, allant et venant dans un froufrou d'étoffe, les dernières limites ! Passer son temps à se soûler, jour après jour, et laisser Mason te couvrir de honte et d'humiliation comme ça ! Et maintenant, voilà que tu réveilles les enfants. Tu ne pourrais pas essayer d'être gentil une fois par hasard ? » Elle alla chercher un sucrier et un vieux citron sec dans le buffet encombré et je pus observer son charmant petit visage. Même en bigoudis et les joues toutes luisantes de cold-cream, elle faisait penser à un elfe, d'une beauté touchante, simple et légèrement sauvage. Il y avait en elle quelque chose à la fois de surnaturel et de posé. Elle avait l'air d'avoir surgi d'un bois. « Et, continua-t-elle, tous ces horribles mots que tu emploies, quand tu es dans cet état. Moi qui m'efforce d'apprendre aux enfants à parler anglais et italien convenablement. Et toi, avec tes affreux mots ! Pour ne rien dire, ajouta-t-elle, les narines fumantes de colère, du saint nom du bon Dieu. Vraiment, Cass ! Tu ne vois donc pas ce que cela peut faire à leur psychologie ? » Elle jeta deux pilules orange sur la table.

« Qu'est-ce que c'est que ça ? demanda Cass d'un air malheureux.

— De l'aspirine de bébé, dit-elle. C'est tout ce que nous avons. C'est du flacon que Mason nous a procuré. — Oh, cet ignoble individu !

— Mon Dieu, gémit-il, en enfouissant sa figure dans ses mains. Mon Dieu, Poppy, tu ne peux donc pas me soigner ? J'ai mal à la tête ! » Il lui jeta un regard bref et trouble. Puis il se tourna vers moi comme pour me prendre à témoin de son affliction. Il branla la tête et avala bruyamment une gorgée de café. « C'est un sale tour qu'Il a joué aux hommes, dit-il tristement. Il les a remplis d'hormones. Il leur a fait commettre l'acte de ténèbres et, dans la pleine gloire de leur jeunesse, Il les a accablés d'un fléau de têtards hurlants. Un sale tour. Regardez autour de vous, Leverett ! Avez-vous jamais vu une semblable abomination, un tel bordel de fumier ? Et c'est supposé être mon studio — excusez du peu. Autrefois, je peignais. Et maintenant regardez, nom de Dieu ! Mickey Mouse. Des couches. Des poupées. De vieux et vénérables anchois sous le divan. C'est pour ça que ça pue tellement. Il y a des mois qu'ils sont là. Vous êtes célibataire, Leverett ? Alors contemplez, s'il vous plaît, cette image de la dosmes... — pardon, domesticité, et prenez vos jambes à votre cou. Le mariage avec une catholique vous transforme tout de suite en étalon. Avez-vous jamais rien vu de pareil ? Je jurerais devant Dieu qu'il n'y a rien de semblable à l'ouest des taudis de Bangkok. Avez-vous jamais rien vu de pareil ? Bon Dieu, que j'ai mal à la tête !

— Bien sûr, Cass, s'écria-t-elle, ce n'est peut-être pas aussi en ordre que ça pourrait l'être, mais puisque tu es si malin, pourquoi ne t'occupes-tu pas de quatre enfants, sans compter la cuisine, le blanchissage et tout, avec une simple femme de ménage à la demi-journée ?

— Va donc te coucher, Poppy, dit-il, l'interrompant brusquement, froidement. Va te coucher. Il faut que je sorte.

— Cass Kinsolving ! Je te défends de...

— Allons, va te coucher », dit-il. Il parlait de la voix d'un père à un enfant entêté, sans méchanceté, mais fermement : « Fous le camp, je te dis, va te coucher ! »

Le visage enflammé, elle secoua la tête avec mépris et, se drapant dans son kimono, prit la porte d'un air offensé. « Va-t'en au diable, si tu veux », dit-elle, la voix chevrotante, en disparaissant, lyrique, charmante et impossible. « Par moment, ma parole, je crois que tu es *pazzo*. »

« Voilà la seconde personne, ce soir, qui me dit que je suis cinglé — deux, sans me compter », remarqua-t-il tristement quand elle fut partie.

Je le regardai, assis dans un morne silence, les yeux fixés sur le fond de sa tasse. Je ne voyais pas comment il pourrait continuer ainsi. Et pourtant, je sentais encore en lui une lutte intérieure : par la seule force de sa volonté, là, devant mes yeux, il sembla rejeter toutes les couches d'ivresse, de ténèbres qui l'enveloppaient, exactement comme un chien qui, sortant de la boue, se nettoie et se purifie par une série de violentes secousses. Il avait vraiment l'air de se débattre au milieu d'ennemis. Quelque chose le soumettait à une torture, à quelque grand besoin désespéré. Jamais je n'avais tant souhaité voir quelqu'un sortir de l'ivresse.

Il se leva d'un bond. « Maintenant, mon vieux, il faut que vous soyez ma force de caractère, murmura-t-il. Venez. » Je le suivis dans l'escalier qui menait aux ténèbres humides du sous-sol. J'étais intrigué par ses paroles jusqu'au moment où il m'expliqua qu'il lui fallait prendre une douche froide — afin de compléter l'œuvre de purification — mais qu'il n'avait pas assez de force de volonté pour s'empêcher d'ouvrir le robinet d'eau chaude. Il alluma une lampe dans la salle de bains malodorante où d'autres couches souillées gisaient en tas humide sur le plancher : « Moi, j'y suis habitué, dit-il avec une nuance d'excuse en se déshabillant. Je viens là, je me rase et je me figure que je suis quelque part, sur la pente d'une colline et que je respire l'odeur enivrante des fougères et des arbousiers. Maintenant... », s'écria-t-il en enjambant le bord de la baignoire et se plaçant très raide sous la douche. Il avança le bras vers moi. « Tenez, prenez mes lunettes. Faites couler. » J'ouvris tout grand le robinet d'eau froide, une eau glacée qui venait des montagnes. Il poussa un hurlement. « C'est ça », cria-t-il tandis que l'eau éclaboussait, coulait en cascades sur lui. Il frissonnait, tremblait, retenait sa respiration, gémissant, les lèvres agitées comme pour une prière. « C'est ça ! Continuez ! Sacré nom de Dieu !... Je suis un Spartiate !... Continuez, Leverett !... *Sacramento !...* Je me transforme en... en glaçon ! » Il restà là pendant cinq bonnes minutes, beuglant, hurlant sous l'averse cinglante, mais, après un dernier cri, semblable à un fou mystique annonçant quelque divine révélation, il déclara en haletant qu'il n'était pas plus soûl qu'un méthodiste, mon vieux, et il sortit de la baignoire, tout ruisselant, les cheveux collés sur le visage.

« Ah, dit-il en piétinant, les yeux fermés, et maintenant, au boulot. » Il chercha à tâtons une serviette, mais il n'y en avait nulle part. Il s'essuya tant bien que mal, à grand renfort de claques et, tout mouillé encore, enfila son pantalon. Tout en se rhabillant il ne cessait de parler tout seul. « Non, c'est un mensonge », disait-il en sautant à cloche-pied dans ses efforts pour mettre un soulier sans s'asseoir. « Je suis encore trop soûl pour faire ça. Mais je ne le suis pas trop pour commettre ce... larcin des plus nécessaires. Un larcin ! Je n'ai rien volé depuis la guerre. J'étais dans une île et j'ai fauché une bonbonne d'alcool de grain à l'infirmerie. J'en ai eu des remords jusqu'aujourd'hui. Mais quelle bamboula on s'est envoyée ce jour-là ! Une bamboula formidable ! Quand j'y pense, j'en oublie tout mon sentiment de culpabilité. Être là assis, sur une plage entourée de palmiers, avec du sable entre les doigts de pied, à regarder la lune en s'envoyant toute cette gnôle ! Sacré nom de Dieu de bon Dieu ! Avez-vous jamais bu de l'alcool de grain ? Vous savez, on en sent à peine le goût. Et j'avais une de ces soifs ! Maintenant, passez-moi ce peigne, voulez-vous ? » Il commença à se peigner devant la glace. Ses yeux étaient plus clairs maintenant, et ses mains ne tremblaient plus. Il semblait avoir enfin repris la maîtrise de soi-même, être capable de faire n'importe quoi. « Un voleur qui se respecte doit soigner sa mise. A-t-on jamais entendu parler d'un cambrioleur qui n'était pas un modèle d'élégance ? De plus, on aura jamais vu cambriolage plus chic et distingué. Pas de vulgaires pneus d'automobile, pas le sale argent d'une caisse, pas de ces petits articles dégradants — cigarettes, appareils photographiques, stylos, — rien de tout ça. Ah foutre non ! Ce sera quelque chose de tout à fait spécial. Mais, regardez, dit-il en abaissant les yeux sur ses pieds, j' peux pas porter ces godillots. Ils réveilleraient des morts. Tout voleur qui se respecte, comme vous savez, doit en premier lieu s'assurer des pieds silencieux. Sans quoi, il se cognera dans quelque chose : un prie-Dieu, un tabouret, un lit à roulettes, ou bien il fera craquer les solives et les poutres par sa maladresse, et toute la maisonnée, en chemise de nuit, lui tombera dessus comme un vol d'éperviers. Non, mon ami, il faut qu'il soit chaussé tel un sylphe. » Et, ôtant ses souliers, il se dirigea vers le vestibule obscur où je l'entendis fourrager dans quelque placard encombré, ou dans une malle. Il respirait bruyamment. Au bout d'un instant, il revint, marchant en silence, les pieds dans des espadrilles. Il avait une expression tendue, solennelle. « Je viens de penser brusquement, dit-il, au milieu de mes grands soucis personnels, que je vous emmerde peut-être au-dessus de toute expression. Je vous demande pardon, Leverett. Je ne le faisais pas exprès. Je vous en prie, dites-moi tout simplement de foutre le camp, que vous en avez plein le cul. Dieu sait que c'est ce que je ferais si j'étais à votre place. Je... je ne sais pas. Ça a été très chic de votre part... d'intercéder pour moi, là-haut.

— Mason est une ordure ! m'écriai-je. Dites-moi, Cass, avez-vous... »

Il me coupa la parole avec un regard amer, mauvais. « Ne parlez pas de ça, dit-il, ne m'en parlez jamais, je vous en prie. Je vais simplement faire un petit cambriolage, et je ne veux pas me foutre dedans et tout bouziller. Tenez..., dit-il au bout d'un instant, tenez, j'ai eu beau être soûl, noir et dégueulasse aujourd'hui, je vois tout de même encore quelques petites lueurs. L'une d'elles, c'est vous, en bas sur la route cet après-midi. J' sais pas pourquoi, mais j'ai l'impression que je vous ai insulté. Si c'est vrai, je le regrette, et je voudrais vous en faire mes excuses. Je pensais probablement que vous étiez un autre des emmerdeurs de Mason.

— Vous n'avez pas à vous excuser, dis-je, j'étais claqué, et vous étiez... eh bien, vous... étiez...

— Noir. Mais tout ça ne touche pas à notre sujet. Je voulais en arriver à ceci : c'est que, à travers cette malsaine brume rouge, je me rappelle vous avoir tanné les oreilles avec Tramonti — la petite ville, en bas, dans la vallée. Je n'avais nullement l'intention de vous demander d'y porter un message. Je voulais dire seulement... » Il se détourna et avança lentement dans le vestibule. « Vous avez été un chic type, Leverett, et j'espère qu'on se reverra. Dès que j'aurai allégé Mason de l'un de ses trésors, je descendrai dans la vallée. L'endroit où je vais vaut la peine d'être vu, même la nuit. Si vous voulez attendre un peu, je serai de retour dans un quart d'heure. » Il disparut dans les ténèbres sans ajouter un mot, et j'entendis ses pieds s'éloigner furtivement et monter doucement l'escalier.

Je revins dans le living-room rance, parmi les objets épars. Des mouches nocturnes bourdonnaient dans le silence. C'était un triste endroit que cette chambre chaotique, mal tenue, puante, elle me faisait penser à certaines pièces du même genre que j'avais vues chez moi, pendant la dépression des années trente, à l'époque où la pauvreté ne se limitait pas au manque d'argent et semblait se manifester, comme ici, par une simple décrépitude de l'esprit. Sur le mur, une banale Madone en plâtre me regardait avec des yeux rêveurs, incrédules. A côté, un calendrier, portant les fêtes de tous les saints, annonçait en lettres rouge sang le mot *Marzo,* le mois passé déjà depuis près d'une demi-année. Une boîte de sardines était ouverte sur la table, remplie d'une graisse jaune chartreuse. Sur un bloc de papier d'esquisses échoué à côté d'elle, je vis ces mots tracés d'une plume frénétique, comme formés d'échardes par une main ivre et folle : *Je me retiens à mes Chers aimés et, si je mourais maintenant, je ne serais pas entièrement misérable puisque vous êtes là. Pressez-vous de chaque côté de moi, Mes Enfants, n'abandonnez pas votre père et reposez-vous de cette course errante, la dernière, si pitoyable, si douloureuse!!!* La plume avait été jetée après les premiers mots d'une autre phrase inintelligible, en dessous — jetée de côté avec un violent coup de pointe dans le papier, comme par une fureur soudaine. Sous tout cela, il y avait une incroyable maison d'enfants avec une cheminée au crayon rouge, un vol d'oiseaux style préhistorique, un cheval dégingandé à grosses oreilles comme des carottes enflées, au crayon rouge aussi, et, plus bas, la phrase en lettres rouges énormes : AMERICA GO HOME ! ! MARGARET KINSOLVING AGE 8 POO. Je crus entendre une souris ou un rat s'agiter dans un coin tout au bout de la pièce, et je sursautai ; puis avec un frisson, ayant le sentiment que toute cette décrépitude, tout ce vide avaient pénétré jusque dans la moelle de mes os, je sortis sur le balcon. Sur la mer, les lumières étoilées n'avaient ni bougé ni changé. Elles reposaient dans l'eau comme une constellation immobile dans la sérénité des ténèbres lointaines du firmament. On n'entendait aucun bruit nulle part. Plus près, la piscine ondulait, calme et bleue, abandonnée de tous, sauf des papillons de nuit qui, en foule incessante, comme des pétales dans la brise, voltigeaient et dansaient autour des projecteurs trop décorés. *Je me retiens à mes Chers aimés et si je mourais maintenant...* Je ne pouvais me débarrasser du frisson qui me glaçait le cœur et les os. Je me sentais enveloppé de partout par une frayeur moite, imaginaire. Si j'avais été une femme, je crois que je n'aurais pu m'empêcher de crier.

La porte s'ouvrit violemment derrière moi, et ma chair, pendant un instant, sembla se liquéfier. Je me retournai d'un bond et je vis Cass qui, très agité, s'élançait vers un monceau de choses hétéroclites entassées dans un coin et commençait à y fouiller, jetant en l'air, derrière lui, souliers, chaussettes et ceintures. « Où est-il ce nom de Dieu de sac ? dit-il. Ça a été un jeu d'enfant, Leverett. J'aurais pu y aller avec toute une armure et faire autant de bruit qu'un plein panier de coquillages. Toute la racaille de Hollywood continuait son sabbat, je n'ai eu qu'à me faufiler, tout peinard, et chiper le truc. Aussi facile que de chaparder un bonbon.

— Chiper quoi ? » demandai-je.

Il sembla ne pas m'entendre. « C'est rigolo, continua-t-il, une espèce de gros Romain, genre cinéma, m'a aperçu juste au moment où je sortais de la salle de bains, la chose en main. Je ne l'avais jamais vu, et il a compris que je n'étais pas là pour de bien bons motifs. Il s'est contenté de me regarder avec sa grosse lippe tombante et il a dit : « *Che vuole lei ?* » Et je riposte, pensant très vite : « Ta gueule, enculé, je travaille ici », dans mon meilleur anglais, et j'ai filé devant lui, fier comme un pape. Il faut beaucoup d'astuce et de culot pour être un bon voleur.

— Quelle chose ? demandai-je.

— Oh, dit-il d'un ton indifférent, j'oubliais. Quelle étourderie ! Ça. » Je m'approchai et il me montra un flacon. Quand je me penchai pour le regarder, je vis qu'il contenait des capsules pharmaceutiques. L'étiquette disait : PARA-ANIMO SALICYLIC ACID LEDERLE U.S.A. Le flacon, dans la pénombre, luisait richement. « De la pure magie », dit Cass d'une voix douce, un peu sèche maintenant. « Cent capsules. De quoi guérir une demi-douzaine de poètes romantiques. On l'emploie avec cette streptomycine pour guérir la tuberculose. Si on avait eu ça, dans les années trente, la chère vieille cousine Eunice Kinsolving vivrait encore, toute fringante, à Colfax, Virginie.

— Où Mason se l'est-il procuré ?

— Ah ça, dit-il d'un air vague, il l'a fait matérialiser dans l'air pur.

— Mais, insistai-je, mais qu'est-ce qu'il pouvait bien vouloir faire de cent capsules d'un truc pareil ?

— Ah, dit-il assez sérieusement, c'est une longue histoire. Une de ces histoires, mon vieux, à vous recroqueviller les doigts de pied.

— Mais il n'a pas pu les avoir sans prescription, voyons. »

Il me regarda avec étonnement : « Comment, mais je croyais que vous connaissiez Mason. Vous ne savez donc pas que, sur le chapitre des denrées matérielles, ce gars peut se procurer n'importe quoi ? N'importe quoi ! » Il se tut et regarda calmement le flacon. « En fait, on ne peut presque jamais trouver ce produit-là dans ce sacré pays. Oh, il y en a. Ils ont fini par pouvoir en fabriquer, tout comme dans les bons vieux U.S. et A. Mais essayez de mettre la main dessus ! Pour le prix de ce flacon vous pourriez rançonner toute une couvée de sénateurs démocrates-chrétiens.

— Qu'est-ce que vous allez en faire ? »

Il resta un long moment sans parler. « Je ne sais pas, dit-il, d'une voix qui semblait un petit cri. Nom de Dieu, je ne sais pas ! Le docteur Caltroni, ce pitoyable médecin de Sambuco... Ah et puis, merde ! Du reste, c'est supposé faire des tas de merveilles. Je crois que, dans le cas présent, ce sera trop tard, mais il y a toujours une petite chance. Mais pourquoi, diable, restons-nous comme ça à causer ? Venez. Partons. » Il fourra le flacon dans un havresac crasseux, avec plusieurs boîtes de sardines, la moitié d'une miche de pain, et trois ou quatre pommes ramollies qui n'étaient plus de la première jeunesse. Puis, tous les deux, nous nous plongeâmes dans les ténèbres.

La grand-rue de Sambuco où nous nous engageâmes était moins une rue qu'une série de marches de pierre. Elle était trop étroite et trop abrupte pour que le moindre véhicule pût y passer. L'eau suintante y entretenait une humidité constante, et cette humidité, de même que l'usure des siècles, la rendait glissante. Nous la montâmes essoufflés, parlant à peine, entre des maisons silencieuses, endormies, éclairées sur un kilomètre environ, par de pâles réverbères, puis par rien quand la ville elle-même disparut derrière nous. Nous nous trouvâmes alors dans une obscurité complète. Et soudain je perçus l'odeur de la campagne, Cass alluma une lampe électrique. « Le sentier commence quelque part par là, dit-il, en balayant du rayon de sa lampe une portion de terrain couverte d'herbes. C'est là, murmura-t-il soudain. Venez. Nous en avons bien pour une demi-heure de marche, mais c'est en bordure de la vallée et le chemin est plat, presque tout le temps, alors, on se fatiguera pas trop. » La lampe saisit un lézard dans son cône de lumière — une petite créature aux yeux de spectre, effarouchée, qui s'enfuit à notre approche et disparut derrière un mur. « Vieux d'un million d'années, pauvre bougre, dit Cass. Allons. » Nous nous mîmes en route. Un parfum de citronniers parvint à mes narines. Je ne sais pourquoi — peut-être simplement parce que j'échappais, enfin, aux affreux imbroglios de la villa — la nuit me parut soudain devenue une extase. Une odeur de terre saine, de fleurs de citronniers, l'air balsamique des pins de la montagne arrivaient jusqu'à nous. Du bord d'un nuage errant, la pâle pleine lune surgit, dessinant les bois et les pentes au-dessous de nous, et, tout au fond de la vallée, un cours d'eau jasait follement, babillait, lumineux comme du vif-argent. J'entendis des moutons bêler au loin. La vallée semblait enchantée. Tout en marchant, Cass éteignit sa lampe. La lune nous permettait de voir. Elle noyait toute la vallée, versait de l'argent sur les pinèdes, sur les rochers, sur les chaumières de paysans éparses sur les collines, isolées, solitaires, endormies. Très haut, sur les sommets, une cascade tombait à grand bruit ; un arc-en-ciel tout autour d'elle frissonna, s'évanouit. J'entendis, de nouveau, le bêlement doux, somnolent des moutons. Cass parla enfin. « C'est comme une espèce d'Arcadie folle, vous ne trouvez pas ? Vous devriez voir ça en plein jour, ou à l'aube. » Il se tut un instant. « Quel est votre boulot, Leverett ?

— Qu'est-ce que vous voulez dire par « mon boulot » ?

— Je veux dire, qu'est-ce que vous faites ? Pour faire tourner le monde et fleurir les jardins, etc. »

Quand je le lui eus dit — ou, plus exactement, quand je lui eus dit ce que j'avais fait à Rome — il resta de nouveau silencieux. « Je me rappelle, maintenant, Mason me l'avait dit. A mon avis, vous auriez pu étendre votre aide, votre assistance, appelez ça comme vous voudrez, jusque dans ces parages. » Il buta contre une pierre, saisit mon bras et reprit son équilibre. « Pardon, je suis encore un petit peu faiblard du côté des chevilles.

— Je n'étais pas le patron, commençai-je, humblement, pour m'excuser, tout en marchant péniblement à côté de lui. Je n'étais guère qu'un employé, un expéditionnaire, si vous voulez...

— Ah ah ! » fit-il avec un gros rire malheureux. Il sortit de sa poche de derrière un béret qu'il se mit cavalièrement de travers sur le front. C'était un geste étrange, nerveux, plein de mépris et de rage. « Eh oui, nom de Dieu, je sais bien que vous n'étiez pas le patron, et je vous en félicite. Le patron, j' vois sa gueule chaque fois que j'ouvre un journal. Un grand dignitaire de l'Eglise presbytérienne à tête de requin. Qu'est-ce qu'il connaît du monde, je vous le demande ? Y en a-t-il un seul qui connaisse quelque chose, parmi tous ces tartufes, ces enfants de putain onctueux ! Pourquoi ne viennent-ils pas jeter un coup d'œil par ici ? » Il s'arrêta, oppressé. Tout autour de nous, la vallée baignait dans une teinte exquisement argentée sous la lune. « Regardez-moi ça ? dit-il, tendant le bras, est-ce que ça ne fend pas le cœur ? Et pourtant, je jure devant Dieu, Leverett, qu'il n'y a pas d'endroit plus triste sur la terre. »

Sans changer de pas, Cass alluma un cigare. Des bouffées de fumée montèrent autour de nous en volutes malodorantes. Puis, après une autre quinte de toux, il me parla par-dessus son épaule : « Je vais vous raconter une drôle d'histoire sur cette vallée. Une très, très drôle d'histoire. Elle fait tordre tout le monde dans la région de Sambuco. Tout spécialement les gros démocrates-chrétiens qui font la loi dans la ville. Ils en éclatent de rire, pour de vrai. Comme vous savez, personne ne peut gagner sa vie, par ici. On essaie de faire pousser des récoltes mais il y a si longtemps que la terre est pauvre qu'on s'estime heureux si on arrive à produire quelques pois chaque printemps. Vous devriez voir les poulets ! Les paysans ont toute une petite fable là-dessus. Ils prétendent que si la vallée de Tramonti est la seule région d'Italie où il n'y a pas de renards, c'est parce que les renards, il y a quelques années, ont été tellement dégoûtés en voyant les poulets qu'ils ont fait leurs paquets et ont foutu le camp tout de suite. Mais ce n'est pas ça, la drôle d'histoire. La drôle d'histoire c'est une histoire de lait. Je voudrais que vous voyiez les vaches, Leverett. Elles n'ont pas de fourrage, naturellement. Elles paissent sur les pentes des collines, et elles ne sont guère plus grandes que des chèvres. Eh bien, l'histoire raconte qu'il y a environ cinq ans, le gouvernement a envoyé un groupe d'inspecteurs agronomes dans la province pour examiner les diverses espèces de lait. Une grosse affaire, vous comprenez. Ils avaient une sorte de laboratoire portatif et un tas de trucs dans un grand camion et ils se sont amenés à Sambuco. Alors, tous les fermiers des environs sont arrivés sur la place avec des seaux de lait pour les faire inspecter : tuberculose, densité, contenu minéral, etc. L'inspection a duré toute la journée, et puis voilà que finalement les paysans de cette vallée — oh, il ne devait pas y en avoir plus d'une douzaine — les fermiers de Tramonti, sont arrivés eux aussi avec leurs échantillons. Alors, les gars ont mis tout ce lait de Tramonti dans leur grand laboratoire portatif et ils l'ont examiné, goûté, et finalement, au bout d'un temps très long, le technicien-chef est sorti avec les résultats. Je peux voir exactement toute la scène. D'un côté le gros poussah de fonctionnaire de Salerne avec ses éprouvettes et ses diagrammes, de l'autre ces pauvres péquenots pleins d'espoir qui le regardaient de la place avec des yeux écarquillés. Alors, l'homme a aspiré une grande gorgée d'air et a fini par dire : « *Questo qui non è latte. E' un' altra cosa.* » Vous voyez tout le ridicule de la scène : ces pauvres couillons, le nez en l'air, les yeux fixés sur ce gros chimiste prétentieux qui leur disait très gravement que ce qu'ils avaient apporté n'était certainement pas du lait. « Ce n'est pas du lait, répétait-il, sans doute de cette voix pompeuse qu'ont tous les fonctionnaires. C'est quelque chose d'autre. » Puis, très dignement, alors que tous les habitants de Sambuco regardaient en ricanant bêtement, il a entrepris de donner une analyse de ce produit étrange de Tramonti : eau, crottes de rat, poils et une certaine coloration bleue, qui ne pouvait être expliquée que par quelque chose de réellement négatif et horrible — une absence totale de matière grasse ou minérale, un manque absolu de principes nutritifs. Puis il a dit : « Remportez ça chez vous. Ce n'est pas du lait. » Au bout d'un instant Cass reprit : « Histoire très drôle. Chaque fois que je l'entends, je me tords. » Il parlait d'une voix découragée. « Très drôle », répéta-t-il. Il envoyait des nuages de fumée par la commissure de ses lèvres sévères et pincées, et il tomba dans un silence impénétrable.

Nous marchions depuis près d'une demi-heure quand, ayant franchi un ressaut de terrain, nous aperçûmes en bas, dans un creux, la silhouette argentée de lune d'une chaumière de paysan. Nous prîmes un sentier qui s'y dirigeait, à travers une prairie toute bruissante d'insectes, au-dessus d'un ruisseau, dans un bosquet de cyprès envahi par les ombres, et par-dessus un échalier branlant. Nous descendîmes ensuite sur un terrain humide, spongieux, et nous trouvâmes dans une cour de ferme. Il y régnait une odeur de fumier, et on entendit quelque part, dans l'obscurité, un remue-ménage de poulets encore tout engourdis dans leur demi-sommeil. Un chien étique s'approcha, montrant les dents et cherchant à mordre, mais il se calma en entendant la voix sourde de Cass, poussa une petite plainte de joie et courut autour de nous, les côtes saillantes sous la lune. Nous approchâmes de la chaumière à travers un espace de terre calcinée. A l'intérieur, il semblait n'y avoir qu'une faible lampe allumée. En nous approchant, je devins conscient, pour la première fois, d'un bruit qui, tel un crissement d'ongles sur une vitre ou un grincement de freins sur les roues, rompait la sérénité du calme clair de lune dans la vallée. Ce n'était pas un son bruyant, ce n'était pas non plus un son léger, c'était une longue plainte continue, une plainte d'angoisse, de désespoir, qui, sortant de la chaumière, me lacérait, pour ainsi dire, le tympan.

— Dieu ! fis-je, qu'est-ce que c'est que ça ?

Cass ne dit rien. La plainte cessa subitement, comme étranglée, et, au bout de quelques secondes, elle fut remplacée par une série de légers grincements à peine perceptibles, mais teintés de la même angoisse intolérable. Plus près, nous pûmes entendre un frottement de pieds. Un enfant pleura, une casserole ou un pot tomba, puis ce fut de nouveau le silence.

— *Chi è là ?* dit une voix dans l'ombre. C'était une voix de femme, étrangement lourde et masculine, lente, gauche, emplie de la plus profonde détresse.

— *Sono io, Ghita,* dit Cass doucement. Ce n'est que moi... Cass. Avec un ami.

La femme était debout sur le seuil, le bras appuyé au chambranle, s'y soutenant, le visage crûment illuminé par la lumière de la lune. C'était un visage terrifiant — redoutable, pourrais-je dire, par la souffrance qui y était inscrite. Ses lèvres tordues s'abaissaient, ses yeux étaient devenus aussi mats et sans vie que deux pierres noires. Ses cheveux, en mèches hirsutes, flottaient autour de sa tête comme des herbes folles. Et elle restait là sans bouger à l'exception de sa respiration qui soulevait ses seins tombants sous le corsage en loques et semblait la secouer tout entière. On aurait dit quelqu'un que le chagrin avait emporté bien au-delà des simples larmes. « *Buonase',* dit-elle d'une voix terne. Nous vous attendions.

— Comment est Michele ? Comment va-t-il cette nuit ?

— Il baisse, dit-elle. Il vous demande. Maintenant, il souffre. C'est comme si sa douleur était ma douleur et, quand il crie, je peux la sentir jusque dans la moelle de mes os. Je crois qu'il va bientôt mourir. Je ne peux pas ôter ça de mes os.

— La morphine ? Ne parlez plus de mourir.

— Ça ne servirait à rien maintenant. Ça ne lui fait plus d'effet. De plus, l'instrument en verre dont on se sert est tombé et s'est cassé. La *siringa.* Alessandro l'a prise dans ses mains...

— Je vous avais dit de la garder... », commença Cass avec un soupçon de colère. Puis il dit calmement : « Bon, on s'arrangera pour vous en procurer une autre. »

Elle avait une voix parcheminée et sèche. « Je le

sens dans mes os, dit-elle, dans ma chair. Ici. Partout. Maddalena est venue ce soir. Elle dit que la maladie s'est emparée de moi aussi. Des enfants. Qu'elle nous dévorera tous. Elle m'a donné un philtre...

— Empêchez cette sorcière de venir », interrompit Cass. Les grondements recommençaient dans les profondeurs de la chaumière. La femme se raidit et ses yeux s'agrandirent. « Ghita, ne laissez pas cette sorcière approcher d'ici. Combien de fois vous ai-je dit d'en finir avec ces gris-gris idiots. Elle ne fera qu'empirer les choses. Empêchez-la de venir. Poison ! Est-ce que Francesca ne vous l'a pas dit aussi ? Où est Francesca ? »

La femme ne répondit pas, tournée vers les plaintes comme un automate et se fondant dans les ténèbres de la chaumière. Les gémissements faiblirent puis s'éteignirent. « Ce que c'est ? me dit Cass en enlevant le sac de ses épaules, c'est un cas de tuberculose miliaire. Phtisie galopante. Cet homme est pris des pieds à la tête : os, reins, foie, poumons. Il y a quelque temps, il s'est cassé la jambe, ce qui n'a pas arrangé les choses. Il souffre et semble une éponge sanglante. Il n'y a pas le moindre espoir. Je n'entrerais pas à votre place. » Il chancela un peu, comme s'il était encore légèrement ivre, mais il reprit son équilibre. Il sortit du sac le flacon de capsules et l'examina de tout près à la lueur de la lune. « Quant à moi, si je dois l'attraper, je l'ai déjà attrapée. Morticole amateur ! Voyons, qu'est-ce que disait le bouquin, nom de Dieu ? Quelle dose ? Ah oui, trois grammes quatre fois par jour. Bon, on va voir. Pauvre bougre, ça ne pourra pas lui faire de mal. Rien au monde, du reste. » Il se tourna vers moi et s'avança vers la porte. « Il n'y a aucune raison que vous vous exposiez aux risques. Je ne serai pas longtemps.

— Je vais entrer avec vous, dis-je.

— Comme vous voudrez. »

La puanteur de la chambre me saisit dès la porte, s'appliqua sur mon visage comme une ignoble main verte. C'était une odeur formée de bien des choses — fumier, aigreur, ordures et détritus — mais c'était surtout l'odeur de la maladie, une odeur douceâtre de viande en décomposition qui s'élevait dans l'air, vive comme une couleur. C'était l'odeur de la morgue. Marchant à tâtons dans la lumière trouble, je clignais des yeux et regardais autour de moi. Des mouches troublaient le silence d'un bourdonnement continu. Il y en avait partout — dans l'air, sur le sol en terre battue, sur chaque centimètre des murs sans fenêtres. Visqueuses dans leur agitation nocturne, elles se posaient sur le visage de trois petits enfants, malingres, fiévreux, qui, inconscients de ce qui se passait autour d'eux et des râles du malade, dormaient profondément dans un coin, sur une paillasse. Il n'y avait rien sur les murs, pas même une Madone. Le mobilier se composait d'une table et de trois chaises. C'était tout. Une ombre énorme remua lourdement dans un coin, tout au fond de la pièce. Surpris, je m'aperçus que c'était une vache qu'une demi-cloison séparait de la chambre. Elle me regarda avec son doux air funèbre et continua à ruminer. Puis un autre gémissement appela mon attention, et je vis le malade sur son grabat, le visage seul visible, le corps dissimulé sous une mince couverture de l'armée américaine toute déchirée. Son visage tendu, immobile, était blanc comme la cire, enfoncé, ravagé, et d'une maigreur telle que je crus un instant qu'il était mort. Cass et la femme s'étaient agenouillés près de lui. J'entendis la voix de Cass, douce et tendre : « *Come va, mio caro? Soffri molto?* C'est moi, Cass, Michele. »

Michele ouvrit les yeux et regarda lentement autour de lui. On l'eût dit en étroite communion avec son agonie, perdu dans une méditation sur sa douleur aussi intense et absorbante que le sommeil le plus profond, si bien que maintenant, déjà la proie d'un autre monde, il avait l'air d'un homme qui se réveille pour s'étonner de ce qu'il voit autour de lui. Ses yeux se mouvaient lentement, cherchaient le plafond, les murs. Puis, quand enfin son regard se posa sur Cass, il frémit sous sa couverture, et sa bouche édentée et creuse s'entrouvrit largement dans un sourire ravi, inattendu. Il parla : sa voix était à peine intelligible, atteinte, comme tout le reste de son corps, par les bourgeonnements du cancer. Voix brisée, rauque, sépulcrale. « Cass, dit-il, je vous attendais ! J'ai une bouteille de vin. C'est Francesca qui l'a apportée aujourd'hui. Du vrai Chianti.

— Ce qu'il vous faut, Michele, c'est du sommeil, dit Cass. Je vous ai apporté également ce remède spécial, merveilleux, qui va vous remettre sur pieds en un rien de temps. Et la jambe, elle vous fait toujours mal ?

— Très, Cass, répondit-il sans cesser de sourire, très mal, Cass. Mais dès que vous arrivez, je... n'sais pas, mais c'est plus la même chose. On parle, vous comprenez, on plaisante. Alors, la douleur n'est plus la même. Elle est moins forte.

— Et la fièvre ? dit Cass. Vous avez pris l'aspirine que je vous ai donnée ? »

La femme, Ghita, intervint : « Il a pissé le sang. Maddalena dit que c'est un mauvais signe.

— Ne me parlez pas de Maddalena, dit Cass. Qu'est-ce qu'elle en sait ? Ne la laissez pas entrer ici. » Il se tourna vers la femme avec un regard de patiente réprobation. « Et les mouches, Ghita ! Regardez-moi ça ! Des millions. Vous voulez donc que vos enfants soient contaminés eux aussi ? Qu'avez-vous fait de ce produit que je vous avais apporté ?

— Il est fini, dit la femme en haussant les épaules,

et puis, du reste, les mouches, ça revient toujours. On peut pas avoir de vache sans avoir des mouches.

— Donnez-moi de l'eau, Ghita, dit Cass.

— Y en a là, près de vous, Cass, dans le verre. »

Cass déboucha le flacon et prit deux des capsules jaunes. « Tenez, Michele, avalez ça, et après, prenez une de ces capsules dans un peu d'eau toutes les six heures jusqu'à ce que je vous dise de vous arrêter. » Il passa son bras sous les frêles épaules de l'homme, le redressa un peu sur son grabat. C'était une tâche difficile. Avec de grands efforts, le front en sueur, Michele parvint à se soutenir sur les coudes, hurlant sous le coup d'une recrudescence de douleur. « Ah, nom de Dieu ! » il se reposa un moment, les yeux clos. Puis, comme tout à l'heure, ses paupières s'entrouvrirent et il reprit son doux sourire las. « Est-ce que c'est vrai qu'en Amérique on peut vraiment guérir le cancer ? C'est ça le remède, Cass ? »

Je vis que les mains de Cass tremblaient lorsqu'il plaça les capsules entre les lèvres de Michele. Pendant quelques instants, il sembla éprouver quelque peine à parler. Puis, fermement, il dit : « Mais vous savez très bien que vous n'avez pas de cancer, Michele. Je vous l'ai dit cent fois. Ces pilules, c'est pour vos reins et pour l'os de votre jambe. Elles vous remettront. Allons, avalez. »

Tandis que Michele ingurgitait l'eau, la femme se mit à se lamenter — une sorte de thrène qui montait, calme, placide, du fond de sa gorge ; quelque chose de très doux, sans rien d'hystérique. Elle avait presque l'air de fredonner une chanson. Puis elle se tut : « J'ai vu l'ange noir, murmura-t-elle d'une voix sombre. Je l'ai vu cette nuit. Il rôde autour de nous toutes les nuits. » Je me retournai et vis qu'elle fermait les paupières comme quelqu'un qui va s'endormir, et elle reprit sa funèbre berceuse, douce, résignée, les mains serrées sur ses seins maigres comme deux grandes ailes rouges.

— Chut, Ghita, chut, voyons. Ne dites pas de sottises. Cessez de vous torturer.

— J'ai vu..., commença-t-elle, entrouvrant les lèvres.

— Silence, dit Cass plus fermement. Où est Francesca ?

— Elle n'est pas venue.

Une expression inquiète passa sur le front ridé de Cass. « Comment ça, elle n'est pas venue ? » dit-il, bourru, et, sans laisser à Ghita le temps de refermer les yeux, il la saisit par le bras. « Vous voulez dire qu'elle n'est pas dans la petite chambre ? » s'écria-t-il. Il désigna d'un geste de la tête l'ouverture unique, fermée, en guise de porte, par un rideau en serpillière, par où on pouvait sortir de la pièce. « Mais elle m'a dit qu'elle viendrait ici. Elle m'a dit qu'elle dormirait ici !

— Elle n'est pas venue », répéta Ghita.

Cass se leva brusquement de l'endroit où il se trouvait, près du grabat. Il se dirigea vers le rideau, passa la tête, revint s'asseoir près du grabat et leva les yeux vers le visage impassible de Ghita. « Alors, où peut-elle bien être ? dit-il. C'est à n'y rien comprendre. Et il s'est passé quelque chose cette nuit qui... » Il s'interrompit. « Cré nom de Dieu, murmura-t-il, le misérable serpent ! S'il a... » Il se releva d'un bond, comme pour quitter la place, mais Michele articula de son lit :

« Cass. » Il s'était soulevé et avait rejeté une partie de la couverture, laissant voir par le haut de son pyjama en loques, rayé comme une veste de prisonnier, un torse d'une maigreur intolérable. « Cass, dit-il, vous inquiétez pas de Francesca. Vous savez bien qu'elle passe souvent la nuit chez Lucia, la fille du jardinier de l'Albergo Eden. Ça lui arrive tout le temps. Faut pas vous inquiéter, *amico.* Elle viendra, vous verrez. Venez vous asseoir près de moi. Je me sens déjà mieux avec ce remède.

Cass hésita. « Oui, mais, dit-il, ne croyez-vous pas qu'elle me l'aurait dit, Michele ? Il faut que j'aille voir. »

Michele fit entendre une espèce de rire forcé. « Pourquoi vous l'aurait-elle dit, mon ami, alors qu'elle n'a jamais rien dit à son propre papa ? Allons, venez vous asseoir. Il n'est rien arrivé à Francesca. Vous connaissez Francesca ! Asseyez-vous ici, Cass. J'ai l'impression que je pourrais marcher.

— Je ne sais pas », dit Cass lugubrement. Mais déjà l'anxiété, l'inquiétude, se dissipaient sur son visage. « J'avais oublié Lucia », dit-il avec un soupir, puis il regarda Michele. « Il faut vous recoucher, Michele, dit-il d'un ton énergique. Comme ça, sur le dos. Et il ne faut pas tant parler. Ordres du docteur.

— Ah, Dieu ! Doucement ! » hurla Michele. Et sa femme se balançant d'avant en arrière, gémissait.

J'étais assis à l'autre bout de la chambre, et j'entendais dans mon cerveau le tic-tac d'une pendule, ce tic-tac imaginaire qui, même en l'absence de toute pendule, semble toujours accompagner la garde des malades, les souffrances nocturnes, et les veillées mortuaires. Et, tandis que la femme se balançait en gémissant, que les enfants s'agitaient, sursautaient, pleurnichaient dans leur sommeil troublé, que la vache me regardait avec ses grands yeux bruns, doux et stupides, dans l'air infesté de mouches, je compris enfin que cet Italien était vraiment sur le point de mourir. Et, dans cette agonie — dont il avait conscience malgré tout — il semblait n'avoir plus qu'une pensée, arracher à Cass un dernier témoignage de cette vision impossible qu'il avait nourrie en lui-même, Dieu sait depuis combien de temps, mais, je suppose, tout au long de sa misérable existence. Ainsi, maintenant, dans l'intervalle de cris de douleur que Cass apaisait d'un mot ou du toucher de la main, je pouvais entendre sa voix s'animer bravement d'espoir et d'étonnement pour poser des questions sur l'Amérique : Etait-ce vrai, Cass, que même les plus pauvres ouvriers ont une automobile, et un poêle, et une maison avec des fenêtres ? Est-ce qu'il serait possible, Cass, plus tard, quand il serait guéri et qu'ils s'en iraient tous en Amérique, d'acheter des paires de beaux souliers pour Alessandro, pour Carla et même pour le tout petit ? Il avait demandé tout cela à Cass bien des fois, mais il ne se lassait pas d'en entendre affirmer la vérité dans toute sa magnificence, comme un enfant qui a des visions d'éléphants, de tigres et de rivages exotiques.

« Oui, *amico,* répondait Cass patiemment de sa voix fatiguée. Oui, tout cela est vrai, comme je vous l'ai dit.

— J'aimerais vivre à Provvidenza où mon frère a vécu longtemps. C'est une belle ville, n'est-ce pas, Cass ?

— Oui, Michele. » Mais à moi, en anglais, « *Providence,* vous vous rendez compte ! »

Michele était épuisé. Il s'allongea. Un sifflement léger s'échappait de ses lèvres, et il ferma les yeux, serrant les paupières très fort pendant un instant, puis agité d'un long tremblement, comme pris d'un frisson, alors qu'en silence il montait une garde attentive sur sa douleur. A l'exception de la femme qui se balançait en gémissant, et du bourdonnement pestilentiel et incessant des mouches, rien ne bougeait, et l'on n'entendait aucun bruit. Cass, penché sur l'homme dans l'attitude glacée de la génuflexion, portait sur le visage une désolation si complète que toute la couleur en avait disparu, comme l'éclat avait disparu de ses yeux. Puis, au bout d'un moment, Michele s'agita un peu et ouvrit les yeux. « Ça ne devrait pas être permis », dit-il de sa voix étranglée, hésitante et, pour la première fois, avec une expression de désespoir. « Ça ne devrait pas être permis, Cass.

— Quoi ?

— Qu'un homme puisse souffrir ainsi. Qu'un homme puisse travailler dur toute sa vie pour gagner quatre-vingt-dix mille lires par an. Et pour finir comme ça, en souffrant à ce point. »

Cass resta un instant sans parler. Ses lèvres tremblaient comme s'il cherchait ses mots. Puis il dit : « Je suis entièrement de votre avis, mon ami. Mais il ne faut pas vous agiter ainsi. *Animo.* Courage. »

Michele se souleva sur un coude, poussa un gémissement, fixant sur Cass ses yeux brûlants, désespérés. « Non, ça ne devrait pas être permis, Cass ! gronda-t-il. Il est mauvais. N'est-ce pas qu'Il est mauvais de nous mettre comme ça sur cette terre pour qu'on y peine comme des esclaves pendant cinquante ans, pour qu'on y gagne quatre-vingt-dix mille lires par an, ce qui ne suffit même pas à acheter de la *pasta.* Quatre-vingt-dix mille lires ! Et puis Il passe son temps à nous envoyer ses percepteurs de Rome. Et puis, après qu'Il nous a pris jusqu'à notre dernier centime, quand nous n'avons plus rien, absolument rien, Il se débarrasse de nous, comme si nous ne Lui avions rien coûté, et pour comble, histoire de rigoler, Il nous punit en nous faisant souffrir. Il n'aime que les gens riches de Rome. Il est mauvais, je vous le dis. Je L'emmerde ! Oui, je L'emmerde, parce que je ne crois pas en Lui. »

Comme un éclair, comme si, semblable à l'épervier, elle n'attendait que ces mots-là, la femme sortit toute droite de sa transe. « Blasphémateur ! cria-t-elle. Ecoutez-le, Cass ! Il n'a fait que ça toute la journée, crier des choses pareilles comme un fou. Dans son état ! il va tout droit à sa perdition ! » Elle se tourna et regarda l'homme couché. « Et ce qu'il a fait, Cass, j'ose à peine vous le dire. Dans sa fureur, il s'est levé ce matin de ce lit où il est maintenant et, sur la seule bonne jambe qui lui reste, jurant comme un païen, il a été arracher le crucifix et il l'a jeté dehors. Blasphémateur ! Michele ! Dans ton état ! Pas étonnant que tu aies pissé le sang. C'est un avertissement du ciel. Tu nous précipiteras tous en enfer avec tes blasphèmes ! » Un des enfants se mit à hurler.

« Ce n'est pas pire !... cria Michele de son grabat, la voix rauque, étranglée, affreuse, ce n'est pas pire que les gris-gris, les amulettes et les potions que te donne cette sorcière ! C'est bien à toi de parler de blasphèmes ! Cass t'a pourtant dit ce qu'il pensait de ces magies ! Ah !

— *Silenzio !* » S'élevant entre ces deux théologies passionnées et adverses, la voix de Cass se dressa comme un mur et les fit taire tous les deux. Mais, le laissant crier, je m'enfuis de cet endroit maudit, incapable d'en supporter davantage. Et quelque part, dehors, dans l'ancienne aube naissante qui se levait comme une immense perle illimitée au-dessus de la mer, tandis que les oiseaux jasaient et gazouillaient et que les pins chantaient avec un bruit d'averse, je me surpris en train de penser inexplicablement à d'autres aubes radieuses, humides de rosée, qu'autrefois j'avais connues à Rome, et à la vue qu'avait de son balcon chaque matin le jeune et distingué bienfaiteur avec sa Ginevra et son Anna Maria et son étudiante de Smith, et je me surpris à pleurer sottement, bien qu'avec discrétion, ému par un sentiment profond d'échec et de perte — la tête appuyée contre le tronc d'un arbre.

Pour Cass, ce fut tout différent. Il sortit peu après de la chaumière, criant à tue-tête, titubant à tel point que je crus tout d'abord que, par quelque moyen mystérieux, il s'était débrouillé pour se soûler encore. Mais il n'était pas soûl, il était simplement ivre de rage, hors de lui. Il s'emportait contre les communistes, les démocrates-chrétiens, Mrs. Clare Boothe Luce, et il dit quelque chose qui me sembla, en ce moment, curieusement à propos :

— Toutes ces histoires de politique, vous voulez que je vous dise ? Ben, vous pouvez vous les foutre dans le cul !

Cette nuit-là, ou plus exactement ce jour-là, je dormis dans une chambre inoccupée de la partie de la villa qu'habitait Cass. Comme, aux premières lueurs de l'aube, nous retraversions la vallée pour gagner Sambuco, Cass semblait calmé, anéanti, et il ne dit presque rien. Moi-même, je me sentais complètement vidé et n'ouvris guère la bouche. Quand, enfin, nous nous arrêtâmes devant la grille du Bella Vista pour nous dire au revoir, et que je risquai un dernier mot au sujet de Mason (disant que, sans nul doute, il ne se sentirait plus obligé de payer ma grosse note d'hôtel), Cass me regarda et sourit de son sourire triste en disant : « Venez loger chez nous. » Ce fut aussi simple que cela. Il était tout bonnement généreux. Il me vint alors à l'esprit, dans la brume d'un demi-sommeil, que ce serait une sorte de revanche — bien modeste peut-être, mais une revanche tout de même — de parader pendant quelques jours sous le nez de Mason comme l'hôte de Cass. Aussi, après avoir, comme il se doit, refusé avec gratitude, j'acceptai l'invitation. J'allai régler ma note d'hôtel à un caissier somnolent qui bricolait pour se maintenir éveillé Puis Cass m'aida à porter mes valises dans la rue encore endormie qui descendait à la villa. Son amabilité, sa gentillesse, allaient presque trop loin. Je finis par lui trouver quelque chose d'irréel quand je le vis faire disparaître mes bagages dans l'escalier, les déposer dans une chambre — assez propre et bien tenue en comparaison avec le studio de l'étage au-dessus — et m'aider à faire le lit, après m'avoir donné une paire de draps usés mais fraîchement lavés. C'est à peine s'il desserra les dents, et son visage avait un air distant d'inquiétude et d'angoisse. Je n'y attachai aucune importance à ce moment — bien qu'il y eût un rapport des plus étroits entre cette expression et les événements qui allaient bientôt suivre — lorsqu'il avala un grand verre de vin rouge et, me souhaitant de bien dormir, me laissa seul après m'avoir dit, d'une voix lointaine, absorbée, « qu'il allait s'informer de cet ami que je connais... »

Tandis que je m'efforçais de dormir, je l'entendais marcher de long en large au-dessus de ma tête. Je fus longtemps avant de perdre conscience des choses. J'étais ankylosé, courbatu, harcelé de chagrins fugitifs, de regrets. Tout d'abord, je me posai des questions sur Cass. Qui pouvait bien être ce personnage extraordinaire, si triste et tourmenté ? Je m'inquiétai longtemps de Cass. Puis, je me demandai si di Lieto était encore vivant ; puis, à mon corps défendant, je devins obsédé par la vision de cette chaumière maudite dans son adorable vallon. Avec l'incohérence qui accompagne toujours le complet épuisement, je me rappelai ensuite les gravures pornographiques que Mason m'avait demandé de lui apporter, et j'essayai de décider si je devrais veiller à ce qu'il les reçût, ou si, comme un dernier geste de ma défection, je ne ferais pas mieux de les jeter. Je commençai à m'agiter, à me tourner et retourner, à désirer une cigarette, car j'avais fumé ma dernière. Puis je pensai à une fille avec qui j'avais fait l'amour à Rome, et cela me fit transpirer et brûler de désir, et je me levai et bus un verre d'eau froide. Finalement, les pas, au-dessus de moi, s'arrêtèrent. Cass Kinsolving ! Qui pouvait-il bien être ? Enfin, dans le soleil qui tombait sur moi à travers les jalousies bruissantes, je sombrai dans un sommeil inquiet, bercé par les notes perçantes du chœur joyeux des oiseaux dans les lianes grimpantes, par le clip clop d'un cheval de trait, et, tout au loin, par la voix douce, veloutée d'une fille chantant *Caro nome.* Je m'éveillai, trempé de sueur, sans savoir combien d'heures j'avais dormi. Il faisait presque noir dans la chambre et ma montre s'était arrêtée quelques minutes après midi. Je pensai que c'était de nouveau la nuit. Je restai un moment immobile, heureux d'être vivant, de respirer, car le paysage de rêve que j'avais visité me semblait maintenant plus sinistre, plus pestilentiel, que tout ce que j'avais vu jusqu'à ce jour. Cauchemar si abominable au début que j'avais peine à me le rappeler, cauchemar qui était en soi une horreur — un rideau qui tombait, droit comme un volet, dans mon cerveau, qui semblait fait de l'entrelacement d'ailes de corbeaux, noires, grouillantes de parasites ignobles, et qui tremblait, bruissait, bloquant toute possibilité de communication entre le cauchemar et le souvenir que j'aurais pu en conserver. Puis, tout le reste, toutes mes heures de sommeil, n'était qu'un immense désert vide où, debout, j'observais un pays bouleversé par quelque cataclysme — une terre d'insurrection, d'actes sauvages et de massacres, où, dans la campagne nue, des barbares velus couraient, la torche en main, où des femmes serraient sur leur poitrine des enfants hurlants, et où d'étranges maisons en flammes lançaient des nuages de fumée fétide dans un ciel couvert et bouillant. Et pendant ces heures dont j'ignorais le nombre, je m'agitais, me retournais, gémissais, croyant entendre des clameurs lointaines, des hurlements, des plaintes de terreur, et l'angoisse des écorchés, des crucifiés jusqu'à ce que, finalement, sans calme ni répit, je m'éveillai, trempé de sueur, un cri de supplication arrêté sur mes lèvres. Et comme, étendu sur ce lit, je reprenais mes sens, regardant les derniers vestiges de lumière pâle s'éteindre dans la chambre, j'acquis la certitude que ce n'était pas un rêve. Sambuco semblait intolérablement calme, tranquille. Pas un souffle d'air n'arrivait du dehors, pas un son, là où normalement on aurait dû entendre les mille caquetages, bourdonnements, sonneries des villes italiennes : partout, un silence de cimetière. Et pourtant, tandis que j'écoutais la chute lente de gouttes d'eau quelque part dans la villa, j'entendis, tout au loin, quelque chose qui semblait l'écho, l'explication de mon cauchemar : un cri de femme, unique — un cri perçant, une sorte de miaulement de douleur qui flotta dans l'air embrasé, monta, monta, puis cessa brusquement, comme coupé net par une balle dans la tête. Puis, ce fut de nouveau comme avant — un silence de mort. Après quelques minutes, intrigué, abattu, je me levai, sentant une vive douleur de torticolis. J'essuyai avec les draps la sueur dont j'étais couvert. Et pendant tout ce temps, tandis que, dans l'obscurité, je m'habillais, troublé, encore somnolent, j'entendais d'autres lamentations séparées, isolées, les unes tout près, les autres indistinctes, les mêmes plaintes qui, comme dans mon rêve, semblaient exhalées par des âmes en proie aux flammes éternelles. Je m'attendais, en sortant dans la rue, à trouver la ville assiégée ou en feu ; non, je ne savais pas ce à quoi je devais m'attendre — et surtout ce que je ne pensais pas voir, c'était, non pas la nuit, mais la fin de l'après-midi. Il faisait jour, et une pendule dans le hall m'avertit qu'il était cinq heures. J'avais donc dormi à peu près douze heures.

On n'entendait pas un seul bruit dans toute la maison ; le salon, au premier étage, était plein d'un désordre aussi lamentable que la nuit précédente, et il était vide. Il me vint à l'esprit que le brouhaha au-dehors était peut-être dû à Alonzo Cripps et à son équipe de cinéastes, mais, quand je sortis dans la cour, je vis que tout l'équipement avait été démonté et emporté. Il n'y avait plus à la place qu'un tas énorme de valises, cannes de golf et autres bagages tout prêts pour le départ. Un vieil Italien, l'air miteux, montait la garde près du tas. Quand je passai, il souleva sa casquette et murmura quelque chose de triste et d'inintelligible. C'était le seul signe de vie, à l'exception de l'hirondelle prisonnière que j'avais vue, la nuit d'avant, évoluer entre les colonnes cannelées, descendre, remonter et qui, dans son désir de fuir vers le soleil inaccessible, battait encore des ailes contre la verrière du plafond. En haut de l'escalier que j'avais monté — tant de jours auparavant, me semblait-il — la porte de Mason était entrouverte sous sa frise de nymphes défraîchies. Personne n'entrait ni ne sortait : le silence était terrifiant.

Une fois dehors, je regardai, les yeux mi-clos, la rue déserte. La lumière était encore vive, l'air chaud, mais tempéré par la brise de mer. Les boutiques, sur le trottoir d'en face, étaient fermées, barricadées. Pas une âme en vue. Je restai là, debout, pendant longtemps. Puis j'entendis un cri de femme, aigu, douloureux, pitoyable. Je me retournai, et je vis la femme descendre la rue en courant, se diriger vers moi. C'était une vieille à cheveux blancs, à amples jupes noires, qui psalmodiait son chagrin à tue-tête. Penchée, elle passa près de moi, son vieux visage tout inondé de larmes — « *Disonorata ! A sangue freddo !* » — l'entendis-je bredouiller. Relevant autour de ses chevilles ses jupes noires, turbulentes, et sans interrompre ses lamentations de pleureuse, toujours miraculeusement inclinée comme une sorcière sur son balai, elle tourna au coin de la rue, avant de disparaître dans un tourbillon de poussière. Soudain, je m'aperçus que, par suite de mon torticolis, j'avais penché la tête de côté, ce qui expliquait pourquoi la femme, la rue, le ciel, tout me paraissait de travers. Je redressai le cou douloureusement et suivis la femme du regard, attendant stupidement une explication quelconque. Mais la rue restait comme avant, déserte et silencieuse, d'une blancheur de chaux sous le soleil tyrrhénien, aussi fermée, aussi verrouillée que si la ville se trouvait de nouveau assiégée par les Sarrasins. Violée, comme l'avait dit la femme, de sang-froid.

Ne sachant que penser, je remontai la rue jusqu'à l'hôtel. Il y avait là-haut une sorte de restaurant-terrasse où je savais que je pourrais avoir une orange, un sandwich et un pot de café. Mais, dans les jardins à l'entrée de l'hôtel, il n'y avait personne — uniquement un gros chat à queue courte, qui, tenant une souris dans la gueule, me regarda discrètement et disparut sous une touffe de camélias. La terrasse également était déserte. Me sentant désarmé, sinistrement abandonné, je me rendis, à travers une foule de chaises inoccupées et de nappes blanches, jusqu'au bord de la terrasse d'où je pus regarder le panorama si vanté. La journée était magnifique : la mer, d'une transparence diaphane, semblait permettre à l'œil de scruter les limites extrêmes de ses fraîches profondeurs bleues. Tout autour, les bosses vertes des montagnes avaient la lumineuse qualité à trois dimensions des clichés stéréoscopiques. Il me semblait qu'en forçant un peu ma vision j'aurais pu apercevoir l'Afrique. Et cependant, je ne cessais de me demander pourquoi tout était si absurdement, si totalement tranquille. Très loin, tout en bas, au bord de la mer, j'observai un camion, de la taille d'un pois, qui s'engageait sur la route en lacets au flanc de la montagne. J'aurais dû entendre le halètement de son moteur et pourtant je n'entendais rien. Le son semblait avoir été drainé de tout le monde visible, comme d'un récipient. J'attendis près de dix minutes que quelqu'un vînt prendre ma commande, mais je ne vis personne. Enfin, ayant fini par me douter que quelque chose de très sérieux avait dû se passer, je m'apprêtais à me lever pour partir quand j'aperçus, venant vers moi dans le jardin, une silhouette très agitée dont l'allure tenait du pas de promenade rapide et du trot. « *Non c'è thervizio oggi* », cria-t-il. Je vis alors que c'était mon ancien *padrone,* Fausto Windgasser. « On ne sert pas auzourd'hui ! » zézaya-t-il en anglais. Puis, m'ayant reconnu, il arriva au galop, s'arrêta et me salua de gestes frénétiques choisis parmi sa collection. Je me levai, m'acheminai vers lui, sentant déjà la contagion de son hystérie et un pressentiment affreux. « Qu'est-il arrivé ? » dis-je quand je fus près de lui.

Le fringant petit homme avait presque l'écume aux lèvres : ses yeux semblaient vitreux et les cheveux d'argent, sur son crâne presque chauve, s'étaient dressés tout droits comme les poils d'un animal traqué, terrifié, et la brise les agitait. « Oui, c'est vous, Mr. Leverett ! Heureusement que vous aviez quitté l'hôtel ! Heureusement que vous partez ! » Ayant perdu toute sa suavité, il me saisit violemment par le bras. « *Quelle horreur,* dit-il, se trompant de langue. *Quelle tragédie,* mon Dieu, mon Dieu, a-t-on idée d'une chose pareille ! » Comme s'il sentait ce qui, sans doute, était un étrange chatouillement sur le crâne, il me lâcha le bras, sortit un peigne d'argent de sa poche et commença à le passer dans sa chevelure. Il avait les yeux pleins de larmes, sa lèvre inférieure pendait, tremblante. Je m'attendais à ce qu'il tombât dans mes bras.

« Mais, pour l'amour de Dieu, qu'est-il arrivé ? » demandai-je. Je commençais moi-même à bafouiller. Windgasser dégageait un tel sentiment d'horreur que je sentais mes forces m'abandonner, mon sang se retirer. Pendant une seconde, je crus stupidement qu'une nouvelle guerre mondiale venait de commencer. « J'ai dormi toute la journée, dis-je, dites-moi ce qui est arrivé. Je ne sais rien.

— Vous ne savez rien ? dit-il, sans me croire. Vous ne savez rien, Mr. Leverett ? Vous ne savez pas la dévastation de cette ville ? Nous sommes ruinés ! La ville est positivement en cendres ! Après cette affaire, il n'y aura plus de tourisme à Sambuco pendant dix... non, mon Dieu, pendant vingt ans. Quelle horrible trazédie, grand Dieu ! Une trazédie grecque, ze vous le dis, mais en bien pire !

— Bon, mais dites-moi !

— Une zeune fille, une zeune paysanne, dit-il d'un ton éploré et en baissant la voix, une zeune paysanne de la vallée. On croit qu'elle ne passera pas la zournée. » Un gros sanglot lui secoua la poitrine. « C'est le premier acte de violence *mortel* dans cette ville depuis le siècle dernier. Avant que mon propre père...

— Continuez ! ordonnai-je.

— Z'hésite, mon Dieu, parce que... » Il pleurait maintenant. Il n'était plus qu'un petit homme larmoyant, tourné en eau, une espèce de masse liquide. « Parce que, c'est si trazique, ze vous l'assure ! Mr. Flagg...

— Qu'est-ce qu'il vient faire là-dedans, nom de Dieu ?

— Oh ! Mr. Leverett », sanglota-t-il non sans un certain flair pour d'instinctifs effets dramatiques. Je retrouvais dans sa voix les échos de cette étrange bibliothèque de l'hôtel, composée d'ouvrages défunts pleins de gestes grandiloquents, de dictions enfiévrées — Mrs. Humphry Ward et Bulwer-Lytton, et *Lorna Doone* et autres chroniques tissues de pâmoisons, d'invraisemblances, que de vieilles Anglaises somnolentes avaient oubliées en partant — qui, je suppose, étaient les seuls livres qu'il eût jamais lus. « Oh, Mr. Leverett, Mr. Flagg est mort. Il repose encore au fond du précipice au bas de la villa Cardassi, où on dit qu'il s'est zeté, pris de remords pour... pour l'acte qu'il a commis. »

Je fus longtemps sans me rendre compte de ce que Windgasser essayait de me faire entendre. Qui était donc ce petit homme ridicule, pleurnichard, qui peignait ses cheveux dérangés par le vent? Fais-lui répéter, me soufflait mon esprit, tu as dû mal comprendre. Je le saisis par le bras.

« Oui, c'est comme ze vous le dis, reprit-il avec un sanglot. Mr. Flagg est sous la villa Cardassi. Mort, mort, mort. » Il se moucha. « Et c'était un homme si bon, si convenable, si zénéreux. C'est à n'y pas croire. Un cœur d'or, si courtois, si... *opulent...* »

Je ne voulus pas en entendre davantage. Je me séparai de lui, traversai le jardin et me retrouvai dans la rue. Ne sachant de quel côté me diriger, je pris le parti de descendre vers la place. Bientôt je hâtai le pas et finis par courir, glissant, butant contre les pavés. Dans ma course, je voyais des gens groupés devant les portes ouvertes. Certains ne disaient rien, d'autres gesticulaient avec animation, tous semblaient ahuris, les yeux écarquillés. Je galopais dans le vent chaud et lumineux. Je faillis renverser un garçon à bicyclette, évitai de justesse une chèvre errante, dans une fuite de rêve à travers un espace vide formant une voûte au-dessus d'une demi-douzaine de marches de pierre, échelonnées à pic. Je débouchai sur la place dans mon costume de coutil flottant au vent et me trouvai au milieu d'une foule bourdonnante. Tout le monde était là, semblait-il. Gens de la ville, touristes, paysans, policiers, vedettes. Ils causaient gravement, en groupes de quatre, cinq, six — les habitants au milieu de la place, les touristes, hérissés de Kodaks, en groupes disgracieux tout près des autocars et contre la fontaine. Les gens de cinéma aux tables des cafés, buvant d'un air sombre. Un peloton de *carabinieri* arriva en camion sur la droite, dans un decrescendo de sirène, égaillant un troupeau d'oies aux dandinements obèses. A l'exception de deux ou trois détails anachroniques, la piazza encombrée aurait pu servir de décor à *Il Trovatore*. Au-dessus de la foule compacte un murmure de conversation flottait comme un nuage noir — spéculatif, lugubre, ponctué de rires nerveux qui frisaient l'hystérie. Et comme je restais là, debout, essayant de reprendre mes esprits, j'entendis une cloche d'église qui entamait un requiem discordant, très haut dans l'air où les pigeons tournoyaient, ivres de vent et de soleil — musique qui n'était pas plus mélodieuse que des casseroles tombant les unes sur les autres, et néanmoins plaintive et lourde de douleur. DIG ! DING ! DONG !

— *Che rovina !* dit une voix à mon côté. C'était le vieux Giorgio, le valet de chambre. Emmitouflé dans une vareuse de la marine américaine, bien que le temps fût humide et chaud, il regardait dans l'espace avec ses yeux bleus déteints, et tirait sur les plis de son cou d'un air misérable.

— C'est vrai, Giorgio ? dis-je. Est-ce que Signor Flagg est vraiment ?...

— *Si Signore,* dit-il distraitement, le regard perdu dans le vide. Il est vraiment mort. De sa propre main.

LACRIME ! chantaient les cloches.

— Que s'est-il passé, qu'a-t-il fait, où pourrai-je le voir ? dis-je d'un trait.

Le vieillard paraissait drogué. Il tirait la peau de son cou, sans voir, reniflait, souffrait en silence. « Celui qui vit par la violence périra par la violence », murmura-t-il sentencieusement. Puis il se tut, empêtré dans son infortune. « Qu'un être humain d'une telle beauté, d'une telle gentillesse, puisse en venir à une fin si triste, dit-il enfin, c'est bien la plus grande tragédie du monde. » Il me fallut un moment pour comprendre alors que ce n'était pas sur Mason que ses pensées se concentraient, que ce n'était pas de lui qu'il parlait, mais de la jeune fille violée et qui allait mourir. Sous le dais des cloches brimbalantes, je m'écartai de Giorgio et, me frayant un chemin à travers la foule, je m'acheminai vers le côté de la place. Là, entre deux maisons, s'ouvrait une ruelle pleine d'ombre vers laquelle galopaient, les *carabinieri* récemment arrivés. Ils étaient armés jusqu'aux dents et, fronçant des sourcils noirs, ils se mirent à foncer dans la foule des paysans lourdauds, à grand renfort de jurons qu'ils lançaient comme de clairs faisceaux lumineux, tout en utilisant leurs coudes comme des pistons. Pendant quelques minutes, je restai tremblant, frémissant, puis je m'élançai à travers la foule des paysans, jurant aussi, et me précipitai dans la ruelle aux trousses des gendarmes. Au bout de quelques mètres la ruelle se transformait en une petite rue pavée, puis la rue en un labyrinthe serpentant entre des rangées de maisons humides, désertes, et, finalement, le labyrinthe devenait un sentier bordé d'un muret en pierres qui, partant du centre de la ville, escaladait le flanc vertigineux d'un précipice si droit, si uni, qu'aucune végétation n'y poussait — pas même une mousse, un lichen ; on aurait dit une falaise dans le plus lointain des pays nordiques. Je longeai ce sentier à la remorque des carabiniers dont j'entendais devant moi les pas lourds, la marche pénible. Des gens descendaient — spectateurs, présumai-je, des suites de la tragédie ; c'étaient des habitants de la région, des paysans dépenaillés de la vallée, des chiens, l'oreille basse, et même deux touristes allemands, un gros couple bouffi, armés d'alpenstocks et coiffés de chapeaux bavarois verts. Ils me frôlèrent avec une étrange expression de contentement et laissèrent derrière eux un écho de petits gloussements, d'étranges petits rires charnus. J'avançais. Le jour tombant n'était qu'or et verts, un jour d'été vu à travers la vitre la plus limpide. Des lézards me précédaient sur le petit mur protecteur et, dans leur fuite iridescente, ils détachaient des fragments, de menus morceaux de pierres effritées. Des pentes vertigineuses s'élevaient, s'abaissaient de chaque côté de moi : j'étais au niveau d'un nuage dodu et floconneux, rose par-dessous et qui flottait sur la vallée comme de l'ouate en sucre filé. Derrière moi, dans la ville, la cloche sonnait toujours son glas funèbre. De la dernière demi-heure de cette ascension je ne me rappelle rien. Quelque part, pourtant, au cours du trajet, je rencontrai Dawn O'Donnell qui descendait par le sentier. Elle marchait, les genoux tremblants, et sa chevelure poil de carotte était penchée tragiquement sur un tampon de mouchoirs en papier. Le jeune homme aux cheveux en brosse l'accompagnait et, comme il passait près de moi, je pourrais jurer qu'il disait : « Ecoute, poupée, t'as pas bientôt fini de chiâler ? » Il me regarda, mais je n'oserais affirmer qu'il me vît.

A mi-chemin sur la côte escarpée qui menait au pied de la falaise, le sentier s'élargissait et aboutissait à une vaste corniche herbeuse large d'une centaine de mètres où un grand nombre de personnes étaient réunies : des villageois, d'autres touristes, d'autres chiens, et deux douzaines au moins d'agents de police. Héroïque, terrifiant, le rocher s'élevait de cette corniche jusqu'à la villa Cardassi. En me tordant le cou, je parvins à en apercevoir la toiture mauresque, très haut dans le soleil couchant, et les cèdres rabougris, inclinés par le vent, qui s'agrippaient aux murs de forteresse de la villa. La vue du précipice était intolérable. A quelque distance, tout au pied du rocher, on avait tendu une corde dont une extrémité était attachée à un pieu, à cent cinquante mètres plus loin. C'est contre cette corde que la plupart des badauds se pressaient, emplissant l'air de légers murmures morbides, de conjectures, de spéculations. Six *carabinieri* se tenaient de l'autre côté de la corde. Ils avaient un air solennel, important, et jetaient sur la foule les regards de mépris de leurs yeux saillants. L'un deux était l'ami de Cass, Luigi. Je m'avançai vers lui, à travers la foule moite, et lui fis signe du doigt. Il écarquilla ses yeux endormis en me reconnaissant. C'est alors qu'il se fit une brèche entre deux cous tendus, deux têtes luisantes de brillantine, et je pus enfin voir Mason. Mon cœur eut un grand élan de tristesse quand je vis, sous la couverture, la longue silhouette familière, entièrement recouverte, à l'exception du bout des jambes, des jambes blanches, pathétiques, qui sortaient gauchement, déchaussées et couvertes de mouches. Et, à cette vue, j'eus la pensée absurde que ces jambes, sans aucun doute, portaient encore une paire de shorts vert bouteille, au pli impeccable.

— *Buongiorno,* dis-je à Luigi.

— *Buongiorno.*

— *Come sta ?*

— *Bene, grazie, e lei ?*

Dans ma confusion, nos saluts avaient quelque chose de si ridicule que je me trouvai contraint de réprimer tout au fond de ma gorge un début de rire incongru. Je repris mon sang-froid ; « Je ne sais pas, dis-je, je crois que je deviens fou.

— Je comprends ça. *Via !* » Il rabroua deux gamins qui tâchaient de se faufiler devant lui. « Je comprends très bien. Vous étiez très lié avec cet homme, Mason, n'est-ce pas ?

— Oui, dis-je. Dites-moi, Luigi, qu'est-ce qui a bien pu se passer ? »

Il y a dans la mort, la violence, les catastrophes, quelque chose qui réveille chez tous les Italiens le pédant caché. De tous les détails dont je me souvienne au cours de cette journée infernale, le plus frappant est le fait qu'au cours de mes investigations en quête de la vérité, je finissais toujours par une collection d'aphorismes. « Qui sait, dit-il en me regardant gentiment de ses yeux aux lourdes paupières, qui sait toutes les choses terribles qui rôdent dans le cerveau d'un homme lorsqu'il tue ? Qui...

— Est-ce que je pourrais le voir, Luigi ? » interrompis-je. Le désir que j'éprouvais alors de voir Mason (la vue d'un mort, d'habitude, me cause une horreur anormale) restera toujours un mystère pour moi. Peut-être était-ce simplement afin de me prouver, dans ma stupéfaction incrédule, que c'était bien la dépouille mortelle de Mason qui gisait sous cette couverture, et non un Mason vivant, respirant, qui étendu, tout rose, allait me faire un clignement d'œil, avec un petit ricanement fou, artificiel jusqu'au bout.

« *E' vietato,* dit Luigi. Personne ne peut s'avancer jusqu'à ce que l'enquête soit terminée et le corps enlevé.

— Mais, je le connaissais, Luigi, suppliai-je. C'était... c'était... » Et la phrase calomniatrice tomba... « C'était mon meilleur ami. »

Luigi réfléchit un instant. J'eus l'impression que le fait que j'étais américain — malgré, ou peut-être même à cause de ses remarques de la nuit précédente — me donnait un certain prestige à ses yeux. « Très bien », finit-il par dire. Il traversa le carré d'herbe pour se rendre à l'endroit où reposait le corps. Deux hommes se trouvaient là, pensifs, sur la corniche. Un énorme sergent de *carabinieri*, avec des lunettes, une cigarette allumée collée aux lèvres, et un triple menton qui lui retombait sur le cou comme des fesses de bébé ; l'autre, mince, osseux, au regard perçant, vêtu d'une gabardine et coiffé d'un chapeau de feutre rabattu sur les yeux. Il mâchait de la gomme avec conviction et, sous son manteau légèrement renflé, on devinait un revolver selon la tradition des agents en civil dans les films comiques. Mais lui n'était pas comique. Un gamin, qui regardait de tous ses yeux auprès de moi, me dit que c'était l'*investigatore* de Salerne et tandis que Luigi lui parlait à l'oreille en faisant un signe vers moi, j'attendais humblement sa décision, sans douleur, sans regret, mais le cœur plein d'une désolation que je n'avais encore jamais ressentie.

« Ça va, dit Luigi en revenant vers moi. Vous pouvez aller parler à l'*investigatore.* » Il prononça ce mot en détachant méticuleusement les syllabes pour leur donner du relief et du poids. « Mais soyez bref, ajouta-t-il, l'*investigatore* a beaucoup à faire. A propos, avez-vous vu Cass ?

— Pas depuis cette nuit, répondis-je.

— C'est étrange, dit-il, l'air étonné. Je ne peux le trouver nulle part. Poppy et les enfants ont disparu aussi. »

Je me courbai pour passer sous la corde et me dirigeai vers l'*investigatore.* Il me toisait, levant les yeux de dessus son carnet, méfiant, glacial et sur ses gardes, véritable policier monastique, l'œil pieux et austère, mince, ascétique dans son attitude méprisante, la mâchoire travaillant ferme sur son morceau de gomme. Le sergent, véritable mastodonte auprès de lui, interceptait les rayons du soleil, projetant un rectangle obscur comme l'ombre d'une tente gigantesque sur le corps de Mason. Emu par ma peur atavique des flics, je m'approchai d'eux avec circonspection. « *Buongiorno,* dis-je.

— Vous connaissez cet homme ? dit l'inspecteur d'un ton péremptoire.

— Oui, dis-je. Oui, je le connais. Je désirerais le voir, si c'est possible.

— Il a déjà été identifié », répliqua-t-il sans souci de logique. Il n'y avait rien de dur, de discourtois dans sa remarque, mais nulle amabilité non plus. Il semblait plutôt avoir en lui, enfermée comme de la vapeur dans un récipient d'eau bouillante, une colère grandissante qu'il s'efforçait de réprimer. « Il a déjà été identifié, répéta-t-il, en me fixant de ses yeux froidement compétents. En quoi cet homme vous intéresse-t-il ?

— Je... je ne sais pas, répondis-je. C'est-à-dire... je ne comprends pas... »

La voix du mastodonte, derrière lui, monta comme un murmure de pipeau. Sortant de cet amas de chair, cette voix de lécheur de bottes avait quelque chose de flûté, des notes de canari — querelleuse, châtrée et sarcastique. « *Ascoltami !* Vous avez entendu l'*investigatore ?* En quoi cet homme vous intéresse-t-il ? Comment le connaissez-vous, ce Flog ?

— Silence, Parrinello », dit sèchement l'inspecteur. Il se retourna vers moi, l'air plus doux. « Je veux dire, signore, quels sont vos liens avec cet homme ? Est-ce un parent ? Un ami ?

— C'était un de mes amis. »

L'inspecteur me fixa de ses yeux glacés ; il n'y avait nulle hostilité dans son regard, envers moi tout au moins ; il y avait même dans son attitude une nuance de cordialité. Mais il ne faisait encore que son métier. Sans aucun doute il voyait en moi une source d'information et, pour cette raison, il ne voulait pas me troubler en laissant échapper sa colère qui bouillait en lui. Il changea sa gomme de côté, se racla la gorge et dit : « Alors, c'était votre ami ? Permettez-moi de vous poser une question signore. Est-ce que c'était un névropathe ? »

Nourri comme je l'avais été pendant toutes mes années d'école d'un brouet clair de psychologie, je suis tout aussi porté que les autres à attacher aux gens des étiquettes. Mais dans le cas de Mason, sans défense dans sa fin pitoyable, je ne savais que dire. « Euh... je regrette..., commençai-je... S'il l'était, c'était dû à... Non !

— Il y a longtemps que vous le connaissez ? dit-il. Remarquez bien, signore, que vous n'êtes nullement tenu de répondre à mes questions. Cependant, vous nous rendriez service en nous donnant toutes les informations que vous pouvez avoir sur ce... », et il abaissa ses regards sur Mason, les lèvres entrouvertes comme sur un mot déplaisant, « sur cet homme... là. Il y a longtemps que vous le connaissez ? »

Mes yeux se portèrent sur la silhouette enveloppée. Je pourrais dire qu'une odeur de mort planait sur toute cette scène, mais ce n'était pas vrai. Tout ce que je sentais, c'était moi-même, ma propre sueur. La mort n'existait que dans la vue, dans cette couverture qui servait de suaire au cadavre, affreusement immobile, dans ces jambes, dans ces pieds aux blancheurs de lait, et dans ces nuées de diaboliques insectes nécrophages dont la présence ailée, du moins en ce moment, semblait régler une fois pour toute la question d'une divinité aimante et bienfaisante : milliers de mouches voraces, se gorgeant cruellement dans une métaphysique à elles, essaim bourdonnant sous la couverture, sur les chevilles de Mason, et entre ses orteils où il allait fouiller des mystères secrets. Et je réfléchis pendant un instant ? Depuis combien de temps, en fait, connaissais-je Mason ? Et je me rendis compte que, si l'on s'en tenait à la définition du temps qui me donnerait le droit de le juger, je ne l'avais pas connu bien longtemps — deux rapides années d'enfance, plus une semaine, plus ces dernières heures fièvreuses — et néanmoins, j'avais l'impression de l'avoir connu toute ma vie. C'est ce que je finis par dire : « Je l'ai connu toute ma vie.

— Et il n'avait jamais donné de signe de ce qu'on pourrait appeler des psychoses ? dit l'inspecteur

— Pas à ma connaissance », dis-je. Je ne sais pas si à ce moment-là je lui mentais, et je n'en suis pas encore sûr, aujourd'hui. Mais il y avait une chose que je savais, c'est que Mason à qui, même dans le besoin le plus urgent, j'aurais tourné le dos quelques heures auparavant, était maintenant si désarmé que le moins que je pusse faire pour lui était de lui rester fidèle, ne serait-ce que par un dernier geste nostalgique. « Il n'avait aucune psychose, signore, aucune à ma connaissance. » Et brusquement, un souvenir — la réalisation que je ne lui avais même pas souhaité un bonsoir convenable — m'emplit d'un affreux chagrin.

L'inspecteur se maîtrisait toujours, mais il lui fallait faire un effort, et une expression d'énervement dominé crispait ses minces lèvres sèches. Il passa son carnet au sergent et se drapa d'un geste silencieux, mécontent, dans les plis de sa gabardine. (« Merci, mon capitaine, merci, merci », répétait le sergent.) Tout en bas, dans le village, j'entendis de nouveau les lamentations d'une vieille femme, lointaines, répercutées, noyées dans les sonneries d'un glas qui balayait toute la vallée comme une rafale. Un petit nuage obscurcit la lumière pendant quelques instants. L'herbe, autour de Mason, bruissait ; j'entendais le crissement des sauterelles. Le petit nuage passa, et le soleil inonda la vallée comme un bruit jaune, un roulement de tonnerre. L'inspecteur essuya la sueur de son front avec deux doigts osseux.

« Je ne peux pas vous le laisser voir, dit-il. Pour votre bien. Il est horriblement mutilé. Regardez là-haut. » D'un mouvement du cou, il me désigna la villa et le promontoire, très loin au-dessus de nous. « On ne peut pas tomber d'une hauteur pareille sans que les traits se... décomposent. *Inoltre...* » Il s'interrompit, me regardant avec des yeux où je lisais de l'amertume et du reproche.

« En outre quoi ?... dis-je.

— En outre, je ne vous crois pas quand vous me dites qu'il ne souffrait pas de psychoses. *Per prima cosa,* il est évident, quant à moi, qu'il s'est suicidé. Cela ne veut pas dire nécessairement qu'il ait été un névrosé, mais un acte semblable est toujours, pour le moins, l'indice d'un cerveau dérangé. *Secondo,* signore, je ne puis pas croire qu'un individu normal puisse commettre un acte de violence aussi insensé. C'est pourquoi c'est évidemment une charité qu'attribuer à cet homme des psychoses. Jamais, dans toute ma vie, je n'ai vu un viol aussi horrible. Jamais ! Signore, vous étiez son ami et je vous épargnerai... »

La petite voix efféminée du gros sergent se fit entendre : il avait le visage écarlate et son corps massif tremblait comme de la gelée. On eût dit que toute cette montagne hermaphrodite allait s'écrouler sur moi. « Jamais dans toute votre vie ! Le cuir chevelu arraché du crâne, comme par les griffes d'un ours. Jamais dans toute votre vie ! Sale gangster d'Américain !...

— Ta gueule, Parrinello, ordonna l'inspecteur. Ferme ta grande gueule ! » Puis, se tournant vers moi, il dit dans un murmure sauvage : « Mais c'est vrai. Cet homme était un démon. » Ses sourcils se hérissaient près de moi, et son haleine sentait la menthe. « Un démon.

— Ce n'est pas vrai, dis-je. Ce n'était pas un démon. » Mais je ne savais pas. Ils semblaient parler d'un homme qui m'était totalement étranger. Sur ma conscience oblitérée, je sentais descendre comme un voile, une espèce d'incrédulité bénie, et j'entendais dans ma tête un bourdonnement que je pris pour le premier assaut de la folie.

MISERIA ! sonnaient les cloches du village. DOLORE !

Je ne rentrai au village qu'au crépuscule. Non, ce n'était pas le crépuscule, naturellement, mais cette illusion d'obscurité prématurée que donnait la chute du soleil derrière les hautes collines et qui permettait aux étoiles de briller dans l'après-midi et aux poulets, dans les cours des chaumières, de s'en aller, avec des gloussements mélancoliques, dormir dans les lavandes embrumées. Tout était devenu plus paisible à la tombée de cette fausse nuit. Des lumières brillaient aux fenêtres des maisons devant lesquelles je passais, et je sentais des odeurs de friture. Je perçus même de gros éclats de rire. Le premier choc semblait se dissiper, et maintenant, dans une rumeur de casseroles et de murmures prudents, les gens reprenaient leur vie habituelle. Au fond d'une ruelle sombre, une radio jouait à plein volume. C'était un vieux disque d'Artie Shaw, *Frenesi,* et j'en éprouvai un peu de nostalgie, rendue doublement pénible du fait que j'associais cet air avec mes années de Saint-Andrew's et, inévitablement, avec Mason. Et pourtant, chose curieuse, j'évitais de penser à Mason. Il n'y avait pas lieu de penser à toute cette affaire. Il était mort, voilà tout, et quant à moi, dans le fond de mon cœur, il aurait pu aussi bien être mort depuis vingt ans. Réconcilié avec ce fait, il m'était impossible de ressentir la moindre sensation de perte, de désolation. Malgré le choc initial, je ne souffrais pas, et mes yeux étaient aussi secs que des billes. Ce fut à la mort d'un autre que je pensai pendant quelques instants, lorsqu'en approchant des portes de la ville j'aperçus les restes de mon Austin, respectés par les chercheurs de pièces de rechange, autant que j'en pus juger, mais devenus le perchoir, moucheté de blanc, d'un vol de pigeons. Indifférent à ma voiture, je passai, mais il m'avait suffi de la voir pour songer à di Lieto : je l'évoquai alternativement entouré de bandages, muet, impuissant sur son lit d'hôpital, du plasma coulant dans ses veines, mais également dans sa salopette de coutil, boitillant dans une demi-cécité devant les portes éternelles, ses pauvres lettres de créances à la main. Mais je chassai également di Lieto de mes pensées. Ce que je désirais par-dessus tout, c'était m'éloigner de Sambuco et il me vint une dernière idée, démoralisante entre toutes — et rendue plus importune encore par un reste obsédant de sentiment de devoir envers Mason : je devrais me charger de tous les arrangements concernant sa dépouille.

J'arrivai sur la place. Les habitants y circulaient toujours, mais ils étaient moins nombreux et ne semblaient plus si pétrifiés, si effrayés. Mon angoisse diminuant, je me détendis quelque peu et fut pris de l'envie de manger. Je m'assis à la table d'un café et commandai un sandwich. Mais le garçon, un jeune homme onctueux, guindé, à mâchoire à la Mussolini, me parut si brusque, si peu cordial, que je me limitai à une rapide tasse de café et me levai. J'entendis des murmures sur mon passage. Je me rendis compte, pour la première fois, que, dans une si petite ville, on me considérait tout naturellement comme un complice de Mason. Je me sentis extrêmement embarrassé lorsqu'il me fallut traverser la place en espadrilles, sous tant de regards hostiles. Des cloches de damnation et de douleur frappèrent mes oreilles lorsque je passai devant le portail de l'église et remontai la rue jusqu'à la villa. Les gens s'écartaient sur mon passage en marmonnant, comme si j'avais la lèpre, et j'entendis quelqu'un siffler dans l'ombre : « *Orco !* » « Ogre ! »

En haut de la côte, les portes de chêne de la villa étaient ouvertes, et en face, dans la rue, des camions, des voitures, passaient en lente procession. On respirait partout un air de déménagement précipité. Un groupe de terrassiers du pays chargeait l'équipement dans les camions. On entendait des cris, des jurons, des menaces. Des monceaux de bagages sortaient de la villa, transmis par une chaîne de mains ; une camionnette Chrysler lâcha quelques ratés, enveloppant d'un nuage bleuâtre la scène crépusculaire. Au milieu de ce brouhaha j'aperçus un des Italiens que j'avais vus la nuit précédente en sous-vêtements : habillé maintenant d'un costume rayé, les yeux abrités derrière des lunettes noires, il hurlait des ordres, juché à l'arrière d'un camion. Puis, comme je m'approchais, je commençai à distinguer dans la pénombre des silhouettes familières : Dawn O'Donnell et Alice Adair, cramponnées mélancoliquement à des cartons à chapeau ; Billy Raymond, engagé dans ce qui ressemblait à une conversation désespérée avec Morton Baer ; et enfin Carleton Burns qui sortit de la villa, le teint verdâtre, l'air malade. Il jeta un regard incertain sur le ciel, puis, un sac de cannes de golf sur son épaule et une paire de tam-tams dans les bras, il se dirigea du pas hésitant d'un somnambule vers une Cadillac qui l'attendait. Je fus plusieurs minutes avant de pouvoir entrer dans la villa. M'y étant enfin faufilé et jouant des coudes, je me frayai un passage dans la foule où je faillis me heurter à Rosemarie de Laframboise qui sortait juste à ce moment-là. Elle avait l'aspect de quelqu'un qui a pleuré interminablement pendant des heures. Ses joues étaient ravagées, enflammées, sans aucun maquillage, ce qui faisait ressortir la meurtrissure livide de son œil, témoignage de l'ardeur affectueuse de Mason. Elle trébuchait en marchant. Une étole en vison enveloppait ses belles épaules pâles, et de rauques sanglots tourmentés soulevaient sa puissante poitrine. Maggie, la jolie fille à lunettes qui avait eu à endurer les insultes de Carleton Burns, la soutenait par un coude. Je mis ma main sur celle de Rosemarie. Son chagrin m'affectait profondément, sincèrement, et je ne savais que lui dire. « Je suis... je suis désolé, Rosemarie, commençai-je.

— Elle est encore sous l'effet du choc », me dit Maggie. Il y avait un reste de terreur dans sa voix où je perçus l'intonation de la Californie du Sud. « On l'a bourrée de calmants. La pauvre fille, vraiment...

— Oh, Peter, dit Rosemarie, les lèvres tremblantes. Oh Peter... » Puis elle se tut, les yeux hagards, la chair de poule ridant ses bras de marbre, incapable d'en dire davantage.

« Mon Dieu, fis-je, mon Dieu, Rosemarie, je... je ne sais que vous dire. » Rien ne me rend plus bête que le deuil ; je cherchais vainement les mots qu'il m'aurait fallu prononcer.

« C'est tellement... tellement impossible », finit-elle par articuler. Ses yeux s'ouvrirent soudain si grands, éclairèrent son visage, pendant quelques secondes, d'une lueur d'étonnement, d'incrédulité si intense, qu'elle sembla être au bord de la folie. « Il ne peut pas avoir fait cela, Peter. Il ne peut pas. Il ne peut pas. Je le connais ! » Puis, debout, immobile, elle enfouit son visage dans ses mains et recommença à pleurer.

« Rosemarie », murmurai-je. Au toucher, sa peau semblait devenue comme une peau de crapaud, moite, glacée, et où le sang battait follement.

« Elle est encore sous l'effet du choc, répéta Maggie. Alonzo veut qu'elle aille à Rome le plus vite possible.

— Où est-il, Alonzo ? dis-je.

— Il est allé à Naples voir le consul américain ou quelqu'un comme ça pour... pour... enfin vous savez, les dispositions...

— Est-ce qu'il va revenir ? » dis-je. Cripps, à mon avis, était le seul qui pût mettre un peu d'ordre dans ce tohu-bohu.

« Là, mon chou, disait Maggie à Rosemarie en lui tapotant le dos. Ne pleure donc pas comme ça, voyons. Tout ça va s'arranger. » Elle me jeta un regard. « Non. Tout le monde s'en va. Sol Kirschorn a appris tout de suite ce qui s'était passé, et il a télégraphié de Rome. J'ai vu le télégramme. Il disait : « Quittez la ville *subito.* Je répète *subito.* » Je crois qu'il avait peur d'être mêlé à cette histoire. Voyons, mon petit chou, tout va s'arranger, tu verras. Allons viens, sortons et montons dans l'auto. »

Rosemarie leva la tête. Ses lèvres remuaient sans prononcer un son et elle me regarda. Pendant un instant, j'eus une affreuse vision de son chagrin ; son œil meurtri à lui seul prouvait sa loyauté envers Mason, bien au-delà du souvenir de ses méfaits, ses raclées, ses ecchymoses, et ses infidélités. Je n'aurais pas su dire quel aspect de lui elle pleurait. Sur quoi l'amante d'un tel homme peut-elle faire reposer son deuil ? Mais, comme je l'ai dit, j'eus une vision triste et rapide et je devinai qu'elle pleurait sans doute les nuits où ils faisaient l'amour, ou quand elle murmurait « muffin » à sa tête endormie, les cheveux en désordre, ou les matins quand, dans la première fièvre de l'amour, il lui apparaissait comme un fier chevalier, non seulement riche, mais tendre aussi, vivant, et tout frémissant de promesses. Elle porta la main à ses cheveux d'un geste brusque ; ses tresses se déplacèrent, laissant tomber une pluie d'épingles qui se répandirent sur le sol. « Peter, dit-elle d'une voix implorante, il n'a pas pu faire ces choses-là, je le sais. Il n'a que...

— Viens, mon petit chou », dit Maggie.

La main de Rosemarie reposait glacée sur la mienne. Elle essaya de forcer sa bouche à dire quelques mots, mais ses lèvres remuaient en silence et, avec un grand frisson, elle se tourna et marcha — ou plutôt se traîna, tellement elle avançait avec difficulté — sur les carreaux dans la direction de la porte. Je la regardai s'éloigner : une brave fille, me semblait-elle, martyrisée par Mason jusque dans ce chagrin monumental, une bonne fille qui laissait un sillage d'épingles tomber de l'or de sa coiffure défaite et tenait gauchement sous le bras un numéro froissé du *New Yorker*.

« Si vous voulez savoir mon opinion », murmura confidentiellement Maggie au moment où elle s'apprêtait à la suivre, « le salaud n'a que ce qu'il mérite. Ce devait être un monstre. On dit que la pauvre fille n'avait pas un os de son corps qui ne fût brisé. »

Je m'attardai suffisamment dehors pour voir partir toute la troupe des cinéastes. Leur fuite fut hâtive, affolée. Un régiment contraint à une brusque retraite n'aurait jamais pu effectuer un départ plus rapide. Dans un vacarme de fourgons, camions, camionnettes, scooters, Fiat, Alfa Romeo et Buick décapotables, ils passèrent devant la villa comme une caravane de réfugiés fuyant quelque désastre. Je me rappelle avoir regretté un instant de ne pas revoir Cripps. Un autocar plein de techniciens précédait la dernière voiture, une décapotable, où se trouvaient Gloria Mangiamele, riant toujours de quelque chose, et Carleton Burns dont le visage canin était renversé en arrière afin d'ingurgiter une lampée formidable qu'il laissait tomber d'une bouteille de scotch. Aucun d'entre eux ne se sentait touché le moins du monde par cette tragédie.

Et c'était évident car, en moins d'une minute, ils avaient disparu, laissant la rue, avec ses lucioles et ses chauves-souris capricieuses, aussi tranquille, aussi sereine qu'elle l'avait été mille ans auparavant, sous le règne du bon roi Roger de Sicile.

A la fin de cette journée-là, je retournai chez les Kinsolving. Dieu sait pour quel obscur motif je fermai derrière moi les lourdes portes de bois. Peut-être pour ne plus entendre le glas continu et lointain, peut-être pour m'isoler, même temporairement, de la ville elle-même, écrasée sous son fardeau fait de tristesse, d'effroi et de menaces. La cour était déserte, silencieuse, jonchée de papier, de cartons, de vestiges de fuite. Machinalement, mes yeux fouillèrent le plafond. Très haut dans l'air, l'oiseau emprisonné cherchait toujours à s'échapper par la fleur de lys en verre noyé de lune ; mais, maintenant, ses ailes battaient moins follement, se fatiguaient, et bientôt il se laisserait choir sur ces carreaux brisés et profanés, pour y mourir. Son angoisse, qui m'avait précédemment ému, me laissait maintenant dans une indifférence totale. Je me sentais aussi vide d'émotion que si on avait enlevé à mes os et à mes tissus toute force et toute volonté. J'étais aussi frêle, aussi flexible qu'un roseau vert sous l'eau courante. J'entendis des bruits de pas au-dessus de ma tête. Est-ce exact que je m'attendais à voir apparaître Mason sur le balcon, agitant vers moi ses grands bras, avec un « Petesy » grondeur sur les lèvres, m'invitant à monter prendre un verre avec lui ? En fait, pendant un court instant d'aberration, je crus vraiment que c'était lui — ils étaient de la même taille — mais ce n'était qu'un ouvrier du pays, un des mignons de Fausto, qui sortit par la porte de Mason et vida le contenu d'une boîte de détritus, avec un ridicule mais instinctif « *Prego* » tout en me regardant, une moue de dédain sur les lèvres.

Je franchis la porte verte où, sous la lueur pâle d'une lampe unique, l'atelier de Cass m'apparut, intact et silencieux dans son désordre crasseux. Rien ne bougeait. Il n'y avait personne. Aucun changement depuis la nuit dernière : du linge moite sur une corde, le chevalet avec sa poupée pendue, des journaux comiques éparpillés, des mégots, des bouteilles, tout était encore à sa place dans ce fouillis sordide. L'odeur de la pièce était plus pénétrante, plus faisandée encore. Lorsque j'allumai la lampe du plafond, trois grosses souris sautèrent de la table et, comme des balles de fusil duvetées, faisant chacune sa petite détonation en heurtant le plancher, s'en furent cacher derrière le lambris. Mais rien ne put décourager ma faim. Me rappelant avoir vu quelque part une pièce qui ressemblait à une cuisine, j'allai inspecter l'étage supérieur, me cognant les jambes et allumant des allumettes tout en marchant. Finalement, j'aperçus une vieille glacière dans le vestibule et je l'ouvris. La glace avait fondu depuis longtemps, l'intérieur était chaud, humide, et dégageait une odeur aigre. Sur les plateaux sales et gluants je ne trouvai qu'une bouteille de coca-cola, un flacon d'une solution de vitamines pour enfants et un morceau de fromage desséché. Je fis tomber quelques gouttes de vitamines dans le coca-cola, pris le fromage et emportai le tout dans l'atelier. Là, je dénichai une demi-miche de pain ; il était dur comme de la pierre, mais je le mangeai néanmoins, plongé dans un état inconsistant d'inertie et d'indifférence. Je restai longtemps ainsi, me demandant ce que j'allais bien pouvoir faire après ça.

Enfin — il faisait nuit noire maintenant, car il devait être près de neuf heures, — j'entendis des voix en bas, dans le jardin, au-delà de la piscine. Très loin d'abord, on aurait dit les voix perçantes de femmes en colère, mais, en se rapprochant, les notes élevées comme des voix enfantines. J'entendis des pas trébuchants sur les allées pavées du jardin, des froissements de buissons, une bousculade de pieds et des claquements de portes. Puis ce furent, dans l'escalier, des appels stridents en anglais, en italien, des pas qui montaient et, finalement, en bruyante bousculade sur le palier du vestibule, les enfants firent irruption dans l'atelier, comme le font partout les enfants pendant les nuits d'été — à bout de souffle, le front moite, grattant leurs piqûres de moustiques. Poppy les suivait avec peine, son bébé dans les bras, le plus jeune des garçons qui dormait du sommeil du juste, indifférent à ce vacarme.

« Peggy, ordonna Poppy sévèrement, Timothy, Felicia, tout le monde au lit! Et pas de protestation, s'il vous plaît! » Je me levai et toussai. « Oh, Mr. Leverett, c'est vous! » s'écria-t-elle. Ses cheveux étaient couverts d'un foulards déteint. Elle avait l'air lasse, égarée, malheureuse. Son joli petit visage avait cette transparence fragile, qui, comme du papier tournesol, reflète toutes les émotions : le cerne que la fatique avait dessiné sous ses yeux ressemblait à des taches de suie. « Avez-vous vu Cass? » s'écria-t-elle, la bouche grande ouverte. Dans sa voix il y avait une supplication angoissée, une plainte, sans rien de faux ni de distingué. On aurait dit une petite fille de trois ans qui a perdu sa poupée. « L'avez-vous vu? Je l'ai cherché partout! Je ne l'ai pas vu depuis la nuit dernière! »

Un des enfants commença à hurler : « Maman, j' veux du *cioccolato!* » Un autre continua le cri. « *Cioccolato!* » Et, en une seconde, là même, sous mes yeux, un vacarme effroyable se déchaîna, tous, à l'exception de l'aînée des petites filles — assise, grave et cérémonieuse, — hurlant à tue-tête pour avoir du chocolat, tandis que le bébé, réveillé en sursaut dans les bras de Poppy et devenu brusquement écarlate, se mettait à gueuler. Les hurlements d'enfants m'ont toujours plongé dans un désespoir pur et simple. Je pris une cigarette et l'allumai, estompant le spectacle derrière un nuage de fumée.

« Assez, cria Poppy. En voilà assez ! Non mais, vraiment ! » Sa poitrine, ses épaules se soulevaient, et elle était sur le point de pleurer. « Taisez-vous, voyons, et tout de suite ! » implora-t-elle, comme les enfants se calmaient. Vous n'aurez pas de chocolat pour la bonne raison qu'il n'y en a pas. Il n'y en a pas, c'est simple. Je vous l'ai déjà dit. Et maintenant, allez au lit. » Et elle se mit à pleurer doucement tout en berçant le bébé dans ses bras. « Vous n'avez pas vu Cass ? » dit-elle en se tournant vers moi. A la façon dont elle me suppliait, je sentis qu'elle se figurait que je l'avais réellement vu.

« Non, je ne l'ai pas vu, dis-je. Puis-je...

— Vous avez appris ce qui s'est passé aujourd'hui ? dit-elle avec un regard craintif, effrayé. Est-ce que ça n'est pas horrible ? N'est-ce pas la chose la plus horrible du monde ?

— Qu'est-ce qui s'est passé, dis, maman ? » demanda Timothy. Il promenait sa main sur le pourtour d'une boîte de sardines vide et léchait les traînées vertes d'huile d'olive congelée qui lui collaient aux doigts. Il avait l'air si affamé que je ne pouvais pas le blâmer. « Dis-moi ce qui s'est passé, dis, maman, insista-t-il avec ingénuité.

— Moi, je sais ce qui s'est passé », dit Peggy, perchée, les jambes pendantes, sur une chaise. Elle prenait un air supérieur, un sourcil levé, les lèvres dédaigneuses. C'était une ravissante enfant, aux yeux brillants et à chevelure d'or, éblouissante. « Le vieux vilain Flagg a sauté...

— *Taci*, ordonna Poppy, pas un mot, Peggy Kinsolving. Rien que pour cela, vous allez tous aller vous coucher, immédiatement, c'est compris. Allez, descendez tout de suite ! » D'un doigt prudent elle vérifia l'état des langes du bébé. « Oh, mon Dieu, il en a encore plein sa culotte. Et je venais juste de te changer ! dit-elle tendrement au bébé. Et voilà que tu recommences, Nicky. Petit polisson. » Elle écrasa son nez sur celui de l'enfant, babillant, toute souriante et agitée. Sa voix était une brève, une douce chanson de plaisir. « Oui, tu as recommencé, et je venais juste de te changer », roucoula-t-elle en s'essuyant le doigt à sa robe. Toute sa détresse s'était noyée dans la fontaine de l'amour maternel. Puis, brusquement, elle rallia les autres enfants et, portant le bébé qui me regardait par-dessus son épaule avec des yeux somnolents dans ses petites joues roses, elle conduisit toute sa marmaille à l'étage inférieur, chantant doucement comme si rien ne l'avait jamais inquiétée.

Quand elle revint, dix minutes plus tard, elle semblait aussi bouleversée, aussi troublée qu'auparavant. De petits spasmes l'agitaient tandis qu'elle parlait, marchant de long en large dans la chambre. « Tout d'abord, je ne pouvais pas le croire, quand je me suis levée ce matin, non, vraiment, je ne pouvais pas en croire mes oreilles. Mais c'était vrai. Tout était si drôle quand je me suis levée. Et vous, Mr. Leverett, vous étiez là...

— Appelez-moi Peter, dis-je. Qu'est-ce que vous voulez dire ?

— Vous n'avez donc pas écouté ? Je vous avais pris pour Cass. Il dort ici quelquefois quand il veille tard et qu'il ne veut pas me réveiller. Je vous ai secoué et vous vous êtes retourné en grognant. Je vous assure que j'ai été surprise, ça, je peux le dire ! » Elle se tut, tordant un mouchoir humide dans ses poings. « Naturellement, nous sommes enchantés de vous avoir avec nous, ajouta-t-elle poliment.

— Où tout cela est-il arrivé ? demandai-je.

— Tout quoi ?... Oh !... » Elle rougit, et son visage prit un air douloureux. « Mon Dieu, c'est si affreux. Et personne ne pouvait rien me dire. Heureusement que j'ai rencontré Mr. Alonzo Cripps au moment où il partait, alors lui m'a dit que ça s'était passé sur le chemin de Tramonti, juste à la sortie de la ville. Il y a deux sentiers, un en haut et un en bas, et je crois qu'il m'a dit que ça s'était passé sur le sentier du haut... ou peut-être sur celui du bas. Enfin, peu importe, ce sont des paysans qui l'ont trouvée ce matin sur ce sentier. Ils ont relevé la pauvre malheureuse et l'ont portée dans une maison à l'intérieur du mur d'enceinte. » Sa voix se brisa et elle fut agitée d'un frisson, et deux larmes coulèrent sur ses joues. « Oh c'est si affreux ! Mon Dieu, mon Dieu, on se croirait revenu au Moyen Age, autant dire. Tout cela, Mason et tout. C'était un homme cruel, mauvais, tout ce que vous voudrez, et il a persécuté Cass, il a profité de sa condition pour... enfin tout, mais quand même Mr... Peter... c'est vraiment trop difficile à croire une chose pareille. Il a dû devenir fou. » Et brusquement elle s'effondra et sanglota dans son petit mouchoir, désespérément, éperdument.

« Et la jeune fille, comment est-elle, Poppy ? dis-je. Francesca. Comment va-t-elle ? Savez-vous ?

— Elle est mourante, dit-elle en sanglotant toujours. C'est ce que tout le monde dit dans la rue. Oh, si seulement je pouvais trouver Cass ! » Elle portait maintenant un pantalon en toile bleue et un bracelet d'or jaune au poignet ; frêle, sans hanches, avec ses chaussettes tombantes et une traînée de graisse sur la joue, elle ressemblait à une jolie petite fille de dix ans qui, tombée de sa bicyclette, ruminerait son humiliation. Mon cœur débordait de sympathie pour elle. Je regardai autour de moi le désordre croissant de la chambre dont, je suppose, elle essayait de s'accommoder. Le fait qu'elle avait été mère quatre fois me touchait, m'inspirait autant de respect que d'étonnement. Je mis ma main sur son épaule. « Ne vous en faites pas, Poppy, dis-je, il reviendra bientôt. »

Elle releva son visage noyé de larmes. « Mais où peut-il bien être ? s'écria-t-elle. Je l'ai cherché partout. Sur la place, à la villa Constanza, au marché. Partout ! Jamais il n'est parti comme ça ! Jamais ! Oh... » Son visage s'éclaira soudain, inspiré. « Oh oui, j'oubliais, je sais où il peut être. Il est peut-être allé à Salerne avec Luigi. Ils partaient souvent...

— J'ai vu Luigi. Il m'a dit qu'il ne savait pas où était Cass, fus-je contraint de lui dire.

— Oh, mon Dieu, murmura-t-elle, les traits défaits, l'air effrayé, désespéré. Ecoutez, Peter, je suis sûre qu'il est mêlé à cette affaire.

— Comment cela ? »

Elle était pâle comme la mort. Elle se leva, et j'aurais juré que ses dents claquaient. « Oh, je voudrais pouvoir vous le dire. Il est si malade, si... C'est un alcoolique, comme vous savez, et il a un ulcère, et il ne faudrait pas qu'il boive, et puis il a eu des vertiges. Ce que je veux dire, c'est que...

— Oui, que voulez-vous dire, Poppy ? insistai-je. Comment peut-il être mêlé à tout cela...

— Je ne sais pas, dit-elle brusquement, tout en larmes. Ou plutôt si, je sais ! » Elle s'était approchée du mur et en avait décroché un imperméable jaune (il ne pleuvait pas) trois fois trop grand pour elle et dans lequel elle s'enveloppa. « Les femmes ont des pressentiments, c'est tout. Je connais Cass, continua-t-elle, les lèvres tremblantes. Ça a dû être un choc terrible pour lui qui connaissait Mason et qui connaissait Francesca puisqu'elle travaillait pour nous. Alors, moi qui connais Cass, je suis sûre qu'il s'est soûlé à en devenir fou, et qu'il est allé dire des choses horribles, insultantes, aux *carabinieri* sur leur façon de s'occuper de l'affaire. Alors on l'a mis en prison. Il déteste ce sergent Parrinello ! Ah ! dit-elle, frappant du pied, en ajustant son foulard, il est tellement irresponsable, ce Cass Kinsolving. Peut-être, ajouta-t-elle, séchant ses larmes et me regardant d'un air hautain, exaspéré, peut-être vaudrait-il mieux le confier aux Alcoholics Anonymous, ou à une institution... » Elle se dirigea vers la porte. « Si les enfants crient ou s'il arrive quelque chose, je serai de retour dans *venti minuti.* Je vais descendre voir si je peux sortir Cass de prison. Si vous avez faim, si vous avez besoin de quelque chose, cherchez dans la glacière. *Ciao !* » Et, de toute sa tendre force, elle fit claquer la porte derrière elle. La rapidité avec laquelle elle développait ses étranges raisonnements, les motifs de ses actions, me laissaient éberlué, paralysé. Il me vint soudain à l'esprit que son intelligence était peut-être légèrement retardée.

Je descendis et rassemblai mes bagages. Je pouvais entendre les enfants faire le sabbat dans la chambre : je m'en fous, pensai-je, ils n'ont qu'à se débrouiller. Je me sentais crasseux, collant. Tout en m'épongeant dans la salle de bains, je combinai mes plans de retraite. L'argent, au point où j'en étais, était le moindre de mes soucis. Je me rappelai que, d'après un horaire que j'avais consulté dans le hall de l'hôtel, le dernier autocar pour Naples était parti, mais je savais que, pour l'équivalent de dix dollars, à peu près, je pouvais facilement louer une voiture et un chauffeur et m'y faire conduire. Mon bateau pour l'Amérique ne partait que dans cinq jours, mais je pensai qu'il ne me serait pas désagréable de vadrouiller un peu dans les rues de Naples, d'aller revoir le musée, d'aller à Capri, à Ischia et à Ponza. Je décidai donc de quitter Sambuco. Comme je me disposais à remonter, je me rappelai soudain mon Austin. Elle avait beau n'être plus qu'un tas de ferraille, elle ne m'avait pas moins coûté, d'occasion, treize cents dollars, et je n'avais pas envie de la laisser en proie aux éléments ni aux maraudeurs italiens. Mais, en fin de compte, cela m'importait peu. Peut-être pourrais-je céder le tout à Windgasser pour cent mille lires — somme qui me permettrait de payer mon séjour à Naples. Sinon, je laisserais la voiture à l'endroit même où elle se trouvait pour que les pigeons puissent y venir chier.

Tout d'abord quand, arrivé au haut de l'escalier, je traversai l'atelier, je n'aperçus pas Cass. Il avait dû entrer très silencieusement, à moins que le vacarme des enfants ne m'eût empêché de l'entendre. J'étais presque à la porte quand, percevant du bruit derrière moi, je me retournai et, surpris, me trouvai face à face avec lui. Je ne sais pourquoi, à première vue, j'eus l'impression que Cass avait changé — était une autre personne. C'était bien Cass pourtant, habillé comme d'habitude, échevelé, dégoûtant dans son costume kaki, le béret toujours gaillardement incliné sur l'oreille au-dessus des lunettes brillantes, mais il n'avait pas tout à fait l'air d'être Cass. On aurait cru à un étrange, un indéfinissable déplacement de lui-même, un peu comme s'il avait été son frère jumeau. Autrement, tout était comme à l'ordinaire. Il était ivre comme la première fois que je l'avais vu. Il balançait d'une grosse patte molle une bouteille de vin, et il pouvait à peine se tenir debout, la hanche appuyée sur le coin de la table, vacillant un peu, mais très perceptiblement. Dans l'autre main, il tenait le bout d'un cigare noir, mâchonné et visqueux. Dans le silence, j'entendais très distinctement sa respiration profonde, oppressée. Je crus tout d'abord qu'il y avait de la menace dans ses yeux, si grande était l'obstination avec laquelle il me scrutait, mais je compris bientôt que, profondément affectés par l'alcool, ses yeux s'efforçaient simplement de fixer un même point. Enfin, quand il commença à parler, sa langue était embarrassée, sa voix rauque, à peine compréhensible. « Eh, bon Dieu oui, dit-il lentement, attentivement, s'efforçant de maîtriser sa langue, vous m'avez pris sur le fait. J' viens juste de voir sortir Poppy. J'espérais pouvoir me faufiler ici afin de m'occuper de mes affaires sans être vu de personne, homme ou monstre. Seulement, je n'avais pas pensé à vous. J' crois qu'il va falloir que je vous supprime de la circulation, comme on fait dans les films. Vous en savez trop long, mon petit gars. Où vous en allez-vous comme ça, si vite ? On croirait que vous avez cambriolé la caisse d'un champ de courses. »

Les valises m'échappèrent des mains et tombèrent avec fracas sur le plancher. « Je... je ne sais pas, commençai-je. J'allais simplement... »

Il me coupa net en agitant la bouteille de vin. « Nom de Dieu, j' suis content de vous voir, Pete, dit-il avec un sourire de ses lèvres molles. Homme à qui j' peux me fier. Homme à qui j' peux parler. J'ai cru, un instant, que vous étiez un de ces cons prétentieux du ciné. Vous êtes du Sud, non ? Georgie ? Louisiane ? Virginie ? J'en étais sûr, rien qu'à voir ce petit air gentiment corrompu sur votre gueule. Mais alors... Ah, nom de Dieu !

— Qu'est-ce qu'il y a ? dis-je, faute de trouver mieux. Est-ce que je peux faire quelque chose pour vous, mon vieux ? »

Il se calma momentanément et me fixa de ses yeux brûlants et noyés. « Oui, j' vais vous dire ce que vous pouvez faire pour l'aider, le vieux Cass, dit-il sombrement. Allez-lui chercher le truc, le truc dont il a besoin

— une dague, un poignard au fil bien aiguisé — et apportez-le-lui, et mettez-en la pointe sur son sternum et puis poussez jusqu'à la garde de toutes vos forces. » Il se tut. Il vacillait légèrement et ne me quittait pas des yeux. « C'est pas des conneries que je vous raconte, Pete. J'en ai plein le cul de cette terre. Fabriquez-moi une bonne potion, hein. Mettez-y tout ce qu'il y a de plus amer, de plus mortel, et versez-moi ça dans le gosier. Le vieux Cass a eu une rude journée. Il est à bout, la tête lui fait mal et ses jambes sont lasses, et il n'a plus une larme dans les yeux. » Il étendit les bras. « Ses membres sont épuisés. Regardez-les, mon vieux. Regardez comme ils tremblent, comme ils s'agitent. Ils ont été faits dans quel but ? Pour enlacer de charmantes dames ? Pour édifier des monuments ? Pour y mettre toute la beauté du monde ? Oh non ! Ils ont été faits pour détruire, et maintenant ils sont épuisés, et la tête me fait mal et je n'aspire plus qu'à de longues, longues ténèbres. »

J'aurais voulu parler, mais ma langue restait collée à mon palais tandis que, lentement, lourdement, il passait devant moi et laissait tomber la bouteille qui se brisa en miettes sur le plancher. Il s'enfonça le bout du cigare dans la bouche et le reflet de la lumière donna à ses verres de lunettes l'aspect de pièces de cinquante *cents*. Et, comme il se rapprochait de moi, la gaucherie de son attitude d'ivrogne était si menaçante que je me soulevai sur la pointe des pieds, tout prêt à fuir. Mais, avec une vitesse étonnante, rapide comme un crotale prêt à mordre, son bras se détendit et je sentis mon poignet encerclé dans l'étreinte sauvage de sa main. Puant la sueur, collé contre moi, il m'immobilisait maintenant bien davantage avec ses doigts crispés qu'avec son regard fou d'alcoolique.

— Seyevous, dit-il, en me lâchant.

— Quoi ?

— *Asseyez-vous!* ordonna-t-il.

Et je m'assis, médusé.

— Alors, il l'a fait, hein? dit-il, la respiration sifflante. Il a fallu qu'il finisse par le faire.

Je m'apprêtais à dire quelque chose, mais il m'en empêcha. Titubant, il lâcha un rot formidable et cracha par terre. « On aurait pu penser que ce salaud serait moins con que ça, pas vrai? » Il sembla vouloir ajouter quelque chose, mais il s'interrompit, les yeux écarquillés et fous, les lèvres entrouvertes. Puis, il dit, très lentement : « Il ne pouvait mourir qu'une fois, et c'est ça qui est le plus regrettable, nom de Dieu. Une seule fois...

— Calmez-vous, murmurai-je en me frottant le poignet. Détendez-vous un peu, Cass. Du calme, voyons. » Je lui tapotai légèrement l'épaule dans l'espoir de l'apaiser, mais il se dégagea d'une secousse et s'affaissa lentement dans un fauteuil. La tête dans une main, il resta un instant silencieux, sans bouger. Penché ainsi, raide et immobile, les muscles tordus sous sa chemise trempée de sueur, il avait presque l'air d'avoir été sculpté dans cette position; une grande silhouette douloureuse, comme le *Penseur* de Rodin, saisie dans une attitude non de méditation, mais de souffrance. J'entendais sa respiration sortir de ses narines, sifflante et torturée. Très loin, au-delà des murailles, le glas des cloches montait, estompé, métallique et morne.

— Et toute la racaille de cinéma, qu'est-ce qu'elle est devenue? dit-il.

— Ils sont partis.

Je crus lui voir grimacer un sourire. « Quand le rafiot est sur le point de couler, les rats sont les premiers à foutre le camp. »

Et le silence retomba. Quand il se remit à parler, d'une voix rauque, sourde et monotone, ses paroles étaient si incompréhensibles que j'eus l'impression que ce n'était pas le vin qui lui obnubilait ainsi le cerveau mais quelque chose de beaucoup plus troublant, de beaucoup plus profond. « *Exeunt omnes.* Tous les dégueulasses foutent le camp. Entre Parrinello, la bedaine tremblotante, pour exposer une importante théorie : *Gentilissimi signori, tutto è chiaro !* C'est son propre remords qui l'a tué ! Sainte Mère de Dieu ! Une cervelle d'étoupe trempée dans de la pisse. Montrez-moi un flic intelligent et je vous montrerai une poule avec des dents. » Ses épaules se mirent à tressauter de rire, mais, lorsque, lentement, il releva la tête, je compris qu'en réalité il ne riait pas. C'étaient les convulsions d'un homme qui pleurait, en admettant qu'il soit possible de pleurer sans verser de larmes. Les yeux secs, agité de spasmes, il se leva et me jeta un regard plein d'une haine si venimeuse qu'une fois de plus je m'apprêtai à m'enfuir de cette chambre le plus rapidement possible.

— Du plus loin que je me souvienne, murmura-t-il, j'ai toujours souhaité de mourir. Du plus loin que je me souvienne ! Et maintenant, j'en ai la justification. Donnez-moi une chance, mon vieux, donnez-moi une chance ! Ecoutez. Dites-moi. Dites-moi qu'il me faudra mourir dix millions de fois pour ne trouver au-delà de la tombe que les ténèbres, et puis renaître pour vivre encore dix millions de vies misérables, et puis mourir, et ainsi de suite, pour trouver toujours dix millions de ténèbres. Vous entendez, mon vieux, dites-moi ça, mais dites-moi aussi qu'une fois, une seule fois, dans ces dix millions de morts, je ne trouverai pas les ténèbres au-delà de la tombe, que je le trouverai *lui,* debout au centre de l'éternité, et souriant, s'il vous plaît, comme un sale chien mangeur de merde, et tout près pour la fureur de ces mains que vous voyez là. Alors, mon vieux, j'accepterai le pari, immédiatement, et en trente secondes je cesserai de vivre. Oh, je n'aurais pas dû l'en tenir quitte à si bon compte ! Oh, répéta-t-il, je n'aurais pas dû l'en tenir quitte à si bon compte !

— Que voulez-vous dire ?

— Non certes, dit-il d'une voix lointaine, je ne peux pas l'atteindre, le salaud. Mason est mort, bel et bien mort.

Il se leva en trébuchant. Il fit un geste étrange de la main, comme pour me faire signe d'approcher, puis il se frappa le front. Sa voix, tandis qu'il restait là, debout, vacillant, était toujours distante, rêveuse : « Vous savez, j'ai l'impression qu'à un certain moment de la journée, j'étais couché sur les hauteurs qui dominent Tramonti, tout en haut, là où soufflent les vents frais et où la terre respire l'innocence. Et où des cours d'eau, ah... des cours d'eau fraîche, descendent des collines. Et je rêvais que je tenais mon amour dans mes bras, et nous étions enfin ensemble. Et puis, ce docteur d'ici s'est amené et m'a réveillé, ce docteur à longue barbe, avec une fleur à la boutonnière et un nez rouge. Et savez-vous ce qu'il m'a dit, quand j'étais là, couché, ce vieux docteur ? Savez-vous ce qu'il m'a dit ? »

Je ne pouvais parler.

— Il m'a dit : " Avez-vous appris que votre dame, votre dame qui était si belle, a été tuée ? " Et il m'a mis de la glace sur le front et a calmé ma fièvre, et je lui ai dit : " Estimable signor doctor, ne vous moquez pas du vieux Cass. Sacré docteur ! Dites-lui que sa dame est encore vivante, elle dont les empreintes solitaires dans la poussière du chemin avaient plus de prix que tous les trésors du monde. " Mais il me semble qu'il m'a dit alors : " Non, c'est vrai. Votre dame est morte. " Et j'ai su alors que c'était bien la vérité.

Il se passa une main molle sur les yeux. Brusquement, son bras s'avança vers une bouteille de vin qui était sur la table, geste gauche qui lui fit perdre l'équilibre et l'envoya tomber sur une chaise où, pendant un quart de seconde, il agita les jambes dans l'espace à un angle qui défiait toutes les lois de la gravité avant de tomber lourdement sur le sol, jambes et bras écartés, en renversant, avec grand bruit, le pesant chevalet. Il resta étendu sur le plancher, inerte et immobile dans un nuage de poussière qui s'éleva en miroitant. Glacé d'horreur, je ne pouvais bouger pour lui venir en aide, et je le regardais, me demandant si, cette fois, il avait fini par se tuer. Au bout d'un instant, il bougea et, à grand-peine, toujours étendu, les mains sur les hanches, remit ses membres en position normale et lentement se souleva et se trouva assis sur le plancher. Il secoua la tête, étourdi, porta la main à son front où, entre ses doigts écartés, je vis couler un filet de sang. Je lui parlai. Il ne dit rien. Derrière moi, j'entendis un bruit de pas maladroits et je me retournai : éveillés, je suppose, par la chute du chevalet, deux enfants entrèrent dans la chambre avec des visages effrayés. « C'est papa. Oh, regarde, il s'est fait mal ! » Ils le contemplèrent un moment. Puis, en silence, comme deux petits fantômes poussés vers lui par la brise qui, soudain, soufflait de la colline et faisait claquer un store ou une persienne dans un coin lointain de la pièce, ils se blottirent légèrement dans ses bras.

Saignant, les yeux effarés et vitreux, il serra les enfants contre lui dans une étreinte puissante. « Pressez-vous de chaque côté de moi... », commença-t-il, puis il s'arrêta. Brusquement, mais avec douceur, il repoussa les deux enfants et se remit péniblement debout. Il me regardait mais ne me voyait plus, j'en suis certain ; ses yeux, à travers moi et au-delà de moi, fixaient quelque chose de mystérieux, de distant, qui se suffisait à soi-même. Il remuait les lèvres, mais il n'en sortait aucun son.

Puis, aussi vite que sa marche en zigzag le lui permettait, il passa devant moi et se dirigea vers la porte. Là, sans prêter attention à Poppy qui venait d'arriver, sans se soucier ni de son cri perçant d'angoisse — « Oh, Cass. Comme tu as changé ! » — ni de sa chute, car elle était tombée sans connaissance, et gisait en un tas confus sur le plancher, il la frôla en titubant, traversa la cour et disparut. Et ce ne fut que quelques secondes plus tard, quand je me penchai sur Poppy (regardant ses paupières s'entrouvrir lentement tandis qu'elle murmurait, « Oh, Cass, tu as changé »), que je compris enfin que, pendant tout ce temps, j'avais eu devant moi le visage d'un homme qui, dans l'espace d'une journée, avait vieilli d'une douzaine d'années.

COLLECTION FOLIO

Dernières parutions

2421.	Claude Brami	*Parfums des étés perdus.*
2422.	Marie Didier	*Contre-visite.*
2423.	Louis Guilloux	*Salido* suivi de *O.K., Joe !*
2424.	Hervé Jaouen	*Hôpital souterrain.*
2425.	Lanza del Vasto	*Judas.*
2426.	Yukio Mishima	*L'ange en décomposition (La mer de la fertilité,* IV).
2427.	Vladimir Nabokov	*Regarde, regarde les arlequins !*
2428.	Jean-Noël Pancrazi	*Les quartiers d'hiver.*
2429.	François Sureau	*L'infortune.*
2430.	Daniel Boulanger	*Un arbre dans Babylone.*
2431.	Anatole France	*Le Lys rouge.*
2432.	James Joyce	*Portrait de l'artiste en jeune homme.*
2433.	Stendhal	*Vie de Rossini.*
2434.	Albert Cohen	*Carnets 1978.*
2435.	Julio Cortázar	*Cronopes et Fameux.*
2436.	Jean d'Ormesson	*Histoire du Juif errant.*
2437.	Philippe Djian	*Lent dehors.*
2438.	Peter Handke	*Le colporteur.*
2439.	James Joyce	*Dublinois.*
2441.	Jean Tardieu	*La comédie du drame.*
2442.	Don Tracy	*La bête qui sommeille.*
2443.	Bussy-Rabutin	*Histoire amoureuse des Gaules.*
2444.	François-Marie Banier	*Les résidences secondaires.*

2445. Thomas Bernhard — *Le naufragé.*
2446. Pierre Bourgeade — *L'armoire.*
2447. Milan Kundera — *L'immortalité.*
2448. Pierre Magnan — *Pour saluer Giono.*
2449. Vladimir Nabokov — *Machenka.*
2450. Guy Rachet — *Les 12 travaux d'Hercule.*
2451. Reiser — *La famille Oboulot en vacances.*
2452. Gonzalo Torrente Ballester — *L'île des jacinthes coupées.*
2453. Jacques Tournier — *Jeanne de Luynes, comtesse de Verue.*
2454. Mikhaïl Boulgakov — *Le roman de monsieur de Molière.*
2455. Jacques Almira — *Le bal de la guerre.*
2456. René Depestre — *Éros dans un train chinois.*
2457. Réjean Ducharme — *Le nez qui voque.*
2458. Jack Kerouac — *Satori à Paris.*
2459. Pierre Mac Orlan — *Le camp Domineau.*
2460. Naguib Mahfouz — *Miramar.*
2461. Patrick Mosconi — *Louise Brooks est morte.*
2462. Arto Paasilinna — *Le lièvre de Vatanen.*
2463. Philippe Sollers — *La Fête à Venise.*
2464. Donald E. Westlake — *Pierre qui brûle.*
2465. Saint Augustin — *Confessions.*
2466. Christian Bobin — *Une petite robe de fête.*
2467. Robin Cook — *Le soleil qui s'éteint.*
2468. Roald Dahl — *L'homme au parapluie* et autres nouvelles.
2469. Marguerite Duras — *La douleur.*
2470. Michel Foucault — *Herculine Barbin dite Alexina B.*
2471. Carlos Fuentes — *Christophe et son œuf.*
2472. J.M.G. Le Clézio — *Onitsha.*
2473. Lao She — *Gens de Pékin.*
2474. David McNeil — *Lettres à Mademoiselle Blumenfeld.*
2475. Gilbert Sinoué — *L'Égyptienne.*
2476. John Updike — *Rabbit est riche.*
2477. Émile Zola — *Le Docteur Pascal.*

2478.	Boileau-Narcejac	*...Et mon tout est un homme.*
2479.	Nina Bouraoui	*La voyeuse interdite.*
2480.	William Faulkner	*Requiem pour une nonne.*
2482.	Peter Handke	*L'absence.*
2483.	Hervé Jaouen	*Connemara Queen.*
2484.	Ed McBain	*Le sonneur.*
2485.	Susan Minot	*Mouflets.*
2486.	Guy Rachet	*Le signe du taureau (La vie de César Borgia).*
2487.	Isaac Bashevis Singer	*Le petit monde de la rue Krochmalna.*
2488.	Rudyard Kipling	*Kim.*
2489.	Michel Déon	*Les trompeuses espérances.*
2490.	David Goodis	*Le casse.*
2491.	Sébastien Japrisot	*Un long dimanche de fiançailles.*
2492.	Yukio Mishima	*Le soleil et l'acier.*
2493.	Vladimir Nabokov	*La Vénitienne* et autres nouvelles.
2494.	François Salvaing	*Une vie de rechange.*
2495.	Josyane Savigneau	*Marguerite Yourcenar (L'invention d'une vie).*
2496.	Jacques Sternberg	*Histoires à dormir sans vous.*
2497.	Marguerite Yourcenar	*Mishima ou la vision du vide.*
2498.	Villiers de L'Isle-Adam	*L'Ève future.*
2499.	D. H. Lawrence	*L'Amant de Lady Chatterley.*
2500.	Collectif	*Mémoires d'Europe I.*
2501.	Collectif	*Mémoires d'Europe II.*
2502.	Collectif	*Mémoires d'Europe III.*
2503.	Didier Daeninckx	*Le géant inachevé.*
2504.	Éric Ollivier	*L'escalier des heures glissantes.*
2505.	Julian Barnes	*Avant moi.*
2506.	Daniel Boulanger	*La confession d'Omer.*
2507.	Nicolas Bréhal	*Sonate au clair de lune.*
2508.	Noëlle Châtelet	*La courte échelle.*
2509.	Marguerite Duras	*L'Amant de la Chine du Nord.*
2510.	Sylvie Germain	*L'Enfant Méduse.*
2511.	Yasushi Inoué	*Shirobamba.*
2512.	Rezvani	*La nuit transfigurée.*

2513. Boris Schreiber — *Le tournesol déchiré.*
2514. Anne Wiazemsky — *Marimé.*
2515. Francisco González Ledesma — *Soldados.*
2516. Guy de Maupassant — *Notre cœur.*
2518. Driss Chraïbi — *L'inspecteur Ali.*
2519. Pietro Citati — *Histoire qui fut heureuse, puis douloureuse et funeste.*
2520. Paule Constant — *Le Grand Ghâpal.*
2521. Pierre Magnan — *Les secrets de Laviolette.*
2522. Pierre Michon — *Rimbaud le fils.*
2523. Michel Mohrt — *Un soir, à Londres.*
2524. Francis Ryck — *Le silencieux.*
2525. William Styron — *Face aux ténèbres.*
2526. René Swennen — *Le roman du linceul.*
2528. Jerome Charyn — *Un bon flic.*
2529. Jean-Marie Laclavetine — *En douceur.*
2530. Didier Daeninckx — *Lumière noire.*
2531. Pierre Moinot — *La descente du fleuve.*
2532. Vladimir Nabokov — *La transparence des choses.*
2533. Pascal Quignard — *Tous les matins du monde.*
2534. Alberto Savinio — *Toute la vie.*
2535. Sempé — *Luxe, calme & volupté.*
2537. Abraham B. Yehoshua — *L'année des cinq saisons.*
2538. Marcel Proust — *Les Plaisirs et les Jours* suivi de *L'Indifférent* et autres textes.
2539. Frédéric Vitoux — *Cartes postales.*
2540. Tacite — *Annales.*
2541. François Mauriac — *Zabé.*
2542. Thomas Bernhard — *Un enfant.*
2543. Lawrence Block — *Huit millions de façons de mourir.*
2544. Jean Delay — *Avant Mémoire (tome II).*
2545. Annie Ernaux — *Passion simple.*
2546. Paul Fournel — *Les petites filles respirent le même air que nous.*
2547. Georges Perec — *53 jours.*
2548. Jean Renoir — *Les cahiers du capitaine Georges.*

2549. Michel Schneider — *Glenn Gould piano solo.*
2550. Michel Tournier — *Le Tabor et le Sinaï.*
2551. M. E. Saltykov-Chtchédrine — *Histoire d'une ville.*
2552. Eugène Nicole — *Les larmes de pierre.*
2553. Saint-Simon — *Mémoires II.*
2554. Christian Bobin — *La part manquante.*
2555. Boileau-Narcejac — *Les nocturnes.*
2556. Alain Bosquet — *Le métier d'otage.*
2557. Jeanne Bourin — *Les compagnons d'éternité.*
2558. Didier Daeninckx — *Zapping.*
2559. Gérard Delteil — *Le miroir de l'Inca.*
2560. Joseph Kessel — *La vallée des rubis.*
2561. Catherine Lépront — *Une rumeur.*
2562. Arto Paasilinna — *Le meunier hurlant.*
2563. Gilbert Sinoué — *La pourpre et l'olivier.*
2564. François-Marie Banier — *Le passé composé.*
2565. Gonzalo Torrente Ballester — *Le roi ébahi.*
2566. Ray Bradbury — *Le fantôme d'Hollywood.*
2567. Thierry Jonquet — *La Bête et la Belle.*
2568. Marguerite Duras — *La pluie d'été.*
2569. Roger Grenier — *Il te faudra quitter Florence.*
2570. Yukio Mishima — *Les amours interdites.*
2571. J.-B. Pontalis — *L'amour des commencements.*